《中国家庭基本藏书》

新闻出版总署优秀畅销书奖
全国优秀古籍图书普及读物奖
第十七届山西省优秀图书一等奖
第二届山西出版政府奖
山西出版集团2008年度十种好书

全套藏书累计销售500万册

中国家庭基本藏书（修订版）

诸子百家卷
《诗经》《尚书》《礼记》《楚辞》《论语·大学·中庸》《孟子》
《老子》《庄子》《荀子》《韩非子》《孙子兵法·尉缭子·鬼谷子》
《墨子》《周易》《山海经》《吕氏春秋》《三十六计》

名家选集卷
《三曹诗集》《陶渊明集》《王勃集》《王维集》《孟浩然集》
《高适集》《岑参集》《李白集》《杜甫集》《白居易集》
《刘禹锡集》《元稹集》《李商隐集》《李贺集》《杜牧集》
《韩愈集》《柳宗元集》《李煜集》《欧阳修集》《王安石集》
《苏轼集》《黄庭坚集》《柳永集》《秦观集》《周邦彦集》
《李清照集》《辛弃疾集》《陆游集》《范成大集》《杨万里集》
《姜夔集》《文天祥集》《元好问集》《唐寅集》《张岱集》
《三袁集》《李贽集》《傅山集》《纳兰性德集》《袁枚集》
《郑板桥集》《龚自珍集》

史著选集卷
《左传》《国语》《战国策》《史记》《汉书》《后汉书》《三国志》
《资治通鉴》

综合选集卷
《唐诗三百首》《宋词三百首》《元曲三百首》《千家诗》《古文观止》
《汉魏六朝小赋骈文选》《唐宋八大家文选》《明清小品文选》

笔记杂著卷
《蒙学六种——三字经·百家姓·千字文·增广贤文·幼学琼林·格言联璧》
《颜氏家训·朱子家训》《世说新语》《金刚经·坛经·心经·地藏经》
《曾国藩家书》《菜根谭·小窗幽记·幽梦影》《浮生六记》《闲情偶寄》
《近思录》《徐霞客游记》《古代书信精选》

戏曲小说卷
《元杂剧精选》《西厢记》《牡丹亭》《长生殿》《桃花扇》《今古奇观》
《三国演义》《水浒传》《西游记》《红楼梦》《聊斋志异》《儒林外史》
《封神演义》《话本小说选》《文言小说选》

中国家庭基本藏书 名家选集卷

黄庭坚集

[宋]黄庭坚 著
吴言生 杨锋兵 解评

山西出版集团
三晋出版社

博学工作室

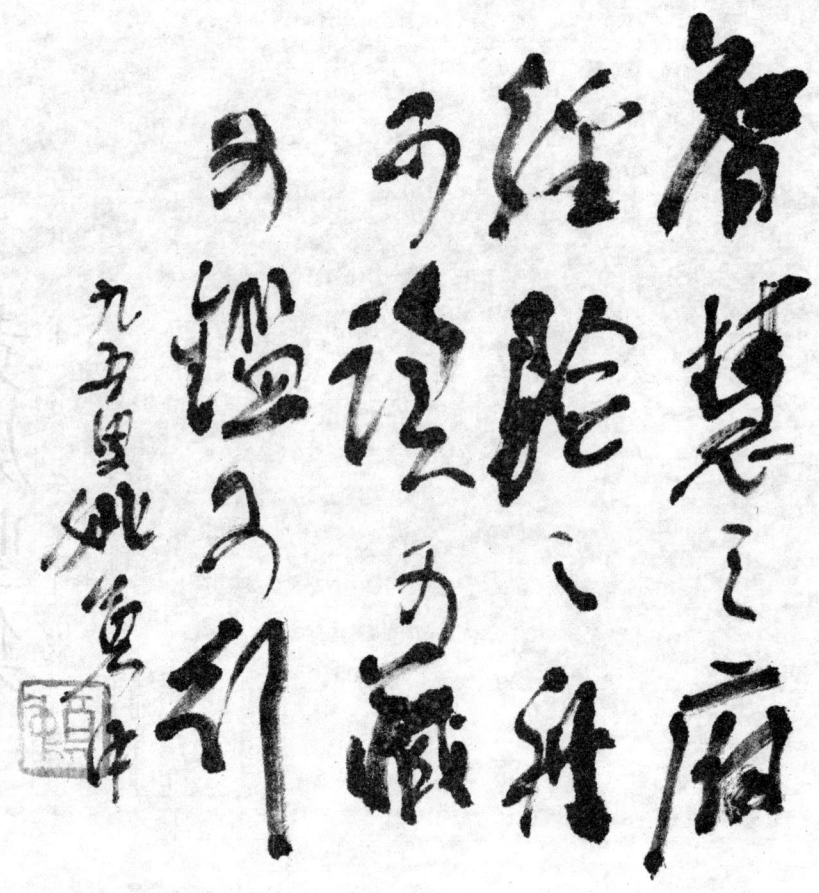

·山西大学教授姚奠中先生为《中国家庭基本藏书》题词

前言

名家选集卷 黄庭坚集·前言

宋代文学发展的高潮时期是苏轼主持文坛的时候。近代人陈衍说:"余谓诗莫甚三元,上元开元,中元元和,下元元祐也。"(《石遗室诗话》)此处所谓的"元祐",指苏轼、黄庭坚等人活跃于诗坛的北宋后期。毫无疑问,苏轼是当时成就最大的诗人。但由于苏轼写诗的方式是凭其才情随意挥洒,而且其作风更是敢怒敢骂,在元祐后期,党争激烈,文字狱常常出现,因此后学之人对其难以追随仿效。于是,作诗极其讲究法度,题材又比较偏重书斋生活的黄庭坚便成了青年诗人学习的典范。作为"苏门四学士"之首的黄庭坚在文学艺术领域有着很深的造诣,其书法与苏轼、米芾、蔡襄合称"宋四家",而其诗歌成就卓越,鲜明地体现了宋代诗坛的美学风范,他作诗法度井然,字斟句酌,便于仿效,而且他还为诗人们设计了摆脱窘境的策略,即"点铁成金",使人有具体的门径可入,因此受到了众多青年诗人的追随。到了北宋末南宋初,追随黄庭坚的诗人逐渐形成了一个诗歌流派——江西诗派。

黄庭坚(1045—1105),字鲁直,号山谷,又号涪翁,洪州分宁(今江西修水)人。宋英宗治平四年(1067)进士,曾任集贤校理、国史编修官、鄂州太守。在新旧党争中两度受谪,最后死于宜州（今广西宜山）贬所。终年六十一岁。有《山谷集》，一名《豫章集》。

　　黄庭坚在青年时代，诗文就受到苏轼的高度称赞，为"苏门四学士"之一。黄庭坚在诗歌创作上与苏轼齐名，世称"苏黄"。他的诗多为描述个人经历、亲友间的友谊，表现了封建时代知识分子的抱负与感喟。他提倡学习杜甫作诗的技巧，主张"无一字无来处"，取古人陈言"点铁成金"、"夺胎换骨"，以雄健的笔力把精心选择的典故贯穿起来，使诗歌更为凝炼峭拔。他的诗月锻季炼，尤为重视对偶句的锤炼，以歌行之气运于偶句，单行直下。诗中多用拗句，有一种特殊的音乐美。诗风奇险深刻，笔力雄阔，被推为江西诗派的创始人，对宋诗影响深远，流风远被于近代。

　　他的词多是饮酒、赏花、歌咏自然风景和男女之情，随意抒写，比诗明白流畅得多。豪放旷达恣肆之处，有时得苏轼之神韵。

　　他的文章十分注意学习前人文章的法度，或写景状物，寓深刻的哲理于其中；或谈论文学艺术，阐明自己的诗学观点；或讲述与友人的情谊，感情诚挚；或应人之请写记作铭，通过对人物、事物的记述说明一种道理，绝非泛泛的应酬之作。

　　黄庭坚是宋代的大诗人，但20世纪对黄庭坚的评价毁誉不一，当然这种争论无疑也推进了黄庭坚研究。20世纪前半叶的宋诗研究为黄庭坚诗歌研究奠定了很好的基础。20世纪50年代到80年代，黄庭坚诗研究受各种因素影响处于低谷，80年代以来，随着学术环境的改善，学术界对黄庭坚的研究从各个方面展开，取得了丰硕的成果，出现了大量论文与多部论著。

　　此次我们解评的黄庭坚作品，主要以四川大学出版社整理出版的《黄庭坚全集》为据，分别参照了中华书局出版的《黄庭坚诗集注》以及由唐圭璋编纂、王仲闻参订、孔凡礼补辑的《全宋词》等书。在评注过程中我们曾参考潘伯鹰选注的《黄庭坚诗选》，陈永正选注的《黄庭坚诗选》，黄宝华选注的《黄庭坚选集》等著作，获益良多，在此谨致以由衷的感谢。此次解评的作品，限于丛书的体例篇幅等各个方面的要求，我们选择了黄庭坚的诗作111首，词作20首，文7篇。末附"黄庭坚年谱简编"、"黄庭坚著作主要版本"、"黄庭坚研究重要著述"及"《黄庭坚集》名言警句"（正文中用着重号标注）。限于水平，其中注释、解析方面存在的谬误在所难免，希望得到方家与读者朋友的指正。

吴言生　杨锋兵
2008年9月于陕西师范大学

论黄庭坚诗歌创作的三个阶段(代序)

莫励锋

一

宋人评论黄庭坚诗时,曾注意到黄诗在不同时期的变化,例如胡仔《苕溪渔隐丛话》后集卷三二引《豫章先生传赞》云:"山谷自黔州以后,句法尤高,笔势放纵,实天下之奇作。自宋兴以来,一人而已矣。"这是认为黄诗到晚期才跃入高境。而朱弁《风月堂诗话》卷上却云:"东坡文章,至黄州以后人莫能及,唯黄鲁直诗时可以抗衡。晚年过海,则虽鲁直亦瞠若乎其后矣。"这是认为黄庭坚在中年时尚能与苏轼并驾齐驱,而到晚年则相形见绌了。由于这些议论没有以细致具体的分析为立论基础,不免流为模糊影响之谈。上述二论貌若有理而立论正好相反,就说明其不可轻信。为了对黄诗有较深刻的认识,有必要对黄诗在各个阶段的情形分别进行分析,从而认识诗人创作的发展历程。

黄庭坚一生的经历有明确而可靠的记载,存世的 1900 首黄诗也大多有明确的编年,所以对黄诗作细致的分期研究是完全可行的,比如我们可以根据诗人的仕历把黄诗分成入仕之前、任叶县尉时期、任北京学官时期、任太和县令时期、任德平监镇时期、馆阁时期、谪居黔州、戎州时期、待命荆州鄂州时期、谪居宜州时期,然而这种貌似细致的分期法并没有多大意义,因为黄诗的实际发展过程并未呈现如此清晰的阶段性,例如诗人在叶县尉和北京国子监教授的任期内所作的诗,无论在内容还是在艺术上都没有太大的区别。所以我们认为对黄诗的分期宜粗不宜细,比较粗略的分期法反而有助于认清黄诗的发展过程。本文拟把黄诗分为三期:

一、自青年时期至元丰八年(1085)五月,也即诗人 41 岁之前。

二、自元丰八年六、七月至元祐八年(1093),即诗人 41 岁至 49 岁。

三、自绍圣元年(1094)至崇宁四年(1105),即诗人 51 岁至去世。

下面对这三个时期的情形分别作些简单的论述。

黄庭坚自幼能诗,据传他在 7 岁时就以《牧童诗》而闻名远近。英宗治平三年(1066),22 岁的黄庭坚参加省试,诗题是《野无遗贤》,主考李询对黄庭坚卷中"渭水空藏月,傅岩深锁烟"二句拍案叫绝。但是今本黄集中保存下来的少年之作寥寥无几,绝大多数诗都作于治平三年以后,所以黄诗的第一个时期事实上是以诗人 22 岁那年为起点的。黄庭坚于治平四年(1067)登进士第,以后历任叶县尉五年,北京国子监教授八年,太和县令三年,德平镇监镇一年多,元丰八年(1085)四月被召为秘书省校书郎,于六、七月间入汴京,其时诗人 41 岁。在这 20 年间,黄庭坚一直在地方上担任低级的官员。黄不是一个有远大的政治抱负和强烈的政治主张的人,虽说他在任太和县令时曾抵制新法的盐政,任德平监镇时又抵制推行市易法,但那仅仅是从实际出发,反对扰民过甚,并未有意识地介入新、旧党争。然而由于他与旧党中的苏轼等人关系密切,所以也被时人目为旧党。在这个时期内,黄诗除了唱酬赠答、题咏山水等贯穿其一生创作的题材外,也很注重反映时事政治、民生疾苦。例如在叶县所作的《流民叹》、在太和所作的《上大蒙笼》、《金刀坑迎将家待追浆坑十馀户山农不至因题其壁》以及作年不详的《虎号南山》等,对当时农民的悲惨生活作了淋漓尽致的刻画,对封建苛政进行了愤怒的谴责。即使当他任北京学官时,诗作也并未局限于学宫书斋,例如作于熙宁十年(1077)的《和谢公定征南谣》,对北宋对交趾的战事带给人民的苦难、大臣好大喜功轻启边衅及劳民伤财的罪恶乃至"王师"残暴杀人的真面目都有深刻的揭露。无论是此类作品的数量还是反映现实的深度,黄诗都毫不逊色于王安石、苏轼诗。只是黄庭坚官卑名低,故其诗没有引起广泛的注意。当然也应该看到,黄庭坚的人生态度比较消极,他的生活遭遇不尽如人意:少时家境贫寒,青年时两次丧偶,所以颇有未老先衰之态,20多岁就长出了白发,而且常在诗中流露出辞官归隐的念头。

　　元丰八年(1085)三月,神宗去世,哲宗继位,太皇太后高氏执政,旧党人物纷纷被召入京,黄庭坚也来到汴京,主持编写《神宗实录》。此时许多文人学士云集汴京,除了苏轼兄弟与黄庭坚的岳父孙觉外,还有后来与黄一起名列苏门的张耒、秦观、晁补之等人。元祐二年(1087),布衣诗人陈师道也来到汴京。他们常常在一起聚会,赏书评画,赋诗论文。这时黄庭坚的心情比较愉快,诗歌艺术也日趋细密。但这个时期的黄诗内容则不如早期诗那样充实,最引人注目的是题咏书画以及纸笔等文化用品和茶、扇等生活用品的诗大量出现,其中包括《题郑防画夹五首》、《老杜浣花溪图引》、《次韵王炳之惠玉版纸》、《和答钱穆父咏猩猩毛笔》、《双井茶送子瞻》等名篇。好景不常,热闹的唱和活动只持续了3年多。元祐四年(1089)三月,苏轼出知杭州,黄庭坚"遂无诗伴"(《山谷内集》卷一一任渊注)。同时黄又患了头眩症,他在《书赠王长源诗后》(《山谷题跋》卷六)中说:"小人年来苦眩,不能苦思,因而废诗。"元祐六年(1091)六月,黄庭坚丁母丧,到元祐八年(1093)九月服除,居丧期间自然也无心作诗。因此在这8年中,黄庭坚每年作诗的数量很不平均。在今本黄集中,作于元丰八年六月至元祐四年的诗达400首,而作于元祐四年至元祐八年的诗却不足20首。这里面固然有患疾、居丧等客观原因,但失去"诗伴"乃至诗兴大减则是重要的主观原因。在此期的四百多首黄诗中,唱酬之作达半数以上,说明世所盛传的"元祐唱和"确实对黄庭坚的诗歌创作起了很大的刺激作用。

　　元祐八年(1093)九月,高太后去世,哲宗亲政。次年改元绍圣,起用新党的章惇、蔡卞等人,开始迫害旧党中人。黄庭坚于绍圣元年(1094)遭遇了《神宗实录》的史祸,被召至陈留接受勘问,并被贬为涪州别驾、黔州安置。诗人于绍圣二年四月到达黔州,到元符元年(1098)又被移至戎州,在这两处贬所住了六年多。徽宗继位之初,旧党命运有了一线转机,黄庭坚也于建中靖国元年(1101)出峡东归,但不久就受到新的打击，于崇宁二年（1103）十一月受到"除名，羁管宜州"的严厉处分，次年夏到达宜州，崇宁四年（1105）九月逝世。在这段时期内，黄庭坚作诗较少，尤其是在初贬黔州的四年间，一共只有19首诗传世，显然是遭遇文字狱后，惊魂未定的结果。与此形成对照的是黄庭坚的书法艺术在此时有了突飞猛进，传世的黄书作品以及《山谷题跋》中所记录的书法作品十有八九作于此时，可见诗人在贬所不敢多作诗而借研讨书法来消磨时光。晚期黄诗的内容以抒写人生感慨为主要特点，对苏轼、秦观等友人的去世皆反复咏叹，表达了诗人心中深沉的沧桑之感。在艺术上，晚期黄诗朝着归真返璞的方向发生了深刻的变化。

二

黄诗自成一体，这是世所公认的。但是"黄庭坚体"（也称"黄山谷体"或"黄鲁直体"）究竟形成于何时呢？这个问题直接关系着对"黄庭坚体"内涵的界定，有必要深入探究。南宋魏了翁在《黄太史文集序》（《鹤山先生大全文集》卷五三）中说："公年三十有四，上苏长公诗，其志已荦荦不凡，然犹是少作也。迨元祐初，与众贤汇进，博文学德，大非前比。"言下之意，黄庭坚体的形成在元祐年间，也即本文所说的中期。这种观点很是流行，但事实上是不准确的。

最早提出"黄庭坚体"的是苏轼。元祐二年（1087），苏轼作《送杨孟容》诗，据王注引赵次公言，"先生自谓效黄鲁直体"。今本苏诗中的"自注"不尽出于苏轼本人之手，但此处则确凿无疑，因为当时黄庭坚次韵和了此诗，题为《子瞻诗句妙一世，乃云效庭坚体，盖退之戏效孟郊、樊宗师之比，以文滑稽耳。恐后生不解，故次韵道之。子瞻〈送杨孟容诗〉云"我家峨眉阴，与子同一邦"，即此韵》。如果苏轼没有"效黄鲁直体"之言，黄庭坚是绝不能无中生有的。由此可见，"黄庭坚体"一定在元祐初之前就已形成了。因为一个人的诗风自成一体不是朝夕之事，而从自成一体到被旁人认识且加以摹仿，其间也还需要一段时间。而黄庭坚入官汴京事在元丰八年（1085）六月，所以黄庭坚体的形成不可能在他入京以后，换句话说，黄庭坚的独特诗风在早期就已形成了。

让我们从苏轼的《送杨孟容》入手看看苏轼心目中的黄庭坚体有哪些特征。苏诗云：

我家峨眉阴,与子同一邦。相望六十里,共饮玻璃江。
江山不违人,遍满千家窗。但苦窗中人,寸心不自降。
于归治小国,洪钟噎微撞。我留侍玉座,弱步欹丰扛。
后生多高才,名与黄童双。不肯入州府,故人余老庞。
殷勤与问讯,爱惜霜眉厖。何以待我归,寒醅发春缸。

纪昀评此诗"以窄韵见长"(见《苏轼诗集》卷二八),的确,此诗押平声韵部中含字最少的"江"韵,而且绝不旁入他韵,分明有因难见巧的用意在内。此外,此诗句法生硬(如"寸心不自降"、"弱步欹丰扛"等),力避色泽丰华而以意取胜等,都不类苏诗自身的风格而颇肖黄诗,可见这些就是苏轼心目中"黄庭坚体"的特征。黄庭坚的和诗对此莫逆于心,并踵事增华,更加强调了这些特征,从而成为代表黄诗风格的名篇。我们认为苏、黄对"黄庭坚体"的体认是很准确的,宋人对"黄庭坚体"虽有各种界定,其著名者如陈岩肖云"清新奇峭,颇道前人未尝道处,自为一家"(《庚溪诗话》卷下);严羽云"用工尤为深刻"(《沧浪诗话·诗辨》);刘克庄云"会萃百家句律之长,究极历代体制之变,蒐猎奇书,穿穴异闻,作为古律,自成一家,虽只字半句不轻出"(《江西诗派小序》),诸人对黄诗的褒贬态度和评论重点有所不同,但对黄诗风格特征的把握却与苏、黄的认识相当接近。宋以后的论者也大多同意宋人的看法,不一一赘引。

现在让我们以黄庭坚早期的创作实际来说明其诗风形成的过程。

据统计,七律在早期黄诗中所占的比重分别是同一诗体在中期和晚期黄诗中所占比重的 3 倍和 2 倍,可见黄庭坚在早期对七律的重视。黄庭坚 30 岁之前的七律情形比较复杂,首先是多刻意求奇之作,例如《清明》和《弈棋二首呈任公渐》之二中的"人乞祭馀骄妾妇,士甘焚死不封侯"和"湘东一目诚甘死,天下中分尚可持"两联,在选事用典和造句对仗方面都别出心裁,奇特不凡,但也有刻意求奇而欠稳妥之病,金人王若虚嘲笑它们"盖姑以取对,而不知其疏也","不惬甚矣"(《滹南诗话》卷三),语气过于尖刻,但确实说中了黄诗不够稳妥的缺点。求奇而未稳,正是少作的特征。但是与此同时,黄庭坚的七律也呈现出成熟的趋势,主要有三点:一是对仗有意摆脱妃青俪白而追求意远,例如"舞阳去叶才百里,贱子与公俱少年。白发齐生如有种,青山好去坐无钱"(《次韵裴仲谋同年》),上下句的意思相去甚远,从而增强了诗歌内部的张力。二是语气简古生新,色泽淡雅,例如《冲雪宿新寨忽忽不乐》

的中间两联"山衔斗柄三星没,雪共月明千里寒。小吏有时须束带,故人颇问不休官",虽然也是一联写景、一联抒情的常见格局,然而景联以清淡之笔写萧瑟之景,情联更是质朴简古,且止于述事,都给人以生新之感。三是诗意单行直下一气流转,例如《郭明甫作西斋于颍尾请予赋诗二首》之一:"食贫自以官为业,闻说西斋意凛然。万卷藏书宜子弟,十年种木长风烟。未尝终日不思颍,想见先生多好贤。安得雍容一杯酒,女郎台下水如天。"虽然四联有四层意思,然如行云流水,流转自如,即使在中间两联也未因对仗而受到拘滞,颇有运古入律之意。由于有了这些性质,黄庭坚的七律不但与唐诗相去甚远,而且与王安石、苏轼也不同,表现出独特的艺术追求。

　　30岁以后,黄庭坚除了继续上述艺术追求之外,又进而讲求七律声调的拗峭以避熟求生。《王直方诗话》记载说:"山谷谓洪龟父云:'甥最爱老舅诗中何等篇?'龟父举'蜂房各自开户牖,蚁穴或梦封侯王'及'黄流不解涴明月,碧树为我生凉秋',以为绝类工部。山谷云:'得之矣。'"洪朋所举两联分别见于《题落星寺四首》之一和《汴岸置酒赠黄十七》,都作于36岁时,可见其时黄庭坚对拗体律诗的倾心。正如洪朋所云,黄庭坚写拗律是受了杜甫的启发,但杜甫的159首七律中只有19首拗体,可谓偶一为之,而黄庭坚一生中却写了153首拗体七律,占其七律总数的一半。而且黄诗的拗峭程度也大大超过了杜诗,从而形成了劲挺奇特的声调特征,例如《题落星寺四首》之三:"落星开士深结屋,龙阁老翁来赋诗。小雨藏山客坐久,长江接天帆到迟。宴寝清香与世隔,画图妙绝无人知。蜂房各自开户牖,处处煮茶藤一枝。"文字之清奇简古与声调之拗峭刚健相得益彰,成为体现黄诗生新瘦硬风格的代表作。

　　早期黄诗臻于成熟的另一个标志是意脉的表面断裂与内在连贯相结合的结构特点已经形成。清人方东树指出:"山谷之妙,起无端,接无端,大笔如椽,转折如龙虎,扫弃一切,独提精要之语。每每承接处中亘万里,不相联属,非寻常意计所及。"(《昭昧詹言》卷一二)方氏此语是专指黄诗七古,但事实上黄诗各体都有类似的结构特点,不过在七古及五古中体现得更为突出。早期黄诗中共有132首七古,占其时作品总数的13%,这个比例略低于中期而大大高于晚期。然而就艺术造诣而言,黄庭坚的七古是到中、晚期才臻于高境的。早期七古中较好的作品有《还家呈伯氏》(作于27岁)、《戏赠彦深》(作于34岁)、《以右军书数种赠丘十四》(作于36岁)等,虽然字句奇崛,但章法都较平直,即方东树评最后一首所云,"亦是顺叙"(《昭昧詹言》卷一二),还没有达到伸展自如、变化莫测的老成境界。五古则不然,如作于36岁的《次韵叔父夷仲送夏君玉赴零陵主簿》、《次韵伯氏长芦寺下》、《大雷口阻风》等,都已具有章法奇崛而又严整的特点,兹举一首作于39岁的《过家》:

络纬声转急,田车寒不运。儿时手种柳,上与云雨近。
舍旁旧佣保,少换老欲尽。宰木郁苍苍,田园变畦畛。
招延屈父党,劳问走婚亲。归来翻作客,顾影良自哂。
一生萍托水,万事雪侵鬓。夜阑风陨霜,干叶落成阵。
灯花何故喜?大是报书信。亲年当喜惧,儿齿欲毁龀。
系船三百里,去梦无一寸。

开始二句突然推出一幅萧瑟的乡村冬景,三四句写景物之改换,五六句写人事之变迁,七八句复写景物之改换,似乎历乱无序,连一贯赞赏黄诗章法的方东树也说:"起处亦大无序矣。"(《昭昧詹言》卷一〇)其实仔细体味,不难发现其章法之妙。这是一个离别家乡20余年的游子重返故乡时的所见所感:首先映入眼帘的是村外的景色,然后认出了昔年手植的树木,再后发现邻舍的变化,最后上冢时发现田间的小路都非复旧貌了。这几句既写出了诗人迷惘复杂的心情,也把匆忙回乡、上坟的次序交代得一清二楚,哪里是真的"无序"?九、十句写亲戚的殷勤招待,十一至十四句抒怀,十五、十六句写夜深人静之景象,用以反衬白天之忙乱。虽然诗意不断地转折,但脉络却极其清晰。最后六句有异解:程千帆师认为这是"写返家之前","在总体结构上,后来的情事却反而放在前面"(见《古诗今选》516页)。陈永正先生认为这是写诗人对没有一同返回故乡的家人的思念(见《黄庭坚诗选》89页)。我觉得这是说诗人返乡后又独自匆匆离去,在离家"三百里"处泊舟时思念留在故乡的老母幼儿。因为黄庭坚元丰三年(1080)自汴京赴太和县令任时作《晓放汴舟》诗云:"又持三十口,去作江南梦。"可是他于元丰七年(1084)到德平镇后作《留王郎世弼》诗却说:"河外吹沙尘,江南水无津。骨肉常万里,寄声何由频。我随简书来,顾影将一身。"任渊注又引其与德州太守书云:"客宦不能以家来,官舍萧然如寄。"可见诗人赴太和县时是带着一家老小的,但他赴德平镇时则未带家人同行,而是让他们留在江南故乡了。从匆匆还乡到匆匆离乡,各层意思之间跳跃变化,但内在的章法则严谨有序。此诗题作《过家》而不是《归家》,真是名副其实。除了语言生新之外,此诗草蛇灰线、似断实连的章法正体现了黄诗的特征。类似的结构特点在其他诗体的早期作品中也有体现,例如作于 40 岁的五律《次韵刘景文登邺王台见思五首》、作于 41 岁的七律《寄黄几复》等,限于篇幅,不一一细述。

综上所述,我们认为在黄庭坚入官汴京之前,独具一格的黄庭坚体已经形成了。

三

苏、黄之间的唱和并不始于元祐年间,早在元丰元年(1078),34 岁的黄庭坚就写了两首古风投寄给苏轼,以表仰慕之意。苏轼随即复书和诗,对黄极表推奖。从那时开始,苏、黄之间有了唱和活动。从黄诗《次韵子瞻春菜》、《见子瞻粲字韵诗和答三人四返不困而愈崛奇辄次韵寄彭门三首》和苏诗《往在东武与人往反作粲字韵诗四首今黄鲁直亦次韵见寄复和答之》等可以知道,他们的唱和注重在押险韵等方面争奇斗巧。可是由于两人不在一地,又经常改变官所(苏轼在元丰二年遭遇"乌台诗案"),所以还未能频繁地唱和。到了元祐年间,苏、黄以及与他们关系密切的一大群诗人云集汴京,大量唱和的时机就成熟了。

严羽《沧浪诗话·诗体》中提出了"元祐体"的名称,且注云:"苏、黄、陈诸公。"我们知道苏、黄、陈(师道)三人的诗风各具特色,而且苏、黄两人的诗早在元祐之前已自成一体,所以"元祐体"只是一个含义很宽泛的概念,其时间界限也不能限于短短八年的元祐时期。但无论如何,元祐年间诗坛的繁荣景象确是重要的文学史实,苏、黄等人的唱和尤其值得注意。那么,元祐年间的唱和活动对黄诗有哪些影响呢?有一种意见认为,元祐唱和促成了黄庭坚体的形成,例如王若虚云:"鲁直欲为东坡之迈往而不能,于是高谈句律,旁出样度,务以自立而相抗……向使无坡压之,其措意未必至是。"(《滹南诗话》卷二)王氏所指当然不限于元祐时期,但肯定包括这个时期,因为苏、黄在诗艺上争相驰骋主要是在元祐年间。但是如上文所述,黄诗的特征在元祐之前已经形成,所以元祐唱和不是黄庭坚体形成的必要背景。黄诗在元祐年间的实际情形说明黄庭坚在此时虽在"旁出样度"方面仍有所发展,但更重要的变化则是向着细密工稳的方向迈出了一大步。

由于次韵是元祐诗人唱和时最常用的方式,所以当他们切磋诗艺并力争上游时,首先便在押韵方面倾注心力,黄庭坚与苏轼更是争胜于毫厘之间。例如苏轼《送杨孟容》中"但苦窗中人,寸心不自降",以"降"字为韵脚,甚为奇特。黄庭坚次韵曰:"句法提一律,坚城受我降。"元人孙瑞曰:"山谷作诗,有押韵险处,妙不可言……只此一'降'字,他人如押到此?奇健之气,拂拂意表。"(见刘壎《隐居通议》卷八)又如苏轼《送顾子敦奉使河朔)(作于元祐二年)有句云:"会当勒燕然,廊庙登剑履。"黄庭坚《次韵子瞻送顾子敦河北都运》云:"西连魏三河,东尽齐四履。"苏诗用《晋书·王导传》中"剑履上殿"之语,黄诗则用《左传·僖公四年》中管仲之言:"赐我先君履:东至于海,西至于河,南至于穆陵,北至于无棣。"显然,黄诗的用法比苏诗更为奇特。所以宋人传说:"东坡见山谷此句,顾忌之,以其用事精当,能押险韵故也。"(见《苕溪渔隐丛话》前集卷三九)苏轼"忌之"云云,恐出于附会,但说黄诗"能押险韵"则是确实的。押险韵而能稳妥精当,正是这两首黄诗的过人之处。由于黄庭坚能稳妥地押险韵,当他遇上较常用的韵脚时,就游刃有余,层出不穷了。例如作于元祐二年的《双井茶送子瞻》、《和答子瞻》等八首诗,皆押"书、珠、如、湖"四字,《博士王扬休碾密云龙同事十三人饮之戏作》等五首先同押"丰、翁、空、同、风、笼"六韵,再同转押"椀、本"二韵,都能做到变化无穷甚至后出转精,前一组中的第七首《戏呈孔毅父》,后一组中的第四首《戏答陈元舆》,都是字妥句稳的佳作,好像绝未受到多次次韵的束缚。

　　苏、黄等人都是读破万卷的学者,当他们在馆阁中作诗唱和时,丰富的腹笥自然会使他们技痒难忍而较多地运用成语典故入诗,所以元祐诗坛最典型地体现了宋诗"以学问为诗"的特色。黄庭坚的五律名篇《和答钱穆父咏猩猩毛笔》便作于元祐元年,任渊注此诗已引古书达18种之多,杨万里《诚斋诗话》中又补充了一种《论语》,用典密度之大,无以复加。然而纪昀评曰:"点化甚妙,笔有化工,可为咏物用事之法。"(《瀛奎律髓汇评》卷二七)再如《戏呈孔毅父》中"管城子无食肉相,孔方兄有绝交书"二句用了韩愈《毛颖传》、《后汉书·班超传》、鲁褒《钱神论》、嵇康《与山巨源绝交书》等四个典故,可谓无一语无来历,但句意灵活自如,形容自己的境况也很贴切、生动。南宋许𫖮说:"凡作诗,若正尔填实,谓之点鬼簿,亦谓之堆垛死尸。能如《猩猩毛笔》诗云:'平生几两屐,身后五车书。'又如云:'管城子无食肉相,孔方兄有绝交书。'精妙明密,不可加矣,当以此语反三隅也。"(《许彦周诗话》)从纪、许二人的评论可以看出,黄诗用典的妙处在于密度大而又能精当、稳妥、细密，而这一点在元祐期间表现得最为突出。

上文说过，早期黄诗在结构上具有意脉似断实连如草蛇灰线的特点，这个特点在元祐年间又有所发展，尤其是七古的章法之细密在此时已臻极高的境界。例如作于元祐元年的《送范德孺知庆州》，全诗18句，平均分成三节，分咏范德孺之父、兄及其本人，又以长于治国用兵这个中心题旨贯穿全诗。尤其精妙的是，此诗前八句押平声庚韵，后八句押平声鱼（虞）韵，中间二句则押仄声语（麌）韵，不但前后对称，而且在中间一节之内转韵，韵转而意不转，所以既跳动变化又贯若连珠。清人翁方纲赞曰："三段井然，而换韵之法，前偏后伍，伍承弥缝，节奏章法，天然合笱，非经营可到。"（《七言诗歌行钞》卷一〇）其实此诗并非没有"经营"，而是匠心细密，故不见斧凿之痕。又如作于元祐二年的《次韵子瞻题郭熙画秋山》，诗意曲折而有序，意脉似断而复连，转韵与转意也互不同步，方东树评曰："曲折驰骤，有江海之观，神龙万里之势。"（《昭昧詹言》卷一二）此外，如《送谢公定作竟陵主簿》、《次韵子瞻武昌西山》、《次韵子瞻和子由观韩幹马因论伯时画天马》等作于此期的七古也都具有相似的结构特点。

上面的论析说明，元祐时期黄诗的最大特点是在继续追求新奇的基础上进而追求诗艺的细密工稳，这与元祐唱和的背景有很大的关系，因为黄庭坚与诗友切磋诗艺时即主要措意于此。至于在风格方面，苏、黄等人在元祐年间都有模仿别人的情形。由于黄诗的风格个性最为鲜明，所以苏轼有不少模仿黄诗的作品，除《送杨孟容》外，还有《次韵黄鲁直画马试院中作》、《次韵黄鲁直赤目》、《和黄鲁直效进士作二首》等。黄庭坚没有明显模仿苏诗风格的诗，但此时黄诗的句法、章法都比早期诗更为流畅自如，显然是接受了苏诗的影响。两位大诗人在数年间相聚一处，互相唱和或同题共作，交流心得，切磋诗艺，这是千载难逢的良机。年辈和才力都稍低的黄庭坚从中得到很大的益处，这是不言而喻的。

四

绍圣元年（1094），苏、黄一起受到严酷的政治打击，从此走上充满艰辛困苦的最后一段人生旅程，同时也开始了璀璨绚烂的晚期诗歌创作。

说到苏轼的晚期诗歌，世人无不交口赞誉。但是说到黄庭坚的晚期诗歌，人们的态度便是褒贬不一，甚至贬多于褒了。朱弁说苏轼"晚年过海，则虽鲁直亦瞠若乎其后矣。或谓东坡过海虽为不幸，乃鲁直之大不幸矣。"（《风月堂诗话》卷上）这种观点广为流传。我们认为这是一种似是而非的看法。事实上，苏、黄晚年的生活遭遇是极为相似的。绍圣元年四月苏轼被加上起草制诰"讥刺先朝"的罪名贬至惠州，同年十二月黄庭坚也以修《神宗实录》"诬毁先帝"的罪名被贬至黔州。绍圣四年（1097）苏轼再贬儋州，次年黄庭坚也被移至戎州。黔州（今四川彭水）、戎州（今四川宜宾）虽然不像儋州远在海南，但在当时也是蛮荒僻远之地。当黄庭坚前往贬所时，经过了三峡大险和名为"蛇倒退"、"猢狲愁"的险峻山路，九死一生。"投荒万死鬓毛斑"（《雨中登岳阳楼望君山二首》之一），便是他日后痛定思痛的感叹。元符三年（1100），局势稍有好转，苏、黄俱得内迁。当苏轼于次年七月在常州去世以后，黄庭坚又经受了更大的政治风浪（崇宁二年诏毁苏、黄等人文集，立"元祐奸党碑"等），且被贬往更加荒远的宜州（今广西宜山），最后卒于贬所。所以黄庭坚晚年虽未"过海"，但他经受的磨难并不少于苏轼。

在诗歌创作上，朱弁的说法也是不确切的。诚然，黄庭坚晚年在诗歌创作上一度处于低潮，尤其是贬谪生涯的头四年间，作诗很少，不像苏轼在惠州那样诗兴不减。这里有多方面的原因：黄庭坚在政治上不如苏轼那样坚定，在人生观上也不如苏轼那样旷达；而且苏轼早已经过"乌台诗案"的磨炼，有了"曾经沧海难为水"的心理准备，而黄庭坚却是初次受到如此的迫害，不免惊魂未定。但是元符三年黄庭坚出峡东归以后，诗歌创作随即恢复常态。在生命的最后六年中，黄庭坚作诗335首，年平均产量不减元祐年间。更重要的是，晚期黄诗在艺术上也实现了新的突破。

人们初读黄集时往往会产生如下疑惑：黄诗的风格特征是生新瘦硬，廉悍奇峭，但黄在理论上却常常表现出相异的倾向，他说："好作奇语，自是文章病。但当以理为主，理安而辞顺，文章自然出类拔萃。观杜子美到夔州后诗，韩退之自潮州还朝后文章，皆不烦绳削而自合矣。"（《与王观复书》之一，《豫章黄先生文集》卷一九）又说："但熟观杜子美到夔州后古律诗，便得句法简易，而大巧出焉。平淡而山高水深，似欲不可企及。文章成就，更无斧凿痕，乃为佳作耳。"（《与王观复书》之二，同上）虽说作家的创作倾向与理论观点不尽一致是常见的现象，但像黄庭坚身上这种南辕北辙的矛盾现象不免使人难以索解。其实，只要我们把黄庭坚的创作与理论按不同的年代予以考察，上述疑惑就涣然冰释了。正如本文第二节所说，黄庭坚体的形成是在早期，为世人瞩目的黄诗特征在早期表现得最为鲜明。而黄庭坚主张诗歌要"自然"、"平淡"的观点却出于晚年。即以上引二书而论，它们都作于元符年间贬居戎州时。而晚期黄诗也确已归真返璞，向着"自然"、"平淡"的方向发生了深刻的变化。我们先从比喻和模仿古人这两个角度考察一下这种变化。

黄庭坚早年作诗，在形象之奇特、语言之生新上狠下功夫，尤其喜用别出心裁的比喻。这种求新精神在晚期黄诗中也有体现，但已达到炉火纯青、形迹尽泯的境界。例如作于元丰六年（1083）的《观王主簿家酴醾》云："露湿何郎试汤饼，日烘荀令炷炉香。"作于元符二年（1099）的《寄题荣州祖元大师此君轩》云："程婴杵臼立孤难，伯夷叔齐采薇瘦。"前者以美男子喻花，后者则以志士仁人喻竹，两者都是用典故作比喻，且都是以人喻物而不像通常那样以物喻人，手法极为生新。但前者有"不求当而求新"之病（王若虚语，见《滹南诗话》卷三），而后者却妥帖平稳，可谓"理安而辞顺"。

黄庭坚重视"点铁成金，夺胎换骨"的手法，在借鉴前人的艺术经验方面取得了较大的成绩。他在早期主要是模仿前人的辞意，例如作于元丰二年（1079）的《和陈君仪读太真外传五首》之二："扶风乔木夏阴合，斜谷铃声秋夜深。人到愁来无处会，不关情处总伤心。"曾季狸《艇斋诗话》中指出此诗"全用乐天诗意"，因为白居易《和思归乐》（《全唐诗》卷四二五）有句云："峡猿亦无意，陇水复何情？为到愁人耳，皆为断肠声。"又如作于元丰七年（1084）的《寄家》："近别几日客愁生，固知远别难为情。梦回官烛不盈把，犹听娇儿索乳声。"史容注引韩愈《此日足可惜一首赠张籍》（《全唐诗》卷三三七）中"娇女未绝乳，念之不能忘。忽如在我前，耳若闻啼声。"虽然也有推陈出新之处，但毕竟模仿之迹未泯。晚期黄诗则改从构思方式上借鉴前人，宋人陈长方云："古人作诗，断句辄旁入他意，最为警策。如老杜云'鸡虫得失无了时，注目寒江倚山阁'是也。黄鲁直作《水仙花》诗，亦用此体，云：'坐对真成被花恼，出门一笑大江横。'"（《步里客谈》卷下）又洪迈云："杜子美《存殁绝句二首》云：'席谦不见近弹棋，毕曜仍传旧小诗。玉局他年无限笑，白杨今日几人悲？''郑公粉绘随长夜，曹霸丹青已白头。天下何曾有山水？人间不解重骅骝。'每篇一存一殁，盖席谦、曹霸存，毕、郑殁也。黄鲁直《荆江亭即事十首》其一云：'闭门觅句陈无己，对客挥毫秦少游。

正字不知温饱未?西风吹泪古藤州。'乃用此体,时少游殁而无已存也。"(《容斋续笔》卷二)他们提到的黄诗分别是《王充道送水仙花五十枝欣然会心为之作咏》和《病起荆江亭即事十首》之八,都作于建中靖国元年(1101)。显然,这种借鉴古人之"体"的手法更好地体现了学古而能变化的精神,所以没有损害诗歌的自然。

晚期黄体最突出的新气象是出现了平淡质朴的风格。早期黄诗中并不是完全没有语言平易的作品,例如作于元丰五年(1082)的《登快阁》,但此诗以豪纵之笔写兀傲之情,仍给人以健拔之感,难称平淡。只有到了晚期,黄诗才进入了平淡质朴的全新境界,部分佳作已达到他所追求的"不烦绳削而自合"的水准。例如《和高仲本喜相见》、《新喻道中寄元明用觞字韵》、《追和东坡题李亮功归来图》等七律,语言质朴平易,对仗疏宕而有古意,已达到剥落浮华的境地。再如《书摩崖碑后》这首七古,以平直严谨的章法表达出曲折开合的意绪和跳荡起伏的气势,以古朴平易的语言进行了绘声绘色的叙事和纵横恣肆的议论,可谓深入浅出,炉火纯青。为免词冗,且看一首短小的五古《跋子瞻和陶诗》:

子瞻谪岭南,时宰欲杀之。饱吃惠州饭,细和渊明诗。
彭泽千载人,东坡百世士。出处虽不同,风味乃相似。

此诗不但没有一句景语,而且没有一句情语。全诗用极其质朴的文字、极其平直的句法直叙其事,然而字里行间却包蕴着深刻的思考和深沉的情感。第二句直揭"时宰"的险恶用心,既点明那是路人皆知的阴谋,也暗示了对此辈小人的蔑视,语虽直截而意甚深刻。唯其如此,表面上质木无文的三、四句使苏轼在惠州的行事及其高超的人品凸现纸上,因为在如此的环境中尚能"饱吃饭"且"细和诗",需要何等的胸襟!后四句从正面立论赞颂苏轼,措辞严正,意味深长。这样的诗不但词浅意深,以简驭繁,而且完全打破了以情景交融取胜的传统诗法,真正达到了"平淡而山高水深"的老成境界。

由此可见,黄庭坚晚年的诗歌创作与其诗论其实是桴鼓相应的,这与苏轼晚年的美学追求也是朝着同一方向的。由于早期黄诗生新奇峭的独特风格在人们心目中先入为主,所以晚期黄诗的风格转变往往被忽视了,有的论者甚至完全无视晚期黄诗的存在而一味指责黄庭坚求奇过甚。事实上黄庭坚在晚年的创作实践中已经以质朴平淡的风格追求削减了早期的缺点，从而达到了精光内敛的老成境界，这是我们评价黄诗时必须注意的。

　　莫励锋，1949年生。1984年毕业于南京大学中文系，获博士学位，现为该系教授、古代文学博士生导师。有专著《杜甫评传》等。
　　以上"代序"选自《文学遗产》1995年第3期。为行文需要，编者对原文稍作修改，并删去注释。

目录

前言 /001
论黄庭坚诗歌创作的三个阶段
　　（代序）（莫砺锋）/001

◎ 诗

次韵赏梅 /001
虎号南山 /002
徐孺子祠堂 /004
次韵裴仲谋同年 /005
流民叹 /007
过平舆怀李子先时在并州 /010
弈棋二首呈任公渐（选一）/011
戏咏江南土风 /012
答龙门潘秀才见寄 /013
秋怀二首 /015
古诗二首上苏子瞻（选一）/017
过方城寻七叔祖旧题 /018
和师厚接花 /020
再次韵呈明略并寄无咎 /021
和陈君仪读太真传五首（选一）
　　　　　　/023

目 录

次韵盖郎中率郭郎中休官
　　二首 /024
汴岸置酒赠黄十七 /026
次韵公择舅 /027
次韵伯氏长芦寺下 /028
宿旧彭泽怀陶令 /030
以右军书数种赠丘十四 /032
赣上食莲有感 /034
次韵和答孔毅父 /036
秋思寄子由 /038
次元明韵寄子由 /039
登快阁 /041
上大蒙笼 /042
劳坑入前城 /044
答永新宗令寄石耳 /046
夜发分宁寄杜涧叟 /049
奉答李和甫代简二绝句 /050
观王主簿家酴醾 /051
送王郎 /052
题宛陵张待举曲肱亭 /054
寄黄几复 /056
和答钱穆父咏猩猩毛笔 /057
有怀半山老人再次韵二首
　　（选一）/058
次韵王荆公题西太一宫壁
　　二首 /059
次韵子瞻武昌西山 /061
送谢公定作竟陵主簿 /064
送范德孺知庆州 /066
赠陈师道 /068

戏呈孔毅父 /070
子瞻诗句妙一世，乃云效庭坚
　　体，盖退之戏效孟郊、樊
　　宗师之比，以文滑稽耳。
　　恐后生不解，故次韵道
　　之。子瞻《送杨孟容诗》云
　　"我家峨眉阴，与子同一
　　邦"，即此韵 /071
陈留市隐并序 /073
题郑防画夹五首（选一）/074
再答元舆 /075
次韵几复和答所寄 /077
次韵王定国扬州见寄 /078
双井茶送子瞻 /079
咏李伯时摹韩幹三马次苏子
　　由韵简伯时兼寄李德素
　　/080
次韵柳通叟寄王文通 /083
次韵子瞻题郭熙画秋山 /084
题伯时画严子陵钓滩 /086
题子瞻枯木 /087
题竹石牧牛 /088
老杜《浣花溪图》引 /089
听宋宗儒摘阮歌 /091
次韵子瞻以红带寄王宣义
　　/094
与元明过洪福寺戏题 /097
六月十七日昼寝 /098
北窗 /098
寺斋睡起二首 /099

和答元明黔南赠别 /101
竹枝词(选一) /102
又答斌老病愈遣闷二首 /103
寄题荣州祖元大师此君轩 /105
次韵黄斌老所画横竹 /107
再次韵兼简履中南玉三首(选一) /108
送石长卿太学秋补 /109
戏题巫山县用杜子美韵 /111
次韵马荆州 /112
次韵中玉水仙花二首 /113
跋子瞻和陶诗 /115
病起荆江亭即事(选三) /116
王充道送水仙花五十枝,欣然会心,为之作咏 /118
蚁蝶图 /119
雨中登岳阳楼望君山二首 /120
"壶中九华"诗 /122
次韵文潜 /123
次韵高子勉十首(选二) /125
武昌松风阁 /127
新喻道中寄元明用"觞"字韵 /129
题胡逸老致虚庵 /130
鄂州南楼书事(选一) /132
寄贺方回 /133
十二月十九日夜中发鄂渚,晓泊汉阳,亲旧携酒追送,聊为短句 /133
书摩崖碑后 /135
清明 /137
题阳关图二首 /138
郭明甫作西斋于颍尾,请予赋诗二首 /139
题落星寺岚漪轩 /141

◎词

沁园春(把我身心) /143
水调歌头(瑶草一何碧) /144
诉衷情(小桃灼灼柳鬖鬖) /146
望江东(江水西头隔烟树) /147
水调歌头(落日塞垣路) /148
鹧鸪天(黄菊枝头生晓寒) /150
醉蓬莱(对朝云叆叇) /151
蓦山溪(鸳鸯翡翠) /152
定风波(万里黔中一漏天) /154
西江月(断送一生惟有) /155
千秋岁(苑边花外) /156
定风波(把酒花前欲问溪) /158
菩萨蛮(半烟半雨溪桥畔) /159
虞美人(天涯也有江南信) /160
木兰花令(凌歊台上青青麦) /161
清平乐(春归何处) /162

念奴娇(断虹霁雨) /163
谒金门(山又水) /165
南乡子(诸将说封侯) /166

◎文

上苏子瞻书 /168
东郭居士南园记 /171
黄几复墓志铭 /174
小山集序 /177

与洪甥驹父 /180
黔南道中行记 /182

◎附录

黄庭坚年谱简编 /186
黄庭坚著作主要版本 /200
黄庭坚研究重要著述 /202
《黄庭坚集》名言警句 /204

◎诗

次韵赏梅

【题解】

此诗为黄庭坚青年时代的作品。次韵：按原诗的韵脚及用韵次序做诗。

安知宋玉在邻墙，笑立春晴照粉光。
淡薄似能知我意，悠闲元不为人芳。
微风拂掠生凉思，小雨廉纤洗暗妆。
只恐浓葩委尘土，谁令解合返魂香？

【新解】

安知宋玉在邻墙，笑立春晴照粉光——安：怎。宋玉《登徒子好色赋》说东邻有一位美丽的女子，曾登上墙头窥看自己以表达她的爱慕之意。这两句是说：怎么知道宋玉就在邻墙，梅花含笑独立墙边只是为了沐浴新春的阳光。这里以东邻之女喻梅花，说她不屑于向邻墙的宋玉抛送媚眼。活用典故，乃山谷诗最为显著的特色。

淡薄似能知我意，悠闲元不为人芳——淡薄：同"澹泊"，恬淡寡欲。悠闲：安详柔顺。元：原来。这两句是说：梅花恬淡寡欲似可与我心意相通，她安详柔顺地开放，原来也并非为了取悦于人。

微风拂掠生凉思，小雨廉纤洗暗妆——凉思（sī）：凉意。廉纤：雨细貌。暗妆：指沾了灰尘而显得暗淡的花朵。这两句是说：微风拂过梅花，凉意顿生；细雨濛濛，洗却花瓣上的灰尘。

只恐浓葩委尘土，谁令解合返魂香——浓葩：艳丽的花。令：使。解合：懂得制成。返魂香：《海内十洲记》载，聚窟洲有返魂树，树汁煎丸为香，死者闻之则活。这两句是说：只怕那些艳丽的花朵零落成泥碾作尘，有谁能够合制返魂香使之起死回生呢？

前四句写赞梅之情，说梅花含笑独立墙边，只是为了沐浴新春的阳光，而不是像一般的花那样为了取悦于人，在表现梅花孤芳自赏的韵格同时，也寄寓了诗人耿介不俗、淡泊自守的铮铮风骨。后四句写惜梅之情。风雨飘摇,繁华如梦,零落成泥碾作尘,有谁能够合制返魂香来起死回生?现实就是如此的冷酷无情。美好的东西终归幻灭。惜梅即是惜春伤春,怜惜美好的青春,伤悼人生的衰老。此诗写得一往情深,设色浓丽,体现了黄山谷青年时代作品的风格。

虎号南山

此诗作于熙宁元年(1068),时山谷将赴汝州叶县尉。此诗题下注:"虎号南山,民怨吏也。"从注即可看出此诗将统治者的剥削喻为猛虎食人,具有很强的批判力。

虎号南山,北风雨雪。百夫莫为,其下流血。
相彼暴政,几何不虎?父子相戒,是将食汝。
伊彼大吏,易我鳏寡。剜彼小吏,取桎梏以舞。
念者先民,求民之瘼;今其病之,言置于壑。
出民于水,惟夏伯禹。今俾我民,是垫平土。
岂弟君子,伊我父母。不念赤子,今我何怙!
呜呼旻天,如此罪何苦!

虎号南山,北风雨雪——号:吼叫。北风:《诗经·邶风·北风》中有"北风其凉,雨雪其雱";"北风其喈,雨雪其霏"的诗句。而《北风》一诗是用来针砭统治者的贪虐残暴的。文中用"北风雨雪"即直承此意。这两句是说:那凶恶的老虎在南山之中吼叫,北风夹杂着雨雪落下。

百夫莫为,其下流血——百夫:众人。莫为:不要做那样的人。这两句是说:你们不要去做像老虎那样的人,因为它是靠着吃别人的血肉为生的。

相彼暴政,几何不虎——相彼:看那。相,看的意思。《诗经·小雅·伐木》:"相彼鸟矣,犹求友声。"几何不虎:有哪些不像老虎。《礼记·檀弓》记载,孔子从泰山经过,见一妇人在坟墓边痛哭,他使人问原因,那妇人说是一家人中公公、丈夫、儿子均死于老虎之口,孔子问她为何不离开此地,那妇人说这里没有苛政。孔子因此说:"小子识之,苛政猛于虎也!"诗中即用此事。这两句是说:看那统治残酷的政策,有哪些不像老虎一样呢?

父子相戒,是将食汝——相戒:互相告诫,互相提醒。是:指老虎。食汝:吃你,吃人。这两句是说:父子相互告诫,相互提醒,说那老虎是要吃人的。

伊彼大吏,易我鳏寡——伊:语助词。彼:那些。大吏:当大官的人。易:轻视。鳏寡:即鳏夫与寡妇。《孟子·梁惠王下》:"老而无妻曰鳏,老而无夫曰寡。"这两句是说:那些自居高位的大官们,他们高高在上,根本看不起那些鳏夫寡妇。

矧彼小吏,取桎梏以舞——矧(shěn):何况。小吏:地方上的小官。桎梏:即刑具。用在手上的叫梏,用在脚上的叫桎。舞桎梏表示滥用刑法。这两句是说:何况那些地方上的小吏们,他们肆意滥用刑法,压迫残害百姓。

念者先民,求民之瘼——念:怀念。先民:即古代的贤人。《诗经·大雅·板》:"先民有言,询于刍荛。"瘼:疾瘼,民瘼,指百姓的疾苦。这两句是说:我怀念那些古代的贤人们,他们常常关心了解百姓们的疾苦。

今其病之,言置于壑——今:如今。其:指各种大小的官吏。病之:难以做到。言:助词。置:丢弃。壑:沟壑。这两句是说:但是现如今那些大大小小的官吏们都难以做到关心百姓们的疾苦这一点,因而百姓们流离失所,死者尸骨填壑。

出民于水,惟夏伯禹——出民:使民出于苦难。即拯救百姓。传说舜时大水,民受其害十分严重,舜派禹的父亲鲧去治水,鲧治水方法不当,导致失误,后来派禹去治水,禹用疏导的方法,终于平息水患。夏伯禹:即夏禹。禹的儿子启建立夏朝,所以称禹为夏禹。伯,古代统治一方的首领。这两句是说:拯救百姓于水患之中的就是那夏禹。

今俾我民,是垫平土——俾:使。垫:淹没,沉下去。《尚书·益稷》:"禹曰:'洪水滔天,浩浩怀山襄陵,下民昏垫。'"平土:《孟子·滕文公下》:"险阻既远,鸟兽之害人者消,然后人得平土而居之。"平土则指适合人居住的平地。垫平土,此处是指使人们从平地上陷下去,即陷人们于水深火热之中。这两句是说:现如今那些老百姓都被官吏暴政盘剥,陷入了水深火热之中。

岂弟君子,伊我父母——岂弟:同"恺悌",即平易。君子:指官吏。《诗经·大雅·洞酌》:"岂弟君子,民之父母。"此处即取其意。这两句是说:那些当官的都是老百姓们的父母官。

不念赤子,今我何怙——赤子:原指婴儿,后引申为百姓。怙:依靠。《诗经·小雅·蓼莪》:"无父何怙?无母何恃?"这两句是说:那些统治者们不念及百姓的苦乐,我们又有什么依靠呢?

呜呼旻天,如此罪何苦——旻(mín)天:原指秋天,此处指上天、上苍。《尚书·大禹谟》:"帝初于历山,往于田,日号泣于旻天。"这两句是说:哎呀上苍呀,像这样的苦难是何等的深重啊!

此首诗歌采用四言体,而且还多处引用《诗经》中的诗句,其取意造句朴实,以诗陈情,是对《诗经》风雅比兴传统的继承。诗人将统治者的暴政比喻成吃人的老虎。"相彼暴政,几何不虎?"那是对统治者的直斥,随后将统治者中的大小官吏加以描写,那些身居高位的高高在上,对民情不闻不问,那些下级官吏欺压百姓,滥用刑法,百姓处于水深火热之中。

紧接着诗人以古代贤人的关心民瘼,古代英主的救民水火与现在的统治者相对比,从而凸现出统治者的暴政。全诗在百姓向上苍的呼号声中结束,更加强了批判之力。

徐孺子祠堂

此诗作于熙宁元年(1068),时山谷将赴汝州叶县尉。徐穉:字孺子,东汉高士,豫章南昌人,家贫躬耕,公府屡次辟请而不就。徐孺子祠堂在南昌,据其故居修成。此诗为诗人赴任前拜谒徐孺子祠堂时有感世风而作。

乔木幽人三亩宅,生刍一束向谁论?
藤萝得意干云日,箫鼓何心进酒樽?
白屋可能无孺子?黄堂不是欠陈蕃。
古人冷淡今人笑,湖水年年到旧痕。

乔木幽人三亩宅,生刍一束向谁论——乔木:高大的树木。《诗经·小雅·伐木》:"出自幽谷,迁于乔木。"幽人:即隐士。孟浩然《夜归鹿门山歌》:"岩扉松径长寂寥,唯有幽人自来去。"三亩:言地方之小。生刍一束:《后汉书·徐穉传》载徐前往吊郭泰母丧,在灵堂前放了一束新割的青草而去,其意取《诗经·小雅·白驹》"生刍一束,其人如玉"之意。生刍,新割的青草。这两句是说:看那祠堂地方仅占三亩有馀,但其中乔木参天,曾有高人在此居住;想那徐孺子生刍一束,其意又有谁能够明白呢?此二句表明古人品质高洁。

藤萝得意干云日,箫鼓何心进酒樽——藤萝:泛指蔓生植物,其茎常攀援于乔木之上。干云:形容树木高大,及于云际。箫鼓:指祭祀时奏乐。汉武帝《秋风辞》:"横中流兮扬素波,箫鼓鸣兮发棹歌。"这两句是说:看那藤萝攀援于乔木之上，一直高及云际，但祠堂之中却一片冷落，祭礼萧条。此二句说明那些新进官僚攀附向上，得意一时，而相比之下，高士的祠堂却一片冷落，亦有惜才不被重用的感叹。

白屋可能无孺子？黄堂不是欠陈蕃——白屋：平民的住所，古代平民住屋不施彩，故称白屋。可能：怎能，岂能。黄堂：指太守之堂。范成大《吴郡志》卷六中说：据《郡国志》载：黄堂"在鸡陂之侧，春申君子假君之殿也，后太守居之。以数失火，涂以雌黄，遂名黄堂，即今太守正厅是也。今天下郡治，皆名黄堂，仿此。"陈蕃：东汉人，为豫章太守时，不接宾客，每当徐孺子来，则特设一榻，徐离开则将坐榻挂起。此句因曾巩曾经为徐稺立祠，故说地方官中亦有礼贤下士之人。这两句是说：平民之屋中并不是没有像徐孺子一样的高洁之士；为官一方的太守之中也并不是没有像陈蕃一样礼贤下士之人。

古人冷淡今人笑，湖水年年到旧痕——湖水：指南昌城外的东湖，即今之青山湖，徐孺子祠堂在湖南边的小洲上。这两句是说：古人的自甘淡泊，高风亮节被今人所笑，但尽管如此，那湖水依旧，波痕不减，万古长存。

此诗为山谷二十四岁时的作品，首二句即以乔木幽人，生刍一束起句，以此象征像徐孺子一样的古人品质之高洁，紧接着又以藤萝攀援于高树之上说明现今的新进官僚攀附向上，得意一时，早已经没有古人的那种高洁品质，眼前高士的祠堂一片冷落，祭礼萧条。然而是不是高洁之士已经没有了呢？不是的。领联以"白屋可能无孺子？黄堂不是欠陈蕃"告诉读者，在民间，拔俗之士并没有绝迹，而为官者当中也不乏礼贤下士之人，给人以希望，从语气看不仅有自喻之意，而且有对曾巩的赞誉之情。尾联首句以古今作对比，古人的自甘淡泊，高风亮节被今人所笑，但尽管如此，古人的高风依然犹如那湖水，波痕不改，万古长存。清·方东树曾经评此诗说："起二句分点，三四写景，五六所谓借感自己，收切祠堂，高超入妙，即五六句中意。今人尚笑古人冷淡，则我安得不为人笑，但有志者不顾也。末句所谓兴也，言外之妙，不可执着。"（见《昭昧詹言》卷十）

次韵裴仲谋同年

此诗作于熙宁二年（1069），时黄庭坚在叶县任上。此诗在抒写友情之中表露出厌弃官场、向往归隐的情志。次韵：按原诗的韵脚及用韵次序做诗。裴仲谋：裴纶，时任颍昌舞阳县（今属河南）尉。同年：同榜登科的人。裴仲谋与山谷同登治平四年进士第。

交盖春风汝水边,客床相对卧僧毡。
舞阳去叶才百里,贱子与公俱少年。
白发齐生如有种,青山好去坐无钱。
烟沙篁竹江南岸,输与鸬鹚取次眠。

【注解】

交盖春风汝水边,客床相对卧僧毡——交盖:表示客途相遇的交欢。两车相遇,乘客下车相见,车上的伞盖倾侧相交。取"白头如新,倾盖如故"之意。汝水:汝河,为淮河支流。卧僧毡:投宿僧寺。这两句是说:你我在客途中相遇于汝水之滨,沐浴在春风之中,交游甚欢,你我也曾同宿在僧寺,对床夜话,亲切而温馨。

舞阳去叶才百里,贱子与公俱少年——舞阳:在今河南舞阳西。叶(shè):在今河南叶县南。去:距。贱子:自谦之词。这两句是说:舞阳与叶县相距才百里,想那时我与你同游,两人都是年纪轻轻。这两句说明双方皆年少,两地又毗邻,美好的情意正来日方长,欣慰之意可感。

白发齐生如有种,青山好去坐无钱——此两句中上句用"王侯将相宁有种乎"字面,下句出自《世说新语·排调》:"支道林因人就深公买印山,深公答曰:'未闻巢由买山而隐。'"坐:因为。这两句是说:如今两人白发已生,事业无成,本想回乡隐居,但又没有买山的钱。此两句转为失意之叹,由年少之喜而为白发齐生、归隐难得之慨,其间的转跌表现出巨大的心理落差。

烟沙篁竹江南岸,输与鸬鹚取次眠——篁:竹子。输与:让给。取次:随便,任意。白居易《偶眠》:"老爱寻思事,慵多取次眠。"这两句是说:江南那秀水篁竹,风景优美,但无缘欣赏,只好让那些自由自在的鸬鹚随意享用了。这两句进一步申述归隐不成的遗憾,但在景色的点染中又含有深情的向往。

诗写与裴同年的情谊。前两句摄取客途相见、僧床夜话两个镜头,将朋友之间的情谊写得亲切而温馨。颔联追述平时交游情事,上句言距离之近,暗示交往的频繁;下句追述年轻,暗示同游的欢愉,概括力极强。颈联大力翻转,从追述转入抒怀,写虚度年华的感喟。"白发齐生"与"俱少年"对比强烈;"青山好去"与"坐无钱"顿挫深沉。"烟沙"两句宕出远神:故乡风景再美,但无缘欣赏,只好让那些自由自在的鸬鹚随意享用了。惆怅、艳羡,含思无垠。

此诗句法结构不求工整而求生新,如"舞阳去叶才百里,贱子与公俱少年",

字面对得不工,句意相去甚远,却能给读者生新之感,已显露山谷本色。

流民叹

此诗作于熙宁二年(1069),时山谷在叶县。据《续资治通鉴长编拾补》载,司马光于熙宁元年八月奏曰:"今河决之外,加以地震,官府居民居荡焉。粪壤继以霖雨,仓廪腐朽,写食且乏,何暇及民。冬夏之交,民必大困。"此诗即写了这次地震灾情。

朔方频年无好雨,五种不入虚春秋。
迩来后土中夜震,有似巨鳌复戴三山游。
倾墙摧栋压老弱,冤声未定随洪流。
地文划剸水霶沸,十户八九生鱼头。
稍闻澶渊渡河日数万,河北不知虚几州。
累累襁负橐叶间,问舍无所耕无牛。
初来犹自得旷土,嗟尔后至将何怙?
刺史守令真分忧,明诏哀痛如父母。
庙堂已用伊吕徒,何时眼前见安堵?
疏远之谋未易陈,市上三言或成虎。
祸灾流行固无时,尧汤水旱人不知。
桓侯之疾初无证,扁鹊入秦始治病。
投胶盈掬俟河清,一箪岂能续民命?
虽然犹愿及此春,略讲周公十二政。
风生群口方出奇,老生常谈幸听之。

朔方频年无好雨,五种不入虚春秋——朔方:指北方。五种:指五谷,即黍、菽、稷、麦、稻五种谷物,此处指粮食。这两句是说:北方地区连年没有下过透雨,五谷作物只种而无获,年年虚度而无实际收成。

迩来后土中夜震,有似巨鳌复戴三山游——迩来:近来。迩,近的意思。后土:指大地。三山:《史记·封禅书》:"自威、宣、燕昭使人入海求蓬莱、方丈、瀛洲。"三山即指此。这两句是说：近来大地常常震动，地动山摇，就好像那天帝所派的巨鳌负载着三山四处游移。

倾墙摧栋压老弱，冤声未定随洪流——这两句是说：地震的时候，墙壁房屋倒塌，那房上的木头掉下，砸住无法及时离开的老人与小孩，大家痛声未定的时候，洪水又暴发了。此二句上承前两句，写地震的惨状。

地文划劙水鼥沸，十户八九生鱼头——地文：地上的裂缝。划劙(lí)：割裂。鼥(bì)沸：泉水涌出。《诗经·小雅·采菽》："鼥沸槛泉，言采其芹。"生鱼头：唐代卢仝《月蚀诗》："但见万国赤子䰳䰳生鱼头。"此指百姓被洪水围困。这两句是说：水从地上的裂缝中喷涌而出，百姓们十户有八九户都被洪水所围困。

稍闻澶渊渡河日数万，河北不知虚几州——澶渊：又名繁渊，故址在河南濮阳西，为湖泊名，此指澶州，是地震的一个地方。河：黄河。这两句是说：我听说澶州的百姓渡过黄河逃难的一天就有数万之多，这样的话黄河以北不知有多少州县已经虚空无人。

累累襁负襄叶间，问舍无所耕无牛——累累：形容众多，接连不断。襁负：用襁褓背负小孩。《论语·子路》："夫如是，则四方之民襁负其子而至矣，焉用稼？"襄叶间：襄城与叶县一带。这两句是说：整个襄城和叶县一带众多的逃难者接连不断，他们扶老携幼，有的还背着小孩；我问他们的情况，他们说家已被毁，没有居住之所，家畜也无幸免，想种地连牛也没了。

初来犹自得旷土，嗟尔后至将何怙——初来：刚来之时。何怙：依靠什么。《诗经·小雅·蓼莪》："无父何怙？无母何恃？"这两句是说：早先来到这里的尚且可以得到稍多一点的土地，耕种为生，只是叹息后来的人已无土地可分，他们将靠什么生活？

刺史守令真分忧，明诏哀痛如父母——刺史：州郡行政长官。守令：指太守县令等地方官员。诏：皇帝的诏书。这两句是说：州郡县的大小官员都组织救灾，为国分忧，皇帝也下诏要求救灾，并对灾民表示哀痛，有如哀痛自己的父母一般。

庙堂已用伊吕徒，何时眼前见安堵——庙堂：指朝廷。北宋范仲淹《岳阳楼记》有"居庙堂之高则忧其民"之句。伊吕：伊尹与吕尚。伊尹辅佐商汤；吕尚即姜尚，辅佐周文王与周武王。两人均是古代的贤能之人。安堵：安居之所。《史记·田单列传》："愿无虏掠吾族家妻妾，令安堵。"这两句是说：朝廷之上已经有了贤能的人主持国政，只是不知何时这些灾民们能够有一个安居之所。此二句语含讽刺。

疏远之谋未易陈，市上三言或成虎——"市上"句：《战国策·魏策》记载庞恭与太子到赵国作人质，庞恭问魏王：如果有一人或两个人说集市上有老虎，你是否相信，魏王说他不信。庞恭又问如果三个人说有虎，你信不信，魏王说他相信，庞恭说:"集市上没有老虎是显而易见的事情,但如果三个人说有虎,你就会相信。我要到赵国去,赵魏相距远远大于到集市的路程,而背后说我坏话的人不止三人,希望魏王要明察。"此处借"三人言而成虎"的故事说明有人谗毁。这两句是说:我是一个疏远之臣,想上呈意见是件困难的事,即使上呈,背后也可能招致别人的谗毁。

祸灾流行固无时,尧汤水旱人不知——"尧汤水旱"句:《汉书·食货志》:"故尧禹有九年之水,汤有七年之旱,而国无捐瘠者,以畜积多而备先具也。"这两句是说:天灾流行,是没有固定的时间的,但尧汤时的水灾和旱灾发生时人们却并没有受灾,甚至不知,那主要是因为事先有准备的缘故。

桓侯之疾初无证,扁鹊入秦始治病——"桓侯"二句:即"讳疾忌医"的故事。扁鹊欲为蔡桓侯治病,桓侯讳疾忌医,认为自己没有病,及至发现已经病入骨髓,再去找扁鹊时,扁鹊已经逃到秦国,桓侯因此而送命。证:征兆。这两句是说:蔡桓侯的病情早些时候没有什么征兆,但等到发现,扁鹊已经离国去秦,为时已晚。

投胶盈掬俟河清,一箪岂能续民命——投胶:《抱朴子·外篇》卷一《嘉遁》:"寸胶不能治黄河之浊,尺水不能却萧丘之热。"盈掬:满捧。掬,用双手捧取。俟:等待。一箪:说明食物极少。箪,一种盛饭的竹器。《孟子·告子上》:"一箪食,一豆羹,得之则生,弗得则死。"续:延续。这两句是说:以满满一捧胶投到黄河中,不会使黄河水变清;一箪的食物又岂能延续灾民的性命?

虽然犹愿及此春,略讲周公十二政——周公十二政:《周礼·地官·大司徒》:"以荒政十有二,聚万民。一曰散利,二曰薄征,三曰缓刑,四曰弛力,五曰舍禁,六曰去几,七曰眚礼,八曰杀哀,九曰蕃乐,十曰多昏,十有一曰索鬼神,十有二曰除盗贼。"相传周公制礼作乐,因此称"周公十二政"。这两句是说:我在这里略讲周公赈济灾荒的十二项措施,虽然知道赈灾不能从根本上解决问题,但是趁今春抓紧赈灾,还是能够有所帮助的。

风生群口方出奇,老生常谈幸听之——风生:指言论。出奇:指提出各种新奇的建议。这两句是说:大臣们就赈灾问题提出了各种新奇的建议和策略,我有幸听之,也只不过是老生常谈。

此首诗描写地震灾害以及震后洪水泛滥,百姓无家可归的景象。全诗可分两部分去解读,首先诗人描写了地震的惨状,"有似巨鳌复戴三山游","倾墙摧栋压老弱",随后又是洪水泛滥,"十户八九生鱼头",其惨烈之状,触目惊心。而逃难的百姓"累累襁负襄叶间,问舍无所耕无牛"。他们流离失所,无以为生。其次,诗人通过以上事情的描写,转入了关于赈济灾荒,救民水火的议论,高居庙堂之上的执政者,"风生群口方出奇",但终究是老生常谈,同时诗人也感慨自己"疏远之谋未易陈",职微言轻,无补于事。在此番议论中,诗人的看法是治国必须未雨绸缪,诗人引用"尧汤水旱""讳疾忌医"等典故,寓意其中,典重厚实。

过平舆怀李子先时在并州

【题解】

熙宁四年(1071),山谷因事过平舆,想念起远在并州的好友李子先,作此诗劝他一起解职归乡。平舆:隶属蔡州,今属河南。李子先:作者的同乡好友。并州:治阳曲(今山西太原)。

> 前日幽人佐吏曹,我行堤草认青袍。
> 心随汝水春波动,兴与并门夜月高。
> 世上岂无千里马?人中难得九方皋。
> 酒船鱼网归来是,花落故溪深一篙。

前日幽人佐吏曹,我行堤草认青袍——幽人:指李子先。佐:佐助。吏曹:府县的属官。青袍:低级官吏的服色,此指代李子先。这两句是说:前日你被派去充当吏曹小官,我行在堤上,那青草跟青袍的颜色十分相近,不由得使我想起了你。

心随汝水春波动,兴与并门夜月高——汝水:淮河支流。源出河南嵩县,流入淮水。这两句是说:您的兴致如汝水春天之波荡漾漾,如并州夜月之高悬。此两句为拟想对方的兴致,且以"随"、"与"写出其高涨的动势,抒情手法可谓别开生面。

世上岂无千里马?人中难得九方皋——九方皋:春秋时的相马专家。这两句是说:世上岂能没有千里马?那是因为缺少发现千里马的九方皋。此又兼用韩愈的《杂说四》:"世有伯乐,然后有千里马,千里马常有,而伯乐不常有。"诗人隐约以千里马自喻,感叹无人赏识自己。

酒船鱼网归来是,花落故溪深一篙——这两句是说:家乡有酒船鱼网,你还是归来为是,溪水新涨,漂送落花,正有一竹篙深呢!此两句回应"幽人"意脉,以故乡风物作结,以隐居美景唤起归隐之心。

诗为怀友思乡之作。第一、四句说对方赴并为官、月夜雅兴,二、三句写自己见草怀友、心潮逐浪。这四句扣住"幽人"来写:对方是幽人,所以虽然为官,雅兴不改;自己思念对方也是从堤草、汝水这些清幽的自然景物上生发出联想。五六句直抒胸臆:世上人才虽多,但知音却非常难得!结二句回应"幽人"意脉,以故乡风物作结,以隐居美景唤起归隐之心。

据宋人《潜夫诗话》,山谷教人写诗,举出"世上岂无千里马,人中难得九方皋"两句话说:"此可为律诗法。"这两句是对偶句,句意单行直下,一气贯通,是"流水对"。清代赵翼《瓯北诗话》推举此诗"独辟蹊径",并谓:"诗果意思沉著,气力健举,虽则和谐圆美,何尝不沛然有馀?若以生僻争奇,究非大方家耳。"可见山谷的诗,也并不是一味以奇险取胜,这首诗就体现了山谷诗和谐圆美的风格。

弈棋二首呈任公渐(选一)

这是一首以描写下棋为题材的诗作,写于熙宁四年(1071),时山谷在叶县。弈棋:下棋。弈,围棋。任公渐:不详。

> 偶无公事客休时,席上谈兵校两棋。
> 心似蛛丝游碧落,身如蜩甲化枯枝。
> 湘东一目诚堪死,天下中分尚可持。
> 谁谓吾徒犹爱日,参横月落不曾知。

偶无公事客休时,席上谈兵校两棋——公事:公家之事,公务。这两句是说:偶尔闲暇没有公事去做,就与休息的宾客在席上铺开棋谱,摆开阵势,下棋搏杀。

心似蛛丝游碧落,身如蜩甲化枯枝——碧落:指天空。"身如"句:《庄子》中载佝偻丈人一心捕蜩,意志专一,把身子当成了枯树,手臂当成了树枝。此处用以比喻下棋者专心致志,达到了忘我的境界。这两句是说:对弈者冥思潜想,他深思的样子,内心的举动就好像天空之中随风飘荡的蛛丝那样细微;他专心致志,就像那承蜩的佝偻丈人一样,意志集中,达到了忘我的境地。

湘东一目诚堪死,天下中分尚可持——湘东一目:《南史》中记载,梁湘东王萧绎,早年的时候一目失明。此处比喻下棋者处于不利的局势。围棋需两"眼"才能活,现只有一"眼"便是死局。天下中分:指平分天下。此处指和局。这两句是说:看那下棋的人已经处于不利的局势了,但他仍然精心运筹,不去服输,希望能够通过努力而下一个和局。

谁谓吾徒犹爱日，参横月落不曾知——吾徒：我们，即指下棋的人。爱日：爱惜时日，珍惜光阴。参横：参宿横陈，表示夜阑更尽。这两句是说：谁说我们很是爱惜光阴，你看我们下棋都下到了连夜阑更尽、星沉月堕都不曾知道的境地。此二句包罗前文，将对弈者的专心致志进一步表现出来。

这是一首描写下棋的诗，将对弈者的心理以及其中凝神的形象为我们做了传神的展现。

首二句"偶无公事客休时，席上谈兵校两棋"是说闲来无事便与客人共同下棋。随后两句写得十分精彩，"心似蛛丝游碧落，身如蜩甲化枯枝"，对弈的人殚精竭虑，冥思潜想，他那种沉吟徘徊，那种沉思之后偶得一招的心理变化就像天空中随风飘荡的蛛丝，虽然细小，但却不曾断绝，接下一句则化用佝偻丈人承蜩的故事写其专心致志，达到了忘我的境界。颈联则主要写了对弈者的意志坚韧与永不服输。"湘东一目诚堪死，天下中分尚可持"，看那局势已经是处于不利的死局了，但对弈者还是精心运筹，希望有所改观，能得到一个和局，这便表现出对弈者的心理活动，细致入微。结尾两句"谁谓吾徒犹爱日，参横月落不曾知"先以一句反问之语给读者展现了他们的珍惜时光，但因为下棋聚精会神，居然一直到了夜阑更尽，星沉月堕的时候，这样就包罗了前文，进一步将对弈者的专心与忘我表现了出来。

戏咏江南土风

此诗作于熙宁四年（1071），时山谷任叶县尉。此诗为一首怀乡之作，将浓浓的乡思之情寓于诗中。

> 十月江南未得霜，高林残水下寒塘。
> 饭香猎户分熊白，酒熟渔家擘蟹黄。
> 橘摘金苞随驿使，禾舂玉粒送官仓。
> 踏歌夜结田神社，游女多随陌上郎。

十月江南未得霜，高林残水下寒塘——"十月"句：白居易《早冬》："十月江南天气好，可怜冬景似春华。霜轻未杀萋萋草，日暖初干漠漠沙。"这两句是说：江南十月,尚无寒霜,但时已深秋,树木开始落叶,给人一种高兀之感,塘中之水也已微寒,其水面也低于以往。

饭香猎户分熊白,酒熟渔家擘蟹黄——熊白:熊背上的白脂。《政和证类本草》十六:"熊白,是背上的膏,寒月则有,夏月则无。"擘:分开,剖开。这两句是说:那猎户之家,饭熟之时,香味弥漫,大家互相分着熊脂;那渔人之家,酒已温好,人人自己动手擘着蟹肉下酒。

橘摘金苞随驿使,禾春玉粒送官仓——金苞:指金橘。宋·欧阳修《归田录》卷二:"金橘产于江西,以远难致,都人初不识,明道、景祐初,始与竹子俱至京师。……香清味美,置樽俎间,光彩灼烁,如金弹丸,诚珍果也。都人初亦不甚贵,其后因温成皇后尤好食之,由是价重京师。"随驿使:指向朝廷进贡。驿使,驿站传送文书等物的使者。玉粒:指稻米。官仓:官府用以储存粮食的仓库。这两句是说:人们摘下金橘,由驿使带走,进贡朝廷;人们春出如玉粒般的稻米,源源送往官仓。

踏歌夜结田神社,游女多随陌上郎——踏歌:唐宋时民间有手拉手以足踏地为节奏而歌的风俗。李白《赠汪伦》:"李白乘舟将欲行,忽闻岸上踏歌声。"田神社:古时农村为祭土地神而举行的一种活动。游女:即出游的女子。陌:田间小路。刘禹锡《踏歌词》:"春江月出大堤平,堤上女郎连袂行。唱尽新词欢不见,红霞映树鹧鸪鸣。"这两句是说:夜晚时分,人们结队集于土神庙前,手拉手踏地而歌,祝贺丰收,那出游的女子们跟随自己心目中的郎君,欢声笑语荡漾在田间小路之上。

诗人任职叶县,思念家乡而作此诗。首联二句先写出江南十月之景,尚无寒霜,但也已经有秋日之致,高林、残水、寒塘。颔联二句展示了渔猎之家的生活,饭香弥漫,互分熊白的热闹一片,手擘蟹黄,温酒入肚时的畅然。"熊白"和"蟹黄"给人以强烈的色彩对比,犹如画中的重彩之处。颈联二句选了人们摘橘入贡,春米交粮的场景,展现了一幅江南丰收的景象,那颗颗金橘,那粒粒白米,给人一种丰饶之感。尾联选择踏歌寻欢,祭祀社神的场面,那颇具浪漫的民俗风情,引人入胜。整首诗通过这一系列画面的展示,寄托了作者浓浓的乡思。

答龙门潘秀才见寄

此诗作于熙宁四年(1071)叶县任上。诗中通过对龙门潘秀才的称颂,表达出对超凡脱俗的人生境界的向往。龙门:即伊阙,在洛阳南。《水经注·洛水》:"伊水又北入伊阙,昔大禹疏以通水,两山相对,望之若阙。伊水历其间北流,故谓之伊阙矣。"潘秀才:其人未详。

　　　　男儿四十未全老,便入林泉真自豪。
　　　　明月清风非俗物,轻裘肥马谢儿曹。
　　　　山中是处有黄菊,洛下谁家无白醪。
　　　　想得秋来常日醉,伊川清浅石楼高。

　　男儿四十未全老,便入林泉真自豪——林泉:山林泉石,指隐居之地。这两句是说:男儿四十岁之时,正值壮年,尚未老朽,但你却成游于山林泉石之间,真是有一股超俗的豪气。

　　明月清风非俗物,轻裘肥马谢儿曹——明月清风:《南史·谢朓传》:"入吾室者,但有清风;对吾饮者,唯当明月。"宋·欧阳修《会老堂致语》:"金马玉堂三学士,清风明月两闲人。"轻裘肥马:指富贵生活。《论语·雍也》:"乘肥马,衣轻裘。"谢:辞去不受。儿曹:即尔曹,这些东西。这两句是说:明月清风不是凡夫俗子所能欣赏的东西,但你却与之共往;轻裘肥马之类的富贵生活,你却辞去不受。

　　山中是处有黄菊,洛下谁家无白醪——是处:到处,处处。"洛下"句:指洛阳盛产美酒。《洛阳伽蓝记》卷四:"河东人刘白堕善能酿酒,季夏六月,时暑赫晞,以瓮贮酒,暴于日中,经一旬,其酒不动,饮之香美而醉,经月不醒。……游侠语曰:'不畏张弓拔刀,唯畏白堕春醪。'"这两句是说:看你所居之处,山中处处黄菊丛生,附近家家盛产美酒。

　　想得秋来常日醉,伊川清浅石楼高——伊川:即伊水。此水发源于河南熊耳山,东北流向,于偃师汇入洛水。石楼:龙门香山寺中的一处建筑,为诗人登临吟咏之地。这两句是说:想你秋日常常醉酒,徜徉于四周美景之中,看那伊水清澈见底,石楼高耸云端。

　　此诗主要是赞美称颂潘秀才壮年隐居,从而表达对超凡脱俗的人生境界的向往。首联二句是说潘秀才正值壮年便优游于山林泉石之间,自有一股超俗之气。颔联写了潘秀才与明月清风相随,而放弃富贵的生活,从中可见潘秀才的风神。颈联二句暗用陶渊明"采菊东篱下,悠然见南山"之意,写潘秀才饮酒赏菊,自有一番雅兴。尾联则是一句猜测之词,推想潘秀才秋日醉酒,四周又有美景相环,伊水清澈见底,石楼高耸云端,韵致悠远。

秋怀二首

题解

　　这两首诗作于熙宁八年(1075),时山谷任北京国子监教授。这两首诗,在任渊注《山谷诗集》及史容、史季温注《外集》、《别集》皆未收,翁方纲校刊《山谷诗全集》时据旧本收在《外集补遗》中,注"熙宁八年北京作",《宋诗钞》也收录。

　　　　秋阴细细压茅堂,吟虫啾啾昨夜凉。
　　　　雨开芭蕉新间旧,风撼筼筜宫应商。
　　　　砧声已急不可缓,檐景既短难为长。
　　　　狐裘断缝弃墙角,岂念晏岁多繁霜。

新解

　　秋阴细细压茅堂,吟虫啾啾昨夜凉——秋阴:秋日的阴沉之气。茅堂:用茅草盖的屋。这两句是说:秋日的阴气虽然不浓,但它不断地透进茅草盖的屋中;昨夜天气定是很凉,那秋虫鸣声啾啾,一刻不停。

　　雨开芭蕉新间旧,风撼筼筜宫应商——筼筜:即竹子。撼:摇动,形容风大。宫、商:五音中之二音。五音为"宫、商、角、徵、羽"。这两句是说:雨后芭蕉新叶长出,新叶子与旧叶子相间而生;秋风吹过,竹子摇动,发出具有音律的声音。

　　砧声已急不可缓,檐景既短难为长——砧:捣衣用的石头。头古代妇女多在秋天捣洗新衣,替家人做御寒的衣服,故"砧声"四起,便象征秋日的来临。杜甫《秋兴八首》:"白帝城高急暮砧"。檐景:即檐影。日照屋檐投下的影子。这两句是说:听那捣衣的砧声已经急不可缓,那寒衣定是应该赶快缝制了;秋天日短,屋檐外的日影不会加长。

　　狐裘断缝弃墙角,岂念晏岁多繁霜——狐裘:即用狐腋下毛缝制的皮裘。晏岁:岁晚,一年将尽。这两句是说:我那御寒的狐裘破裂无人缝补,故而弃于墙角,不自收拾,却没想到一年将尽,寒霜渐多,冷气逼人,难以对付。此二句写自己意态颓唐,其中曲述了自己的洒脱心情。

　　　　茅堂索索秋风发,行绕空庭紫苔滑。
　　　　蛙号池上晚来雨,鹊转南枝夜深月。

翻手覆手不可期,一死一生交道绝。
湖水无端浸白云,故人书断孤鸿没。

【注解】

茅堂索索秋风发,行绕空庭紫苔滑——索索:秋风吹过发出索索的声音。紫苔:青苔时间长以后颜色加深,略带紫色。这两句是说:秋风吹过,茅屋上的茅草被风吹得发出索索的声音;独自在空无人影的庭院绕行,那雨后的青苔脚踩上去之后也十分滑。此二句写冷宦孤居,过着寂寞的生活。

蛙号池上晚来雨,鹊转南枝夜深月——号:鸣叫。鹊转南枝:曹操《短歌行》:"月明星稀,乌鹊南飞。绕树三匝,何枝可依。"这两句是说:晚上秋雨又至,雨多池塘水涨,因是深秋,蛙声一片,雨后寒月初升,照着树上的乌鹊,那乌鹊也因栖息不安而转向朝南的树枝。

翻手覆手不可期,一死一生交道绝——"翻手覆手"句:杜甫《贫交行》:"翻手为云覆手雨,纷纷轻薄何须数。君不见管鲍贫时交,此道今人弃如土。"此指世上交情的淡薄。"一死一生"句:《史记·汲郑列传·赞》:"一死一生,乃知交情。"这两句是说:想那世上的交情淡薄,翻手为云覆手为雨不可信赖,那称得上生死交情的人已经很少很少了。此两句为感慨之词。

湖水无端浸白云,故人书断孤鸿没——孤鸿:即鸿雁,古代有鸿雁传书之说,常被运用在诗文中。据说是汉时苏武被拘匈奴,有一次匈奴派人到汉长安,武帝问来人有关苏武的状况,来人不愿告知真相,汉朝有大臣故意说武帝在上林苑射下一鸿雁,雁足上系有苏武的书信,匈奴使者无法推脱,只能告以实情。这两句是说:那湖水只是无端地映出天上白云的影子,却连代表老朋友书信的鸿雁的影子一丝也映照不出来。

这两首诗写于山谷任北京国子监教授时,那时职务清闲,作者在诗中即表达出一种闲淡的情调。

第一首诗先写秋,共用了六句,而且这六句有一共同特点,即每一联有一句写景,有一句写声。所写的景物如"茅堂"、"芭蕉"、"檐景"等颇有一种凄清之感,而所写的声音如"吟虫啾啾","风撼筼筜","砧声"等也颇有一种阴冷的感觉。随后两句"狐裘断缝弃墙角,岂念晏岁多繁霜",写到了自己的切身之事,虽有一种颓唐的意味,但仔细看来,作者心目中要做一个"达者",那是不应为未来之事戚戚于怀的,因此作者的抒怀是轻视物质上的困难,而趋于洒脱。

第二首诗也是先写秋日景象,但用了四句,作者先从秋风雨后写起,秋风吹得堂上茅草索索作响,而雨后的青苔在作者行绕空庭之时也感到分外溜滑,此二句便表明一种冷宦孤居的寂寞生活。随后两句"蛙号池上晚来雨,鹊转南枝夜深月",写了秋雨的再来,青蛙的号叫,雨过之后寒月上升,树上的乌鹊也因栖息不安而转向朝南的树枝,这两句更加增添了凄清的气氛。徐四句为抒怀,作者在这种凄情的气氛中想起了老友,感到世间交情淡薄,要想得到一二知己更是困难,因而他盼望得到老友的书信,但作者却以"湖水无端浸白云,故人书断孤鸿没"两句来埋怨湖水只照云影而不照代为传书的鸿影,从而更加表达出自己重视友谊的情怀。

古诗二首上苏子瞻(选一)

元丰元年(1078),山谷写了一封信给苏轼,并附上古诗二首,表示自己的钦慕之情。苏子瞻:即苏轼,字子瞻。

青松出涧壑,十里闻风声。上有百尺丝,下有千岁苓。
自性得久要,为人制颓龄。小草有远志,相依在平生。
医和不并世,深根且固蒂。人言可医国,何用太早计。
小大材则殊,气味固相似。

青松出涧壑,十里闻风声——青松:喻苏轼。涧壑:山涧深谷。这两句是说:高大的青松从涧壑中挺然而出,风吹而过,很远就能听闻其声。此两句说明苏轼大材而沉屈下僚,但依然声名远播。

上有百尺丝,下有千岁苓——丝:菟丝,攀援植物,可入药。苓:茯苓,菌类植物,常生在松根上,可入药。这两句是说:青松上有百尺的菟丝相攀援,下有千年的茯苓相伴。此两句以丝、苓喻苏轼的门人、追随者。

自性得久要,为人制颓龄——久要:旧约,旧交。颓龄:老年。这两句是说:菟丝、茯苓的本性能与松树长久相交,为人类祛老延年。

小草有远志,相依在平生——这两句是说:菟丝虽是小草,也有远大的志向,能跟松树生死相依。中药中有一种小草又名远志,此处即指菟丝。这两句表明了要与苏轼定生死之交的心迹。

医和不并世,深根且固蒂——医和:春秋时名医。这里指能荐用贤士的人。并世:同时生存于世。深根:巩固基础。这两句是说:能荐用贤士的人不能同时生存于世,自己就要好好修养,巩固基础,等待时机出来为国效力。

人言可医国,何用太早计——医国:《国语·晋语》:"上医医国,其次救人"。这两句是说:虽然人家说我们这些"小草"可以入药,有"医国"的"远志",但时机未至,就不必汲汲求进。

小大材则殊,气味固相似——这两句是说:小草和大树,它们才能虽有所不同(自己和苏轼在才华上有高下之别),但它们的气味却相似(自己与苏轼在思想上是相通的)。苏轼复信中说:"意其超逸绝尘,独立万物之表,驭风骑气,以与造物者游,非独今世之君子所不能用,虽如轼之放浪自弃与世阔疏者,亦莫得而友也……轼方以此求友与足下而惧其不可得,岂意得此于足下乎!"可见两人气味的相似。

此诗纯用"比"体。前四句松比东坡,菟丝、茯苓喻追随者。谓东坡材大,虽屈沉下僚,但声名远播。"自性"四句,以菟丝、茯苓的本性表明愿意追随东坡、与之终生为友的心迹。"医和"四句,以世无良医、"小草"见弃来比喻自己的"医国"之远志不能实现以及对待这个问题的态度:虽然积极进取,但不会挖空心思去钻营,见出诗人品格。末二句以小草与青松的才能不同气味相似比喻自己虽然比不上苏轼的才华,但和他思想却相通。苏轼和了诗,写了回信,在回信中说:"《古风》二首,托物引类,真得古诗人之风。"与之订交,两人从此结下了终生的友谊。

过方城寻七叔祖旧题

此诗作于元丰元年(1078),时山谷从北京至邓州(今属河南),途经方城,为追思其七叔祖而作此诗。方城:宋代时属唐州,即今河南方城县,为山谷去邓州的必经之地。七叔祖:即黄庭坚的七叔祖黄注,字梦升。旧题:旧日题诗的遗迹。

　　　　壮气南山若可排,今为野马与尘埃。
　　　　清谈落笔一万字,白眼举觞三百杯。
　　　　周鼎不酬康瓠价,豫章元是栋梁材。
　　　　眷然挥涕方城路,冠盖当年向此来。

壮气南山若可排,今为野马与尘埃——壮气:豪气,意气。排:压倒,推倒。李白《梁甫吟》:"力排南山三壮士,齐相杀之费二桃。"野马:指路上浮动的灰尘与空气中水分相混,游离空中,太阳一照,远望起来好像奔马,故称为野马。《庄子·逍遥游》:"野马也,尘埃也,生物之以息相吹也。"野马与尘埃即说明黄梦升已经逝世。这两句是说:七叔祖你当年的意气不凡,可以压倒南山,如今却已经深埋黄泉,化为尘土。

　　清谈落笔一万字,白眼举觞三百杯——清谈:指清新雅丽的谈吐与议论。《后汉书·郑太传》:"孔公绪清谈高论,嘘枯吹生。"白眼:表示蔑视。晋代的阮籍见到俗人常常以白眼望之,而见到嵇康则青眼有加。觞:酒杯。杜甫《饮中八仙歌》:"宗之潇洒美少年,举觞白眼望青天。"这两句是说:你谈吐不俗,清新雅丽,文思敏捷,常常下笔即可写出万言之论;你睥睨世俗,喜好饮酒,常常豪气奔放,痛饮而休。

　　周鼎不酬康瓠价,豫章元是栋梁材——周鼎:指周朝的传国宝器九鼎。不酬:不值。康瓠:空的酒器。康,空虚。贾谊《吊屈原赋》:"斡弃周鼎兮宝康瓠。"豫章:指大木材。《淮南子·修务》中说:"豫章之生也,七年而后知,故可以为棺舟。"元:原。这两句是说:七叔祖你本是栋梁之材,但怀才不遇,沉沦下僚,就像那周代传国九鼎却不如一个空酒壶值钱一样。

　　眷然挥涕方城路,冠盖当年向此来——眷然:依依不舍的样子。冠盖:指古代士大夫的服饰与车乘。此处借指其七叔祖黄注。这两句是说:我依依不舍地离开方城,想到此处是你当年来过的地方,但如今物是人非,我不禁泪沾衣襟。

　　这首诗是山谷途经方城,寻他的七叔祖黄注旧日题诗的遗迹而作,通过对其七叔祖的才情及际遇的概括,抒发自己对七叔祖的怀念与惋惜。首二句"壮气南山若可排,今为野马与尘埃"写其七叔祖当年意气不凡,而如今却深埋黄泉,化为尘埃。开始即含惋惜之情。随后二句"清谈落笔一万字,白眼举觞三百杯"则是对其才情及性格的进一步展示,他谈吐不俗,文思敏捷,而且睥睨世俗,喜好饮酒。颈联"周鼎不酬康瓠价,豫章元是栋梁材"是正面说其七叔祖是栋梁之材,但怀才不遇,沉沦下僚。因为方城是其七叔祖来过的地方,且有旧日题诗的痕迹,但如今却物是人非,作者只能挥泪依依离开,其怀念之情由此可见。

和师厚接花

此诗作于元丰元年(1078)。师厚:谢师厚,名景初,山谷岳父。时谢师厚闲居于邓州。接花:嫁接花木。

妙手从心得,接花如有神。根株穰下土,颜色洛阳春。
雍也本犁子,仲由元鄙人。升堂与入室,只在一挥斤。

妙手从心得,接花如有神——妙手:高手,指技艺超凡的人。从心得:即得心应手。这两句是说:你嫁接花木得心应手,那高超的技艺犹如神助一般。

根株穰下土,颜色洛阳春——穰下:指穰县,邓州的治所,在今河南邓州市。洛阳春:指洛阳牡丹,其名满天下。这两句是说:你的嫁接使生长本地的一般花木变成了名满天下的洛阳牡丹。

雍也本犁子,仲由元鄙人——雍也:指孔子的弟子冉雍,字仲弓。《论语·雍也》:"子曰:'雍也可使南面。'"犁子:雍也的父亲为平民,孔子以犁牛之子称雍也。仲由:即子路,孔子的弟子。元:原。鄙人:目光短浅之人。这两句是说:雍也本是平民的儿子,仲由原本也是目光短浅的粗俗之人,他们都没有什么特殊之处,层次比较低。

升堂与入室,只在一挥斤——升堂与入室:《论语·先进》:"子曰:'由(子路)也升堂矣,未入于室也。'"升堂与入室指层次、境界的提升。挥斤:挥动斧头。斤,即斧,常有斧斤之称。这两句是说:像雍也与仲由这样的人,最终其层次、境界的提升,全得力于其师的引导。

此诗直接由花木的嫁接入手,称赞谢师厚的嫁接技艺高超,得心应手,有如神仙相助一般。紧接两句则表明其技艺高超的结果,即"根株穰下土,颜色洛阳春",他的嫁接使原本生长于当地的平凡的花木变成了名满天下的洛阳牡丹。随后两句诗人由嫁接花木想到人才的培养,用孔门弟子的升堂入室来喻嫁接可使凡花变为名葩,最后两句的重点在于"一挥斤",凡花变名葩,孔门弟子的升堂入室都在于"一挥斤",在于引导和点拨。清·方回说:"山谷最善用事,以孔门变化雍、由譬接花,而缴以庄子挥斤语,此'江西'奇处。"(见《瀛奎律髓》卷二十七)

再次韵呈明略并寄无咎

此诗作于元丰二年(1079),此年山谷与明略唱和之诗共计有七首,这是第五首。明略:廖明略,名正一,安州(今湖北安陆)人。无咎:晁补之,字无咎,济州巨野(今属山东)人。二人同登元丰二年进士第,廖明略除华州司户参军,晁补之为澶州司户参军。

夏云凉生土囊口,周鼎汤盘见科斗。
清风古气满眼前,乃是户曹报章还。
只今书生无此语,已在贞元元和间。
一夫鄂鄂独无望,千夫唯唯皆论赏。
野人泣血漫相明,和氏之璧无连城。
参军挂笏看云气,此中安知枯与荣。
我梦浮天波万里,扁舟去作鸱夷子。
两士风流对酒樽,四无人声鸟声喜。
梦回扰扰仍世间,心如伤弓怯虚弹。
不堪市井逐乾没,且顾朋归相追攀。
寄声小掾笃行李,落日东面空云山。

夏云凉生土囊口,周鼎汤盘见科斗——土囊口:洞穴之口。宋玉《风赋》:"夫风生于地……盛怒于土囊之口。"周鼎汤盘:皆珍贵文物。汤,指商汤。科斗:即蝌蚪文,一种古文字。这两句是说:你的文章犹如夏日云彩,洞穴之风,使人感到凉意拂面,又如周鼎汤盘上的蝌蚪古文,古气纵横。

清风古气满眼前,乃是户曹报章还——户曹:指廖明略,时为华州司户参军。报章:答诗。这两句是说:你的答诗寄至我手,我展卷在前,顿觉清风古气布于眼前。

只今书生无此语,已在贞元元和间——贞元、元和:分别是唐德宗与唐宪宗的年号,当时韩愈正在倡导古文运动。这两句是说:现如今的读书之人已没有这样的诗作,你经可以追步贞元与元和之时的诗人了。赞廖明略之作有古风。

一夫鄂鄂独无望,千夫唯唯皆论赏——鄂鄂:直言不惧的样子。唯唯:即唯唯诺诺，顺从的样子。《史记·赵世家》："诸大夫朝，徒闻唯唯，不闻周舍之鄂鄂"。这两句是说：你直言不惧，但终究迁升无望；众人唯唯诺诺却皆有封赏。此二句赞廖明略正直敢言。

野人泣血漫相明，和氏之璧无连城——野人：即和氏。《韩非子·和氏》记载楚人和氏得玉璞于山中，先献于厉王，厉王认为是一块石头，怒而砍掉和氏的左足；后来和氏又献给楚武王，又被武王砍去右足；楚文王即位，和氏抱玉璞哭于山下，泪哭干之后又哭出了血，文王使人琢磨玉璞，得宝玉，即名为"和氏之璧"。漫相明：指和氏向君王说明所得为玉，终归于徒劳。此处喻向君王表明心迹。连城：极言其贵重。这两句是说：你一片报国忠忱，但犹如和氏泣血，无人理解，终遭冷遇。

参军挂笏看云气，此中安知枯与荣——"参军"句：《世说新语·简傲》载王徽之作桓冲参军，"直高视，以手板拄颊云：'西山朝来，致有爽气。'"此处即以王徽之比喻廖明略。笏：古代官员上朝时记事所用的手板。枯与荣：原指草木的盛衰，此处用以比喻命运的升沉。这两句是说：你犹如那王参军，挂笏看云，不辨荣枯。

我梦浮天波万里，扁舟去作鸱夷子——"扁舟"句：《史记·越王勾践世家》记载，范蠡退隐后，变更姓名，自称"鸱夷子皮"。鸱夷，皮囊，可用以盛酒。这两句是说：我梦见自己扁舟独棹，像那自称"鸱夷子皮"的范蠡一样，泛舟五湖，随那万里波涛而去。

两士风流对酒樽，四无人声鸟声喜——两士：指廖明略和晁无咎两人。四无人声：即四处安静。韩愈《履霜操》："四无人声，谁与儿语？"这两句是说：我梦见你们二人举樽对酒畅饮，风流无限，四周悄无人声唯听见鸟儿喧闹，似有喜事一般。

梦回扰扰仍世间，心如伤弓怯虚弹——"心如"句：即惊弓之鸟的故事。一只雁从东来，更羸听了听它的叫声，没有用箭，只拉弓虚射，那雁便坠于地下。魏王问他是何原因，更羸说是雁的叫声表明它有旧伤，他拉弓虚射，雁听到声音便使劲高飞，但却挣裂伤口，坠于地下。这两句是说：当我梦醒时分，看到的依然是世间的纷纷扰扰，我心存恐惧竟如惊弓之鸟。

不堪市井逐乾没，且顾朋旧相追攀——不堪：不能忍受。市井：世俗。乾没：投机取巧，侥幸取利。朋旧：亲朋旧友。追攀：互相追随，互相通信。这两句是说：我不能忍受世俗的追名逐利，只想亲朋旧友之间互相追随，书信往来。

寄声小掾笃行李，落日东面空云山——小掾（yuàn）：属官，此处指廖明略和晁无咎二人。笃行李：指常寄书信，互相问候。笃，厚，此处指多次。行李，即信使。鲍照《代门有车马客行》："手迹可传心，原尔笃行李。"这两句是说：希望我们之间多多书信往来，互致问候，我在那落日时分向东眺望，那云山尽头，等待你们书信的到来。

新评

此诗开首便以夏云凉风,周鼎汤盘作喻,用以比喻对方的诗作"清风古气满眼前",可以上追贞元、元和古文运动之时的作家,在当今的读书人的诗作中是很少见的。紧接着以"一夫鄂鄂"与"千夫唯唯"做对比,称赞廖明略正直敢言,更以"野人泣血"、"璧无连城"来表明对其怀才不遇的沉痛。诗至"参军"句一转,"拄笏看云"给人一种玄远的姿态,随后诗人以梦写各自两面,一面是诗人梦见自己泛舟五湖,随那万里波涛而去,一面又是廖晁二人举酒畅饮的风流,但梦醒时分,依然是世间的纷扰,作者至此竟心存恐惧犹如惊弓之鸟。随后四句诗人谆谆叮嘱朋友之间要多多地书信往来,勤致问候,从而将惺惺相惜的友情发挥得淋漓尽致。

和陈君仪读太真传五首(选一)

题解

这组诗共五首,作于元丰二年(1079),此处选择第四首。《太真外传》为宋初史官乐史所作,记叙杨贵妃事迹,笔致绮丽,具有较强的艺术魅力。山谷读后,和陈君仪诗,共作了五首,着力渲染了李杨爱情悲剧的意境。陈君仪:不详。

高丽条脱琱红玉,逻逤琵琶捻绿丝。
蛛网屋煤昏故物,此生惟有梦来时。

新解

高丽条脱琱红玉,逻逤琵琶捻绿丝——高丽:高句丽。条脱:即臂钏。琱:即雕,雕刻。《太真外传》记载,杨贵妃去世以后,唐玄宗思念不已,臣下很多人献上杨贵妃的遗物,有一个叫谢阿蛮的人献上贵妃的臂钏,玄宗睹物思人,泪流满面。逻逤:吐蕃的都城,即今西藏拉萨。《太真外传》载,杨贵妃所用的琵琶为逻逤的檀木所制,温润如玉,而琵琶弦则用末诃弥罗国绿水蚕丝制成。这两句是说:杨贵妃的臂钏是用高丽的红玉雕刻而成;她所用的琵琶用逻逤的檀木制造,琵琶弦则用绿水蚕丝制成。

蛛网屋煤昏故物,此生惟有梦来时——屋煤:指屋中布满了灰尘。这两句是说:屋内布满灰尘,墙上挂满蛛网,贵妃的故物上落满尘土难以辨认;故物难以辨认,那心中思念的人这一生中也只能在梦中相见了。

新评

这首诗是作者的一首和诗,和陈与仪的《读太真外传》。它一去前人把杨贵妃说成"红颜祸水",而是着力渲染了李杨的爱情悲剧,诗的首二句"高丽条脱琱红玉,逻逤琵琶捻绿丝"给我们道出了一番盛世的景象,渲染了杨贵妃所用的物件的精美,随后一句"蛛网屋煤昏故物"把我们带入了今日这些物件破落的意境,顿时有一种强烈的对比。结句的"此生惟有梦来时"说明杨贵妃故物虽在,但昔日难出再现,因此与她的相见也只有在梦中了。这样的结局便渲染了李杨爱情的悲剧,使人读后无限怅惘。

次韵盖郎中率郭郎中休官二首

【题解】

这两首诗作于元丰二年(1079),时山谷三十五岁,任北京国子监教授。盖、郭都是黄庭坚的同僚,名字不详。史容注《山谷诗外集》中称郭为"郭丈",当年长于黄庭坚。此诗写于新旧两党竞争激烈的时候,诗中流露出了对新党的不满。郎中:为尚书省及各部的官员。

仕路风波双白发,闲曹笑傲两诗流。
故人相见自青眼,新贵即今多黑头。
桃叶柳花明晓市,荻芽蒲笋上春洲。
定知闻健休官去,酒户家园得自由。

仕路风波双白发,闲曹笑傲两诗流——仕路:即仕途。王充《论衡·自纪》:"仕路隔绝。"风波:风浪波涛,比喻动荡不定。闲曹:即闲官。曹,分职处理事务的官署或部门。笑傲:李白《江上吟》:"兴酣落笔摇五岳,诗成笑傲凌沧洲。"此处写两人笑傲自适。这两句是说:仕途之上,风浪波涛,动荡不定,你们二人奔波其中,现如今已是白发苍苍;你们的官职闲散,只能笑傲自适于做诗当中。

故人相见自青眼,新贵即今多黑头——故人:老朋友。青眼:青眼相加,即看重。《晋书》中记载阮籍能用青白眼看人,嵇康带着酒携着琴来造访他,他十分高兴,"乃见青眼"。新贵:即新进的权贵。王安石在熙丰变法时多用新进少年。黑头:头发为黑色,表示年轻。杜甫《晚行口号》:"远愧梁江总,还家尚黑头。"司空图《新岁对写真》:"文武轻销丹灶火,市朝偏贵黑头人。"这两句是说:你们两位老朋友能够看得起我,我十分高兴;你看那现如今朝中的新进之士都是年轻之人。后一句含讽刺。

桃叶柳花明晓市,荻芽蒲笋上春洲——明:明媚。荻:即芦荻。蒲笋:丛生于水中的植物,可以食用。这两句是说:你看那桃叶嫩绿,柳花飘飘,这种风景使得早上的集市也分外明媚;那春洲上的芦荻蒲笋也已经长成上市。

定知闻健休官去,酒户家园得自由——闻健:趁健,趁早之意。白居易《寻春题诸家园林》:"闻健朝朝出,乘春处处寻。"张相《诗词曲语辞汇释》卷五:"闻,犹趁也,乘也。"酒户:酒量。古代称酒量大的人为大户,酒量小的人为小户。元稹《和乐天仇家酒》:"病嗟酒户年年减。"这两句是说:你们就趁身体尚且健朗,辞去官职,那样就可以边饮酒边欣赏自然之景,过逍遥自在的生活。

> 世态已更千变尽,心源不受一尘侵。
> 青春白日无公事,紫燕黄鹂俱好音。
> 付与儿孙知伏腊,听教鱼鸟逐飞沉。
> 黄公垆下曾知味,定是逃禅入少林。

世态已更千变尽,心源不受一尘侵——心源:佛教认为心是万物之源,故称心源。《四十二章经》:"断欲去爱,识自心源,达佛深理。"神秀《观心论》:"心者万法之根本也。一切诸法,唯心所生。"这两句是说:人世间情态已经历尽了千变万化,但你们的内心洁净,没有受到丝毫污染。

青春白日无公事,紫燕黄鹂俱好音——青春:即指春天。杜甫《闻官军收河南河北》:"白日放歌须纵酒,青春作伴好还乡。""紫燕"句:杜甫《蜀相》:"映阶碧草自春色,隔叶黄鹂空好音。"这两句是说:春天白日中闲暇无事,那紫燕与黄鹂在树间鸣叫,听上去让人感到分外愉悦。

付与儿孙知伏腊,听教鱼鸟逐飞沉——伏:即伏日。腊:即腊日。秦汉之时,夏天的伏日与冬天的腊日均为节日,故称伏腊。杜甫《咏怀古迹五首》:"岁时伏腊走村翁。"飞沉:《后汉书·李膺传》:"愿怡神无事,偃息衡门,任其飞沉,与时抑扬。"飞,鸟类高飞。沉,指鱼类的浮沉。这两句是说:你们大可以将伏腊等节日的祭祀礼节让儿孙们去做;那天上鸟水中鱼的飞沉,你都任其自逐。此两句写休官后的适性逍遥。

黄公垆下曾知味,定是逃禅入少林——黄公垆:《世说新语·伤逝》:"王濬冲为尚书令,著公服,乘轺车,经黄公酒垆下过,顾谓后车客:'吾昔与嵇叔夜、阮嗣宗共酣饮于此垆,竹林之游,亦预其末。自嵇生夭、阮公亡以来,便为时所羁绁。今日视此虽近,邈若山河。'"逃禅:本指逃避佛家戒律,此处指遁世归佛。少林:寺名,在河南少室山,达摩大师在北魏时来少林寺,面壁九年,传授禅法。少林寺后为禅宗祖庭,达摩大师为东土禅宗初祖。这两句是说:你们两人已经饱尝世道变迁的况味,应该有遁入佛门的想法了。

这两首诗写于熙宁变法经历了十二年之后的元丰二年,当时蔡确参知政事,新旧两党斗争激烈。黄庭坚同苏轼一起被视为旧党,他在诗中也流露出了对新党的不满。第一首诗的前两句先写盖郎中与郭郎中的际遇,两人仕路风波,已经是白发苍苍,但仍然是一个闲职,平时只能做诗自娱,紧接一句写到了他们和诗人的关系,"故人相见自青眼",以阮籍的典故说明两人看重自己,但第四句即以讽刺的意味写了年轻的朝官投机钻营,作者对此深为不满。颈联二句转入写景,把野外的风物描写得分外可爱,与上文"仕途风波"对应,从而为下文的休官做好了铺垫,随后两句"定知闻健休官去,酒户家园得自由"即说明趁着身体健朗休官不做,在家中过逍遥自由的生活。第二首诗首句"世态已更千变尽"即说二人已阅尽了世间情态的变化,是进一步说明休官的必要,随后一句"心源不受一尘侵"是勉励二人保持心境的高洁,莫受俗尘侵染。颔联描写美好的景物,让人在这美景之中去体味休官后的乐趣。随后两句向两人提出了休官后的生活态度,一干事情付与儿孙,自己乐得逍遥。尾联"黄公垆下曾知味,定是逃禅入少林"说二人饱尝世变的况味,定会看破俗情,有入禅之思。这两首诗前六句对偶工整灵活,写景之句突兀,跳跃但意脉相连,且于诗中好谈佛理,说理力求透过一层。

汴岸置酒赠黄十七

此诗为山谷元丰三年(1080)离京赴太和县任时告别友人之作。汴岸:汴河之岸。黄十七:黄介,字几复,洪州西山人(今江西新建西),排行十七。

> 吾宗端居丛百忧,长歌劝之肯出游。
> 黄流不解涴明月,碧树为我生凉秋。
> 初平群羊置莫问,叔度千顷醉即休。
> 谁倚舵楼吹玉笛?斗杓寒挂屋山头。

吾宗端居丛百忧,长歌劝之肯出游——吾宗:我的同宗,指黄几复。端居:平居,平常日子。丛百忧:百忧交集。丛,集。肯:肯不肯。这两句是说:我的同宗你平常日子里就百忧交集,我做诗劝你,不知道你肯不肯出游。此两句描绘出友人心情的极度烦闷。

黄流不解浼明月,碧树为我生凉秋——黄流:浑浊的汴河水。浼(wò):污染。这两句是说:浑浊的汴河水它不能污染天上的明月,凉风吹拂绿树,也好像生出肃爽的秋意了。

初平群羊置莫问,叔度千顷醉即休——初平:皇初平。葛洪《神仙传》载:皇初平少时在家乡牧羊,被道人带到金华山,成了仙。四十年后,他的哥哥遇到他,问起羊群的下落。初平指着山石,大声呵斥,石头顿时变成了羊群。叔度:黄宪,字叔度。东汉的高士。郭泰曾称赞他的气度"汪汪若千顷之陂"。这两句是说初平群羊的神仙之事渺茫,不如像黄叔度一样一醉方休。这两句是劝告黄介不要斤斤计较琐屑的事情。

谁倚舵楼吹玉笛?斗杓寒挂屋山头——舵楼:掌舵处的船楼。斗杓(biāo):斗柄,北斗七星中的五、六、七三星象柄,故云。屋山:屋脊。这两句是说:不知谁在舵楼上吹着玉笛,放眼看去,北斗七星的斗柄斜斜的挂在屋脊之上。此两句勾画出一幅深夜月下吹笛图,楼船笛声,斗转星移,无限惜别劝勉之意,都融入了这秋夜景色中,令人回味不尽。

首两句先声夺人,描绘出友人心情的极度烦闷。三、四句劝勉友人,只要保持心性的纯洁,再污浊的环境又奈我何!凉风吹拂着绿树,也好像生出萧瑟的秋意了。两句傲兀而悠闲。五、六句进一步用了两个历史典故,劝勉友人风物长宜放眼量,不要斤斤计较琐屑的事情,对人生的荣辱得失,不必介怀。末二句勾画出一副深夜月下吹笛图,寄寓了诗人忘怀得失、啸咏山水的高洁情怀。

作者曾经问他的外甥洪龟父喜欢自己的哪些诗句,龟父举出了"黄流不解浼明月,碧树为我生秋凉"数句,认为深类杜甫。黄庭坚高兴的说:"说得对!"可见他自己和时人对这首诗的赞赏。黄庭坚主张"宁律不谐而不使句弱",方东树说他"于音节尤别创一种兀傲奇崛之句,其神气即随此以见。"本诗音律奇拗,"吾宗端居"、"初平群羊"连用四平,"碧树为我"连用四仄,"生凉秋"三平,"置莫问"三仄,句字的平仄不依正格,完全是七言古诗的音节,吟咏时别有一种特殊的音律之美。

次韵公择舅

元丰三年(1080)秋,作者自汴京归江南,赴太和县任,途经舒州之三祖山山谷寺,有林泉之胜,流连忘返,自号山谷道人。诗作于此时。公择:李常,字公择,黄庭坚舅父。公择少时即读书庐山,聚书白石庵僧舍,颇著文名。

  昨梦黄粱半熟,立谈白璧一双。
  惊鹿要须野草,鸣鸥本愿秋江。

  昨梦黄粱半熟,立谈白璧一双——黄粱半熟:唐人沈既济《枕中记》载:卢生在邯郸道上的客店中,借枕昼眠入梦,历尽人世富贵荣华。梦醒,见店主人所炊黄粱尚未熟。后因以"黄粱一梦"比喻世事的虚幻和欲望的破灭。白璧一双:《史记·虞卿列传》载:战国时,虞庆因进说赵孝成王,立谈片刻,即蒙赐黄金百镒(一镒为二十两或二十四两),白璧一双,拜为上卿,因称虞卿。这两句是说:昨日犹如黄粱美梦,荣华富贵的到来与失去均在立谈之间。

  惊鹿要须野草,鸣鸥本愿秋江——惊鹿要须野草:嵇康《绝交书》曰:"禽鹿志在丰草。"这两句是说:我本如山林丛草中的鹿儿,丰草丛林是我的所在之地;我亦如那江上的鸣鸥,秋江汀洲是我的栖身之所。

  首二句谓人生的种种追求、荣华,犹如黄粱美梦般易于破灭;荣华富贵,本是身外之物,容易得到,也容易失去。三、四句以惊鹿、鸣鸥自比,说自己的本性只是适于皈向自然,对尘世、官场有一种入骨的厌倦。山谷作此诗时年仅三十六岁,而味诗中语气,已是劫波历尽,凄怆无限。

次韵伯氏长芦寺下

  元丰三年(1080)春,黄庭坚罢北京国子监教授,到汴京改官,授知吉州太和县。是年秋,他从汴京起程归江南,先回了洪州分宁自己的家乡,然后再赴任所。在此过程中他写了许多记游诗。这首诗为途经真州(今江苏仪征)时阻风,游长芦寺而作。伯氏,指山谷兄黄大临,字元明。长芦寺,在真州,据《传灯录》记载:"真州长芦崇福禅院祖印禅师,讳智福,江州人。四处住持,胜缘毕集。三十年间,众盈五百。"

  风从落帆休,天与大江平。僧坊昼亦静,钟磬寒逾清。

淹留属暇日,植杖数连甍。颇与幽子逢,煮茗当酒倾。
携手霜木末,朱栏见潮生。樯移永正县,鸟度建康城。
薪者得树鸡,羹盂味南烹。香秔炊白玉,饱饭愧闲行。
丛祠思归乐,吟弄夕阳明。思归诚独乐,薇蕨渐春荣。

　　风从落帆休,天与大江平——休:停止。这两句是说:船上的帆落了下来,似乎风也因为帆落而停息;极目远望,水天相连。此两句写眼中看到的景象。

　　僧坊昼亦静,钟磬寒逾清——僧坊:即指长芦寺。逾:更加。这两句是说:长芦寺是个幽静的去处,即使在白天,也十分安静,寺中传来钟磬之声,在深秋的寒风中听起来更加清越。此两句写听到的声音。

　　淹留属暇日,植杖数连甍——淹留:停留。暇日:空闲之日。植杖:拄着手杖。连甍:相连的屋顶。甍,屋顶。这两句是说:我因风停留在此地,在空闲的时候细细游览,我曾拄着手杖登到高处,从高处细细数着那座座相连的寺院的屋顶。

　　颇与幽子逢,煮茗当酒倾——颇:经常。幽子:幽人。煮茗:煮茶。这两句是说:我也时常在路上遇到一些山中幽人,与他煮茶共饮,相与闲谈。

　　携手霜木末,朱栏见潮生——木末:树梢。杜甫《北征》:"我行已水滨,我仆犹木末。"朱栏:红色的栏杆。这两句是说:我曾经登上高地,那秋日落霜的树梢都可以顺手牵到;凭栏远望,看那江潮上涨。

　　樯移永正县,鸟度建康城——樯:船上的桅杆。永正县:即宋代的真州。唐时为永正县的白沙镇。建康:即今江苏南京。这两句是说:我凭栏远望,看到了往来于永正县江面上的船只,远远看去,连飞越建康城的鸟儿也看得见。

　　薪者得树鸡,羹盂味南烹——薪者:樵夫。树鸡:即楮鸡,一种生于楮树上的菌类,其味似鸡肉。羹:汤羹。南烹:具有南方的风味。这两句是说:想那山中的樵夫把砍柴时采得的树鸡拿回家做成具有南方风味的羹汤。

　　香秔炊白玉,饱饭愧闲行——香秔:一种稻米,即粳米。秔,同粳。白玉:白色的玉粒。愧:惭愧。这两句是说:想那樵夫一家,把白玉粒般的粳米煮成香喷喷的米饭,一家人饱吃;但想到我白领朝廷俸禄,顿顿饱饭却在这里闲游,不禁油然而生惭愧之情。

　　丛祠思归乐,吟弄夕阳明——丛祠:草木丛生的土地祠。思归乐:一种状如斑鸠的小鸟,常出现在春末夏初之时,叫声像"不如归去"。唐元稹《思归乐》中写道:"山中思归乐,尽作思归鸣。应缘此山路,自古离人征。"白居易《和〈思归乐〉》:"山中不栖鸟,夜半声嘤嘤。似道东归乐,行人掩泣听。"这两句是说:突然从草木丛生的土地祠那边传来了思归乐的叫声,我放眼看去,思归乐在明亮的夕阳下婉转吟思归诚独乐，薇蕨渐春荣——诚：诚然。薇蕨：一种野菜。这两句是说：我耳听着思归乐的叫声，想到我正在回乡的路上，不禁十分高兴；现在已是岁末了，等我回到家时，春天也快要来临，那时薇蕨都该长出，大地一片欣欣向荣。

这首诗写了作者因风阻留游览长芦寺。诗人运用移步换形的方法写了自己的所见与所遇，抒发了回归江南故乡的喜悦心情。

首四句先写长芦寺的外景，作者从所看与所听两方面写，看到"风从落帆休，天与大江平"，听到"钟磬寒逾清"，从而定明了季节，环境。随后八句作者写了自己游览的情景。他曾登上高处，闲数那座座相连的寺院屋顶，也曾时常在路上与山中幽人相遇，煮茗闲谈。他从高处凭栏远望，看到了往来于永正县江面上的船只，还有那天空中的飞鸟远远飞过了建康城。这八句表明了作者闲适的心情。"薪者"以下四句，是作者行于山中的联想，他想到那樵夫砍柴采得树鸡，一家人煮饭烧汤，为了生活而操劳，但自己白领着朝廷的俸禄在此闲游，不禁生出惭愧之情。此时思归乐的鸣声打断了作者的联想。最后四句便从思归乐的叫声中，想到自己正在回乡的路上，不禁万分高兴，真是"思归诚独乐"，等他回到家乡时，想来快到春天，那时薇蕨渐长，一片欣欣向荣，自己也可以采薇蕨充饥。

这首诗在艺术特点上，正有清代方东树所言："山谷之妙，起无端，大笔如椽，转折如龙虎，扫弃一切，独提精要之语。每每承接处，中亘万里，不相联属，非寻常意计所及。"（《昭昧詹言》卷十）

宿旧彭泽怀陶令

此诗为元丰三年（1080）山谷赴吉州太和县任，途经彭泽县时所作追思陶渊明的作品。彭泽：县名，旧治在今江西湖口县东，隋以后治今彭泽县。山谷留宿之处当今彭泽县之旧治，故说"宿旧彭泽"。陶令：即陶渊明，他于东晋义熙元年八月为彭泽令，因不愿为五斗米折腰，十一月即弃官返回家乡。

潜鱼愿深渺，渊明无由逃。彭泽当此时，沉冥一世豪。
司马寒如灰，礼乐卯金刀。岁晚以字行，更始号元亮。
凄其望诸葛，肮脏犹汉相。时无益州牧，指挥用诸将。
平生本朝心，岁月阅江浪。空余诗语工，落笔九天上。

向来非无人,此友独可尚。属予刚制酒,无用酌杯盏。
欲招千载魂,斯文或宜当。

潜鱼愿深渺,渊明无由逃——潜鱼:此处用以比喻陶渊明的退隐之志。《庄子·庚桑楚》:"故鸟兽不厌高,鱼鳖不厌深。夫全其形生之人,藏其身也,不厌深眇而已矣。""渊明"句:说明陶渊明虽退隐但仍不能逃脱黑暗的现实。这两句是说:陶渊明就像那潜鱼一样,沉潜自晦,一心归隐,但无论你归隐与否,仍旧不能逃脱黑暗的现实。

彭泽当此时,沉冥一世豪——沉冥:沉晦幽冥,此处即指隐居。这两句是说:陶渊明在此时归隐,但却无法忘记国事,他看似恬淡,其实心蕴豪情壮志。

司马寒如灰,礼乐卯金刀——司马:指晋室,其皇帝姓司马。寒如灰:喻晋室衰微。礼乐:借指政权。《论语·季氏》:"孔子曰:'天下有道,则礼乐征伐自天子出;天下无道,则礼乐征伐自诸侯出。'"卯金刀:合为"劉",即刘,此处指晋末朝政归刘裕把持。这两句是说:晋朝司马氏政权衰微,朝政已归刘氏所有。

岁晚以字行,更始号元亮——岁晚:晚年。以字行:以其字"渊明"行世。更始:重新开始,此指晋宋易代。这两句是说:陶潜晚年以其字"渊明"行世,刘宋代晋以后,他取号"元亮"。

凄其望诸葛,肮脏犹汉相——凄其:凄怆悲凉。杜甫《晚登瀼上堂》:"凄其望吕葛,不复梦周孔。"此即化用杜诗。诸葛:诸葛亮。肮脏:即高亢刚直。犹汉相:诸葛亮在乱世仍忠于汉朝,担任了蜀汉政权的丞相。这两句是说:陶渊明心怀凄怆,向往诸葛亮的功业,向往他在乱世仍旧忠于汉朝,担任蜀汉丞相。

时无益州牧,指挥用诸将——益州牧:指刘备。建安十九年刘备进据蜀中,刘璋降,"先主复领益州牧,诸葛亮为股肱"(见《三国志·蜀书·先主传》)。这两句是说:可惜当时没有像益州牧刘备那样的英雄才俊,能够指挥诸将,匡复晋室。

平生本朝心,岁月阅江浪——这两句是说:陶渊明一腔忠心,却无力回天,空馀岁月蹉跎,看那江上浪起浪伏。

空餘诗语工,落笔九天上——"落笔"句:杜甫《寄李十二白二十韵》:"笔落惊风雨,诗成泣鬼神。"李白《妾薄命》:"咳唾落九天,随风生珠玉。"此处用以赞美陶渊明的诗落笔不凡。这两句是说:陶渊明空馀写诗作文的本领,其落笔不凡,如自天外。

向来非无人,此友独可尚——此友:指陶渊明。尚:通上,向上追溯,可与之为友,称尚友。这两句是说:千载而下并非无人可交,陶渊明可以相尚为友。

属予刚制酒,无用酌杯盏——属:正当,适逢。刚:坚决。制酒:戒酒。这两句是说：逢我已下决心戒酒不喝，因此在这里也无需以酒遥祭陶渊明。

欲招千载魂，斯文或宜当——斯文：这首诗。这两句是说：此首诗作或许可以用来招陶渊明之魂。

陶渊明向来是以隐逸名士的形象出现在广大读者眼前的，而山谷在此诗当中独具慧眼，看出了陶渊明对晋室的忠诚，他向往诸葛亮那样的抱负，"肮脏犹汉相"，处于乱世之中，仍忠于汉室，担任蜀汉的丞相。转而山谷以"时无益州牧，指挥用诸将"的句子，表明时无英雄，无法匡复晋室，陶渊明的一腔忠心只能付诸蹉跎的岁月，最终"空馀诗语工"，以诗名留传后世。紧接几句，山谷表示千载而下独陶渊明可以相尚为友，故而自己虽已经戒酒不饮，但却定要以文招渊明之魂，从而表达自己的崇敬之意。

以右军书数种赠丘十四

此诗作于元丰三年（1080），时山谷赴吉州太和任途中。右军：王羲之。因其官至右军将军，人称"王右军"。丘十四：不详，或说为华阳丘楫。

丘郎气如春景晴，风暄百果草木生。
眼如霜鹘齿玉冰，拥书环坐爱明窗。
松花泛砚摹真行，字身藏颖秀劲清，
问谁学之果兰亭。我昔颇复喜墨卿，
银钩虿尾烂箱簏，赠君铺案粘曲屏。
小字莫作痴冻蝇，乐毅论胜遗教经。
大字无过瘗鹤铭，官奴作草欺伯英。
随人作计终后人，自成一家始逼真。
卿家小女名阿潜，眉目似翁有精神。
试留此书他日学，往往不减卫夫人。

丘郎气如春景晴，风暄百果草木生——这两句是说：丘郎的神情气质，好像春天景物，晴朗明媚，惠风和畅，百草结实，草木繁生。

眼如霜鹘齿玉冰,拥书环坐爱明窗——拥书环坐:四周簇拥着书籍。《魏书·李谧传》:"每曰'丈夫拥书万卷,何假南面百城!'"这两句是说:丘郎眼睛像秋天的鹘鸟般精明,牙齿像玉冰似的洁白;他喜欢在窗明几净的环境之中四周簇拥着书籍而坐,置身其中,其乐无穷。

松花泛砚摹真行,字身藏颖秀劲清,问谁学之果兰亭——松花:松花墨,一种丸状松烟墨。真行:真,真书,正楷。行,行书。藏颖:写字时的藏锋。写字时,毛笔的锋尖藏于笔画之内,不显露出来,使字的意态含蓄。秀劲清:清秀而有力。问谁学之:问这是在学谁的书法。兰亭:《兰亭序》,王羲之的名作。这三句是说:看那砚台之中泛着松花墨香,丘郎认真地临摹楷书和行书;他写的字能藏锋字中,清秀而有力;我问这是在学谁的书法,一看果然是在学写王羲之的名作《兰亭序》。

我昔颇复喜墨卿,银钩虿尾烂箱籯,赠君铺案粘曲屏——墨卿:指书法。银钩虿尾:形容书法的笔画苍劲有力。虿尾,蝎子尾巴,向上翘起。前人评晋代书法家索靖的字为"银钩虿尾"。烂:光彩夺目。箱籯(yíng):木箱,竹笼。曲屏:即屏风,折叠式的屏风,状曲。这三句是说:我以前也是非常喜欢书法的,字如银钩虿尾的作品放满了木箱、竹笼,每每展开观看,总是光彩夺目,非同一般,现在我将它赠送与你,你可置于几案,粘于曲屏之上,仔细地观看临摹。

小字莫作痴冻蝇,乐毅论胜遗教经——小字:指小楷。因空白地方小,容易闭塞不透气,所以应该疏朗些,看上去才显得轻快灵活。乐毅论:王羲之小楷杰作,为后人学习小楷的范本。遗教经:相传也是王羲之所书,但山谷力辩它不是王羲之的作品。这两句是说:写小字最忌字如冻僵的苍蝇,缩成小点,壅塞黏连,这一方面《乐毅论》是胜过了《遗教经》的。

大字无过瘗鹤铭,官奴作草欺伯英——大字:指大字楷书。《瘗鹤铭》:原题"华阳真逸"撰,山谷认为是王羲之书写,他平生得力于此书,曾说:"《瘗鹤铭》,大字之祖也。""其胜处乃不可名貌。"对之备加推许。官奴:王羲之之子王献之,小字官奴。伯英:东汉大书法家张芝,字伯英,世称"草圣"。这两句是说:大字楷书尚没有超过《瘗鹤铭》的;试看王献之写的草书,他因得其中真谛故而压倒了张伯英。

随人作计终后人,自成一家始逼真——自成一家:《旧唐书·柳公权传》:"公权初学王书,遍阅晋代笔法,体势劲媚,自成一家。"山谷的书法,亦自成一家。这两句是说:跟在前人后面跑,始终赶不上他;只有摆脱束缚,自成一家,才能达到艺术上的完美之境。

卿家小女名阿潜,眉目似翁有精神——眉目:面貌,此处当指其字的形体。这两句是说:你家里的小女儿阿潜,她写的字已经颇有精神,从字形体势上看都比较像她的父亲。

试留此书他日学,往往不减卫夫人——卫夫人:卫铄,东晋女书法家,河东安邑(今山西夏县)人,师钟繇,王羲之小时候曾随她学习书法。这两句是说:你把我所赠你的王羲之的书法作品好好地保存下来,留给阿潜让她以后好好学习,相信她也会有所成就而不逊色于卫夫人。

此诗描写了丘郎神情意态和学习书法的情况、赠送王羲之的书帖给丘郎之事并希望丘郎能在继承传统的基础上努力创新。山谷本身是杰出的书法家,对书法的见解也极为精到。他主张在继承传统的基础上自成一家,既不抛弃前人的成果,又要有独创精神。"随人作计终后人,自成一家始逼真"实为夫子自道。一个艺术家,必须有自己独特的艺术风格,而不能因循守旧,抄袭前人,正如元遗山《论诗绝句》所说的那样:"纵横正有凌云笔,俯仰随人亦可怜!"山谷另有诗说"文章最忌随人后"、"我不为牛后人",与此意同。这对今人仍有指导意义。

赣上食莲有感

此诗作于元丰四年(1081),时作者知太和县,因事经赣上,吃当地的特产白莲,诗人有感而写下了这首诗。赣上:指虔州治所,在今江西赣州市,因有赣江流过,故而称赣上。

莲食大如指,分甘念母慈。共房头馘馘,更深兄弟思。
实中有儿荷,拳如小儿手,令我忆众雏,迎门索梨枣。
莲心正自苦,食苦何能甘?甘餐恐腊毒,素食则怀惭。
莲生淤泥中,不与泥同调。食莲谁不甘,知味良独少。
吾家双井塘,十里秋风香。安得同袍子,归制芙蓉裳。

莲食大如指,分甘念母慈——分甘:把甘美的食物分与别人,多指对子女的疼爱。《晋书·王羲之传》:"率诸子,抱弱孙,游观其间,有一味之甘,割而分之,以娱目前。"这两句是说:莲子已经有如指肚般大小,吃着这颗颗莲食,使我想起了母亲的慈爱,想起她把甘美之食分给子女。此句由食莲而念及慈母。

共房头馘馘,更深兄弟思——房:指莲蓬。馘馘(jí):是指莲蓬当中莲子一个挨着一个,聚生其中。这两句是说:看着那一个莲蓬之内莲子一个紧挨着一个,聚生其中,不禁使我更加想念远方的同胞兄弟。此句由莲子共房思及兄弟。

实中有儿荷,拳如小儿手——儿荷:莲食中的嫩芽。儿,小。小儿手:《图经本草》中说:"菰根岁久者,中心生白台,如小儿臂,谓之菰手。"此句取其意。这两句是说:莲食中有嫩嫩的小芽,那样子就像小孩的手一般。此句由实中嫩芽忆及儿女。

令我忆众雏,迎门索梨枣——迎门:在门前等候。陶渊明《归去来辞》:"僮仆欢迎,稚子候门。"又《责子》诗:"通子垂九龄,但觅梨与栗。"这两句紧承前两句,是说莲食中的小嫩芽使我忆及家中众多小儿女,他们迎门向我索要梨与枣的情景。

莲心正自苦,食苦何能甘——正自:《晋书·谢安传》:"正自不能不尔耳。"这两句是说:莲心本身味道是苦的,然而没有尝过苦味又哪能知道什么是甜?此二句从莲心自苦出发,生发出食苦而甘之意。

甘餐恐腊毒,素食则怀惭——腊(xī):干肉,据说干肉放得时间久了会变质,人食后极易中毒。素食:即吃白食。《诗经·魏风·伐檀》:"彼君子兮,不素餐兮。"这两句是说:一味美食,贪图享乐会危及自身,犹如干肉久置变质人吃了极易中毒;尸位素餐,居其位而不谋其事则更是为人的耻辱。

莲生淤泥中,不与泥同调——"莲生"二句:鸠摩罗什《维摩诘所说经·佛道品》:"见及一切烦恼皆是佛种。……譬如高原陆地不生莲华,卑湿淤泥乃生比华。"《大智变化·释初品中尸罗婆罗蜜下》:"譬如莲花,出自淤泥,色虽鲜好,出处不净。"大乘佛教以此比喻修行不必避世,而要深入世间,超度众生。这两句是说:莲花生于淤泥之中,然其花色绝佳,出淤泥而不染,没有纤毫污浊之气。

食莲谁不甘,知味良独少——"知味"句:《中庸》说:"人莫不饮食也,鲜能知味也。"这两句是说:食莲子,没有人不赞其味道之美,然而真正知其味的人是很少的,知其甘味源于莲心之苦的人更是很少。

吾家双井塘,十里秋风香——双井:山谷家乡的村子名称,在分宁县西。这两句是说:我那位于双井的家周围满是荷塘,时当秋季,满塘荷花盛开,秋风拂过,十里之外也能闻到那阵阵清香。

安得同袍子,归制芙蓉裳——同袍:原指战友,此处指志同道合之士。《诗经·秦风·无衣》:"岂曰无衣,与子同袍。"芙蓉裳:用荷花及其叶制成的衣裳。芙蓉,荷花的别名。《离骚》:"制芰荷以为衣兮,集芙蓉以为裳。"这两句是说:怎样才能找到和我志同道合的人,我们一同归去,制芰荷为衣,集芙蓉为裳。

【新评】

这首诗共二十句,可划分为三个部分。前八句由食莲而念及慈母,思及兄弟,忆及儿女,展现了慈母之爱,兄弟之情,以及儿女的天真之态,这一切都是由莲实之味,莲实之状而生发的。第二部分是中间八句,由莲心之苦引出食苦而后知甘的道理,进而由莲心之苦推想到安逸享乐之害及尸位素餐之耻,且因莲花有出污泥而不染的高贵品质,借此发挥了大乘佛教修行不必避世,而要深入世间,婆婆往来入千度,超度众生,因此滚滚红尘便是历练人性的场所,做到"莲生淤泥中",却"不与泥同调"。随后诗人感叹"食莲谁不甘,知味良独少",在其中凝聚了自己涉足官场中的种种甘苦。第三部分是末四句,以向往归隐为结,故乡的亲人,故乡的美景是诗人永远的精神家园。清·汪薇说:"山谷食莲诗,比体入妙,发端在家庭间,渐引入身世相接处,落落穆穆,甘苦自知,人意难谐,归计遂决。风人之致,偶然远矣。"(见《诗论》卷下)

次韵和答孔毅父

这是一首唱和诗,作于元丰四年(1081),时山谷在太和任上。孔毅父:名平仲,临江军新淦(今江西新干)人,与其兄文仲、武仲同以文名,合称"清江三孔"。孔毅父为治平进士,元祐中为秘书丞,后几次迁谪,徽宗时坐党籍而罢。

鹏飞鲲化未即逍遥游,龙章凤姿终作广陵散。
溢浦炉边督数钱,故人陆沉心可见。
气与神兵上斗牛,诗如晴雪濯江汉。
把咏公诗阖且开,旁无知音面墙叹。
我今废书迷簿领,鱼蠹笔锋蛛网砚。
六年国子无寸功,犹得江南万家县。
客来欲语谁与同?令人熟寐触屏风。
窃食仰愧冥冥鸿,少年所期如梦中。
江头酒贱樽屡空,南山有田岁不逢。
相思夜半涕无从,千金公亦费屠龙。

鹏飞鲲化未即逍遥游,龙章凤姿终作广陵散——"鹏飞"句:《庄子·逍遥游》:"北冥有鱼,其名为鲲……化而为鸟,其名为鹏。"庄子认为鹏鸟扶摇直上九万里的高飞需要风,不是逍遥游。逍遥游是庄子标举的绝对自由的境界。龙章凤姿：形容人风度不凡。《晋书·嵇康传》："康早孤，有奇才，远迈不群，身长七尺八寸，美词气，有风仪，而土木形骸，不自藻饰，人以为龙章凤姿。"嵇康后为司马昭所杀，临终奏《广陵散》。这两句是说：鲲鱼化鹏，高飞九万里，但终究要借风势而上，那不是逍遥游；嵇康龙章凤姿，风度不凡，但最终还是被司马昭所杀，使《广陵散》成为千古绝响。

溢浦炉边督数钱，故人陆沉心可见——溢浦：即溢江，在今江西。此处代指江州，有负责铸造钱的广宁监。孔毅父曾"监江州钱监"。陆沉：比喻孔毅父沉沦下僚。这两句是说：你在那溢浦江边的江州监管铸钱，老朋友沉沦下僚，但我心中知道你有真才实学。

气与神兵上斗牛，诗如晴雪濯江汉——"气与"句：写孔毅父气概豪迈，上冲于天。《晋书·张华传》记载牛、斗二宿之间有紫气，雷焕对张华说此系宝剑精气上九天，结果在丰城县狱基下掘得宝剑一双，名龙泉、太阿。神兵，指宝剑。"诗如"句：《孟子·滕文公上》中曾子说："江汉以濯之，秋阳以暴之，皜皜乎不可尚已。"这两句是说：你的气概豪迈，犹如宝剑精气上冲九天；你的诗作清纯，犹如被雪后初晴的江汉之水洗濯过一般。

把咏公诗阖且开，旁无知音面墙叹——这两句是说：我手捧你的诗作不停吟咏，手中诗卷开阖不停，只是叹息身边没有知音相与欣赏，我只能面对墙壁索然长叹。

我今废书迷簿领，鱼蠹笔锋蛛网砚——废书：废弃读书。迷簿领：被公文簿书所拘。刘桢《杂诗》："沉迷簿领间，回回自昏乱。"鱼：蠹虫，即蛀虫，银白色，形状像鱼。蠹：蛀，为动词。这两句是说：现如今我被公文簿书所拘束，整日忙于公事而无暇读书，那书桌上的笔锋被蛀虫吃空，那砚台久置不用，上面已然布满了蛛网。

六年国子无寸功，犹得江南万家县——六年国子：指诗人自己于熙宁五年至元丰二年（1072—1079）任北京国子监教授。无寸功：没有一点功劳。杜甫《前出塞》中有"从军十年馀，能无分寸功"的诗句。江南万家县：指吉州太和县。山谷于元丰三年授知吉州太和县。这两句是说：我在北京国子监六年，没有尺寸之功；召回京后，被任命为吉州太和县的县令，去江南作那只有万户的一县之长。

客来欲语谁与同？令人熟寐触屏风——熟寐触屏风：即熟睡之后头碰到屏风上。《汉书·陈万年传》："万年尝病，召咸教戒于床下，语至半夜，咸睡，头触屏风。万年大怒，欲杖之……"此处指应酬太多，令人昏昏欲睡。这两句是说：客人到来与之相谈，但却没有相同的话题，我也只能应酬待客，这样往往令人昏昏欲睡。

窃食仰愧冥冥鸿，少年所期如梦中——窃食：白领俸禄而无所作为。冥冥鸿：飞于冥冥九天上的鸿鸟。古代诗歌以冥冥鸿比喻避世隐居的人。李贺《高轩过》："我今垂翅附冥鸿,他日不羞蛇作龙。"少年所期:年轻时的期望,抱负。这两句是说:我白领国家俸禄却无所作为,与高人隐士相比实在惭愧;想我少年时的期望与抱负,现在看来恍如梦中。

江头酒贱樽屡空,南山有田岁不逢——"南山"句:《汉书·杨恽传》:"其诗曰:'田彼南山,芜秽不治,种一顷豆,落而为萁。'"岁不逢:收成不好。这两句是说:我欲借酒消愁,但因忙于应酬,虽说酒价不贵,但却无暇畅饮;我欲退隐南山,躬耕田亩,但却总是收成不好。

相思夜半涕无从,千金公亦费屠龙——涕无从:无以相赠。《礼记·檀弓》引孔子语:"予恶夫涕之无从也。"从,配,附。"千金"句:《庄子·列御寇》:"朱泙漫学屠龙于支离益,殚千金之家,三年技成,而无所用其巧。"后以屠龙比喻技艺高超,有才学,有真本事。韩愈《岳阳楼别窦司直》有"屠龙破千金"的诗句。这两句是说:我在夜半时分想念你,但却无以为赠;想你有真才实学,但空有一身本领,却无用武之地。

这是一首和答诗。山谷与孔毅父有着相似的际遇,都身怀真才实学,但却沉沦下僚,故而此诗联系孔毅父和自己的遭遇,互相补充映衬,倾诉了自己心中的不平。

此首诗可以分两个部分读。第一部分为前六句,主要写孔毅父的才情,他现如今虽然"溢浦炉边督数钱",沉沦下僚,但他气概豪迈,诗作佳美。在对孔毅父的有才而不遇的描写中,抒发作者的不平之气。第二部分从"把咏公诗阁且开"开始,此句为一转折句,承上启下,引出了作者自己,从而叙述了自己的境遇,自己陷于公务,无暇读书,"六年国子无寸功,犹得江南万家县",他欲进不能,欲退却"南山有田岁不逢",实属进退不能。"相思"一句写自己思念友人却无以相赠,"千金"一句写孔毅父怀才不遇,无用武之地,从而结束全诗。整首诗从孔之不遇与己之不达两方面入手,相互映衬,抒发了作者心中的不平,其中亦有惺惺相惜之意。

秋思寄子由

此诗作于神宗元丰四年(1081),时作者任太和县令(今属江西)。秋思:秋景引起的感触。子由:苏辙的字。苏辙时贬官在筠州(今江西高安)任职。

黄落山川知晚秋,小虫催女献功裘。

老松阅世卧云壑,挽著沧江无万牛。

　　黄落山川知晚秋,小虫催女献功裘——黄落:草木枯黄凋落。小虫:指促织,其鸣声似催促妇女纺织。献功裘:向公家缴纳衣裘。古代卿大夫穿的皮衣叫做功裘。这两句是说:漫山草木枯黄凋落,已是那晚秋时节,促织不停地催着妇女们赶制寒衣。

　　老松阅世卧云壑,挽著沧江无万牛——阅世:经历时世。卧:偃卧。云壑:云气弥漫的深谷。挽:拖引。著:放,放置。万牛:杜甫《古柏行》:"大厦如倾要梁栋,万牛回首丘山重。"这两句是说:我犹如那偃卧在云气弥漫的深谷、阅尽世间炎凉的老松,虽为栋梁之材,只是重如丘山,没法找来一万头牛把它拖到沧江上,为世所用。

　　此诗抒写自己仕途坎坷、功名未遂的感慨。前二句以肃杀的晚秋之景来反衬自己郁闷的心境:促织催人劳作,连妇女们都在赶制寒衣,而自己却老大无成,只能清醒而徒然地看着光阴白白逝去!后二句笔锋陡转,说自己如老松,阅尽世间炎凉,高卧云壑,此志之坚,只有万牛才能拖走!《诗林广记》引元熊禾曰:"此诗言世道将变,人心老死山林,无人推挽出而用世。"得其意旨。后二句并写出作者的兀傲性格。全篇气骨瘦劲,句法奇硬古拙,善熔铸古语,是一首能体现山谷特殊风格的佳作。

次元明韵寄子由

　　次诗作于元丰四年(1081)春。元明:黄庭坚长兄黄大临,字元明。子由:苏辙,时在筠州监管酒盐税。元丰三年冬,黄大临写诗寄给苏辙,感叹苏辙大材小用。

半世交亲随逝水,几人图画入凌烟。
春风春雨花经眼,江北江南水拍天。
欲解铜章行问道,定知石友许忘年。
脊令各有思归恨,日月相催雪满颠。

【新解】

半世交亲随逝水,几人图画入凌烟——交亲:朋友,亲人。随逝水:孟郊《达士》:"四时如逝水,百川皆东波。"写亲友纷纷谢世。图画:画像。凌烟:凌烟阁。古代朝廷为表彰功臣所建之阁,上画功臣图像。刘肃《大唐新语》:"贞观十七年,太宗图画太原倡义及秦府功臣……二十四人于凌烟阁。"这两句是说:你我朋友之间的交情,随着如水的时光,已有半世之久;点检一番,又有几人画图凌烟阁,成就了一番大业?

春风春雨花经眼,江北江南水拍天——水拍天:韩愈《题临泷寺》:"海气昏昏水拍天。"这两句是说:春风春雨,花开花落,过眼而去;我怅望江北,您怅望江南,唯见那滔滔江水,波浪拍天。

欲解铜章行问道,定知石友许忘年——解铜章:辞官。铜章为县级官吏的标志,即官印。行:将。问道:登道,亦谓寻求真理。石友:金石之交,喻情谊坚笃之友。潘岳《金谷集作诗》:"投分寄石友,白首同所归。"忘年:忘年交。黄庭坚比苏辙小八岁,又属苏轼的门下,所以自谦低一辈。这两句是说:我欲解印辞官,去探求至道,想我情谊坚笃的朋友定会和我订立忘年之交。

脊令各有思归恨,日月相催雪满颠——脊令(líng):鸟名,巢于沙上,常在水边觅食,后世常用以比喻兄弟间亲密互助的关系。《诗经·小雅·常棣》:"脊令在原,兄弟急难。"日月:杜甫《阁夜》:"岁暮阴阳催短景。"阴阳即指日月,此化用其意。雪:喻白发。颠:头顶。这两句是说:我们彼此之间都在怀念自己的兄弟,思归不得,唯有被飞逝的时光催得满头白发。

【新评】

此诗表现朋友之间的真挚情谊。首句说朋友之间的交情,随着流水般的时光,已有半世之久。次句说亲友之间,几人成就一番大业?颔联承次句收转,写彼此的友谊:春天来到,花开水涨,两相思念。颈联句融入身世之感,说想辞官归去,知道坚如金石的朋友,一定会和自己建立忘年之交。尾联说彼此都在怀念自己的兄弟,思归不得,唯有被飞逝的时光催得满头白发。

首二句是工整的对仗,却一气直下,使人不觉其为对,这是山谷常用的律法之一。三、四句,杨万里说:"春风春雨,江北江南,诗家常用。杜云:'且看欲尽花经眼。'退之云:'海水昏昏水拍天。'此以四字合三字,入口便成诗句,不至生梗。要诵诗之多,择字之精,始乎摘用,久而自出肺腑,纵横出没,用亦可,不用亦可。"方东树评此诗云:"平叙起。次句接得不测,不觉其为对,笔势宏放。三四即从次句生出,更横阔。五六句始入题叙情。收别有情事,亲切,言彼此皆有兄弟之思也。"故而"此诗足供揣摩取法"。

登快阁

【题解】

此诗作于元丰五年（1082）太和任上，时作者已在太和任县令近三年。快阁：太和县城东门上的楼阁名，前临澄江，此水由南向北流入赣江，以江山广远、景物清华而得名。

> 痴儿了却公家事，快阁东西倚晚晴。
> 落木千山天远大，澄江一道月分明。
> 朱弦已为佳人绝，青眼聊因美酒横。
> 万里归船弄长笛，此心吾与白鸥盟。

【新解】

痴儿了却公家事，快阁东西倚晚晴——痴儿：自称。了却公家事：办完公事。语出《晋书·傅玄传附子咸》："生子痴，了官事，官事未易了也。了事正作痴，复为快耳。"倚晚晴：倚在快阁的栏边，迎着雨后傍晚的阳光。这两句是说：我办完了公事，倚在快阁的栏边，迎迓着雨后傍晚的阳光。

落木千山天远大，澄江一道月分明——这两句是说：登阁远眺，秋山重叠，树叶黄陨飘落，天空显得更为辽远阔大；澄澈的赣江在快阁下流过，黄昏时映涵着一弯新月，更觉澄明。

朱弦已为佳人绝，青眼聊因美酒横——朱弦：琴弦。此处用伯牙为锺子期绝弦事。《吕氏春秋·本味篇》："锺子期死，伯牙破琴绝弦，终身不复鼓琴。"佳人：指知己、挚友。青眼：眼睛正视，眼珠子在中间，表示对人有好感。典出《晋书·阮籍传》："籍又能为青白眼，见礼俗之士，以白眼对之。"对自己所悦之人则报以青眼。聊因：姑且为了。横：横斜着眼睛看。这两句是说：琴弦已为知己而绝，我不愿再浪费心力取媚时人，还是姑且为了见到美酒而高兴吧。

万里归船弄长笛，此心吾与白鸥盟——与白鸥盟：谓隐居之人跟鸥鸟结为侣伴。典出《列子·黄帝篇》。这两句是说：我愿弄笛船上，泛舟江湖，与鸥鸟结为伴侣。此两句归船、长笛、隐者、白鸥，构成了一幅想像的图景，表达了诗人理想中的人生归宿，当然其中依然有对现实社会的厌弃。

【新评】

此诗是山谷名篇中的名篇。首二句用俗语入诗，表现了自己在"了事"之馀，登临快阁一快心胸的感觉。"落木"二句,写景精切,境界宏大,生动地描画出一幅高远明净的秋色图,见出诗人坦坦荡荡的抱负。"意境天开,则实能辟古今未泄之奥妙。"(《鲁岩所学集》)"朱弦"二句,直抒胸臆,意态傲兀,浩气满怀。后二句宕开一笔,表明自己厌倦官场、渴望过一种自然无拘束的生活的志趣。此诗寓单行之气于排偶之中,律对精严,却又似长江大河,一泻千里,"能移太白歌行于律诗"(方东树《昭昧詹言》引姚鼐语)。诚如翁方纲所云:"坡公之外又出此一种绝高之风骨,绝大之境界,造化元气发泄透矣。"后世评论家常举出此诗作为黄庭坚诗歌的代表作。太和的快阁,由于有了黄庭坚这首诗的品题,名重天下,前后和者上百篇。当然,没有任何一首和诗比得上此诗。

上大蒙笼

题解

此诗作于元丰五年(1082),时山谷在太和县任上,当时为了推销官盐,山谷深入山区,目睹人民的悲惨生活,写下了十几首记行诗,此为第四首。大蒙笼:太和县境内的山名。

> 黄雾冥冥小石门,苔衣草路无人迹。
> 苦竹参天大石门,虎迒兔蹊聊倚息。
> 阴风搜林山鬼啸,千丈寒藤绕崩石。
> 清风源里有人家,牛羊在山亦桑麻。
> 向来陆梁嫚官府,试呼使前问其故。
> 衣冠汉仪民父子,吏曹扰之至如此!
> 穷乡有米无食盐,今日有田无米食。
> 但愿官清不爱钱,长养儿孙听驱使。

黄雾冥冥小石门,苔衣草路无人迹——黄雾冥冥:指雾色昏黄,阴暗。杜甫《早发》:"日出黄雾映。"小石门:山名。苔衣:指青苔覆盖地面。谢灵运《岭表赋》:"萝蔓绝攀,苔衣流滑。"这两句是说:小石门山被黄昏阴暗的雾气所笼罩着,山路上青苔覆地野草丛生,很少有人走过的痕迹。

苦竹参天大石门,虎迒兔蹊聊倚息——苦竹:竹子的一种,因其笋味苦,故称苦竹。李白《劳劳亭》:"苦竹寒声动秋月。"大石门:山名。虎迒(háng):老虎的行迹。蹊：足迹。杜牧《皇风》："远蹊巢穴尽窒塞。"这两句是说：大石门山上苦竹参天，我们在有野兽出没的地方暂且休息。

阴风搜林山鬼啸，千丈寒藤绕崩石——阴风：冷风。崩石：将要崩塌的危石。这两句是说：早晨的冷风吹过，山中树林内树木呼呼，犹如山神长啸；看那千丈寒藤爬绕在将要崩塌的危石之上，分外阴冷。

清风源里有人家，牛羊在山亦桑麻——清风源：指山中的峡谷。宋玉《风赋》："夫风生于地，起于青蘋之末，侵淫溪谷。"这两句是说：进至山中，大山里的峡谷中竟有人家住户，那些山民不仅放牧牛羊而且种植桑麻，农耕度日。

向来陆梁嫚官府，试呼使前问其故——陆梁：原为跳跃的样子，又指猖獗。《史记·秦始皇本纪》："发诸尝逋亡人，赘婿、贾人略陆梁地。"后来的解释说：岭南的人民多住在山中，其秉性强梁，故称陆梁。嫚：轻视，藐视。这两句是说：山民们向来都是非常强悍，他们藐视官府；我派了一个人，让他前去问那些山民为何住于深山之中。

衣冠汉仪民父子，吏曹扰之至如此——衣冠汉仪：《后汉书·光武帝纪》："老吏或垂涕曰：'不图今日复见汉官威仪！'"这两句是说：那些山民说他们也原本是驯服的良民，并非蛮夷之群，只是因为官府的压迫骚扰才逃至深山，成为现在这样。

穷乡有米无食盐，今日有田无米食——此二句化用禅宗偈语。《景德传灯录》卷十一："香严智闲禅师有偈曰：'去年贫，未是贫；今年贫，始是贫。去年无卓锥之地，今年锥也无。'"这两句是说：山民们说他们以前虽在穷乡，虽无食盐，但尚且有米可以糊口，而现如今连糊口的米也没有了，还奢谈什么吃盐。后句史容注解说"当作'今日有盐无食米'"，可参考。

但愿官清不爱钱，长养儿孙听驱使——"但愿"句：欧阳修《六一诗话》中说："等是山色荒僻，官况萧条，不如'县古槐根出，官清马骨高'为工也。"李白《赠崔秋浦》诗："见客但倾酒，为官不爱钱。"此句是山民的期望。长养：使儿孙成长。杜甫《少年行》："莫笑田家老瓦盆，自从盛酒长儿孙。"这两句是说：但愿那些为官的人清正廉明，不贪钱财，山民们都愿意使儿孙成长，做世世代代听任驱使的良民。

古代诗歌中反映官府压迫人民的名篇不计其数，唐代的杜荀鹤就有诗曰："任有深山更深处，也应无计避征徭。"官府的压迫无处不在，此首诗也是同类事情的反映。

此诗题下原注"乙卯晨起"。整首诗从三个层次入手，首先诗人描写深山老林的幽僻荒凉,通过"黄雾冥冥","路无人迹","苦竹参天","虎远兔蹊"一系列山景的展示,给我们描绘了一幅荒僻的山林图景,再加上"阴风"的四起,"寒藤"的蔓绕,给人营造了一幅阴森凄厉的气氛。一般而言,此种环境是不会有人在其中的,但诗人接着一转,在此环境中推出了人,"清风源里有人家,牛羊在山亦桑麻",从而造成读者思想上的落差。紧接几句,诗人便是探究百姓何以居于此处,而且轻视官府的原因。通过官民的对话,尤其是后四句百姓的答语,道出了"官逼民反"的本质原因。最后两句尤为沉痛,山民们仅仅希望为官之人清正廉明,他们就愿意世世代代听任驱使。这是百姓的心声,又何尝不是诗人心迹的表露。

劳坑入前城

此诗与《上大蒙笼》为同一时间所作,仅为地名不同。《上大蒙笼》原诗题下注"乙卯晨起",本诗题下注"乙卯饭后",可见其仅是前后之作。劳坑:太和县境内的地名。

刀坑石如刀,劳坑人马劳。窈窕篁竹阴,是常主逋逃。
白狐跳梁去,豪猪森怒嗥。云黄觉日瘦,木落知风饕。
轻轩息源口,饭羹煮溪毛。山农惊长吏,出拜家骚骚。
借问淡食民,祖孙甘餔糟?赖官得盐吃,正苦无钱刀。

刀坑石如刀,劳坑人马劳——刀坑:太和县境内的地名。这两句是说:刀坑地势险要,山峰陡峭,山石有如刀削一般;劳坑崎岖难行,每走一段路程,人马都十分疲劳。

窈窕篁竹阴,是常主逋逃——窈窕:深远的样子。篁竹:竹子丛生而形成林。《汉书·严助传》:"越非有城郭邑里也,处溪谷之间,篁竹之中。"主逋逃:"主"作动词,即接纳逃亡的人。《尚书·周书·武成》:"为天下逋逃主。"这两句是说:看那幽深的竹林,阴阴一片,但那却是百姓逃亡的好去处,逃亡的人常常住在那里。

白狐跳梁去,豪猪森怒嗥——白狐:狐的一种,毛色为白。跳梁:在山梁间出没。豪猪:也称为箭猪,全身长满硬毛,如果遇到天敌则竖起全身硬毛以防身。森:森然树立。嗥:吼叫。这两句是说:那山梁之上,白狐现身,随之又立即窜去,那豪猪全身硬毛森然树立,怒吼的声音,声声传入耳中。

云黄觉日瘦,木落知风饕——日瘦:太阳淡而无光。杜甫《无家别》:"日瘦气惨凄。"木落:树上树叶脱落。风饕:风势非常猛烈。韩愈《祭河南张员外文》:"岁弊寒凶,雪虐风饕。"这两句是说:天上云气褐黄低沉,使人觉得太阳惨淡而无光;树上的树叶脱落,劲风吹过,树梢呜呜作响。

轻轩息源口,饭羹煮溪毛——轻轩:轻便的车子。轩,古代士大夫所乘的车子,后为车的通称。源口:谷口。溪毛:溪中的水草一类的水生植物,因其细长,故称为溪毛。这两句是说:我们把车马停在谷口休息,煮上些溪中的莼菜之类的东西作为我们的饭食。

山农惊长吏,出拜家骚骚——山农:即山民。骚骚:乱骚骚,乱哄哄。这两句是说:山中居民的出入被我们惊动,家中一片乱哄哄,商量着让谁出来拜见我们。此二句写山民因官府压迫逃至山中,都不愿见到官府来人。

借问淡食民,祖孙甘铺糟——借问:上前打听,询问。祖孙:爷爷与孙子,此处指世世代代,祖祖辈辈。甘:乐于。铺糟:吃酒糟而不吃盐。铺:食,吃。糟:即酒糟。这两句是说:我上前询问那些山民:你们祖祖辈辈世世代代都甘心吃酒糟而不吃盐吗?

赖官得盐吃,正苦无钱刀——钱刀:即钱币。刀,即刀币,为战国时齐国的钱币,其形状像刀。此外其他国家因那时尚未被统一,钱币形状各不相同,如赵国钱币为铲状,楚国的钱币为蚁鼻等。此处以此指钱币。这两句是说:山民们回答道,他们正是因为有了官府的食盐配给才有了盐吃,但却苦于没有钱去购买呀!此二句是对食盐配制的讽刺,此项制度实为聚敛民财,故人民因为此制度而没有盐吃。

此首诗歌紧承《上大蒙笼》而作。诗在开篇即写他们进山后的状况,山势险峻陡峭,石如刀削,人马每行一段即十分疲劳,首二句巧用地名写行程的劳顿,意出新奇。随后写竹林幽深,野兽出没,诗人看到的是山梁之上白狐现而复没,听到的是豪猪怒吼的声音。紧接一句"云黄觉日瘦,木落知风饕"则把那种黄云蔽日,天昏地暗,山风劲吹的状况写了出来,"日瘦"、"风饕"可以看出黄庭坚诗下字的奇险。诗至此则转入了途中小憩以及与山民们的对话。"借问淡食民,祖孙甘铺糟?赖官得盐吃,正苦无钱刀",诗人与山民的一问一答,则道出了山民们没有盐吃的真正原因,那就是因为食盐配制的盘剥聚敛,导致民贫而无力买盐,这无疑是对此项苛政的有力抨击。

答永新宗令寄石耳

【题解】

此诗作于元丰六年(1083),时山谷任太和县令。当时邻县永新县的县令送给他山中出产的石耳,山谷作此诗答谢。永新:吉州永新县,与太和县相邻。宗令:永新县的县令宗汝为。石耳:为地衣类的植物,常生于深山阴面岩石上,椭圆形,状似耳朵,为灰黑色,与木耳颜色相近,可以食用。

  饥欲食首山薇,渴欲饮颍川水。
  嘉禾令尹清如冰,寄我南山石上耳。
  筠笼动浮烟雨姿,瀹汤磨沙光陆离。
  竹萌粉饵相发挥,芥姜作辛和味宜。
  公庭退食饱下箸,杞菊避席遗萍齑。
  雁门天花不复忆,况乃桑鹅与楮鸡。
  小人藜羹亦易足,嘉蔬遣饷荷眷私。
  吾闻石耳之生常在苍崖之绝壁,苔衣石胏风日炙。
  扪萝挽葛采万仞,反足委骨豺虎宅。
  佩刀买犊剑买牛,作民父母今得职。
  闵仲叔不以口腹累安邑,我其敢用鲑菜烦嘉禾!
  愿公不复甘此鼎,免使射利登嵯峨。

【新解】

  饥欲食首山薇,渴欲饮颍川水——"饥欲"句:《史记·伯夷叔齐列传》记载周武王灭商,伯夷叔齐不食周粟,隐于首阳山,靠采薇而生活,最后饿死。首山:首阳山。薇:一种野菜。"渴欲"句:皇甫谧《高士传》记载尧欲让天下于许由,许由认为玷污了他的耳朵,就到颍水之滨去洗耳。陆机《猛虎行》"渴不饮盗泉水",此处用其句式。李白《行路难》:"有耳莫洗颍川水,有口莫食首阳蕨。"将颍川水与首阳蕨对举,山谷反其意而用之。颍川:颍水河,发源于河南登封,注入淮河。饮颍川水表示很清高。这两句是说:我饥饿之时就想吃首阳山的薇菜;我口渴之时就想喝颍川河的水。

  嘉禾令尹清如冰,寄我南山石上耳——嘉禾:永新县的别称。令尹:即县令。此处令尹不同于春秋战国时楚国的令尹,楚国的令尹相当于宰相。清如冰:为官清廉如冰。曹植《光禄大夫荀侯诔》:"如冰之清,如玉之洁。"石上耳:即石耳。这两句是说:嘉禾县的县令你为官清廉如冰,为我寄来了南山上出产的石耳。

筠笼动浮烟雨姿,瀹汤磨沙光陆离——筠笼:即竹子编织的笼子。杜甫《野人送朱樱》:"野人相赠满筠笼。"瀹(yuè)汤:用来煮汤。磨沙:磨成碎末。光陆离:光怪陆离。这两句是说:看着那竹笼中的石耳,我眼前浮现出它长于山野烟雨之中的姿态,把它磨成碎末用来煮汤,那汤水光怪陆离。

竹萌粉饵相发挥,芥姜作辛和味宜——竹萌:即竹笋。《尔雅·释草》:"笋,竹萌。"粉饵:粉团类食品。相发挥:在相互映衬下更加美好。刘禹锡《杨柳枝词》:"桃红李白皆夸好,须得垂杨相发挥。"辛:辛辣。芥末与生姜都是辛辣之味。和味:调和味道。这两句是说:加上竹笋、粉团一类的食物互相映衬,使之更加美好;再佐以芥末生姜之类的调味品,使它更加适合人们的口味。

公庭退食饱下箸,杞菊避席遗萍齑——公庭退食:办完公事之后回家吃饭。《诗经·召南·羔羊》:"退食自公。"箸:筷子。《晋书·何曾传》:"食日万钱,犹曰无下箸处。"杞菊:枸杞与菊花。避席:退席让开。遗:不用。萍:水草类植物。齑(jī):切细的腌菜。《后汉书·华佗传》:"萍齑甚酸。"这两句是说:我办完衙门里的公事回家吃饭,看到石耳做的菜,我不停地夹着吃,而枸杞、菊花、萍、齑之类做的菜,我将其搁于一边,不去吃它。

雁门天花不复忆,况乃桑鹅与楮鸡——雁门天花:山西雁门五台山有天花蕈(xùn,菌类植物)。据《维摩诘经》记载,维摩诘说法,感动天神,天神使天女抛撒香花。桑鹅:一种菌类。楮鸡:楮树上生长的木耳,其味道像鸡肉味,故称楮鸡。韩愈曾有《答道士寄树鸡》一诗。这两句是说:石耳做菜的香味,使我不再忆及雁门五台山由天女撒下的香花,更何况这些人间的凡品如桑鹅、楮鸡之类呢!

小人藜羹亦易足,嘉蔬遗饷荷眷私——小人:即指作者自己。藜羹:用藜叶煮的羹,一种粗劣的食物。藜,一种植物,其初生的嫩叶可以食用。嘉蔬:指石耳。遗饷:派人送给我。荷眷私:承受你的恩惠眷顾。这两句是说:我自己平日吃饭很是随便,藜叶煮羹也能够容易满足,承蒙你的眷顾,派人送给我石耳这种十分珍贵的蔬菜。

吾闻石耳之生常在苍崖之绝壁,苔衣石胠风日炙——苍崖:悬崖。苔衣:苔藓类植物。石胠:生于水边石上的苔藻。风日炙:风吹日晒。这两句是说:我听说石耳常常生长在悬崖峭壁的上面,与山涧石上苔藓苔藻一起经受风吹日晒。

扪萝挽葛采万仞,仄足委骨豺虎宅——扪萝:即握住藤萝。挽葛:攀挽葛藤。万仞:极言山势高峻。仄足:侧足,因为高险而不能正立。委骨:弃骨。这两句是说:要采摘石耳,就要攀挽藤葛到万丈悬崖之上,采摘的人因为山高且险,双脚不能正立,有时发生危险便要摔下悬崖,弃尸荒山,被虎豹豺狼吃掉。

佩刀买犊剑买牛，作民父母今得职——"佩刀"句：据《汉书·龚遂传》：龚遂劝民务农，见到有的人带剑持刀，他就劝那些人卖掉剑买耕牛，卖掉刀去买牛犊。此句说宗汝为治民有方，重农安民。作民父母：王禹偁《谪居感事》诗自注："民间多呼县令为父母官。"得职：百姓得以安居乐业。这两句是说：你作永新的县令，重农安民，治民有方，作为百姓的父母官，能够使百姓得以安居乐业。

闵仲叔不以口腹累安邑，我其敢用鲑菜烦嘉禾——"闵仲叔"句：《后汉书·闵仲叔传》记载，闵仲叔客居安邑，老年家贫有病，买不起肉，就每天买猪肝一片，卖肉的人有时不肯卖给他，安邑的守令听说后便经常派属下小吏给他送去。仲叔觉得奇怪，便问了来人，当他知道原因之后，便叹息道："闵仲叔岂以口腹累安邑邪！"说完就离开了安邑。其敢：岂敢。鲑（xié）菜：鱼一类的菜肴。这两句是说：古时贤人闵仲叔不以口腹之需而使安邑之民受累，我岂敢因要用石耳和鲑鱼烧菜而劳烦嘉禾的人民和你呢？

愿公不复甘此鼎，免使射利登嵯峨——此鼎：指菜肴，此指石耳。因古代贵族用鼎盛菜，故有"钟鸣鼎食"之说。射利：追求财利而趋走。左思《吴都赋》："乘时射利，财丰巨万。"嵯峨：指山势高险的样子。这两句是说：但愿你不要再乐于吃此种菜肴，免得使人民为了追求财利而纷纷攀上那险峻的山崖去采摘。

此首诗是一首答谢诗，感谢永新县令宗汝为送山中所产石耳给自己。全诗主要分两个部分。第一部分是表达感谢之情，第二部分表达规劝之意。

全诗首二句即以古代贤人的事迹明志。紧接着述说赠送石耳之事，通过对石耳的描绘，表明所赠之物的珍贵。诗人看着竹笼中的石耳就想到了石耳生长在烟雨中的姿态，又设想以竹笋等相伴为菜，再加以芥姜为作料，作的菜使"杞菊避席遗萍齑"，而且那香美使人不再想起天女所撒落的香花，更何况那些桑鹅、楮鸡。在诸多食品的映衬下，石耳的佳美便显现了出来，而且表达了作者的感谢之情。诗从"小人藜羹亦易足"起转入第二部分，石耳生于"苍崖之绝壁"，人们需"扪萝挽葛"登上万仞高山才能采到，稍不留意便会"委骨豺虎宅"。随后称颂宗汝为是清廉之官，重农安民，使百姓得以安居乐业。紧接一句"闵仲叔不以口腹累安邑，我其敢用鲑菜烦嘉禾"，借古时贤人之事为自谦之词，表示不敢因此而累及民众，从而在最后两句表达出自己的规劝，"愿公不复甘此鼎，免使射利登嵯峨"。诗的规劝之意在经两层转折之后表达出来，可见作者以曲笔委婉表达的规劝。

夜发分宁寄杜涧叟

【题解】

元丰六年(1083)十二月,黄庭坚由知太和县移监德州(今属山东)德平镇。此诗系作者离家赴任所时的告别寄友之作。分宁:今江西修水,诗人的家乡。杜涧叟:杜槃,号涧叟。时居庐山。

阳关一曲水东流,灯火旌阳一钓舟。
我自只如常日醉,满川风月替人愁。

阳关一曲水东流,灯火旌阳一钓舟——这两句是说:奏完一曲《阳关三叠》,征帆即随水向东而去。遥望旌阳山下的灯火,我独自一人已经在江中的小船上了。阳关:古代表现离情别绪的琴曲。王维名诗《送元二使安西》中有"劝君更尽一杯酒,西出阳关无故人"之句,当时人把这首诗谱成乐曲,称为《阳关三叠》。旌阳:山名,在分宁东。

我自只如常日醉,满川风月替人愁——这两句是说:我自己仍同平时一样沉醉,只有那满川的风月,替人悲愁。此二句脱胎于欧阳修《别滁》:"我亦只如常日醉,莫教弦管作离声。"王安石亦有"只有月明西海上,伴人垂泪到天明"之句,用的都是衬托写法。

此诗写惜别之情,独出机杼。首句见别离之匆遽,次句以灯火旌阳的温馨衬托出孤舟旅人的愁寂。第三句翻作旷达语,说自己并没有因离愁太深而醉得不同寻常,语淡而情深。第四句又作翻转,说满川风月,烟笼雾罩,在替人悲愁,凄凉无限。本来,自然景物无所谓悲愁,悲愁的只是人。但此诗妙就妙在移情于物,把本来没有感情的风月也写得含情婉转,犹如杜牧的名句"蜡烛有心还惜别,替人垂泪到天明"。将人的情感投射于物,比起直抒胸臆的方式,更能艺术地表现诗人的情感世界。

奉答李和甫代简二绝句

【题解】

此诗作于元丰六年(1083),时山谷在太和县任上,有一位名叫李和甫的朋友给他写了一封信,于是黄庭坚写了这两首绝句代为回信。李和甫:生平事迹不详。简:书信。

山色江声相与清,卷帘待得月华生。
可怜一曲并船笛,说尽故人离别情。

【新解】

山色江声相与清,卷帘待得月华生——"山色"句:杜甫《书堂饮既夜复邀李尚书下马月下赋绝句》:"湖水林风相与清,残尊下马复同倾。"此处取"相与清"。相与:交互。"卷帘"句:杜甫《客夜》:"卷帘残月影,高枕远江声。"欧阳修的《临江仙》词中有:"阑干倚处,待得月华生"的句子。月华:月亮的光华。此处指月亮。这两句是说:天近黄昏,山色清幽,江声寂静,遥望一片静穆;我卷起帘子,等待着月亮从东方渐渐升起。

可怜一曲并船笛,说尽故人离别情——"可怜"二句:李白《春夜洛城闻笛》:"谁家玉笛暗飞声,散入春风满洛城。此夜曲中闻折柳,何人不起故园情。"李益《夜上受降城闻笛》:"不知何处吹芦管,一夜征人尽望乡。"此种以听到笛声而生别情的诗境在古代诗歌中经常见到。这两句是说:正在这时,江边并排停泊的两只船上传来了悠扬的笛声,好像在向老朋友诉说离别的情怀。

梦中往事随心见,醉里繁华乱眼生。
长为风流恼人病,不如天性总无情。

【新解】

梦中往事随心见,醉里繁华乱眼生——这两句是说:往事已去,茫茫难寻,然而在梦中,那些已逝的往事却能随心而见;面对这繁华的世间,在我这喝醉了酒的人的眼里也不过是乱哄哄的一片。

长为风流恼人病,不如天性总无情——风流:指诗人心中所追求的理想。张耒《读黄鲁直诗》:"不践前人旧行迹,独惊斯世擅风流。"恼人病:烦恼使人生病。这两句是说:我常常因为心中所追求的理想达不到而烦恼,好像生病了一般;想到这里,觉得自己如果天性无情,就没有这么痛苦了。

  这两首奉答的绝句主要表达了两方面的意思,第一首主要写对朋友的思念,第二首主要诉说自己的苦闷。
  在第一首诗中,作者首先为我们展示了一幅秋江晚景,"山色江声相与清,卷帘待得月华生",不远处那清幽的山色,那寂静的江声,以及卷帘等待明月初升的情景最易使人产生怀念之情,然而恰在此时,并排停泊在江边的两只船上传来了悠扬的笛声,好像在向老朋友诉说离别的情怀,这种情景自然也使诗人沉浸在对故人的深切怀念之中。
  在第二句诗中,诗人向朋友倾诉了自己的苦闷心情。首二句"梦中往事随心见,醉里繁华乱眼生"以工整的对仗,写出了自己对往事、对朋友的回忆常常出现在梦中,而对世间的繁华却是十分淡漠。第三句则进一步说明自己苦闷的根由,那就是"长为风流恼人病",诗人因为自己心中所追求的理想无法实现,自己官小位卑、抱负难以施展而苦闷不已。最后一句"不如天性总无情"用了一句反语,因为自己天性多情,才会有如此种种痛苦,此外似乎有一种无奈的心情蕴含其中。

观王主簿家酴醿

  此诗作于元丰六年(1083),为一首咏花诗,咏王主簿家的酴醿,以人拟花,从中可见黄庭坚的好奇求变之心。王主簿:未详。主簿,为州县中掌管文书的属官。酴醿(túmí):花名。

    肌肤冰雪薰沉水,百草千花莫比芳。
    露湿何郎试汤饼,日烘荀令炷炉香。
    风流彻骨成春酒,梦寐宜人入枕囊。
    输与能诗王主簿,瑶台影里据胡床。

  肌肤冰雪薰沉水,百草千花莫比芳——"肌肤"句:《庄子·逍遥游》:"藐姑射之山有神人居焉。肌肤若冰雪,绰约若处子。"沉水:香名。百草千花:杜甫《白丝行》有"万草千花动凝碧"之句。白居易《题李次云虚窗竹》:"千花百草凋零后,留向纷纷雪里香。"这两句是说:那酴醿花犹如冰肌玉骨的美女薰过沉水香,无论姿质气韵,其他花草均难以与之相比。

露湿何郎试汤饼,日烘荀令炷炉香——"露湿"句:《世说新语·容止》:"何平叔美姿仪,面至白,魏明帝疑其傅粉。正夏月,与热汤饼,既啖,大汗出,以朱衣自拭,色转皎然。"此处用何晏的出汗比拟酴醾为露水所湿。"日烘"句:东汉荀彧为尚书令,其衣带有香气,人称"令香君"。李商隐《酬崔八早梅有赠兼示之作》:"谢郎衣袖初翻雪,荀令薰炉更换香。"炷:点燃。炉:薰炉。这两句是说:酴醾花为露水所湿,就像何晏因吃热汤饼而出汗;酴醾在阳光照耀下散发花香,就像荀彧以香薰衣。

风流彻骨成春酒,梦寐宜人入枕囊——风流:指花姿绰约。入枕囊:酴醾花可以充枕囊。这两句是说:酴醾花风姿绰约,犹如那醇美的春酒,使人醉倒;用酴醾花充入枕囊,宜于人睡眠,使人美梦连连。

输与能诗王主簿,瑶台影里据胡床——输与:不如。瑶台:美玉砌成的台。李白《清平调》有"会向瑶台月下逢"之句。胡床:一种可以折叠的坐具,传自少数民族,故称为胡床。《世说新语·容止》载庾亮登武昌南楼,"据胡床,与诸人咏谑,竟坐甚得任乐"。这两句是说:但是酴醾的风姿终究不如能吟诗作文、瑶台影里据胡床而乐的王主簿。

此诗为一首咏花之作。开篇即以美人喻花,说此花的资质芳香均非其他花草可以相比,使人眼前一亮。随后两句"露湿何郎试汤饼,日烘荀令炷炉香",以美男子喻花,实为匪夷所思。宋·惠洪曾说:"前辈作花诗,多用美女比其状,如曰:'若教解语应倾国,任是无情也动人。'诚然哉!山谷作《酴醾》诗曰:……乃用美丈夫比之,特若出类。"从中可以看出山谷的求变之心,两句各有所侧重,前一句写其为露水所湿的形态,后一句则写其芳香。颈联以春酒醉人以及梦之宜人突出花的风姿以及芳香。尾联一转,给人一种天外之笔的感觉,原来这一切都是为了烘托能诗会文、风流不拘的王主簿,既切景又应时。

送王郎

此诗作于元丰七年(1084),时庭坚年四十,从知太和县(今属江西)调监德州德平镇(今山东德平)。王郎:名纯亮,字世弼,是作者的妹夫,亦能诗。作者初到德州,王纯亮去看他,临别之前,作此诗送王。

酌君以蒲城桑落之酒；泛君以湘累秋菊之英。
赠君以黟川点漆之墨；送君以阳关堕泪之声。
酒浇胸次之磊隗；菊制短世之颓龄。
墨以传万古文章之印；歌以写一家兄弟之情。
江山千里俱头白，骨肉十年终眼青。
连床夜语鸡戒晓，书囊无底谈未了。
有功翰墨乃如此，何恨远别音书少。
炊沙作糜终不饱，镂冰文章费工巧。
要须心地收汗马，孔孟行世日杲杲。
有弟有弟力持家，妇能养姑供珍鲑。
儿大诗书女丝麻，公但读书煮春茶。

　　酌君以蒲城桑落之酒；泛君以湘累秋菊之英——桑落：蒲城的名酒。泛菊。把菊花浸泡在酒中，使花瓣浮在酒上，一起喝下。湘累：指屈原。古代称不因其罪死者为"累"，屈原爱国，赴汨罗江死，故曰湘累。《离骚》："夕餐秋菊之落英。"这两句是说：给你斟上一杯蒲城的桑落美酒，其中泛着秋菊的花瓣请你共饮。

　　赠君以黟川点漆之墨；送君以阳关堕泪之声——黟川：在今安徽，为产墨名地。点漆：好墨落纸，光黑如漆。阳关：王维的《阳关曲》，系送别之曲，声情惨戚使人闻之落泪。这两句是说：我赠给你黟川的好墨，以王维的《阳关曲》与你作别。

　　酒浇胸次之磊隗；菊制短世之颓龄——"酒浇"句：《世说新语·任诞》："阮籍胸中垒块，故需酒浇之。"磊隗：同块垒，为心中郁结的不平之气。这两句是说：那蒲城的桑落美酒可以浇除心中的不平之气，那酒中的秋菊可以延年益寿，抑制颓龄。

　　墨以传万古文章之印；歌以写一家兄弟之情——印：心印。禅宗称以心相印证传证佛法为传印。这两句是说：我送你黟川之墨，是为了让你写出流传万古的文章，我以王维的《阳关曲》作别，是为了抒发你我一家兄弟的骨肉友爱之情。

　　江山千里俱头白，骨肉十年终眼青——这两句是说：虽然与亲人长期江山阻隔，路途遥远，你我兄弟均已白头，但兄弟之情反而愈深，相见之时，仍感无限喜悦。两句从杜诗"别来头并白，相对眼终青"化出。

　　连床夜语鸡戒晓，书囊无底谈未了——戒晓：戒旦。鸡声报晓警戒睡着的人，使之醒来。书囊无底，满腹诗书意。这两句是说：你我对床夜话，夜语不绝，直至天明时分；你学问渊博，像无底的书囊，谈话的资料没完没了。

有功翰墨乃如此,何恨远别音书少——翰墨:指文章。这两句是说:你长于文章之事,故而此次别离虽然遥远,但仍旧可以常常寄来书信相互问候,因此不必有愁恨。

炊沙作糜终不饱,镂冰文章费工巧——炊沙作糜:《楞严经》:"若不断淫修禅定者,如煮沙石,欲其成饭,经千百劫,只名热沙。何以故?此非饭,本沙不成故。"镂冰文章:桓宽《盐铁论》:"内无其质,而外学其文,若画脂镂冰,费日损功。"这两句是说:追求写工巧的文章,像炊沙作糜,无法填饱肚子;像镂刻冰块,迟早要化,不能持久。

要须心地收汗马,孔孟行世日杲杲——"要须"句:山谷《答王雩书》:"想以道义敌纷华之兵,战胜久矣。古人云:'并敌一向,千里杀将。'要虚心收汗马之功,读书乃有味。"杲杲:日出明亮貌。这两句是说:内心要经过一番艰苦斗争,才能知道孔孟之道如同白日光辉,照耀人间。

有弟有弟力持家,妇能养姑供珍鲑——妇:指王郎之妻,山谷之妹。姑:指婆婆,即王郎之母。珍鲑(xié):指美味。鲑,鱼名。这两句是说:你能够尽力地持家,你的媳妇能够很好地赡养父母,家人都能各司其职。

儿大诗书女丝麻,公但读书煮春茶——这两句是说:你的孩子也长大了,能去读书,你的女儿也已经能纺线织布,你尽可以读着圣贤之书,烹着春日新茶,逍遥自在。

此诗气格遒古,笔势雄放,大开大合,极曲折变化之能事,体现了山谷七古恣肆汪洋的特色。前八句连用两组排比,如长江大河,一泻千里,写出骨肉友爱之情。"江山千里俱头白,骨肉十年终眼青"两句,如中流砥柱,以遒劲峭硬之笔,煞住前面诗句的倾泻之势,最见黄诗功力。接着赞美王郎的才学,并指出提高个人修养是写好文章的关键。最后说王郎无后顾之忧,劝其归家读书,不必汲汲于功名富贵。此诗着实达到了方东树所评"奇警而出之自然,流吐不费"的大境界。

题宛陵张待举曲肱亭

此诗作于元丰七年(1084),时山谷监德州德平镇。这首诗是一首题咏亭子的诗,但咏亭实为咏人。宛陵:地名,宋代时称宣城县,今在安徽省。张待举:生平不详。一位姓张的等待贡举的士子。曲肱亭:亭子的名称。语出《论语·述而》:"曲肱而枕之,乐亦在其中矣。"

仲蔚蓬蒿宅,宣城诗句中。人贤忘巷陋,境胜失途穷。
寒菹书万卷,零乱刚直胸。偃蹇勋业外,啸歌山水重。
晨鸡催不起,拥被听松风。

　　仲蔚蓬蒿宅,宣城诗句中——仲蔚:指东汉时的隐士张仲蔚。蓬蒿:野草。皇甫谧《高士传》记载张仲蔚"所处蓬蒿没人,闭门养性,不治荣名"。宣城:即谢朓,南朝齐著名诗人,曾任宣城太守,世称谢宣城。这两句是说:东汉隐士张仲蔚的住处蓬蒿没人,但他闭门养性;南齐的谢宣城经常在别人的诗句中被提及。

　　人贤忘巷陋,境胜失途穷——"人贤"句:《论语·雍也》:"一箪食,一瓢饮,在陋巷,人不堪其忧,回也不改其乐。贤哉回也!"这是孔子在称赞其弟子颜回。这两句是说:只要有贤能的人,就会忘记巷里的简陋,如果身居胜境,那也不会有穷途末路的悲哀。

　　寒菹书万卷,零乱刚直胸——寒菹(zū):冷的腌菜。此处指饭食的简单。零乱:打乱,是说张待举心中不想其他事情,唯有简单的饭食和万卷书籍在其心中。这两句是说:只有那简单的饭食与万卷藏书占据他的心中。

　　偃蹇勋业外,啸歌山水重——偃蹇:偃息而卧,此处指高蹈遗世。勋业:功名与事业。啸歌:长啸而歌。啸,撮口作声,打口哨。魏晋时的名士有长啸的风气。比如晋时嵇康遇孙登时,孙登就曾长啸。《世说新语·栖逸》中记载阮籍长啸,几百步外都能听见。这两句是说:张待举不追求功名与事业,高蹈遗世,徜徉于山水林泉,长啸而歌。

　　晨鸡催不起,拥被听松风——催:催促,催叫。这两句是说:他高卧在床,那早晨的阵阵鸣叫不能把他叫起,他只管拥被而卧,听那阵阵松风。

　　这首诗写得十分平淡,不矫揉造作,虽题名为咏亭,但实为咏人,歌咏张待举的隐逸人格。首四句用了四个典故,引出四位古人的事迹,从人的活动境地表明张待举居处虽是简陋,但却有古雅之气,那是人格起到了作用。随后写他心中不以功名事业为念,唯有简单的饭食与万卷书籍,从而写出了其安贫乐道,专一读书。"啸歌山水重"给我们展示了一个徜徉山水林泉之间的隐士的品格,即超尘出世。随后两句"晨鸡催不起,拥被听松风"很传神地刻画了一个拥被高卧,聆听窗外阵阵松风的隐士形象。因为人有此种品格,那么所居之处,所建的亭子自然也就具有了这种品格。此诗一大特点就是虽为咏物,但却不粘着于物,以人的品格表现物的品格。

寄黄几复

题解

此诗元丰八年(1085)春于德平任上作。黄几复:黄介,字几复。黄庭坚的同乡好友,作者自跋云:"几复在广州四会,予在德州德平镇,皆海滨也。"

> 我居北海君南海,寄雁传书谢不能。
> 桃李春风一杯酒,江湖夜雨十年灯。
> 持家但有四立壁,治病不蕲三折肱。
> 想得读书头已白,隔溪猿哭瘴溪藤。

我居北海君南海,寄雁传书谢不能——"寄雁"句:古时有鱼雁传书的说法,相传大雁南飞,不过衡阳。因黄介在岭南,故雁书不能寄达。谢:表示歉意。杜甫《天末怀李白》:"凉风起天末,君子意如何?鸿雁几时到?江湖秋水多。"此化用其意,而意思转折,是黄诗活用典故的妙法。这两句是说:我在北方为官,而你却在遥远的南方,想给你寄封书信,但却因为相距甚远而无法寄达。

桃李春风一杯酒,江湖夜雨十年灯——这两句是说:当年你我在和煦的春风中,欣赏着芬芳的桃李花,一同举起酒杯畅饮;十年来我们都流落江湖,如今在这寂寞的雨夜,彼此独对残灯,思念着远方的朋友。

持家但有四立壁,治病不蕲三折肱——四立壁:形容穷困。《史记·司马相如传》:"家居徒四壁立。"蕲(qí):求,希望。三折肱(gōng):三次断臂。《左传》云:"三折肱知为良医。"这两句是说:你虽家徒四壁,但穷且益坚;处理政事绰绰有馀,不需多次挫折,便能取得成绩,比三折肱而为良医之人犹高一等。

想得读书头已白,隔溪猿哭瘴溪藤——猿哭:悲切的猿声有如哭泣,故称。瘴:瘴气,南方山林中容易传染疾病的湿热之气。这两句是说:想你读书多年,现在已经白发苍苍;如今犹在猿声悲切、瘴气弥漫的岭南之地。此两句为想像之境,勾画出黄几复的坎坷境遇,是对友人的殷殷关切,但却没有同病相怜的自叹。

本诗是山谷的名篇。首句点明两人相距之远,海天茫茫;第二句从第一句中自然涌出,意多转折,描写了从希望("寄雁传书")到"失望"(谢不能)的心理变化过程,为下文抒情作铺垫。三四句寓情于景,给人以强烈印象。不用生字拗字,不用僻典,甚至不用动词,只是将"桃李"、"春风"、"一杯"、"酒"、"江湖"、"夜雨"、"十年"、"灯"这八个意象巧妙地组合起来,就构成了两幅色调截然相反的画面,含蕴丰富,令人玩味无穷:两个朋友,各自漂泊江湖,每逢夜雨独对孤灯,互相思念,深宵不眠。而这般情景,已延续了十年之久了!两句一哀一乐,对照鲜明:快意与失意,暂聚与久别,往日的交情与当前的思念,都从时、地、景、事、情的对比中表现出来。五六句活用典故,无一字无来处,而所用典故的意思与出处又不同,是"点铁成金"的范例。七八句以景结情,在困厄的环境中,仍有一股昂扬奋发之气。而怜才之意,亦在其中。全诗八句一气涌出,以故为新,运古于律,句法兀傲,音响奇峭,却没有一点斧凿的痕迹,达到了锻炼至极而返于自然的化境。

和答钱穆父咏猩猩毛笔

【题解】

此诗为黄庭坚写于元祐元年(1086)的一首咏物诗。钱穆父:钱勰,字穆父,杭州人,与作者很友好。时任中书舍人。出使高丽,得猩猩毛笔,有诗咏之。猩猩毛笔是由猩猩毛制成的高丽笔。黄山谷此诗之妙在于句句不离毛笔,却又能写出人情世态,蕴含人生哲理。

爱酒醉魂在,能言机事疏。平生几两屐,身后五车书。
物色看王会,勋劳在石渠。拔毛能济世,端为谢杨朱。

【新解】

爱酒醉魂在,能言机事疏——爱酒:猩猩爱酒,又爱穿屐(草鞋),猎人为了诱捕它们,把酒和许多串联在一起的屐放在路上。猩猩见了,开始时大骂:"奴才,想抓我!"不理睬而去。转而再三相谓:"不妨喝一点酒。"喝着喝着,就忘了节制。喝醉后,穿起了草鞋,于是被猎人捕获(据唐代裴炎《猩猩说》)。能言:指猩猩学人语。《礼记·曲礼》:"猩猩能言,不离禽兽。"机事疏:泄露机密之事。这两句是说:猩猩因贪喝酒而被人擒获,其毛被制成笔,但笔上存有其魂;猩猩能学人语,亦不免泄露机密之事而遭擒获。此两句以猩猩爱酒和能言两个典故,写出猩猩被人擒获的原因。

平生几两屐,身后五车书——几两屐:即几双屐。《晋书·阮孚传》载:阮孚很爱屐,自己亲自制作,曾叹息说:"未知一生能著几两屐?"五车书:《庄子·天下》:"惠存多方,其书五车。"言著述之多。这两句是说:不知猩猩在短短的一生之中能穿几双屐,加之因贪小欲而丧生,实是一生短暂;而猩猩在身后,则以其毛所作之笔写出了大量著作。

物色看王会,勋劳在石渠——物色:访求。王会:《汉冢周书》有《王会》篇,郑玄认为是周王城建成后,大会诸侯及四夷所作。勋劳:毛笔的功用。石渠:汉代皇室图书馆。这两句是说:要找猩猩毛笔,只能到《王会》篇里去查,因为猩猩毛笔来自外国;毛笔有著述之功用,故石渠阁中的大量藏书正表征着它的功勋劳绩。

拔毛能济世,端为谢杨朱——拔毛:《孟子·尽心上》:"杨子取为我,拔一毛而利天下,不为也。"杨子:战国时思想家杨朱,杨朱学派创始人,提倡利己主义,拔一毛以利天下都不愿意。济世:救助世人。端为:应为。谢:告诉。这两句是说:拔出猩猩的毛,制成了笔,能有利于世,我真的要把这个道理好好告诉杨朱了。

山谷是运用典故的大师,"取古人之陈言入于翰墨",把旧有的典故运用到诗里,表现崭新的内容。此诗体现了山谷用事精微的特色。像"五车书"、"王会"、"石渠"、"拔毛"这些典故,本来与猩猩风马牛不相及,但经由作者的拼接,竟然构成了巧妙的意境。本诗用典之妙还在于,虽然字字有来历,却又使人不觉得是用典,读者即使不知道在用典,一样可以领会诗意,这就是"如水中著盐,饮水方知盐味"的用典活法。纪昀评:"点化甚妙,笔有化工,可为咏物用事之法。"

有怀半山老人再次韵二首(选一)

此诗作于元祐元年(1086)秋。神宗死后,高太后听政,任司马光为相,尽废新法,恢复旧制。此诗怀念逝去的王安石,对他的政治、文学成绩进行赞扬。半山老人:王安石。晚年居住在南京钟山的半山上,自号半山。

短世风惊雨过,成功梦迷酒酣。
草玄不妨准易,论诗终近周南。

短世风惊雨过,成功梦迷酒酣——短世:人生短暂。班固《幽通赋》说:"道修长而世短。"酒酣:喝醉了酒。左思有句"酒酣气益振"。这两句是说:人生短暂,一切都如疾风骤雨般转瞬即逝;往日的辉煌业绩,如同一场春梦、一次醉酒。

草玄不妨准易,论诗终近周南——草:起草。玄:《太玄》。准易:以《易》为准则。西汉文学家扬雄希望自己的文章成名于后世,认为经典中最重要的是《易》,就以《易》为准则,创作《太玄》。周南:《诗经》中十五国风之首。《周南》向来被认为合乎"大道",是"王业风化"的基本。这两句是说:像汉朝扬雄草创《太玄》那样,王安石的文章不妨跟《易经》相比;而且他的诗歌,在思想风格上始终是接近《诗经·周南》的。

这首诗全用对偶,而一气呵成,使人不觉其为对偶。前二句伤悼人世无常,对王安石的逝世表示深深的惋惜,笼罩着一层幻灭的悲哀。后二句说王安石的文章、诗歌堪与《易经》、《周南》相比,足以令人欣慰、仰慕,振起全篇,哀而不伤。

次韵王荆公题西太一宫壁二首

这首诗作于元祐元年(1086)秋,时山谷在京城。王荆公:即王安石,封荆国公。西太一宫:建于天圣六年,为汴京四个太一宫之一,在城西南八角镇。王安石有《题西太一宫二首》,其一为:"柳叶鸣蜩绿暗,荷花落日红酣。三十六陂春色,白头想见江南。"其二为:"三十年前此地,父兄持我东西。今日重来白首,欲寻陈迹都迷。"山谷即次此诗韵。

风急啼乌未了,雨来战蚁方酣。
真是真非安在,人间北看成南。

风急啼乌未了,雨来战蚁方酣————风急啼乌:乌鹊因为急风吹起而啼叫。《述征记》:"长安宫南有灵位,有相风铜乌。或云:此乌遇千里风乃动。"雨来战蚁:大雨来临之前蚁群奔忙,好像在打仗。《易林·震之蹇》:"蚁封穴户,大雨将至。"这两句是说:因为急风吹起,乌鹊啼叫,声声未了;大雨将至,蚂蚁群体奔忙,好像在打仗一般。此二句中"风雨"指政治上的风雨,"啼乌"与"战蚁"暗指新旧两派的斗争。

真是真非安在,人间北看成南————"真是"二句:任渊注中说:"《楞严经》曰'如人以表为中时,东看则西,南观成北。表体既混,心应杂乱。'在熙丰则荆公为是,在元祐则荆公为非,爱憎之论,特未定也。"这两句是说:新旧两派的斗争,到底谁是谁非,只是因为两派的立场不同而造成,分不清真是真非,就像以表为中,人站在北面看,表就处于南面了。

晚风池莲香度,晓日宫槐影西。
白下长干梦到,青门紫曲尘迷。

晚风池莲香度,晓日宫槐影西——香度:花香之气被吹动。宫槐:太一宫中植槐树,故而称宫槐。这两句是说:傍晚风儿吹过,池中莲花的香气被风吹动,沁人心脾;早晨日头刚刚升起,照在那西太一宫的槐树上,槐树的树影朝西。这两句诗第一句写西太一宫的晚景,第二句写西太一宫的晓景。

白下长干梦到,青门紫曲尘迷——白下、长干:两处均指金陵,也就是现在的南京。白下,本名白石陂,陶侃筑白石垒于此,故称白下。唐初置白下县。长干,在今南京市南。李白有《长干行》一诗。青门:古长安城门的名称。《三辅黄图》:"长安城东出南头第一门曰霸城门,民见门色青,名曰青城门,或曰青门。"此处借指汴京的城门。紫曲:即紫陌,多指京城的道路。刘禹锡《元和七年自朗州承召至京戏赠看花诸君子》中有"紫陌红尘拂面来"的诗句。尘迷:尘土迷茫。指奔走于京城的风尘之中。王安石有《和惠思闻蝉》一诗,其中有:"白下长干何可见?风尘愁杀庾兰成。"这两句是说:王安石曾试图归隐,在梦中都梦到了白下长干,但因为变法,他依旧奔走于京城的紫陌风尘之中。

这两首诗是山谷在元祐元年作的次韵诗,所次之韵为王安石的《题西太一宫二首》。

第一首开头两句"风急啼乌未了,雨来战蚁方酣",写的是眼前的景物,同时也暗寓了当时新旧党争的政治风雨,一个"未了",一个"方酣",便展现了斗争的激烈。随后两句"真是真非安在,人间北看成南",到底谁是谁非呢?难以一概而论。这首诗的第三句,即"真是真非安在"是一句议论之语,实际作者的意思含于其中,那就是新旧两派的是非之争,是由于立场不同而造成的,难以分得清楚。

第二首开头两句"晚风池莲香度,晓日宫槐影西",也是写景,但第一句写傍晚之景,第二句写早晨之景。随后两句"白下长干梦到,青门紫曲尘迷"写到了王安石。王安石曾想挂冠归隐金陵,但为了变法,仍须奔走于京城的紫陌风尘之中。这两句则概括了王安石原诗两首的诗意,即原诗的"白头想见江南"与"欲寻陈迹都迷"。

次韵子瞻武昌西山

【题解】

此诗作于元祐元年(1086)。苏轼曾有《武昌西山》诗,山谷此诗即是和苏轼的那首诗,据说和苏轼诗的当时就有三十馀人。武昌:即今湖北鄂城。西山:据《舆地纪胜·寿昌军》记载,西山"在武昌西三星,一名樊山,旧名袁山"。

漫郎江南酒隐处,古木参天应手栽。
石坳为尊酌花鸟,自许作鼎调盐梅。
平生四海苏太史,酒浇不下胸崔嵬。
黄州副使坐闲散,谏疏无路通银台。
鹦鹉洲前弄明月,江妃起舞袜生埃。
次山醉魂招仿佛,步入寒溪金碧堆。
洗湔尘痕饮嘉客,笑倚武昌江作罍。
谁知文章照今古,野老争席渔争隈。
邓公勒铭留刻画,剀剔银钩洗绿苔。
琢磨十年烟雨晦,摸索一得心眼开。
谪去长沙忧鵩入,归来杞国痛天摧。
玉堂却对邓公直,北门唤仗听风雷。
山川悠远莫浪许,富贵峥嵘今鼎来。
万壑松声今在耳,意不及此文生哀。

漫郎江南酒隐处,古木参天应手栽——漫郎:唐代元结自号,唐肃宗宝应元年元结隐居武昌,自号漫叟,又称漫郎。酒隐处:即隐居处。孟郊《严河南》:"隐士多隐酒。"这两句是说:武昌是唐代元结的隐居之处,那里的参天大树应该是他当年亲手栽种的。

石坳为尊酌花鸟,自许作鼎调盐梅——石坳:武昌郎亭山下有一石,中间洼陷,元结把它加以凿理,用来藏酒,武昌县令孟士源很喜欢它,给它起名为"抔樽"。尊:即樽。作鼎调盐梅:指治理天下的宰相之才。鼎有三足,用以比喻三公。调盐梅,《尚书·说命》:"若作和羹,用汝作盐、梅。"殷高宗武丁得傅说为相,把他喻为调味的盐梅。这两句是说:元结凿理石坳作樽储酒以酌花鸟,他抱负远大,自许有治理天下的才能。

平生四海苏太史，酒浇不下胸崔嵬——"平生"句：《晋书·习凿齿传》中记载，道安和习凿齿初次见面，道安说："弥天释道安。"习凿齿对了一句："四海习凿齿。"四海苏太史：奔波于四海的苏太史。四海指天下，苏轼屡遭贬谪，四海奔波，但名重天下，众人皆知。入史馆，故称苏太史。"酒浇"句：《世说新语·任诞》中记载：王忱说阮籍胸中有郁结不平之气，故要用酒来浇。崔嵬：即指心中郁结的垒块十分大，不平之气很高。这两句是说：想那屡遭贬谪、四海奔波的苏太史，他心中郁结不平之气，就连酒也难以浇化。

黄州副使坐闲散，谏疏无路通银台——黄州副使：苏轼于元丰二年末被贬为黄州团练副使。银台：即银台司，掌管抄录天下奏状，进呈通进司，合称通进银台司。也有人以为是"御史台"，有误。这两句是说：他被贬为黄州团练副使，虽然没有公事，但仍然不忘国家，只是他的奏疏无法到达银台司向上进呈。

鹦鹉洲前弄明月，江妃起舞袜生埃——鹦鹉洲：在鄂州江夏城西的长江之中，汉末祢衡作《鹦鹉赋》，后来被江夏太守黄祖所杀，死葬鹦鹉洲。崔颢《黄鹤楼》："晴川历历汉阳树，芳草萋萋鹦鹉洲。"弄明月：赏玩明月。苏轼《虔州八境图》："谁向空中弄明月，山中水客解吟诗。"江妃：即江水女神。江妃究竟为谁，说法不一，有的说是"天帝之二女"，有的说是帝尧的两个女儿娥皇和女英。袜生埃：曹植《洛神赋》中有"凌波微步，罗袜生尘"的句子。这两句是说：他只好在黄州那鹦鹉洲前赏玩明月，吟咏诗文，而他的诗文是那样的优美，使那江水女神也为之起舞。

次山醉魂招仿佛，步入寒溪金碧堆——次山：元结，字次山。寒溪：樊山下的溪水名，因其夏日都冒寒气，故称为寒溪。金碧堆：指秋时山中的色彩，看上去色彩斑斓。这两句是说：他步入那色彩斑斓的秋山之中，沿着寒溪而行，仿佛招得了次山的醉魂与之同行。

洗湔尘痕饮嘉客，笑倚武昌江作罍——洗湔：洗涤。江作罍：以江作为大酒樽。罍，酒樽。这两句是说：想那东坡先生洗涤掉石坳洼樽上的尘土，把长江这个大酒樽中的美酒舀入洼樽，再分给与之同游的嘉宾，与之欢饮为乐。

谁知文章照今古，野老争席渔争隈——野老：处于乡野之中的人。争席：《庄子·寓言》中说阳子去学道，路上在客店投宿，主人对他十分恭敬。当他学成回来时投宿客店，店中投宿的人同他争席，表明他已得自然之道，与人没有隔膜。渔争隈：捕鱼的人争取河流的弯曲处。《淮南子·览冥训》："田者不侵畔，渔者不争隈。"这两句是说：他的文章写得十分好，足以照耀千古，但却只能与野老渔樵相处。

邓公勒铭留刻画，刽剔银钩洗绿苔——邓公：即邓圣求，名润甫，字温伯，后改字圣求。勒铭：苏轼《武昌西山》诗有叙："嘉祐中，翰林学士承旨邓公圣求为武昌令，常游寒溪西山，山中人至今能言之。轼谪居黄冈，与武昌相望，亦常往来溪。元祐元年十一月二十九日，考试馆职，与圣求会宿玉堂，偶话旧事。圣求尝作《次元次山洼樽铭》，刻之岩石。因为此诗，请圣求同赋，当以遗邑人，使刻之铭侧。"刲剔：剖挖，意即雕琢。银钩：比喻所刻的字笔势雄健有力，有如银钩铁划。这两句是说：邓公当时有铭文刻在石上，如今他重新雕琢原有的字，洗去那石上因时间长久而长出的绿苔。

琢磨十年烟雨晦，摸索一得心眼开——摸索：即用手摸着文字而读。心眼开：指读到铭文之后觉得眼前一亮，有赏心悦目之感。欧阳修的《石篆诗》中有"嗟我岂能识字法，见之但觉心眼开"的诗句。这两句是说：这么多年的风风雨雨，那石上的刻字已然暗淡，用手抚摸细细读来，顿觉眼前一亮，有赏心悦目之感。

谪去长沙忧鹏入，归来杞国痛天摧——"谪去"句：贾谊被谪为长沙王太傅，一日坐于堂中，有鹏鸟飞入其室，贾谊忧伤自悼，作《鹏鸟赋》。归来：指回归京城。杞国痛天摧：《列子·天瑞》中记载："杞国有人忧天地崩坠，身无所寄，废寝食者。"就是我们平日所说的"杞人忧天"。此处指宋神宗的去世。这两句是说：他像那西汉贾谊，被谪长沙因鹏鸟入室而忧伤；等他回来之后，那神宗皇帝已经驾崩。

玉堂却对邓公直，北门唤仗听风雷——玉堂：指翰林院。邓公：即邓圣求。直：即当值，值宿。北门：也指翰林院。唤仗：入阁中的一项仪式。唐代有一种简易的视朝仪式，皇帝到紫宸殿，呼仪仗从东西阁门进入，百官随仪仗入见，称入阁。宋代也行此制。风雷：即唤仪仗时的声音。这里指皇帝召见学士。这两句是说：他与邓公在玉堂当值，接受皇帝的召见。

山川悠远莫浪许，富贵峥嵘今鼎来——山川悠远：《穆天子传》中有西王母歌："道里悠远，山川间之。"指相隔很远。莫浪许：不要随便许愿。峥嵘：指不同寻常。鼎：正好。这两句是说：黄州虽然山川遥远，但你还是不要随便自叹才华已尽，他现在受召入京，那富贵，那施展才华的机会也正好到来了。此二句是针对苏轼原诗中的"欲收暮景返田里，远泝江水穷离堆。还朝岂独羞老病，自叹才尽倾空罍"几句诗而发。

万壑松声今在耳，意不及此文生哀——"万壑"二句，苏轼《武昌西山》的最后两句是："请公作诗寄父老，往和万壑松风哀。"万壑松声：指的是归隐山林，听那万壑松声。此：指的是富贵。文生哀：指苏轼诗作感人。《世说新语·文学》："孙子荆除妇服，作诗以示王武子。王曰：'未知文生于情，情生于文。览之悽然，增伉俪之重。'"这两句是说：但是他的心思并不在那富贵，也不在那"作鼎调盐梅"，在他的耳边是那归隐后的万壑松风，在他的笔下是那感人的诗文。

山谷这首次苏轼《武昌西山》诗韵的诗作大体可以从四个层次去理解。首四句以唐代元结写起,元结曾经隐居武昌,那参天大树应是他亲手所栽,他曾刻石坳为樽,接着一句"自许作鼎调盐梅"点明了元结的抱负。正是这样一位有抱负的人的隐居之地,苏轼恰好常常往来于其间。诗中"平生四海苏太史"以下十二句则写出苏轼贬谪黄州期间虽然心中有郁结不平之气,虽然只得一闲职,但他仍然不忘君国,想着上疏,只是因为上疏无路,故而只好在那里赏玩明月,吟咏诗文,那优美的诗文使那江水女神也为之起舞。除此而外,还写苏轼"步入寒溪",招"次山醉魂",从而联系到洼樽。随后设想苏轼在此为嘉客分酒,与之欢饮,其嘉客之中士子野老均有,但苏轼都能与之相处无间,从而为我们刻画了一个不忘君国,豁达豪放的苏轼。"邓公"以下四句则写了苏轼抚读邓圣求的铭文,写苏轼细读时眼前一亮,有赏心悦目的感觉。"谪去长沙忧鹏人"以下八句写东坡还京之后神宗驾崩,与邓圣求共值翰林院接受皇帝的召见,并叙及东坡意不在富贵,耳边常有"万壑松风"的归隐之意。全诗立意高远,想像丰富,诗中前后呼应,材料剪贴详略得宜,匠心独运。

送谢公定作竟陵主簿

此诗作于元祐元年(1086),为一首送人出外做官的作品。谢公定:名小宗,为谢师厚之子,谢师厚为山谷岳父,谢小宗即其内弟。竟陵:县名,今湖北天门。主簿:古代州县掌管文书的官吏。

谢公文章如虎豹,至今斑斑在儿孙。
竟陵主簿极多闻,万事不理专讨论。
涧松无心古须鬣,天球不琢中粹温。
落笔尘沙百马奔,剧谈风霆九河翻。
胸中恢疏无怨恩,当官持廉庭不烦。
吏民欺公亦可忍,慎勿惊鱼使水浑。
汉滨耆旧今谁存?驷马高盖徒纷纷。
安知四海习凿齿,挂笏看度南山云。

谢公文章如虎豹，至今斑斑在儿孙——谢公：指谢绛，他是谢师厚的父亲，也就是谢公定的祖父。杨亿曾经书谢绛文章中的四句于扇面，说"此文中虎也"。斑斑：指虎豹身上的花纹。此处指其文章影响到了儿孙。这两句是说：你祖父谢公的文章气势有如虎豹，这种气势至今还可以在你们这些子孙辈的文章中看到。

　　竟陵主簿极多闻，万事不理专讨论——竟陵主簿：指谢公定。多闻：见多识广。万事不理：《后汉书·胡广传》："万事不理问伯始，天下中庸有胡公。"此指谢公定心无旁骛。讨论：研究商讨。《论语·宪问》："为命，裨谌草创之，世叔讨论之。"这两句是说：竟陵主簿谢公定见多识广，专心致志，心无旁骛地研究讨论学问。

　　涧松无心古须鬛，天球不琢中粹温——涧松：处于涧底的松树。鬛：松针，好像马鬛形。天球：玉名。"天球，雍州所贡之玉，色如天者，皆璞，未见琢治。"（见《尚书·顾名》孔颖达疏）粹温：集聚着温润的美玉。古代说玉石蕴于璞中，需加琢磨才能见玉。这两句是说：涧底的松树虽无心炫耀，但它却有着有如马鬛般的松针；璞玉虽未加琢磨，但它的中间集聚着温润的美玉。

　　落笔尘沙百马奔，剧谈风霆九河翻——剧谈：畅谈。九河翻：九河之水翻腾。九河指黄河的众多支流。韩愈《杂诗》："泪如九河翻。"这两句是说：他才气高绝，下笔有如骏马奔腾，扬起路上的尘土与沙石，与人畅谈则如疾风迅雷过后九河之水翻腾不停。

　　胸中恢疏无怨恩，当官持廉庭不烦——胸中恢疏：指胸怀宽广。恢，广大宽阔。持廉：为官操持廉洁奉公。《史记·滑稽列传》："优孟曰：'楚相孙叔敖持廉至死。'"庭不烦：政令不繁。庭，办公处所。这两句是说：他为人胸怀宽广，从来不记恩怨，现在他去做官，一定要廉洁奉公，政令清静简要。

　　吏民欺公亦可忍，慎勿惊鱼使水浑——"慎勿"句：《淮南子·主术训》："夫水浊则鱼唵，政苛则民乱。"这两句是说：他为政不要苛刻，官吏民众有不对的地方他能忍则忍，千万不要去扰民，就像水中的鱼被惊动之后那水自然就会因鱼的窜动而浑浊。此二句是劝其行清简之政，切勿扰民。

　　汉滨耆旧今谁存？驷马高盖徒纷纷——汉滨：汉水之滨。耆旧：有声望的长者。驷马高盖：此处代指高官。这两句是说：想那汉水之滨的有声望的长者如今还有谁活于世上？睁眼看去，只有那高官显宦的骏马华盖奔走纷纷。

　　安知四海习凿齿，拄笏看度南山云——四海习凿齿：《晋书·习凿齿传》中记载释道安与习凿齿初次见面，道安说："弥天释道安。"习凿齿对了一句："四海习凿齿。"此处以习凿齿比作谢公定。拄笏：以手中笏板拄颊。《世说新语·简傲》中说王徽之以手板拄颊，说道："西山朝来，致有爽气。"笏，古代官员上朝时用以记事的手版。这两句是说:而公定他却有如那拄笏而望的王徽之一样,看那飘过南山的朵朵白云。

这首送人的七言诗共十六句,可以从以下几方面加以阅读。首八句主要写谢公定的才华及人品。他的文章继承了祖辈们文章的特点,其人又见多识广,经常心无旁骛地研究讨论学问。其人品则有如古松,又如未加琢磨的璞玉。随后两句"落笔尘沙百马奔,剧谈风霆九河翻"则以动感十足的"百马奔"与"九河翻"为我们描写了一个才华横溢,谈吐不凡的博学之人。"胸中恢疏无怨恩"以下四句则主要是黄庭坚对谢公定出任竟陵主簿所提出的要求,希望他与民休息,而"慎勿惊鱼使水浑"。最后四句诗又转到了写人上面,现实之中是人们为了名利而奔走,"驷马高盖徒纷纷"则形象地为我们描画了现实中的情景,而与之相比的谢公定,则"拄笏看度南山云",他淡泊名利,萧散闲远,秉承了先贤的遗风。

送范德孺知庆州

这首诗作于元祐元年(1086),此诗中有"春风旌旗拥万夫"之句,可知其作于初春。此诗是一首送别诗,诗中饱含期许之情。范德孺:名纯粹,范仲淹第四子。庆州:治所在今甘肃庆阳,当时为西北边防重地。范德孺于元丰八年八月出知庆州。

乃翁知国如知兵,塞垣草木识威名。
敌人开户玩处女,掩耳不及惊雷霆。
平生端有活国计,百不一试薶九京。
阿兄两持庆州节,十年骐骥地上行。
潭潭大度如卧虎,边头耕桑长儿女。
折冲千里虽有馀,论道经邦正要渠。
妙年出补父兄处,公自才力应时须。
春风旌旗拥万夫,幕下诸将思草枯。
智名勇功不入眼,可用折箠笞羌胡。

乃翁知国如知兵,塞垣草木识威名——乃翁:你的父亲。塞垣:指边城。杜甫《捣衣》:"一寄塞垣深。"草木识威名:《旧唐书·张万福传》载德宗对张万福说:

"朕以为江淮草木亦知卿威名。"范仲淹曾镇守西北边地,威名远播,被称为"龙图老子"。这两句是说:你的父亲治理国家的才能就像他治理军队的才能一样,他带兵镇守西北边地,威名远扬,人尽皆知。

敌人开户玩处女,掩耳不及惊雷霆——"敌人"句:《孙子兵法·九地》:"是故始如处女,敌人开户;后如脱兔,敌不及拒。""掩耳"句:《六韬·军势篇》:"疾雷不及掩耳,迅电不及瞑目。"这两句是说:我方待敌出击,静若处女,敌人以为可以攻击,不料我方在此时迅速出击,以迅雷不及掩耳之势,打他个措手不及。

平生端有活国计,百不一试薶九京——活国:救活国家。《南史·王广之传》:"子珍国字德重,仕齐为南谯太守,有能名。时郡境苦饥,乃发米散财以赈穷乏。高帝手敕云:'卿爱人活国,甚副吾意。'"薶:埋。九京:即九原,晋国卿大夫墓地。《礼记·檀弓》:"以从先大夫于九京也。"这两句是说:你的父亲平生有治理国家的才能,但来不及充分施展即已谢世。

阿兄两持庆州节,十年骐骥地上行——阿兄:你的兄长,指范纯仁,为范仲淹的第二子。两持庆州节:范纯仁于熙宁七年及元丰八年两度知庆州,其间正好十年。骐骥:指骏马。杜甫《骢马行》:"肯使骐骥地上行。"这两句是说:你的兄长曾经两度镇守庆州,十年之间,骏马随行。

潭潭大度如卧虎,边头耕桑长儿女——"潭潭"句:指范纯仁深沉而又大度。韩愈《符读书城南》:"一为公与相,潭潭府中居。"长儿女:使儿女成长。长为使动用法。《汉书·食货志》:"为吏者长子孙。"又杜甫《客堂》:"别家长儿女。"这两句是说:他深沉而又大度,犹如卧虎,自有一种威严,他治边有方,使边地人们种地养蚕,使儿女很好地成长。

折冲千里虽有馀,论道经邦正要渠——折冲:击退来犯之敌。冲,战车。《吕氏春秋·召类》:"夫修之于庙堂之上,而折冲乎千里之外,其司城子罕之谓乎?"论道经邦:讨论大道,治理国家。《尚书·周官》:"立太师、太傅、太保。兹惟三公,论道经邦,燮理阴阳。"渠:他。这两句是说:你的兄长有拒敌千里的本领,但是讨论大道,治理国家却更需要他。

妙年出补父兄处,公自才力应时须——妙年:少年。曹植《求自试表》:"终军以妙年使超。"应时须:适应时势的需求。杜甫《入奏行》:"窦氏检察应时须。"这两句是说:你正是年轻之时,出外镇守庆州,重新来到了你的父亲和兄长曾经镇守过的地方;你的才华和能力适应时势的需求。

春风旌旗拥万夫,幕下诸将思草枯——拥万夫:被万夫簇拥。拥,簇拥。辛弃疾《鹧鸪天》"壮岁旌旗拥万夫"即化用此句。幕下:帐下。思草枯:准备出去。草枯之时正是射猎之时。古又常以射猎比喻作战。《三国志·吴书·孙权传》载曹操与孙权的信中说:"今治水军八十万众,方与将军会猎于吴。"这两句是说:你应时之需镇守庆州,治军有方军旅齐整,军士气势高涨,那旌旗在风中猎猎有声;而你帐下的诸将,都准备着随时出击。

智名勇功不入眼,可用折箠笞羌胡——智名勇功:声名与战功。《孙子兵法·军形》:"故善战者之胜也,无智名,无勇功。"不入眼:不追求,不重视。"可用"句:《后汉书·邓禹传》记载光武帝刘秀的敕书:"赤眉无谷,自当来东。吾折箠笞之,非诸将忧也。无得复妄进兵。"箠,马鞭。笞,鞭打。这两句是说:高明的军事指挥者不会去重视那些声名与战功,而是不妄发战端,对边患不过多地使用武力,对来犯之敌略施教训,使之退去,以保边境平安。

新析

此诗为一首送别诗,全诗共十八句,可分三个部分,每部分六句。首段的重点在于写范德孺的父亲范仲淹,写其名播边地,但第五、六句却生发无限遗憾,将范仲淹的重点放在了"活国计",从而落到"知国"上,回应首句"乃翁知国如知兵"。第二段六句写了范德孺的兄长范纯仁,其雄才大略,深沉大度,但"折冲千里虽有馀,论道经邦正要渠",将其推为治国之能臣。诗人在前两部分均突出范德孺父兄的治国安民之才,就是为了陪衬范德孺,引出下文,希望其继承父兄业绩。全诗以"智名勇功不入眼,可用折箠笞羌胡"作结,足见诗人的意图。在诗人的心中,和平才是重点,经邦治国才是长久之计,武功、韬略是为经邦治国服务的,故而"可用折箠笞羌胡",不要妄发战端,过多使用武力,那样带来的只能是更深的灾难,从而寄寓深深的期许之情。

此诗用韵也较特别,中间一段三换其韵,参差错落。翁方纲说:"三段井然,而换韵之法,前偏后伍,伍承弥缝,节奏章法,天然合笋,非经营可到。"(见《七言诗行钞》卷十《黄诗钞》)

赠陈师道

此诗作于元祐元年(1086),时山谷在京师,陈师道寓居于汴京陈州门。陈师道:字履常,一字无己,号后山居士,彭城(今江苏徐州)人,为江西诗派代表作家。

陈侯学诗如学道,又似秋虫噫寒草。
日晏肠鸣不傀眉,得意古人便忘老。
君不见,向来河伯负两河,观海乃知身一蠡。
旅床争席方归去,秋水粘天不自多。

春风吹园动花鸟,霜月入户寒皎皎。
十度欲言九度休,万人丛中一人晓。
贫无置锥人所怜,穷到无锥不属天。
呻吟成声可管弦,能与不能安足言。

　　陈侯学诗如学道,又似秋虫噫寒草——陈侯:指陈师道。陈师道《次韵答秦少章》:"学诗如学仙,时至骨自换。"噫:叹息。这两句是说:陈侯学作诗就如同学习修道,所作的诗意境凄苦,犹如那秋天的鸣虫在寒草中叹息一般。
　　日晏肠鸣不俛眉,得意古人便忘老——肠鸣:化用"得意忘形"。《晋书·阮籍传》:"当其得意,忽忘形骸。"这两句是说:用功作诗至天色已晚,饥肠辘辘但从不俯首求人;学诗每得到古人的意趣便忘记自己已年老。
　　君不见,向来河伯负两河,观海乃知身一蠡——河伯:黄河之神。两河:指黄河。此句用《庄子·秋水》中的故事,说河伯非常自负,以为天下之美都在它那里,等到他见到了大海,才知道了自己的渺小。蠡:贝壳做的瓢,形容容量很小。这两句是说:君不见,黄河之神富有整个黄河的水,但当它见到大海之后,才知道自己原来不过是大海中的一瓢水。
　　旅床争席方归去,秋水粘天不自多——旅床争席:《庄子·寓言》中载阳子宿于旅店,店主人对他很恭敬,等到他回来时,同住的人与他争席。争席,表示不拘礼数。粘天:形容水势滔天。自多:自负。这两句是说:你就像那阳子一样,真率谦和,虽然满腹经纶,但从不自负。
　　春风吹园动花鸟,霜月入户寒皎皎——霜月:秋日之月。杜甫《暮归》:"客子入门月皎皎。"这两句是说:陈师道犹如那春日和风,吹动园中花鸟,一派盎然;又如那秋日之皎皎月光,一片清寒。
　　十度欲言九度休,万人丛中一人晓——"十度"句:惠洪《禅林僧宝传》卷六《云居宏觉膺禅师》:"十度发言九度休去。"陈师道《谢宪台赵史惠米》:"平生忍欲今忍贫,闭口逢人不少陈。"这两句是说:陈师道安贫自守,本想开口求助,但每每作罢,万人之中只有我一人知晓。
　　贫无置锥人所怜,穷到无锥不属天——贫无置锥:言其极端贫困。穷到无锥:《景德传灯录》卷十一载香严智闲禅师的偈语:"去年贫,未是贫;今年贫,始是贫。去年无卓锥之地,今年锥也无。"这两句是说:陈师道极端贫困,别人因此都怜惜他,但是他虽穷困,却从不怨天尤人。
　　呻吟成声可管弦,能与不能安足言——呻吟:指吟诗。可管弦:指其诗可配乐歌唱。这两句是说:陈师道出口成章,可配乐歌唱,从来不去考虑别人对其优劣的评价。

陈师道家境贫寒,他迫不得已让妻儿随岳父到四川,自己到京城想寻找一个职位。山谷作此诗时,陈师道寓居于汴京陈州门。

山谷在诗中开篇即写陈师道学诗时的认真痴迷,有如学道,其诗意境凄苦,多穷愁之叹,尽管如此,他从不俯首求人,学习古人的意趣而至于忘记自己老之将至。随后几句写陈师道的为人,他满腹经纶,但从不自负。诗中用《庄子》中的故事作比,突出陈师道的真率谦和。随后将陈师道比作春日和风,秋日寒月,突出了其人的品格。"十度欲言九度休,万人丛中一人晓",此句表明陈师道安贫自守,而且诗人自己也以知己作比。整首诗以陈师道的贫穷以及在贫穷中依然作诗,从中探求感悟作结,称赞了陈师道的诗歌,也进一步深化了他真率的性格特征。

戏呈孔毅父

此诗作于元祐二年(1087),时黄庭坚在京师任史官。孔毅父为秘书丞,集贤校理,二人多有唱和,诗题标以"戏呈",乃以游戏笔调自抒怀抱。孔毅父:孔平仲,字毅父,新喻(今江西新余)人,长于史学。

> 管城子无食肉相,孔方兄有绝交书。
> 文章功用不经世,何异丝窠缀露珠?
> 校书著作频诏除,犹能上车问何如。
> 忽忆僧床同野饭,梦随秋雁到东湖。

管城子无食肉相,孔方兄有绝交书——管城子:毛笔的别称。韩愈《毛颖传》:"秦始皇帝使蒙恬赐之汤沐,而封诸管城,号管城子。"食肉相:万里侯的相格。《后汉书·班超传》载看相的人说班超"燕颔虎颈,飞而食肉,此万里侯之相也"。班超投笔从戎,立功西域。孔方兄:钱的别称。铜钱有方孔,故称钱为"孔方兄"。鲁褒《钱神论》:"亲爱如兄,字曰孔方。"这两句是说:我自己靠笔杆子写文章,既不能升官,又不能发财,生活贫困潦倒。

文章功用不经世,何异丝窠缀露珠——经世:治理社会。丝窠:蜘蛛网。这两句是说:自己的文章意见不能用于治理社会,那何异于蜘蛛网上缀着的露珠。形容文章虽有形式之美而于世毫无补益。

校书著作频诏除,犹能上车问何如——校书:校书郎,掌校刊书籍。著作:著作郎,掌编纂国史。山谷于元丰八年任校书郎,元祐二年除著作佐郎。除:拜官授职。上车问何如:颜之推《颜氏家训·勉学篇》载梁朝民谚:"上车不落则著作,体中何如则秘书。"讽刺贵族子弟不学无术,却能担任文学之臣。意思是只要上车不掉下来就可以当著作郎,只要能向人问候几句就能做秘书郎。此为其自谦之词。这两句是说:我一会儿当校书郎,一会儿被任命为著书郎,虽充任文学之臣,实则空疏不学,只要能和别人随便应酬几句就算是把工作做好了。

忽忆僧床同野饭,梦随秋雁到东湖——东湖:在今江西南昌市郊,是作者的故乡。这两句是说:我突然想到与你同在江西之时,同宿僧寺,同桌而餐,渐渐地在梦中我随那秋雁直到东湖。

诗为自嘲之作,从中可以见出诗人的精神世界。诗中用诙谐幽默的口吻进行自我嘲讽,说自己靠文章过活,一不能当官,二不能发财。自己的文章也不过只是蛛网上的露珠,于世无补。自己一会儿当校书郎,一会儿被任命为著作郎,这些位子都不需要什么才学,只要能够和别人随便应酬几句就算把工作做好了。这些诗句表面上是自嘲,骨子里却是自负,表示了对世人汲汲以求名利的鄙视、得失荣辱全不挂怀的情操。结二句点明思归之意,境界飘然高举,进一步深化了主旨。

> 子瞻诗句妙一世,乃云效庭坚体,盖退之戏效孟郊、樊宗师之比,以文滑稽耳。恐后生不解,故次韵道之。子瞻《送杨孟容诗》云"我家峨眉阴,与子同一邦",即此韵

此诗作于元祐二年(1087),因苏轼的《送杨孟容诗》作于元祐二年,山谷和诗当作于此年。唐代诗人韩愈,字退之,有《答孟郊》和《酬樊宗师》等诗,分别摹拟孟郊和樊宗师的艺术风格。以文滑稽:韩愈诗文间杂游戏笔墨,张籍以书责之,韩愈答曰:"此吾所以为戏耳,比之酒色,不有间乎?"(《答张籍书》)

我诗如曹郐,浅陋不成邦。公如大国楚,吞五湖三江。
赤壁风月笛,玉堂云雾窗。句法提一律,坚城受我降。

枯松倒涧壑，波涛所舂撞。万牛挽不前，公乃独立扛。
诸人方嗤点，渠非晁张双。但怀相识察，床下拜老庞。
小儿未可知，客或许敦厖。诚堪婿阿巽，买红缠酒缸。

【新解】

我诗如曹邻，浅陋不成邦——曹、邻：西周时分封的诸侯小国。这两句是说：我的诗浅陋的像曹和邻，浅陋的不成邦国。此两句用曹、邻小国自比，表示谦虚之意。

公如大国楚，吞五湖三江——这两句是说：您的诗雄大得像强盛的楚国，包尽了五湖三江。此两句赞美苏轼诗内容广阔、气势雄健。

赤壁风月笛，玉堂云雾窗——赤壁在黄州，苏轼曾贬黄州五年。玉堂为学士院正厅，苏轼曾任翰林学士。这两句是说：赤壁的清风明月下，有悠扬的笛声；玉堂的琐窗之中，弥漫着轻云薄雾。此两句描画苏诗所赖以产生的环境。

句法提一律，坚城受我降——提一律：自成一家的诗律。这两句是说：您的诗歌的句法有独特的风格，能自成一家；您筑起坚固的城墙，接受我投降。

枯松倒涧壑，波涛所舂撞——这两句是说：您的笔力犹如大松倒于涧壑，激荡起涧水，使涧壑之水顿起波涛。

万牛挽不前，公乃独立扛——万牛挽不前：语出杜甫《古柏行》："大厦如倾要梁栋，万牛回首丘山重。"独立扛：韩愈《病中赠张十八诗》："龙文百斛鼎，笔力可独扛。"这两句是说：您的笔力雄大，万牛拖引不前，但您却能笔力独扛。此二句山谷用杜、韩的诗意而形象较原作更为鲜明，可谓"点铁成金"。

诸人方嗤点，渠非晁张双——嗤点：嗤笑，指点。晁张：晁补之、张耒，他们与黄庭坚、秦观被称为"苏门四学士"。双：匹敌。这两句是说：人们笑着指指点点，他比得上晁、张两人吗？这里山谷谦称自己不足与晁、张并列，自己得列门墙，是出于苏轼的加意赏识。

但怀相识察，床下拜老庞——老庞：庞德公。东汉高士。诸葛亮每次登门拜访他时，都拜倒在床下（见《襄阳记》）。这两句是说：我只是怀着对苏轼的仰慕之意，像诸葛亮那样独拜在庞德公的床下。

小儿未可知，客或许敦厖——小儿：山谷之子黄相，小名小德。敦厖（páng）：忠厚老实。这两句是说：我的小儿前途如何，虽未可知，但客人们也有称赞他忠厚朴实的。

诚堪婿阿巽，买红缠酒缸——婿：作动词，犹"为婿"。阿巽为苏轼长子苏迈之女。买红缠酒缸：宋代习俗，有定婚者多以红绸缠酒壶。这两句是说：如果小儿真的能跟阿巽结亲，我就先买些红绸缠着酒瓶来表示庆贺吧。此二句表示山谷对东坡敬佩的无以复加,以至希望和他结成亲家。

新评

诗题写得很风趣,表现了两位大诗人的深厚情谊。苏黄一生交契,坚如金石,彼此倾倒,苏轼写诗说"效庭坚体",而庭坚在这首诗里,则对苏轼的诗推崇备至,可见两人互相推许之谊。诗中不但写出了对苏诗的赞美之情,还写出了苏诗产生的环境,写出了对苏轼人品的钦佩,表现了文人相重的可喜风尚。末二句似是"离题万里",实则语含谐趣。作者主张:"作诗如作杂剧,临了须打诨,方是出场。"这个结尾正是实现了这一主张,体现了宋诗的"机趣",对于后来诚斋体的"活法"有直接的影响。此诗文气拗折,押"降"、"扛"、"双"、"庞"之类的险韵,险中见奇,也体现了山谷诗的特点。

陈留市隐并序

题解

此诗作于元祐二年(1087)。陈留:今河南开封市东南。市隐:身居朝市而行为高洁的人。王康琚诗:"小隐隐林薮,大隐隐朝市。"

陈留江端礼季共曰:"陈留市上有刀镊工,年四十馀,无世家子姓;惟一女年七岁矣,日以刀镊所得钱与女子醉饱,则簪花吹长笛,肩女而归,无一朝之忧,而有终身之乐,疑以为有道者也。"陈无己为赋诗,庭坚亦拟作。

市井怀珠玉,往来人未逢。乘肩娇小女,邂逅此生同。
养性霜刀在,阅人清镜空。时时能举酒,弹镊送飞鸿。

新评

序言意为:陈留的江端礼说:"陈留的集市上有一个剃头的人,有四十馀岁,没有成家,只有一个七岁的女孩与他一起生活。他每天以干活所得的钱供自己和小女孩,吃饱喝足之后则头上簪花,口中吹笛,把小女孩放在自己肩上一起回家,看起来无忧无虑,乐在其中,他大概是一个有道之士。"陈师道为此赋诗歌咏,我也拟作诗一首。江端礼:字季共,诗人。陈无己:陈师道,字无己,自号后山居士。彭城(今江苏徐州)人。陈师道有一首五言古诗歌咏陈留市隐之事,黄庭坚非常欣赏其中"闭门十日雨,吟作饥鸢声"两句。刀:剃刀。镊:拔除毛发的器具。

市井怀珠玉，往来人未逢——市井：指做买卖及市民聚居之地。怀珠玉：怀有美才而深藏不露。《老子》："是以圣人被褐怀玉。"这两句是说：陈留市上的隐士虽居于市井之地，但他怀有美才而深藏不露，来来往往的人们都不了解他。

乘肩娇小女，邂逅此生同——邂逅：不约而遇。这两句是说：坐在他的肩上的娇小女孩，像与他偶然相逢，一起过着这样的生活。

养性霜刀在，阅人清镜空——这两句是说：刀镊工善于修养性情，像雪白的剃刀一直没有损坏；他观察人生，像明亮的镜子把一切照得清楚透彻。此两句暗用《庄子·养生主》等篇的典故、词义。《庄子·养生主》说庖丁宰牛，杀了数千头牛，而刀却像新磨出来的一样，丝毫没有损坏，这是因为他掌握了宰牛的规律。从中可以悟出养生之道来。至于"用心若镜"，更是《庄子》关照人生的最基本的方法。

时时能举酒，弹镊送飞鸿——送飞鸿：化用嵇康《赠秀才入军》诗中"目送归鸿，手挥五弦"的句意。这两句是说：刀镊工他经常自饮自乐，或弹着剃刀，或举着酒杯，目送那鸿雁远去。此句写其看透人生的神游冥漠的境界。

此诗所写的陈留市隐，靠自己的劳动，过着无拘无束的生活，与作者不慕虚名、不攀权贵的思想情趣正相吻合，所以在山谷眼里、笔下成了"有道者"。诗中对他们平凡而自得其乐的生活加以赞赏、美化，反映了作者思想中超尘绝世的倾向。

题郑防画夹五首（选一）

此诗作于元祐二年(1087)，为一组六言题画诗中的一首。郑防：此人未详。画夹：收藏图画的卷册。

惠崇烟雨归雁，坐我潇湘洞庭。
欲唤扁舟归去，故人言是丹青。

惠崇烟雨归雁，坐我潇湘洞庭——惠崇：北宋画家，僧人。《图画见闻志》卷四称其"工画鹅雁鹭鸶，尤工小景，善为寒汀远渚潇洒虚旷之象，人所难到也。"坐：致。为使动用法，使……坐。这两句是说：惠崇的画，烟雨迷濛，归雁斜飞，观赏之际,不知不觉使我置身于潇湘江畔、洞庭湖边。

欲唤扁舟归去,故人言是丹青——扁舟:小船。丹青:指绘画。这两句是说:我正欲呼唤一叶小舟,回归这美丽的天地,此时一同与我观画的朋友在一边提醒我,这不过是一幅绘画呀!

新evaluations

诗用夸张的"以假乱真"的笔法,对惠崇画逼真的艺术效果加以赞赏。绘画史上常有画境通神、使人认假成真的佚事,此诗即生动地表现了这种妙造自然的画境。前二句写惠崇画的逼真,第三句说想要唤画中的舟子撑船载自己回去,画上景物之美、舟人的形象的逼真、自己的归隐之心,都得到了表现。第四句从前三句中跌落,借一同观画的老朋友之口点明原来这是一幅画,是一种艺术的境界,而不是现实人生的境界,使人于欣赏之馀,怅然若失,流露了对绘事通神的妙境的赞赏和对画境的渴慕。

再答元舆

题解

此诗作于元祐二年(1087)八月。元舆:陈轩,字元舆,时为主客郎中(掌管番国朝聘之事的部员)。本年山谷作《戏答陈元舆》,又叠韵作了五首,此为最末一首。

> 君不能入身帝城结子公,
> 又不能击强有如诸葛丰。
> 法当憔悴百寮底,五十天涯一颓翁。
> 问君何自今为郎?便殿作赋声摩空。
> 偶然樽酒相劳苦,牛铎调与黄钟同。
> 安得朱幡各凭熊?
> 江南楼阁白蘋风,劝归啼鸟晓窗笼。
> 男儿邂逅功补衮,鸟倦归巢叶归本。

新解

君不能入身帝城结子公,又不能击强有如诸葛丰——子公:汉代的陈汤,字子公。《汉书·陈咸传》载:陈咸为南阳太守时,多次贿赂权臣王音的亲信陈汤,写信对他说:"如果蒙子公力能够得入帝城,就是死也没有什么遗憾的了。"诸葛丰:《汉书·诸葛丰传》载:诸葛丰打击豪强,直面无私。这两句是说:您既不会像陈咸那样讨好陈汤,使自己青云直上;也不会像诸葛丰那样,压抑豪强。

法当憔悴百寮底,五十天涯一颓翁——法当:理当。寮:僚。一秃翁:秃顶老翁,喻无官位可扳援。《史记·魏其武安侯列传》载,窦婴与田蚡在汉武帝前论是非曲直,韩安国不置可否,田蚡怒曰:"与长儒共一老秃翁,何为首鼠两端?"这两句是说:因此你理当憔悴不堪,依旧得一很小的官位,看你年近五十,依然是远在天涯的一个秃顶老翁,再无提升的希望了。

问君何自今为郎?便殿作赋声摩空——郎:郎官,帝王侍从官的通称。《史记·冯唐传》载,冯唐文武全能,却多次错过了被提升的机会,年纪很大了,还只是个职位低微的郎官。声摩空:声音响彻长空。李贺《高轩过》:"殿前作赋声摩空。"这两句是说:您怎么到如今还只是做"郎"这样的小官?想你在殿前作赋,吟诵的声音响彻长空。

偶然樽酒相劳苦,牛铎调与黄钟同。安得朱幡各凭熊——劳苦:慰问。牛铎:悬挂在牛脖子上的铃铛。黄钟:古代一种声音洪亮的乐器,为十二乐律之首。"牛铎"自谦,"黄钟"喻陈轩。说明两人身份不同,但思想意趣却一致。"安得"句实际说彼此都做不了大官。这三句是说:有时候你我持酒相慰问,虽然你我身份不同,一为"牛铎",一为"黄钟",但我们的意趣却是相一致的。你我怎样才能坐上朱幡的车子,各倚着画熊?

江南楼阁白蘋风,劝归啼鸟晓窗笼——窗笼:窗户。这两句是说:江南的楼阁,吹着从白蘋梢上过来的清风;窗外的啼鸟,在清晨的声声啼叫好像在劝我们归去。

男儿邂逅功补衮,鸟倦归巢叶归本——邂逅:不期而遇。补衮(gǔn):补充皇帝的缺失。鸟倦归巢:陶渊明《归去来兮辞》:"鸟倦飞而知还。"这两句是说:男子汉的功业是要靠偶然的机会的;因而鸟倦回巢,叶落归根。用以劝说友人及早退隐。

方东树云:"起逆入,奇气杰句,跌宕有势。"诗用"君不能"、"又不能"两个否定句起头,说明陈轩不会巴结逢迎,利用权势,这就是以否定来表现肯定的"逆入"法。再以"法当"两句话来承接,感叹朋友沉屈下僚,天涯憔悴,语含愤激。接下去写对方官小才高,与自己情投意合。再以江南佳美景致唤起对方的思归之情。末二句转韵,用两个富有概括力的形象比喻来劝友人及早退隐,文已尽而意有馀。

次韵几复和答所寄

题解

此诗写于哲宗元祐二年(1087),时山谷在汴京。山谷此诗曾有跋:"丁卯岁几复至吏部改官,追和予乙丑在德平所寄诗也。"黄庭坚曾有《寄黄几复》诗,作于1085年,到此时已经两年,两人在京城相会,山谷作了此诗。几复:黄介,字几复,南昌人,与山谷少年交游。

　　海南海北梦不到,会合乃非人力能!
　　地褊未堪长袖舞,夜寒空对短檠灯。
　　相看鬓发时窥镜,曾共诗书更曲肱。
　　作个生涯终未是,故山松长到天藤。

新解

　　海南海北梦不到,会合乃非人力能——海南海北:指两人相隔万水千山,各在天南海北。"会合"句:韩愈《送湖南李正字序》:"离十三年,幸而集处得燕,而举一觞相属,此天也,非人力也。"这两句是说:你我曾各自处在天南海北,就连梦中也难以会面,但如今却在京城相会,这是天意使然,非人力能够达到。

　　地褊未堪长袖舞,夜寒空对短檠灯——地褊:地处偏远。未堪长袖舞:不能够施展长袖之舞,喻不能施展本领。《汉书》应劭的注中记定王为景帝歌舞拜寿,"定王但张袖,小举手,左右笑其拙。上怪问之,对曰:'臣国小地狭,不足回旋。'"短檠灯:象征书生苦读。这两句是说:你一直处于偏远的小县,不能够发挥你的真本领,只能在寒夜之中面对孤灯,读书叹息。

　　相看鬓发时窥镜,曾共诗书更曲肱——曲肱:弯曲小臂而枕,比喻清贫。《论语·述而》:"饭疏食饮水,曲肱而枕之,乐亦在其中矣。"这两句是说:你我相对窥镜,各自已经头添白发。回想当日你我虽然清贫,但曲肱饮水,相互谈论诗书,切磋技艺,其乐无穷。

　　作个生涯终未是,故山松长到天藤——作个:这个。终未是:终究不是长久之计。故山:故乡的山峰。这两句是说:你我这久沉下僚的生涯终究不是长久之计;想那故乡的山上,老松挺立,那藤萝攀附其上,直至天际。此二句表明了作者的归隐之意。

哲宗元祐二年，山谷由德平被召到京城，任著作佐郎，黄几复也到京城，老朋友终于见面，欣喜之情可想而知。首句"海南海北梦不到，会合乃非人力能"，将二人的见面归结于天意，是因为两人相隔万水千山，连梦中都难以见面。随后二句是想像黄几复在偏远小县的状况，他难以施展自己的才能，只能在寒夜独对孤灯，读书长叹。五句又写两人见面后的情景，十年阔别，对镜相看，白发已添，随后想到两人年少之时，曲肱饮水，谈论诗书各言抱负的乐趣，从而引到现实中各自位居下僚，这当然不是长久之计了。最后一句"故山松长到天藤"则是面对眼前的现实想到了归隐故乡，诗到此便戛然而止，给读者留下了广阔的想像空间。

次韵王定国扬州见寄

此诗作于宋哲宗元祐二年（1087），时黄庭坚任秘书省著作佐郎。王定国是真宗时名相王旦的孙子，有才气。苏轼曾为其诗集作序，黄庭坚为其文集作序。定国在元丰年间受苏轼牵连被贬，元祐初苏轼还朝，荐他为宗正丞，不久出为扬州通判，他从扬州寄诗给黄庭坚，黄庭坚即次其诗韵而写了这首诗。

　　清洛思君昼夜流，北归何日片帆收？
　　未生白发犹堪酒，垂上青云却佐州！
　　飞雪堆盘脍鱼腹，明珠论斗煮鸡头。
　　平生行乐亦不恶，岂有竹西歌吹愁。

清洛思君昼夜流，北归何日片帆收——清洛：即清汴。元丰年间，导洛入汴，联成一体，因为诗人在汴京，故清洛即指汴水。北归：指王定国由扬州北还京城。徐幹《室思》："思君如流水，何有穷已时。"李白在《沙丘城下寄杜甫》的诗中也有"思君若汶水，浩荡寄南征"的诗句。这两句是说：汴水日日夜夜在思念你，那昼夜流淌的水送去了问候，不知道你何日能够从扬州北还京城，你我再次相逢。

未生白发犹堪酒，垂上青云却佐州——堪：能承受。垂上青云：即刚被提升。人们常以青云直上表示职位的提升。佐州：出任一州的佐官。王定国出任扬州通判，故说"佐州"。这两句是说：恰好你还年轻，白发未生，尚可以饮酒为欢；本来你被提升，但又出任扬州的佐官，那真是十分的遗憾。

飞雪堆盘脍鱼腹,明珠论斗煮鸡头——脍:切细的鱼肉。鸡头:此处指鸡头米。这两句是说:你在扬州,切细的鱼腹肉堆放在盘中有如飞来的白雪;碗中煮熟的鸡头米,就像置于斗中的明珠。

平生行乐亦不恶,岂有竹西歌吹愁——不恶:不坏。"岂有"句:杜牧《题扬州禅智寺》:"谁知竹西路,歌吹是扬州。"此二句即从杜牧诗中化来。这两句是说:平生为欢行乐本来也不坏,那竹西的歌吹岂能惹起你的愁怀。此二句宽慰王定国在扬州不要愁怀萦绕。

黄庭坚此首次韵诗表达了对朋友的思念与劝慰。首句以古代诗人常用的以流水表达思念之情的写法,运用拟人手法,说清洛思念你,那昼夜流淌的水送去了问候,随后便问朋友何时北归?朋友深情寓于其中。随后两句"未生白发犹堪酒,垂上青云却佐州"是对朋友现状的关切。说是朋友要趁年轻,尚可以饮酒为欢,但令人遗憾的是本来要青云直上的你却出任扬州的佐官。"飞雪堆盘脍鱼腹,明珠论斗煮鸡头"具体写王定国在扬州的生活。这种美好的生活,其背后却隐含着一丝悲凉之意。"平生行乐亦不恶,岂有竹西歌吹愁"二句是对朋友的宽慰,朋友在扬州有美好的生活,本来不是什么坏事,所以劝朋友要借竹西歌吹去化解愁怀。

双井茶送子瞻

此诗作于元祐二年(1087),时山谷在京任著作佐郎。当时山谷家乡的亲人捎来一些家乡的名茶,他拿出一些分给好友苏轼品尝,并随茶附上此诗。双井茶:为黄庭坚家乡分宁(今江西修水)出产的一种名茶。子瞻:苏轼,字子瞻,号东坡居士。

人间风日不到处,天上玉堂森宝书。
想见东坡旧居士,挥毫百斛泻明珠。
我家江南摘云腴,落硙霏霏雪不如。
为君唤起黄州梦,独载扁舟向五湖。

人间风日不到处,天上玉堂森宝书——玉堂:指翰林院。苏轼当时任翰林学士,担任起草诏令的工作。森:森然罗列。这两句是说:你所在的那翰林院,是人间的风吹不着、人间的太阳晒不到的天上殿堂,那里面书籍如林,森然罗列。

想见东坡旧居士,挥毫百斛泻明珠——东坡旧居士:即苏轼。苏轼元丰二年被贬黄州,在黄州东坡筑屋居住,自号东坡居士。"挥毫"句:杜甫《奉和贾至舍人早朝大明宫》有"诗成珠玉在挥毫"的句子。此句刻画出苏轼奋笔疾书的意态。这两句是说:想你往日曾是寓居东坡的居士,如今在翰林院中挥毫起草皇帝的诏令,你奋笔疾书,那字犹如斛中的明珠倾泻而出。

我家江南摘云腴,落硙霏霏雪不如——云腴:指茶叶。茶树种于山丘地带,在高处经常接触云气,叶子生长得很快,故而用云腴称茶叶。硙:一种小石磨。宋时人饮茶的习惯是将茶叶磨碎,再放到水中煮沸饮用。这两句是说:从我江南的老家捎来的上好茶叶,用茶硙细细地研磨,那细细的叶片连雪花也比不上。

为君唤起黄州梦,独载扁舟向五湖——黄州梦:即在黄州时的情景。"独载"句:据《国语·越语》的记载,范蠡辅佐越王勾践灭掉吴国之后,不愿意接受封赏而弃官,"遂乘轻舟以浮于五湖"。五湖:太湖的别称。这两句是说:当你喝了我送给你的茶之后,会让你想起你在黄州时的旧梦,那就是扁舟一叶,浮游五湖。

这首诗先由苏轼所任职的翰林院写起,写翰林院的环境是人间的风吹不到,人间的太阳晒不到的仙境,那里书籍如林,森然罗列。随后二句转入了对人的描写,"想见东坡旧居士,挥毫百斛泻明珠",说明东坡身份的变化,由以前贬谪黄州的逐臣成为入执翰林院,掌管诏令草拟的翰林学士,并传神地刻画出苏轼奋笔疾书的意态。"我家江南摘云腴,落硙霏霏雪不如"两句则写赠茶之事,那茶叶的品质极高,研细之后的叶片连雪花也比不上,突出自己送茶的诚意。随后两句点出了作者的用意,"为君唤起黄州梦,独载扁舟向五湖",当苏轼喝了送来的茶之后,会让他想起黄州时的旧梦,扁舟一叶,浮游五湖。当时苏轼虽在翰林院,但却卷入了政治斗争的漩涡之中,山谷借赠茶的机会劝苏轼不要忘记黄州之事,来个功成身退。

咏李伯时摹韩幹三马次苏子
由韵简伯时兼寄李德素

此诗作于元祐二年(1087),黄庭坚当时在京师,苏轼与苏辙兄弟等俱在京任职。当时李公麟应苏轼之请摹了唐代著名画家韩幹的三马图,苏辙作诗,山谷步苏辙诗韵而作此诗。李伯时:李公麟,字伯时,北宋著名画家。韩幹:唐代著名画家,善画马。苏子由:苏辙,字子由,苏轼的弟弟。李德素:李公麟之弟,名粲,字德素。

太史琐窗云西垂,试开三马拂蛛丝。
李侯写影韩幹墨,自有笔如沙画锥。
绝尘超日精爽紧,若失其一望路驰。
马官不语臂指挥,乃知仗下非新羁。
吾尝览观在坰马,驽骀成列无权奇。
缅怀胡沙英妙质,一雄可将十万雌。
决非皂枥所成就,天骥生驹人得之。
千金市骨今何有,士或不价五羖皮。
李侯画隐百僚底,初不自期人误知。
戏弄丹青聊卒岁,身如阅世老禅师。

太史琐窗云西垂,试开三马拂蛛丝——太史:指苏辙。苏辙任起居郎,故以太史称之。琐窗:镂刻连环花纹的窗户。试开:打开。三马:即三马图。这两句是说:在太史苏辙在宫中的居住之处,打开尘封已久的三马图画卷,拂去上面的蛛丝灰尘。窗外,朵朵白云西垂。

李侯写影韩幹墨,自有笔如沙画锥——李侯:李公麟。写影:即临摹。韩幹墨:指韩幹三马图的墨迹。笔如沙画锥:即笔法有如用尖锥利器在沙子上写字画画。颜真卿《述张旭笔法十二意》中,张旭曰:"后闻于褚河南曰:'用笔当须如锥画沙,如印印泥。'"这两句是说:李公麟正在临摹唐代著名画家韩幹的《三马图》的墨迹,他的笔法力透纸背,有如用尖锥利器在平沙地上刻画。

绝尘超日精爽紧,若失其一望路驰——绝尘超日:指骏马奔驰之时速度极快。绝尘超日又为骏马的名字,据《西京杂记》记载,汉文帝有九匹良马,"其一名绝尘"。精爽紧:指马神采奕奕。杜甫《魏将军将》中有"魏侯骨耸精爽紧"的诗句。若失其一:指马精神专注,好像忘记了自我。一,自身。《庄子·徐无鬼》:"天下马有成材,若卹若失,若丧其一。"这两句是说:那画上的马神采奕奕,疾驰如飞,每一匹都神情专注,只顾在路上向前奔驰,好像忘记了自己一般。

马官不语臂指挥,乃知仗下非新羁——仗下:天子的仪仗之中有立仗马。《新唐书·李林甫传》:"君独不见立仗马乎?"新羁:新养的马。这两句是说:看那马官不言不语,只用手臂做手势,指挥着那些骏马,我这才知道那仗下的立马都已训练有素,而不是新养的马。此二句写骏马驯良。

吾尝览观在坰马,驽骀成列无权奇——览观:即观看。坰:遥远的郊野。《诗经·

鲁颂·駉》:"駉駉牡马,在坰之野。"驽骀:劣等的马。权奇:指非凡奇特。这两句是说:我曾经观看过那些处在遥远的郊野中的马,那些马多是些劣马,并没有非凡奇特的地方。

缅怀胡沙英妙质,一雄可将十万雌——缅怀:深切地怀念。胡沙:指西域的沙漠之地。古时称西域为胡,故称胡沙。英妙质:指那些英姿飒爽的骏马。雄:指骏马。雌:指一般的马。因为雄意味着刚强雄健,雌意味着柔弱,故此处以雄代骏马,以雌代指一般的平常马。这两句是说:我深切地怀念西域沙漠之地的那些英姿飒爽的骏马,他们当中一匹骏马就可以统帅十万匹的平常马。

决非皂枥所成就,天骥生驹人得之——皂(zào)枥:即马槽。天骥:即天上神马。这两句是说:这样的骏马绝对不是人们在槽枥之间饲养就可以得到的,那是天上的神骥生出的马驹被人们所得到。

千金市骨今何有,士或不价五羖皮——千金市骨:用千金买马骨。市,买。据《战国策·燕策》的记载,人君拿千金去买千里马,三年都没有结果,而他的近侍用五百金买回一些千里马的骨头,后来在不到一年的时间里,有三匹千里马来到。五羖(gǔ)皮:春秋战国时的百里奚先为虞国大夫,被晋国俘虏,后被作为秦穆公夫人的陪嫁奴仆到了秦国,他找机会逃走,后经人推荐给秦穆公,秦穆公用市场上购买奴隶的价格即五张黑公羊的羊皮把他买回来,让他执掌国政,称之为五羖大夫。羖,黑色的公羊。这两句是说:然而如今愿意以千金求取良驹这样的事情已经没有了,有才能的士人有时候还不值五张羊皮。

李侯画隐百僚底,初不自期人误知——李侯:指李公麟。画隐:以绘画作为隐居。百僚底:即官位低下,为处于底层的官僚。自期:料想。这两句是说:李公麟以绘画作为隐居,居于低下的官位,他最初没有料想到会成为画家,他多才多艺但世人却只误知他是一位画师。

戏弄丹青聊卒岁,身如阅世老禅师——戏弄丹青:即以作画为游戏。丹青,均为颜料色彩,常用以代指图画。聊卒岁:聊以度日。《左传·襄公二十一年》中引用《诗经》中的诗,有"优哉游哉,聊以卒岁"的句子。阅世:经历世事。这两句是说:因此他即以作画为游戏,聊以度日,平时就如一位老禅师,参禅阅世,用以遣时。

这首作于元祐二年山谷在京任职时的作品以咏马为主题,但其实际所感叹的是人才的不能够被重用。首六句诗人描述了李公麟临摹唐代韩幹的墨迹,而且他所摹的马神采奕奕,"绝尘超日精爽紧,若失其一望路驰",把马的神姿描绘得如在眼前。随后四句则一转,写那些神采不凡的良马已经成为驯良的立仗马。诗人将良马与那些驽马相比,得出了"驽骀成列无权奇"的感叹。接下的四句,诗人又重新一转，写那些西域胡沙中的名马，"一雄可将十万雌"，但是它们绝不是槽枥之间可以饲养得到的，那是天上神骥生出的马驹被人们得到。随后两句"千金市骨今何有，士或不价五羖皮"是作者对现实之中统治者对待贤才能士的不满，才能之士的价值竟抵不上五张羊皮，那对人才是何等漠视。最后六句转入了对李公麟这样的人才依旧不遇的描写，他多才多艺但沉沦下僚，只能被世人以画师的身份相称，他官小位卑，无法施展自己的志向，故而只能以作画为戏，参禅悟道聊以遣时，这正是对人才不重视所造成的结果。

次韵柳通叟寄王文通

【题解】

此诗作于元祐二年（1087），通过描写怀才不遇之士而抒发不平之情。柳通叟、王文通：二人均不详。

> 故人昔有凌云赋，何意陆沉黄绶间？
> 头白眼花行作吏，儿婚女嫁望还山。
> 心犹未死杯中物，春不能朱镜里颜。
> 寄语诸公肯湔祓，割鸡令得近乡关。

【新解】

故人昔有凌云赋，何意陆沉黄绶间——故人：指老朋友。凌云赋：指司马相如的《大人赋》，汉武帝读过此赋后，"飘飘有凌云之气"。何意：没有想到。陆沉：指人才被埋没。黄绶：黄色印绶，为低级官吏所佩戴。《汉书·百官公卿表》："吏秩比二百石以上皆铜印黄绶。"这两句是说：老朋友你的才华可以比得上作《大人赋》的司马相如，可没有想到却沉沦下僚，遭受冷落。

头白眼花行作吏，儿婚女嫁望还山——行作吏：去做官。行，去。嵇康《与山巨源绝交书》："游山泽，观鱼鸟，心甚乐之，一行作吏，此事便废。""儿婚"句：《后汉书·逸民传》记载向子平"男女娶嫁既毕……遂肆意与同好……俱游五岳名山"。还山：指归隐。这两句是说：老朋友年纪已大，须发渐白，眼亦渐花，却还要出去做官，一直到儿婚女嫁，家累俱去之后可望归隐。

心犹未死杯中物，春不能朱镜里颜——杯中物：指酒。陶渊明《责子诗》："且尽杯中物。"朱：使脸色红润，为使动用法。这两句是说：你的酒兴犹未有所减退，尽管春天来临，却无法使你恢复青春容颜。

寄语诸公肯湔祓，割鸡令得近乡关——肯：肯否。湔祓：语出《战国策·楚策》,意为洗刷污浊,引申为荐拔。割鸡:《论语·阳货》载孔子语:"割鸡焉用牛刀?"此处是指出任地方官。这两句是说:我捎话请在朝的诸公能够推荐一下你,使你在近乡之处觅一职位。

　　此诗为山谷众多描写怀才不遇之士的诗篇之一。开篇二句即以高才低位的强烈反差,感叹柳通叟的怀才不遇,"何意"一词是那样的突然,从而更加凸现了此种反差,语含谴责之意。颔联二句是说他虽已年高,须发已白,眼睛渐花,但为了生计仍需奔走四处,或许到了儿婚女嫁之后可望归隐林泉山间,从而写出了柳通叟拔俗的品质。接下来两句感慨其酒兴犹未有所减退,但盛年不再来,纵使春天来临,也无法恢复青春时的容颜。尾联二句"寄语诸公肯湔袚,割鸡令得近乡关",作者想给在朝的诸公捎信,希望对其加以荐拔,让他在近乡之处觅一职位,朋友相助的拳拳之心跃然纸上。当然"割鸡"一词是对开篇高才低位的呼应,可以看出山谷行文的严谨。

次韵子瞻题郭熙画秋山

　　此诗作于元祐二年(1087),时山谷与苏氏兄弟等俱任京官,苏轼有题郭熙的《秋山平远图》一诗,当时和者甚众,山谷此诗即为其一。子瞻:即苏轼,字子瞻。郭熙:河阳温人(今河南温县),熙宁间为御书院艺学,师承李成,工山水寒林,善作巨幅壁画。其画论由其子郭思整理成《林泉高致》一书。

　　　　黄州逐客未赐环,江南江北饱看山。
　　　　玉堂卧对郭熙画,发兴已在青林间。
　　　　郭熙官画但荒远,短纸曲折开秋晚。
　　　　江村烟外雨脚明,归雁行边余叠巘。
　　　　坐思黄柑洞庭霜,恨身不如雁随阳。
　　　　熙今头白有眼力,尚能弄笔映窗光。
　　　　画取江南好风日,慰此将老镜中发。
　　　　但熙肯画宽作程,十日五日一水石。

　　黄州逐客未赐环,江南江北饱看山——黄州逐客:指苏轼,苏轼曾贬黄州。赐环:即召回。环与还谐音。《礼记·曲礼》孔颖达疏中说:"大夫士三谏而不从,出在竟上,大夫则待放三年,听于君命,若与环则还,与玦便去。"这两句是说:贬谪黄州的苏轼在尚未被召回朝廷的时候得以饱览大江南北的自然山水风光。

玉堂卧对郭熙画,发兴已在青林间——玉堂:指翰林院。苏轼时为翰林学士,故而可在玉堂观画。郭熙画:据《蔡宽夫诗话》记载,郭熙曾作《春江晓景图》于玉堂中屏,"禁中,官局多熙笔迹,而此屏独深妙,意若欲追配前人者。"发兴:生发游兴。这两句是说:如今在玉堂面对郭熙的《春江晓景图》,他已生发出徜徉青山绿水中的兴致。

郭熙官画但荒远,短纸曲折开秋晚——官画:指郭熙的画,即《秋山平远图》,因为郭熙是御书院的艺学,所以称其作为官画。这两句是说:郭熙的《秋山平远图》,虽在小幅纸上,那画面曲曲折折,一片秋日荒远的景象。

江村烟外雨脚明,归雁行边馀叠巘——叠巘(yǎn):层层叠叠的山峰。这两句是说:那画面上江边小村笼罩在一片烟雾当中,若隐若现,但细看之下,可以看到是在下雨,远处天边一行归雁,剩下的就是那层层叠叠的山峰。

坐思黄柑洞庭霜,恨身不如雁随阳——黄柑洞庭霜:洞庭之中有洞庭山,又称包山,其地以产柑橘著名。唐·韦应物《答郑骑曹青橘绝句》:"书后欲题三百颗,洞庭更待满林霜。"这两句是说:看到这样的画面,我不禁想起了家乡洞庭山上霜后的柑橘,真是恨自己不能生一双翼,如雁南飞。

熙今头白有眼力,尚能弄笔映窗光——弄笔:指作画。这两句是说:如今郭熙虽然已经白发苍苍,但他眼力不减,观察细致,所作之画依然神驰其中。

画取江南好风日,慰此将老镜中发——画取:画就。好风日:好风光。唐·王维《汉江临泛》:"襄阳好风日,留醉与山翁。"这两句是说:我想让你为我画上一幅江南的美好风光,借以安慰我这从镜中观看发已斑白的渐老之人。

但熙肯画宽作程,十日五日一水石——但:只要。宽作程:将作画的期限放宽。杜甫《戏题王宰相画山水图歌》:"十日画一水,五日画一石。能事不受相促迫,王宰始肯留真远。"此处即化用其诗。这两句是说:只要是郭熙愿意为我作画,我一定会把作画的期限放宽,你可十日一水,五日一山,从容画来。

【新评】

这首诗是和苏轼题郭熙的《秋山平远图》一诗的。首起四句从苏轼入手。先写苏轼在黄州尚未被召回朝廷之时饱览大江南北的山山水水,紧接二句写苏轼在翰林院看郭熙的《春江晓景图》,已然生发徜徉林泉的兴致,从苏轼的感受之中我们看到了郭熙高超的绘画技艺。"郭熙"以下六句写自己观看《秋山平远图》时的感受,诗人先给我们展示了这幅图画的画面,江村烟雨,归雁群山,一幅秋日荒远之景跃然纸上,随后两句"坐思黄柑洞庭霜,恨身不如雁随阳",引发了作者无尽的归思,这种归思是思念家乡风物的乡思,也是身处宦海而心在林泉的归隐之趣,从中表达了诗人的心志。剩馀几句是写自己想得到郭熙一幅画,"画取江南好风日,慰此将老镜中发",吐露了自己的心声,"但熙"二句,恰如清·方东树所言:"馀情远韵,力透纸背。"(见《昭昧詹言》卷十二)

题伯时画严子陵钓滩

【题解】

此诗于元祐三年(1088)在试院中作。伯时:北宋画家李公麟,字伯时。严子陵:严光,字子陵,东汉会稽余姚(今属浙江)人,与刘秀同学。刘秀即位后,严光隐姓埋名于富春江畔。钓滩:在浙江桐庐西富春山下。山畔有严子陵钓台,台下即为钓滩。

平生久要刘文叔,不肯为渠做三公。
能令汉家重九鼎,桐江波上一丝风。

平生久要刘文叔,不肯为渠做三公——平生:此指年轻时候。久要:旧交。刘文叔:刘秀字文叔。渠:他。三公:东汉时太尉、司徒、司空合称三公,为共同负责军政的最高长官。此泛指高官。这两句是说:严子陵年轻的时候就与汉光武帝刘秀相交为友,但他却不肯居官庙廊帮刘秀治国理邦,甘愿隐姓埋名于富春江畔。

能令汉家重九鼎,桐江波上一丝风——汉家:汉朝。九鼎:相传夏禹曾铸九鼎,后以九鼎象征国家政权。桐江:钱塘江自建德至桐庐段的别称。这两句是说:能使汉朝政权稳固的,就是桐江波上被风吹动的那一条钓丝!意味东汉士人效法严子陵的高节,因而使汉朝天下安定,国祚绵长。

此诗通过赞美严子陵的高风亮节,反映了作者的耿介操守。山谷指出,汉朝政权的稳固,得力于严光所倡导的风节,这是有感而发的。北宋末年党争中,出现了不少丧节败行的士人,他们见风转舵,在王安石执政时,以新党面目出现,一旦旧党得势,这些人又拼命钻营,成为旧党人物。旧党内部也分化为三派,争权夺利互不相让。作者对此深恶痛绝,故借咏史寄慨。"重九鼎"与"一丝风"的对比,寓意深微,予人以鲜明的印象。

题子瞻枯木

【题解】

元祐三年(1088),黄庭坚在史局任著作郎,春天,苏轼知贡举(主管考试),庭坚做他的属官。苏轼在醴池寺画了小山枯木,庭坚作《题子瞻小山枯木》诗,苏轼又作枯木,黄庭坚题了这首诗。子瞻:苏轼,字子瞻。苏轼爱画枯木、竹、石,善于把书法的用笔和结体的方法运用到水墨画中,所画枯木在当时很有名气。

　　　　折冲儒墨阵堂堂,书入颜杨鸿雁行。
　　　　胸中元自有丘壑,故作老木蟠风霜。

【笺释】

折冲儒墨阵堂堂,书入颜杨鸿雁行——折冲:折退敌人的战车,击退敌军。颜杨:颜真卿和杨凝式,唐与五代大书法家。鸿雁行:像大雁那样整齐地排列着飞翔,指平行、并列。《晋书·王羲之传》:"比张芝草,犹当雁行。"苏轼曾认真学习过颜真卿和杨凝式的书法,和黄庭坚、米芾、蔡襄的书法合称"北宋四大家"。这两句是说:苏轼摆出强大的阵势,在儒家和墨家之间纵横驰突,所向无敌;苏轼的书法,可以与颜真卿、杨凝式并驾齐驱。此二句表明苏轼学问贯通儒墨,自成一家之学,根底深厚,其书法与颜、杨并行。

胸中元自有丘壑,故作老木蟠风霜——元:原。丘壑:深山幽谷。苏轼曾说文与可的竹子画的好,是因为他"胸有成竹"。他的枯木画的好,也正是因为胸有丘壑。蟠:盘曲。此指老干久经风霜的磨练,偃蹇挺拔,气势不凡。《画继》:"子瞻所作枯木,枝干虬屈无端倪,石皴亦奇怪,如其胸中蟠郁也。"苏轼喜欢用简而有力的线条表现其"诙诡谲怪"的艺术风格。老树经过多年风霜的打击,造成蟠屈,正与苏轼经历坎坷而志节愈坚相似。这两句是说:苏轼遍历山川,深得大自然的熏陶,所以能画出老木盘屈在风霜之中的意态来。

【新评】

此诗为题画之作。前二句说苏轼在学术上有集大成的特点,书法可与颜、杨并驾齐驱。后二句说正是这些深厚的艺术修养、人生体验,使苏轼画出格高韵古的枯木图,达到诗、书、画三者相互圆融的艺术的化境。

题竹石牧牛

【题解】

此诗作于元祐三年(1088)，是黄庭坚为苏轼、李公麟合作的一幅画所写的题画诗，风格生新瘦硬，语言简净古朴。

子瞻画丛竹怪石，伯时增前坡牧儿骑牛，甚有意态，戏咏。

野次小峥嵘，幽篁相倚绿。阿童三尺棰，御此老觳觫。
石吾甚爱之，勿遣牛砺角。牛砺角尚可，牛斗残我竹。

【新解】

序言意为：苏轼画了一幅竹石图，上面篁竹丛生，怪石嶙峋，李公麟又在画上增加了一牧童骑着老牛，通观此画，意趣盎然，因此写了这首诗。伯时：李公麟。

野次小峥嵘，幽篁相倚绿——野次：野地里。峥嵘：指怪石特立的样子。幽篁：幽深的竹丛。《九歌·山鬼》："余处幽篁兮，终不见天。"王维《竹里馆》："独坐幽篁里，弹琴复长啸。"这两句是说：野地里的怪石特立，翠绿幽深的竹丛与之相倚。

阿童三尺棰，御此老觳觫——阿童：小孩子。棰(chuí)：竹杖。觳觫(húsù)：牛恐惧颤抖的样子。《孟子·梁惠王上》：有人牵牛过堂下，将以衅钟，齐宣王曰："舍之，吾不忍其觳觫，若无罪而就死地。"此处代指牛。这两句是说：放牛娃拿着三尺长的竹鞭，吆喝着这头老牛。

石吾甚爱之，勿遣牛砺角——砺角：磨角。这两句是说：我很喜欢这块怪石，可不要让牛儿在石上磨角呀！

牛砺角尚可，牛斗残我竹——这两句是说：牛儿在石上磨磨角还可以，只怕它们争斗起来就会伤害我的竹子。李白《独漉篇》："独漉水中泥，水浊不见月。不见月尚可，水深行人没。"此诗后四句汲取其形式，词意有所翻新。

【新评】

这首题画诗，如所题的画一样，"甚有意态"。纯粹把画境当作真景来写。就竹、石、牛发挥，妙趣无穷。诗画里的竹、石、牧童、牛是那样的栩栩如生，丛竹、怪石代表作者所憧憬的田园生活，诗人不希望两牛相斗，毁坏了它们。"牛斗"隐指朝廷党争。元祐年间的党争，一开始还有一定的政治原则性，到后来则愈演愈烈，发展为无原则的派系倾轧，从"砺角"发展到"牛斗"，令人担心无谓的纷争会损害田园生活的宁静。作者对这首诗十分喜爱,认为是"平生极致语。"《历代诗话》云:"此诗机致圆美,只将竹、石、牛三件顿挫入神,自成雅调。"用散文化的口语入诗,风致古朴。

老杜《浣花溪图》引

题解

此诗作于元祐三年(1088),是山谷在观赏《浣花溪图》之后所写的一首表现杜甫在成都草堂时期生活境遇的作品。老杜:指杜甫。浣花溪:在今四川成都万里桥西,溪畔有杜甫草堂。引:古代的一种诗歌形式。

　　拾遗流落锦官城,故人作尹眼为青。
　　碧鸡坊西结茅屋,百花潭水濯冠缨。
　　故衣未补新衣绽,空蟠胸中书万卷。
　　探道欲度羲皇前,论诗未觉《国风》远。
　　干戈峥嵘暗宇县,杜陵韦曲无鸡犬。
　　老妻稚子具眼前,弟妹飘零不相见。
　　此公乐易真可人,园翁溪友肯卜邻。
　　邻家有酒邀皆去,得意鱼鸟来相亲。
　　浣花酒船散车骑,野墙无主看桃李。
　　宗文守家宗武扶,落日寒驴驮醉起。
　　愿闻解鞍脱兜鍪,老儒不用千户侯。
　　中原未得平安报,醉里攒眉万国愁。
　　生绡铺墙粉墨落,平生忠义今寂寞。
　　儿呼不苏驴失脚,犹恐醒来有新作。
　　常使诗人拜画图,煎胶续弦千古无。

　　拾遗流落锦官城,故人作尹眼为青——拾遗:指杜甫。杜甫在安史之乱时,追随唐肃宗到灵武,拜为左拾遗。后流落到四川,依靠剑南节度使严武。锦官城:成都。眼为青:特别照顾之意。这两句是说:杜甫流落到成都时,老朋友严武在那里做大官,对他照顾得很好。

碧鸡坊西结茅屋,百花潭水濯冠缨——碧鸡坊:在成都西南。百花潭:即浣花溪,在成都万里桥西。濯冠缨:《楚辞·渔夫》:"沧浪之水清兮,可以濯我缨。"世以濯缨表示清高自守之意。这两句是说:杜甫在碧鸡坊西侧结茅为屋,修建了草堂,它临近百花潭,那潭水清澈见底,可以濯洗冠缨。

故衣未补新衣绽,空蟠胸中书万卷——故衣:《古艳歌行》:"故衣谁当补?新衣谁当绽?"绽为缝补意,此处仅取字面意思,意为绽开。书万卷:杜甫有"读书破万卷,下笔如有神"的名句。这两句是说:杜甫脱下的旧衣服还没有来得及缝补好,他身上穿的衣服又已经破了,生活贫困不堪,尽管他有非常高的才学,可说胸中存书万卷。

探道欲度羲皇前,论诗未觉国风远——探道:寻求治国大道。羲皇:伏羲氏。古人认为伏羲氏以前的人,生活闲适,无忧无虑。论诗:说到杜甫的诗歌。这两句是说:探求治国大道要追溯到上古的时代,伏羲之前;说到杜甫的诗歌,它上承《诗经·国风》的优良传统,与之相去不远。

干戈峥嵘暗宇县,杜陵韦曲无鸡犬——宇县:天下。杜陵:汉宣帝陵墓所在地,在长安城南,杜氏世居于此。韦曲:韦氏世居之地,即今西安市长安区。二地合称韦杜,为贵族世家的聚居之地。无鸡犬:写兵劫后的惨状。这两句是说:自从安史之乱,干戈四起,天下到处兵荒马乱,杜陵韦曲在兵劫之后,已经难以听到鸡犬之声。

老妻稚子具眼前,弟妹飘零不相见——这两句是说:安史之乱后,亲人四离,如今年迈的妻子,幼小的儿子都和杜甫在一起,但其他的亲人,杜甫的弟弟、妹妹四散在外,飘零他乡,却难以相见。

此公乐易真可人,园翁溪友肯卜邻——乐易:乐观平易。可人:合人心意。园翁溪友:菜农、渔夫。肯卜邻:愿意结为邻居。杜甫有"溪友得钱留白鱼"之句。这两句是说:杜甫真是乐观平易,很合人们的心意;因而菜农、渔夫都愿意和他结为邻居。

邻家有酒邀皆去,得意鱼鸟来相亲——"邻家"句:杜甫有"田父要(邀)皆去,邻家问不违"之句。鱼鸟来相亲:即鱼鸟亲人意,语出《世说新语》,表现人与自然亲密无间、相处甚得的关系。这两句是说:邻居家每有美酒,都邀请杜甫过去相饮,他每次都应邀而去,而且与鱼鸟相亲,乐在其中。

浣花酒船散车骑,野墙无主看桃李——"浣花"句:写严武率随从来草堂饮酒作客的情景。"野墙"句:杜甫有诗:"手种桃李非无主,野老墙低还是家。"这两句是说:登上浣花溪的酒船,遣散开随从的车马,我们在野外墙边欣赏不知主人的桃李。

宗文守家宗武扶,落日寒驴驮醉起——宗文:杜甫长子。宗武:杜甫幼子。寒驴：驽钝的毛驴。这两句是说：宗文在家守家，宗武相随搀扶着他，日落时分，杜甫因为喝醉由一匹驽钝的毛驴驮着回家。

愿闻解鞍脱兜鍪，老儒不用千户侯——兜鍪(móu)：头盔。老儒：指杜甫。这两句是说：希望战士们早日解下马鞍脱去头盔，而自己也不需要高官做。二句说杜甫渴望早日结束战争，自己并不想建立军功爬上高位。

中原未得平安报，醉里攒眉万国愁——攒眉：皱眉头。万国：万方，各地。这两句是说：没有得到中原平安的消息的杜甫，即便是在醉中也皱起眉头，为国家发愁。

生绡铺墙粉墨落，平生忠义今寂寞——生绡：生丝织成的薄绸，用作画布。这两句是说：绘在生绡上的图画，挂在墙头，粉墨零落；杜甫一生忠义，现在已经不复得见了。

儿呼不苏驴失脚，犹恐醒来有新作——苏：苏醒。驴失脚：驴步踉跄。新作：新的诗作。这两句是说：杜甫醉酒之后，儿子喊他不醒，驴子行走也踉踉跄跄，尽管这样，还恐怕他醒来之后有新的诗作。

常使诗人拜画图，煎胶续弦千古无——煎胶续弦：古代传说，把鸾嘴和麟角合起来煎成胶，可以来粘合断了的弓弦、琴弦。这里指继承杜甫的忧国忧民的精神和文学才能。这两句是说：这幅图画常使后世的诗人们礼拜，但要继承杜甫那种精神就很困难了。

本诗通过对浣花图的画意的描写、想像，成功地刻画了大诗人杜甫的形象，歌颂了他的爱国精神，思想意义非常深刻。诗中多处引用杜诗的语句，"无一字无来处"，对表现杜甫的思想和性格有较大的作用。作者把杜甫醉中不忘忧国事的情态、杜甫一生忧国忧民的心事，表现得淋漓尽致，堪为杜甫知己。

听宋宗儒摘阮歌

此首诗作于元祐三年(1088)，写宋宗儒演奏阮咸时的情景，是一首以音乐为描写对象的七古。宋宗儒，为宋祁的后代。摘阮：弹奏阮咸。阮，即阮咸，为一种形似琵琶而圆的乐器，据说为晋代的阮咸所创造，因此以其姓名称此种乐器。

翰林尚书宋公子，文采风流今尚尔。
自疑者域是前身，囊中探丸起人死。

貌如千岁枯松枝,落魄酒中无定止。
得钱百万送酒家,一笑不问今馀几。
手挥琵琶送飞鸿,促弦聒醉惊客起。
寒虫催织月笼秋,独雁叫群天拍水。
楚国羁臣放十年,汉宫佳人嫁千里。
深闺洞房语恩怨,紫燕黄鹂韵桃李。
楚狂行歌惊市人,渔父枻舟在葭苇。
问君枯木着朱绳,何能道人意中事?
君言此物传数姓,玄璧庚庚有横理。
闭门三月传国工,身今亲见阮仲容。
我有江南一丘壑,安得与君醉其中,
曲肱听君写松风。

翰林尚书宋公子,文采风流今尚尔——翰林尚书:指宋祁,字子京,曾为翰林学士,知制诰,迁工部尚书,谥景文。宋公子:指宋宗儒。文采风流:有文采且风流倜傥。杜甫《丹青引》:"文采风流今尚存。"这两句是说:你是翰林学士、工部尚书宋景文公的后代,文章文采出众,为人风流倜傥,这样的人如今就只有你了。

自疑耆域是前身,囊中探丸起人死——耆域:又称耆婆,古印度高僧,为奈女与萍沙王所生,后为名医。探丸:取出药丸。这两句是说:你自己曾经时常怀疑耆域是你的前身,因为你医术高明,常常于囊中取出药丸即能使人起死回生。此二句写其精通医术。

貌如千岁枯松枝,落魄酒中无定止——"貌如"句:卢仝《与马异结交诗》:"此骨纵横奇又奇,千岁万岁枯松枝。半折半残压山谷,盘根蹙节成蛟螭。"此写其相貌不凡。落魄:无所拘束,落拓不羁。无定止:行止不定。杜牧《遣怀》:"落魄江湖载酒行。"这两句是说:宋宗儒的相貌不凡,有如千岁的枯松;他落拓不羁,常常饮酒至醉,行踪不定,难觅其迹。

得钱百万送酒家,一笑不问今馀几——"得钱"句:《南史·陶潜传》记载,颜延之为始安郡守,常与陶潜来往,每次都痛饮至醉……临走的时候,留二万钱给陶潜,陶潜全部送到酒家,用来买酒。这两句是说:你常常痛饮,将百万钱送到酒家用以买酒,每每痛饮之后也不问还馀多少钱。此二句写其豪情痛饮。

手挥琵琶送飞鸿,促弦聒醉惊客起——"手挥"句:嵇康《赠秀才入军》:"目送归鸿,手挥五弦。俯仰自得,心游太玄。"促弦:加快节奏,促节繁声。聒醉:惊醒人的醉意。这两句是说：你手中弹奏阮咸，目视着鸿鹄远飞；你加快节奏，阮咸的促节繁声惊醒了人的醉意。

寒虫催织月笼秋，独雁叫群天拍水——寒虫：指促织，即蟋蟀，它的叫声好像在催人纺织，故叫促织。月笼秋：秋夜月色笼罩。杜牧《泊秦淮》："烟笼寒水月笼沙，夜泊秦泊近酒家。"独雁：即孤雁。杜甫《孤雁》："孤雁不饮啄，飞鸣声念群。"天拍水：即水拍天。韩愈《题临泷寺》："海气昏昏水拍天。"这两句是说：你弹奏的音乐有如秋夜月色笼罩之下的促织在鸣叫，又如那孤雁在水天相接、浪涛拍天之处鸣叫寻找雁群，一片萧瑟凄凉之感。

楚国羁臣放十年，汉宫佳人嫁千里——楚国羁臣：指屈原。屈原被楚王两次流放。《楚辞·大招》王逸序："屈原流放九年，忧思烦乱。"汉宫佳人：指王嫱，也就是王昭君。汉文帝时与匈奴和亲，远嫁匈奴呼韩邪单于。这两句是说：你弹奏的阮咸有如那楚国流放之臣的慷慨悲歌，又如那汉宫佳人远嫁千里之外的匈奴时的哀怨之声。

深闺洞房语恩怨，紫燕黄鹂韵桃李——深闺洞房：幽深的闺房。语恩怨：悄声细语互相责怪。韩愈《听颖师弹琴》："昵昵儿女语，恩怨相尔汝。"韵桃李：在桃李之间婉转歌唱。这两句是说：你那乐声轻柔，有如深闺洞房之中夫妻闲话时的昵昵细语；你那乐声宛转，有如紫燕黄鹂在桃李之间施展歌喉。

楚狂行歌惊市人，渔父桡舟在葭苇——楚狂：楚国的狂士。《论语·微子》："楚狂接舆歌而过孔子。"渔父：《庄子·渔父》中记载孔子尊渔父为圣人，孔子向他求救，他"杖桡而引其船"。桡，指船桨，此处用作动词。葭苇：芦苇。这两句是说：你那乐声高亢，有如楚国狂士且行且歌，惊动集市上的众人一般；你的乐声逐渐隐去，就像渔父在荡桨，一叶扁舟在葭苇间渐行渐远。

问君枯木着朱绳，何能道人意中事——枯木：指琴体。琴体以木制。朱绳：琴弦。这两句是说：敢问你一句，这阮咸也不过就是在木制的琴体上系上琴弦，又怎么能弹奏出人心中所想、心中所思之事呢？

君言此物传数姓，玄璧庚庚有横理——玄璧：黑色的圆形的玉璧，此处用以形容琴身。庚庚：横向的纹理。这两句是说：你说道阮咸这种乐器多次流传于不同人的手中，看那琴身有如黑色的玉璧，上面琴弦横陈。

闭门三月传国工，身今亲见阮仲容——国工：一国之内的名手，此处指教坊名师。阮仲容：即阮咸，字仲容，为阮籍的侄子，与阮籍同列"竹林七贤"。这两句是说：你学习弹奏阮咸，闭门三月，亲自从教坊名师那里学得，如今在此演奏，我就好像亲自见到了它的最初创制者阮仲容一样。

我有江南一丘壑，安得与君醉其中，曲肱听君写松风——一丘壑：指隐居之地，有山有水。《汉书·自叙传》："渔钓于一壑，则万物不奸其志；栖迟于一丘，则天下不易其乐。"曲肱：手臂弯曲侧卧，形容悠闲自得，语出《论语·述而》。写松风：弹奏名曲《风入松》。写，即弹奏。松风，古琴曲名，即《风入松》。这两句是说：江南山水林泉间适于隐居，你我能否携手退隐其间，与你日日把酒畅饮，悠然自得地听你弹奏名曲《风入松》呢？

　　这首诗记述了一次阮咸的演奏。整首诗歌可以分三个部分加以解读。第一部分为前八句。诗开篇先写阮咸的演奏者宋宗儒，他出身名公巨卿之后，文采风流，精通医术，可以"囊中探丸起人死"，而且豪情万丈，相貌不凡，每每"得钱百万送酒家，一笑不问今馀几"。前八句写其人的种种情状，实是为下文作铺垫。第二部分为中间十句。诗人从"手挥琵琶送飞鸿"开始，把我们引入了阮咸的演奏当中，随后分别以"寒虫催织"，"独雁叫群"摹写音乐的萧瑟凄凉；以"楚国羁臣"，"汉宫佳人"写音乐的哀怨；再以"深闺洞房语恩怨"，写音乐的缠绵，以"紫燕黄鹂韵桃李"写了音乐的欢快之声，最后以"楚狂行歌"，"渔父桡舟"写音乐在高亢之后犹如一叶扁舟在葭苇间渐行渐远，逐渐隐去。第三部分为最后九句。通过主客对话抒发自己听音乐的感受，又以"闭门三月传国工"赞叹宋宗儒演奏技艺的高超，最后禁不住约请宋宗儒共同归隐，畅游林泉，以期能够再次听他弹奏。

　　此首诗写得气象万千，是一首成功的作品。清代叶矫然说："黄庭坚有《听戴道士弹琴》及《听宋宗儒摘阮歌》，亦复杰出者。……二诗点缀工巧，足继唐音，东坡、尧卧咸不及也。"(《龙性堂诗话·初集》)

次韵子瞻以红带寄王宣义

　　此诗作于元祐三年(1088)，时山谷在汴京。王宣义即王淮奇，字庆源。他辞官之后退居故里，给苏轼写信求红带一条，苏轼并红带寄上《遗王庆源诗》一首，山谷即次苏轼诗韵作了此诗。(《内集诗注》中说："王淮奇字庆源，眉之青神，东坡叔丈人也。)宣义：为元丰改制后文臣的寄禄官名。

　　　参军但有四立壁，初无临江千木奴。
　　　白头不是折腰具，桐帽棕鞋称老夫。
　　　沧江鸥鹭野心性，阴壑虎豹雄牙须。
　　　鹔鹴作裘初服在，猩血染带邻翁无。

昨来杜鹃劝归去,更待把酒听提壶。
当今人材不乏使,天上二老须人扶。
儿无饱饭尚勤书,妇无复袴且着襦。
社瓮可漉溪可渔,更问黄鸡肥与癯。
林间醉着人伐木,犹梦官下闻追呼。
万钉围腰莫爱渠,富贵安能润黄垆。

新解

参军但有四立壁,初无临江千木奴——参军:指王庆源。王庆源曾做过雅州户曹参军。四立壁:形容家贫。《史记·司马相如列传》记载司马相如"家居徒四壁立"。千木奴:《水经注·沅水》:"沅水又东历龙阳县之氾洲,洲长二十里,吴丹阳太守李衡,植柑于其上,临死,敕其子曰:'吾洲里有木奴千头,不责衣食,岁绢千匹'。"这两句是说:参军你辞官回乡之后,家中唯有四壁徒然而立;更谈不上像李衡那样有"千木奴"的家产。此二句表明王庆源家境贫困,生活维艰。

白头不是折腰具,桐帽棕鞋称老夫——"白头"句:陶渊明有不肯"为五斗米所折腰向乡里小儿"的故事。杜甫《有怀台州郑十八司户》:"黄帽映青袍,非供折腰具"。"桐帽"句:黄庭坚在《与杨明叔少府书》中说:"桐帽本蜀人作,以桐木作而漆之,如今之帽,三十年前犹见之。棕鞋,本出蜀中,今南方丛林亦作。盖野夫黄冠之意。"这两句是说:你头发已白,不再为了功名利禄而向人折腰,你头戴桐帽,脚穿棕鞋,口称老夫,放步独行。此二句写王庆源服饰以及傲世之情。

沧江鸥鹭野心性,阴壑虎豹雄牙须——沧江鸥鹭:《列子·黄帝》记载有一个喜欢鸥鸟的海边的人,每天早上到海边和鸥鸟一起游玩,鸥鸟也不惧怕他。一天他父亲让他捉几只鸥鸟拿回家,他第二天到海边,鸥鸟便飞到空中不与他在一起。用此典故表明王庆源天性自由。阴壑:山中不见阳光的沟壑。雄牙须:韩愈《别赵子》:"又尝疑龙虾,果谁雄牙须。"这两句是说:你天性就像那沧江的鸥鹭,喜好自由;你的长相清奇不凡,有着山中阴壑间虎豹般刚猛的风范。此二句写王庆源的性情与相貌。

鹔鹴作裘初服在,猩血染带邻翁无——鹔鹴:一种鸟。其羽毛可以织裘衣。据《西京杂记》记载,司马相如归成都时,"居贫愁懑,以所着鹔鹴裘就市人阳昌贳酒与文君为欢。"初服:指入仕做官以前所穿的衣服。《离骚》:"进不入以离尤兮,退将复修吾初服。"猩血染带:猩猩之血所染的带,即指苏轼送王庆源的红带。《华阳国志·南中志》:"猩猩兽能言,其血可以染朱罽。"这两句是说:你以那鹔鹴的羽毛作裘,而且你志气高洁,做官以前所穿的衣服依然在穿,你还有那邻居老翁都没有的猩血染的红带。

昨来杜鹃劝归去，更待把酒听提壶——杜鹃：一种鸟，又称杜宇，相传是古蜀主杜宇死后精魂所化，其叫声好像"不如归去"。梅尧臣《杜鹃》："蜀帝何年魂，千春化杜鹃，不如归去语，亦自古来传。"提壶：鸟名。这两句是说：昨天来了一只杜鹃鸟，不停地在啼叫"不如归去，不如归去"；如今归隐山林，把酒独酌，听那林间鸟儿的啼叫，何等自在。

当今人才不乏使，天上二老须人扶——天上二老：指当时主持朝政的文彦博与吕公著。任渊对此句的注释是：时文潞国公、吕申国公皆以大老平章军国重事。须人扶：据《宋宰辅编年录》记载，文彦博、吕公著主持朝政时年纪已大，需要人在殿上扶掖。这两句是说：当今人才济济，文、吕二公虽然年纪已大，但主持着当今的朝政大事。

儿无饱饭尚勤书，妇无复袴且着襦——复袴：即夹裤。袴，即裤。《世说新语·德行》记载韩康伯送给范宣绢，范宣没有接受。后来二人一块乘车，韩康伯在车中扯了二丈绢给范宣，说："人宁可使妇无裤邪？"范宣笑着收下了。襦：短夹袄。这两句是说：你家中儿孙们虽吃不饱饭，但也能够勤于读书，女儿们虽没有夹裤却也还有短夹袄。此二句写王庆源家居清寒，但各人却自得其乐。

社瓮可漉溪可渔，更问黄鸡肥与癯——社瓮：即社酒，祭土地神时所用的酒。漉：滤酒去渣，使其纯净。黄鸡：家中养的鸡。李白《南陵别儿童入京》："白酒新熟山中归，黄鸡啄黍秋正肥。"癯：瘦。这两句是说：你平日漉酒捕鱼，乐在其中，有时还问问家中的人，家里养的鸡长得怎么样了。

林间醉着人伐木，犹梦官下闻追呼——这两句是说：你携酒独游，醉卧林间，恍然入梦，在朦胧之中仿佛听到"追呼"之声，醒来之后才知道那是林间有人伐木的声音。

万钉围腰莫爱渠，富贵安能润黄垆——万钉围腰：指万钉宝带。欧阳修曾有"万钉宝带烂腰镊"的诗句。渠：他。黄垆：指黄泉下的土。《列子·杨朱篇》中说："要死后数百年中馀名，岂足润枯骨。"这两句是说：身居高位，腰围万钉宝带的生活你并不爱慕它，试想今日的富贵又怎么能够百年长有，直至身埋黄泉？此二句说明王庆源现在的生活足以快慰平生，不用想那功名富贵。

这首七言古诗共二十句，从不同的方面刻画了一位退居乡里的傲岸之士。诗在起首两句即写其家境，运用司马相如和李衡的事表现其清贫，当然言外之意说明了王庆源在为官时的清廉。随后两句"白头不是折腰具，桐帽棕鞋称老夫"首先以王庆源白头而不折腰点明其傲世之情，随后便以桐帽棕鞋的服饰描写为我们展现了一个放步独行的老人。接下来的两句是对其性情与相貌的描写。他天性喜好自由,相貌威严,诗人并用"鹓鹙作裘初服在"表明其志高洁,随后的"猩血染带邻翁无"即暗含苏轼为他寄送红带的事情。诗人在对王庆源形象的刻画中含有无限推许之意,如此高洁之士,怎能混迹官场?"昨来杜鹃劝归去"便点明其辞官归隐之事,"更待把酒听提壶"为我们展现了他现在的归隐之乐。随后二句是说当今人材众多,你尽管归隐于林泉之间。接下来的六句则描绘其归隐的情趣,家中虽然清贫,但各人自得其乐,儿孙读书,他自己滤酒捕鱼乐在其中。有时候携酒林间,醉卧其中,矇眬中仿佛听到"追呼"之声,醒后才知是伐木之声,写得情致悠远。最后两句"万钉围腰莫爱渠,富贵安能润黄垆",意味着其人对高官厚禄并不爱慕,他现在的生活足以快慰平生。整首诗写得曲折多姿,错综变化但又章法严谨。

与元明过洪福寺戏题

元祐四年(1089)三月,山谷与吕元明、毕公叔到汴京的洪福寺游览,见到元明在围墙上的旧题:"与晋之醉后,使骑木撼花,以为笑。"遂题此诗于墙。元明:吕元明。洪福寺:在汴京。

> 洪福僧园拂绀纱,旧题尘壁似昏鸦。
> 春残已是风和雨,更着游人撼落花。

洪福僧园拂绀纱,旧题尘壁似昏鸦——洪福僧园:即洪福寺。绀(gàn)纱:黑里带红的纱,喻灰尘。唐代王播少时家贫,到和尚寺中讨吃斋饭,受到冷遇。后来官运亨通,回到寺里,发现自己当年题在寺墙上的诗,已罩上碧纱保护起来。王播遂题诗云:"三十余年尘扑面,如今始得碧纱笼。"此处改"碧纱"为"绀纱",语含嘲讽。这两句是说:拂去洪福寺中笼罩在诗壁上的灰尘,往日在寺壁上的题诗犹如傍晚时的归鸦,萧索不堪。

春残已是风和雨,更着游人撼落花——这两句是说:春残时候,风雨交加,花儿已不堪承受;更何况游人们故意去把春花摇落呢!

此诗在写景叙事中寄寓着对时局的忧虑。元祐年间,党争激烈,王安石新法全被废弃,旧党中也开始分裂。作者在此诗中进行讽谕,对风雨飘摇的政局表示了焦虑。可与《题竹石牧牛》对读。

六月十七日昼寝

此诗为山谷于元祐四年(1089)作,诗写睡眠中的感觉。

红尘席帽乌靴里,想见沧洲白鸟双。
马龁枯萁喧午枕,梦成风雨浪翻江。

红尘席帽乌靴里,想见沧洲白鸟双——红尘:指热闹繁华之地。班固《西都赋》:"红尘四合,烟云相连。"席帽:以藤席为骨架编成的帽子。乌靴:黑色的长筒鞋。席帽、乌靴为官吏所习用。沧洲:水边之地,多为隐士居处。白鸟:指鸥、鹭等水鸟。欧阳修《贺韩学士襄州闻喜亭置酒》:"清川万古流不尽,白鸟双飞意自闲。"这两句是说:我终日戴着席帽、穿着乌靴在尘土中奔忙,什么时候能像江湖上的对对白鸟逍遥自在地飞翔!

马龁枯萁喧午枕,梦成风雨浪翻江——龁(hé):咬。萁:豆秸。这两句是说:马儿咀嚼豆秸的声音,干扰了午睡;这种声音,在梦中变成了满天风雨,滚滚巨浪,使我仿佛置身在江湖之上!

此诗写睡眠中的特定感觉,想像丰富,描摹生动,表现了山谷观察事物的细致精微之处。前二句写奔走尘世的辛苦,"沧洲白鸟"为下文张本。后二句写梦境,"风雨浪翻江"照应前文,揭示思归之意,结构井然。叶梦得《石林诗话》说自己一天在旅店里休息时,"闻傍舍有澎湃鞺鞳之声,如风浪之历船者。起视之,乃马食于槽,水与草龃龉于槽间而为此声,方悟鲁直之好奇。然此非可以意索,适相遇而得知也。"

北 窗

此诗作于宋哲宗元祐四年(1089),当时,山谷在汴京任著作佐郎,参与《神宗实录》的编修。此诗写自己寓所北窗下的所见所闻。

> 生物趋功日夜流,园林才夏麦先秋。
> 绿阴黄鸟北窗簟,付与来禽安石榴。

生物趋功日夜流,园林才夏麦先秋——生物:指大自然中的万事万物。趋功:趋于一定的功利、目的。麦先秋:植物果实一般在秋天收获,但麦子是在夏天收获的,故而《礼记·月令》中说:"孟夏麦秋至。"这两句是说:自然界的万事万物好像都有各自所追求的目的,他们成长、繁衍,就像那长江大河,日夜流淌不息;你看那园林之中花木茂盛,刚刚进入夏天,但外面庄稼田中的麦子却已经黄了,在等待着收割。

绿阴黄鸟北窗簟,付与来禽安石榴——"绿阴"句:陶渊明《与子俨等疏》:"见树木交荫,时鸟变声,亦复欢然有喜。尝言五、六月中北窗下卧,遇凉风暂至,自谓是羲皇上人。"来禽:即林檎,又叫花红。安石榴:即石榴,为张骞出使西域时从安息带回,所以称为安石榴,后略称为石榴。这两种植物都是在初夏时节开花。这两句是说:我坐在北窗下铺着竹席的床上,悠闲地听窗外树上绿阴中黄鹂的鸣唱,任那窗外林檎与石榴花开得正艳。

山谷这首诗描写了初夏的景色,下语平淡但却耐人寻味。第一句"生物趋功日夜流"说的是自然界中的万事万物的荣枯代谢、繁衍生长,就像那长江大河,日夜流淌不息。随后一句"园林才夏麦先秋"转入了具体的描写,万物的生长变化都有自己的特点,看那园林之中花木茂盛,刚刚进入夏天,而外面庄稼地中的麦子却已经黄熟,等待着人们去收割,从而让我们想到自然界如此,那人世间的变迁也是一样的。三、四两句借窗外的景物,抒发自己的感受。诗人坐在北窗下铺着席子的床上,听窗外树上黄鹂的鸣唱,一副悠然自得;第四句"付与来禽安石榴"写出了诗人听任自然的心态,因为现在窗外的林檎与石榴花儿开得正艳,但过一段时间便会被其他花所代替,故而且听其自然吧。

寺斋睡起二首

这两首诗作于元祐四年(1089),是山谷在寓所睡起后的杂感。寺斋:指黄庭坚在汴京时的寓所，即醋池寺内的斋房。

小黠大痴螳捕蝉，有馀不足夔怜蚿。
退食归来北窗梦，一江风日趁渔船。

小黠大痴螳捕蝉，有馀不足夔怜蚿——"小黠"句：即螳螂捕蝉的故事。讲的是庄周欲用弹弓打一鹊，但发现一蝉卧在树上，螳螂在其身后准备捕获它，但见鹊又想捕螳螂。见《庄子·山林》。黠（xiá）：狡猾。"有馀"句，《庄子·秋水》："夔怜蚿，蚿怜蛇，蛇怜风，风怜目，目怜惜心。"夔：传说中的独脚兽。蚿（xián）：多足之虫。"有馀不足"即《老子》中"有馀者损之，不足者补之"的字面之意。这两句是说：从螳螂捕蝉之中，我们可以看到什么是小聪明，什么是大痴笨；从夔怜蚿的故事中，我们可以知道有馀与不足是相对的。

退食归来北窗梦，一江风月趁渔船——退食：公事办完回家吃饭。北窗梦：陶渊明《与子俨等疏》："五六月中，北窗下卧，遇凉风暂至，自谓是羲皇上人。"这两句是说：我办完公事回家吃饭之后，卧于北窗之下，恍然入梦，梦中我随那渔船，趁着一江风月，渐渐远去。

桃李无言一再风，黄鹂惟见绿葱葱。
人言九事八为律，倘有江船吾欲东。

桃李无言一再风，黄鹂惟见绿葱葱——"桃李无言"：见《史记·李将军列传赞》："谚曰：'桃李不言，下自成蹊。'"这两句是说：纵使春风不停，桃李依旧无言，花事褪去，绿树已然成荫，可以看见树上的黄鹂鸟飞来飞去，鸣于其间。

人言九事八为律，倘有江船吾欲东——"人言"句：《汉书·主父偃传》："所言九事，其八事为律令。"这两句是说：台谏之上议论纷纷，但十之八九都是深文罗织，看到此情此景，倘有江船路过，我真想也乘船顺流而去。

此两首诗处同一题下，均为琐事杂感，但含同一主题，即从中反映了作者的归隐意图。想要更好地理解这两首诗，必须先对当时的背景加以说明。元祐时，苏黄等人俱在朝中为官，但党争激烈，苏轼等不断遭受台谏的攻击，无法立足朝廷，山谷亦多次遭议，本应在完成《神宗实录》后迁升，但却依然作著作佐郎，这两首诗就是在此种背景下写成的。

第一首诗前两句化用《庄子》中"螳螂捕蝉"、"夔怜蚿"的故事,说明"小黠大痴","有馀不足"其实都是相对的。螳螂捕蝉殊不知黄雀在后,人世中的算计也无异于那些小虫。随后两句即表明了作者的退隐之志,"一江风月趁渔船",泛舟五湖,逍遥自适。

第二首诗以"桃李无言"起,此处即寓指苏轼等人,因为《史记》用它来赞美李广。"一再风"即指他们不断受到台谏的攻击,无法立足于朝,"人言九事八为律"便为我们展现了台谏议论纷纷的景象,面对此情此景,诗人不禁发出了"倘有江船吾欲东"的慨叹。

和答元明黔南赠别

题解

绍圣二年(1095)初,山谷以修《神宗实录》不实的罪名被贬为涪州别驾,黔州(今四川彭水)安置。哥哥黄大临亲送到黔州,停留数月,不忍别去。在大家的一再劝慰之下,才起身回去。元明:黄大临,字元明,作者的哥哥。此诗为绍圣二年冬所作,当时是兄弟离别之后追和其兄的诗作。

> 万里相看忘逆旅,三声清泪满离觞。
> 朝云往日攀天梦,夜雨何时对榻凉。
> 急雪脊令相并影,惊风鸿雁不成行。
> 归舟天际常回首,从此频书慰断肠。

万里相看忘逆旅,三声清泪满离觞——逆旅:客舍,旅店。三声清泪:《水经注》引古歌:"巴东三峡巫峡长,猿啼三声泪沾裳。"这两句是说:在这万里之外的荒远之地,兄弟相看,暂时忘却身在旅舍之中;猿啼声声,别离者的清泪已滴落在送别的酒杯之内。

朝云往日攀天梦,夜雨何时对榻凉——朝云:宋玉《高唐赋》载:楚怀王在高唐梦见自称巫山神女者,说她"朝为行云,暮为行雨。朝朝暮暮,阳台之下"。攀天梦:指神女托梦怀王。攀天,此处有接近皇帝之意。此实则感叹自己当年在朝之事已成一梦。"夜雨"句:韦应物《示全真元常》诗:"宁知风雨夜,复此对床眠。"后人因以"夜雨对床"为兄弟团聚的典故。这两句是说:我与你同来,途经巫峡,想起了楚王梦神女的往事;不知何时才能再与兄长对床而卧,同听夜雨,彻夜长谈。

急雪脊令相并影,惊风鸿雁不成行——脊令:鸟名,常巢于河上,水边觅食,用于比喻兄弟。《诗经·小雅·常棣》:"脊令在原,兄弟急难。"这两句是说:你我兄弟相依,犹如那脊令在风雪中相并而行;但终究惊风四起,你我就像那风中的鸿雁,不能列阵同行。

归舟天际常回首,从此频书慰断肠——归舟:谢朓《之宣城出新林向板桥》:"天际识归舟,云中辨江树。"这两句是说:你我离别之后,你的船儿驶向天边,你一定会恋恋不舍地回望;今后,你可要多多寄信,来安慰我这断肠的人儿!

【新评】

此诗歌咏兄弟之间的真挚情谊。首句言兄弟相聚之喜,次句写离别之悲。三句追忆往事,感叹已成一梦,四句悬想将来,期盼兄弟团圆。五六二句,描绘了环境的严冷,写兄弟于患难之中互相慰藉和分别之苦。结二句推远一层,从对方落笔,表现了依依惜别的深情。此诗善用典故,大大丰富了诗的内涵。

竹枝词(选一)

【题解】

此诗为绍圣二年(1095)贬黔州时作。竹枝词:原为流传在巴东(今四川东部)一带的民间曲调。唐刘禹锡曾仿照其改作《竹枝词》九首,叙写当地风土,后世诗人多仿作。

浮云一百八盘萦,落日四十八渡明。
鬼门关外莫言远,四海一家皆弟兄。

【新解】

浮云一百八盘萦,落日四十八渡明——一百八盘:山岭名。陆游《入蜀记》:"抵巫山。……隔江南陵山极高大,有路如线,盘曲至绝顶,谓之一百八盘。"四十八渡:渡口名。一百八盘、四十八渡都是通往黔州路上的险要之处。作者《书萍乡县厅》:"略江陵,上夔峡,过一百八盘,涉四十八渡。"这两句是说:一百八盘,高入云际,在云遮雾罩之中,山路盘曲而上,落日的光辉透过峰壑,洒向山间,那四十八渡依稀清楚。

鬼门关外莫言远,四海一家皆弟兄——鬼门关:即石门关,在四川奉节东,两山相夹如门户,"天下之至险也"(《入蜀记》)。四海:天下,全国各处。《论语·颜渊》:"四海之内,皆兄弟也。"这两句是说:不要认为鬼门关外的黔州地处荒远,四海之内处处都可安家,这里的居民们也和我们的亲兄弟没什么两样。

评

　　山谷贬官时,沿途备尝艰苦,但乐观情怀,毫不衰减。正如他的弟弟知命所说:"人鲊瓮中危万死,鬼门关外更千岭。问君底事向前去,要试平生铁石心。"(《戏答刘文学》)在逆境中决不向命运屈服。此诗拈出"一百八盘"、"四十八渡"、"鬼门关"这些带有蛮荒意味的地名,用"浮云"、"落日"渲染出一种苍凉而壮阔的意境,用"莫言远"三字作转折,引出了"四海一家皆弟兄"的主题,表现了他对异地文化认同的可贵涵养,以及儒家大一统的宏大胸襟。诗歌音调流走,在朴素明朗中,给人以悠然不尽的回味。

又答斌老病愈遣闷二首

题解

　　此诗作于元符二年(1099),时山谷在戎州(今四川宜宾)。此两首诗是以佛学的观点答黄斌老病愈后的遣闷之作。斌老:黄斌老,四川梓潼人,文同的妻侄,善于画竹,画其竹的技巧与风格传自文同,与黄庭坚为友。

　　　百疴从中来,悟罢本谁病。西风将小雨,凉入居士径。
　　　苦竹绕莲塘,自悦鱼鸟性。红妆倚翠盖,不点禅心净。

新解

　　百疴从中来,悟罢本谁病——百疴:指多种疾病。从中:从其中。此处指"心"。佛教有"万法唯心"的观点,认为人之得病首先是心得病,心居于"正中",因此文中用"从中来"的词语。这两句是说:人的百千种疾病都是从心而生,如果你能悟透此理,就知道病的本源,就知道如何着手去医治了。

　　西风将小雨,凉入居士径——将:携带,夹带。居士:佛教中称在家奉佛修行的人为居士。径:周围。这两句是说:如能参透佛理,加之西风带着小雨吹入,那么周围定会感到更加清凉。此二句指参透佛理,心病一好,众病皆消,四周清爽。

　　苦竹绕莲塘,自悦鱼鸟性——苦竹:竹的一种,因其竹笋味苦,故名。莲:为佛教中崇敬的花。据《大日经疏》说,它是吉祥清净、能使众人的心感到愉悦的象征。"自悦"句:常建《题破山寺后禅院》:"山光悦鸟性,潭影空人心。"这两句是说:看那竹子围绕着莲花盛开的水塘,那鱼鸟也会感到分外愉悦。

　　红妆倚翠盖,不点禅心净——此二句运用维摩问疾,天女散花的故事。据《说无垢称经》记载,维摩诘为在家居士,但神通道力远高于诸菩萨,一日维摩称病,佛遣弟子前往,众弟子均不敢前去,舍利佛毅然前往,维摩诘宅神天女以香花撒著其身,使其有染,舍利佛运用神力也不能去掉花瓣。这两句是说:我学佛有所得,就是有红妆之艳、华盖之美的诱惑,也不能使自己的禅心受到污染。此句说明心中无病,则百病皆消。

　　　　风生高竹凉,雨送新荷气。鱼游悟世网,鸟语入禅味。
　　　　一挥四百病,智刃有馀地。病来每厌客,今乃思客至。

　　风生高竹凉,雨送新荷气——风生高竹:风吹高竹。风本身看不见,但当它吹过竹子,竹子摇摆,就好像是竹子生出的风。新荷气:新开荷花的香气。这两句是说:我的病好之后,心情分外舒畅,那风吹过竹子,凉意阵阵,那小雨夹着新开荷花的香气,沁人心脾。

　　鱼游悟世网,鸟语入禅味——世网:尘世的纷乱有如网一样。此二句化自陶渊明"望云惭高鸟,临水愧游鱼"的诗句。这两句是说:众生皆有佛性,故而水中的游鱼也能悟透尘世中的纷乱,天上飞鸟的鸣声也具有禅味。

　　一挥四百病,智刃有馀地——四百病:《维摩诘所说经》卷上中僧肇的注说:"一大增损,则百一病生,四大增损,则四百四病,同时俱作。"智刃:智慧的利刃,即参透佛理后大彻大悟,游刃有馀。这两句是说:学佛之后,参悟佛理,人的智慧会更加增长,那么所有的疾病都会一挥而去。

　　病来每厌客,今乃思客至——这两句是说:我生病之时,每每怕客人到来,因为我心中烦躁;但如今病愈,心情舒畅,就想着有客人到来,与之欢聚。

　　山谷生长于江西分宁,那里是禅宗杨歧、黄龙两派的盛行之地,山谷也深受影响,参修佛法。这两首诗即融化佛学观点,使深奥的禅理在浅显的诗境中表现出来。

　　第一首诗首先用佛教"万法唯心"的观点阐述疾病均由心生,"悟罢本谁病"是说只要你参透这个道理,就会知道人因何而生病。"西风将小雨,凉入居士径"说明参悟佛理之后有所得,再加上那西风小雨,使人感到分外清爽。随后二句运用佛教中所崇敬的莲花象征一种清净,就连鱼鸟也感到分外愉悦。最后两句"红妆倚翠盖,不点禅心净"以维摩问疾,天女散花的故事说明自己学佛有所得,纵使有诱惑,也不能使自己的心受到污染。既然心无疾病,则全身百疾顿消。

第二首诗主要叙述自己病好后的心情。"风生高竹凉,雨送新荷气",自然是因为心情舒畅而觉得风吹竹动,凉意阵阵,雨带荷香,沁人心脾。随后两句"鱼游悟世网,鸟语入禅味"中加入了山谷的禅学见解,众生皆有佛性,故而水中游鱼也能悟透尘世中的纷乱,天上飞鸟的鸣声听来也有禅味。五六二句说明参悟佛理可以增强智慧,使内心澄澈,百病俱消。随后两句"病来每厌客,今乃思客至"运用对比的手法写出了生病之时与病愈之后两种截然不同的心情。生病之时,每每怕客人到来,心中很是烦躁,而如今病愈,就想着能有客人来到,与之欢聚畅谈。

寄题荣州祖元大师此君轩

此诗作于元符二年(1099),时山谷在戎州,曾与戎州之北的荣州王庠及其从兄祖元和尚有过交往,此诗即山谷题祖元的此君轩。荣州:今四川荣县。祖元大师:俗姓王,僧人。此君轩:意取王徽之"何可一日无此君"之语(见《世说新语·任诞》)。此君,即竹子。

> 王师学琴二十年,响如清夜落涧泉。
> 满堂洗净筝琶耳,请师停手恐断弦。
> 神人传书道人命,死生贵贱如看镜。
> 晚知直语触憎嫌,深藏幽寺听钟磬。
> 有酒如渑客满门,不可一日无此君。
> 当时手栽数寸碧,声挟风雨今连云。
> 此君倾盖如故旧,骨相奇怪清且秀。
> 程婴杵臼立孤难,伯夷叔齐采薇瘦。
> 霜钟堂上弄秋月,微风入弦此君说。
> 公家周彦笔如椽,此君语意当能传。

王师学琴二十年,响如清夜落涧泉——王师:即祖元大师。落涧泉:琴曲中有《幽涧泉》。宋·欧阳修《听琴》:"孤禽晓警秋野露,空涧夜落春岩泉。"这两句是说:祖元大师学习琴技二十年,他弹琴时,那琴声就如夜间山中涧水泠泠。

满堂洗净筝琶耳,请师停手恐断弦——"满堂"句:苏轼有《听惟贤琴诗》:"归家且觅千斛水,洗净从来筝笛耳。"这两句是说:祖元大师弹琴之时,琴音美妙,听者一洗往日的筝琶声;众人因怕把琴弦弹断,请祖元大师到此停手。

神人传书道人命,死生贵贱如看镜——道:预卜。如看镜:就像镜中看东西,一目了然。《南史·陆慧晓传》:"慧晓心如照镜,遇形触物,无不朗然。"这两句是说:祖大师为人算命,预卜人的福祸贵贱,就像在镜中看物一般,无不明白清楚。

晚知直语触憎嫌,深藏幽寺听钟磬——晚知:后来知道。憎嫌:憎恶嫌弃。这两句是说:祖大师后来知道直言直语常常会招致憎恶和嫌弃,因此他深居佛门,听那钟磬之声。

有酒如渑客满门,不可一日无此君——有酒如渑:是说酒非常得多。渑,古代河流名。这两句是说:他的酒非常多,故而终日宾客满门,当然"此君"也在行列之中。

当时手栽数寸碧,声挟风雨今连云——寸碧:指竹苗短小。连云:指竹已长得高大。这两句是说:他当时栽的小小竹子,现在已经长得很高大,可上接云霄,每当风雨之时,那风吹竹竿雨打竹叶的声响不绝于耳。

此君倾盖如故旧,骨相奇怪清且秀——倾盖:两车相遇,车上的人相互交谈,车盖相并而且稍有倾斜。《史记·邹阳列传》中引用谚语:"白头如新,倾盖如故。"这两句是说:竹子与人相亲,就如同好友故旧于路上相遇,倾盖交谈,那竹子长得修长,有一股清秀之气。

程婴杵臼立孤难,伯夷叔齐采薇瘦——"程婴"句:据《史记·赵世家》记载,屠岸贾杀赵氏,赵朔妻在宫中避难,生下一个男婴,程婴与公孙杵臼为了救此孤儿先后赴死,即大家熟悉的"赵氏孤儿"的故事。"伯夷叔齐"句:伯夷和叔齐为商朝孤竹国君的两个儿子,武王灭商,伯夷、叔齐不食周粟,逃至首阳山,靠采薇生活,最后饿死。这两句是说:竹子就像那为了立孤而先后赴难的程婴和公孙杵臼一样,就像那宁肯饿死也不食周粟的伯夷叔齐一样耿介坚贞,劲节挺立。

霜钟堂上弄秋月,微风入弦此君说——霜钟堂:祖元为他的堂命名为霜钟。李白《听蜀僧濬弹琴》:"客心洗流水,遗响入霜钟。"这两句是说:在霜钟堂上赏月弹琴,微风拂过,竹叶沙沙作响,好像在小声说话一般。

公家周彦笔如椽,此君语意当能传——周彦:王庠,字周彦,为祖元从弟。笔如椽:即文章写得好,为大手笔。《晋书·王珣传》:"珣梦人以大笔如椽与之。既觉,语人曰:'此当有大手笔事。'俄而帝崩,哀册谥议,皆珣所草。"这两句是说:你的从弟周彦文章写得好,是大手笔之人,他定能把竹子的话语写出来,使之流传。

此诗虽说是题轩,实则是在写人,即写祖元大师。诗中首先写了祖元大师的琴技,他的琴声"响如清夜落涧泉,满堂洗净筝琶耳",琴音美妙,琴技高超。接下来写祖元大师的相术高明,他可以做到"死生贵贱如看镜",正因为他常直言犯忌,因此才深居佛门避嫌。再者又写了祖元大师的嗜酒好客,他"有酒如渑客满门",最后写了祖元大师亲自栽种的竹子,通过对竹子外形的描写,又以古代的节烈之士比竹,体现竹子内在的耿介坚贞,从而通过竹子映射出祖元大师的人品。这么多内容交错写来,塑造了一个豪迈而又多才多艺的僧人形象。此首诗最大的特点在于运用烘托的手法,先以琴音美妙烘托祖元大师的才情,再以竹子映衬祖元的人品,最后又回应开头,用琴声和竹子衬托祖元大师的高雅,竹与人兼写。因此这首诗说是题轩,实则是在写人,当细细品味。

次韵黄斌老所画横竹

题解

此诗作于元符二年(1099),时山谷在戎州,是山谷为黄斌老所作的题画诗。黄斌老:邓椿《画继》卷四:"黄斌老,不记名,潼州府安泰人,文湖州(文同)之妻侄也。登科,尝任戎倅,适山谷贬戎州,与定交,且通谱。善画竹,山谷有咏其横竹诗。"

酒浇胸次不能平,吐出苍竹岁峥嵘。
卧龙偃蹇雷不惊,公与此君俱忘形。
晴窗影落石泓处,松煤浅染饱霜兔。
中安三石使屈蟠,亦恐形全便飞去。

酒浇胸次不能平,吐出苍竹岁峥嵘——酒浇胸次:《世说新语·任诞》:"阮籍胸中垒块,故须酒浇之。"岁峥嵘:岁月不平常。峥嵘,深冥的样子。鲍照《舞鹤赋》有"岁峥嵘而愁莫"之句。杜甫《敬赠郑谏议》有"旅食岁峥嵘"之句。这两句是说:你胸中有垒块,虽借酒浇之,仍不能平,故而你借画笔一吐为快,画出了苍翠的老竹。

卧龙偃蹇雷不惊,公与此君俱忘形——卧龙:比喻竹。《后汉书·费长房传》记载长房学道于一老翁,后"长房辞归,翁与一竹杖,曰:'骑此任所之,则自至矣。既至,可以杖投葛陂中也。'……(长房归家)即以杖投陂,顾视则龙也。"偃蹇:偃卧。雷不惊:指画中竹安处不动。《历代名画记》卷七记载梁·张僧繇在金陵的安乐寺壁上画龙,"不点睛,每云点睛即飞去。人以为妄诞,固请点之。须臾,雷电破壁,两龙乘云腾去上天,二龙未点睛者见在。"公:指黄斌老。此君:指竹。见《世说新语·任诞》王子猷言"何可一日无此君"。这两句是说:你画的竹如偃卧之龙雷惊不动,你自己也与竹子化而为一,到了忘形的地步。

晴窗影落石泓处,松煤浅染饱霜兔——石泓:指石砚。韩愈《毛颖传》:"颖与绛人陈玄、弘农陶泓及会稽褚先生友善。"弘农产砚。松煤:即墨。古时常以松烟制墨。霜兔:指毛笔。这两句是说:你在室中作画,从窗外可以看到石砚旁边你的身影,你挥毫运笔,那笔中饱含松墨。

中安三石使屈蟠,亦恐形全便飞去——"亦恐"句:照应前文张僧繇事。这两句是说:你画完竹之后在其中又画了三块怪石,那主要是怕龙的形全而破空飞走。此处以龙喻竹,延用前文比喻。

此诗为山谷为黄斌老所作的题画诗,诗中交叉用笔,首联先写其胸有不平,以画竹风之。颔联即写其所画之竹"卧龙偃蹇雷不惊",再又及人,写人与竹达到了彼此无分的忘形地步,即"公与此君俱忘形"。颈联"晴窗影落石泓处,松煤浅染饱霜兔"写其挥毫运笔,从而承接上文,既有所画之竹的展现,又有画竹之人的风神。尾联是随着画竹的过程的结束而作结,"中安三石"意在何为? 那就是竹子画得十分有神,怕它如龙有全形而破空飞走,从而更加突出所画横竹的传神。

再次韵兼简履中南玉三首(选一)

这首诗作于元符三年(1100),时山谷在戎州。当时任戎州知州的刘广之率僚属游赏锁江亭,黄庭坚也参加了此次游赏,并作了名为《次韵李任道晚饮锁江亭》的诗,后又作了这三首诗,此为其三。履中:即成履中。南玉:即汲南玉。这两个人都参加了此次游赏活动。

> 锁江亭上一樽酒,山自白云江自横。
> 李侯短褐有长处,不与俗物同条生。
> 经术貂蝉续狗尾,文章瓦釜作雷鸣。
> 古来寒士但守节,夜夜抱关听五更。

锁江亭上一樽酒,山身白云江自横——锁江亭:在戎州的治所僰(bó)道县。这两句是说:在锁江亭上置酒,举酒远看,那远处的青山被白云所绕,一道大江横于远方。

李侯短褐有长处,不与俗物同条生——李侯:指李任道。山谷曾作《次韵李任道晚饮锁江亭》诗。短褐:指平民所穿的短布衣服。此处借指布衣身份。俗物:指粗俗之人。同条生:为同一类。《五灯会元》卷七中记载岩头的话语:"雪峰虽与我同条生,不与我同条死。"这两句是说:李任道虽然是一介布衣,但他却自有他自己的长处;他能够不与那些粗俗之人同流。

经术貂蝉续狗尾,文章瓦釜作雷鸣——经术:儒家的经典学说。此指当时盛行的王安石的经学。貂蝉续狗尾:《晋书·赵王伦传》中载时人的谚语曰:"貂不足,狗尾续。"貂蝉,指貂毛与蝉羽,均为高级官员帽子上的饰物。瓦釜:即瓦缶,瓦盆。《楚辞·卜居》:"黄钟毁弃,瓦釜雷鸣。"这两句是说:看如今的经学,有如在古代经术的貂蝉之上续上狗尾,还有那文章,弊端百出,犹如那不值钱的瓦缶,却作雷鸣之声,四处都能听见。

古来寒士但守节,夜夜抱关听五更——抱关:守门。此处指自甘贫贱。这两句是说:自古以来贫寒之士能够保守节操,自甘贫贱,就像那守门的人一样,一直到五更天亮时分。

这首诗中先写游览,但全诗描写景物的只有首二句"锁江亭上一樽酒,山自白云江自横",为我们展现了一幅辽阔的景象,那远处白云围绕的青山和那如练横陈的大江,给人一种博大的感觉。颔联即转入了写人,写李任道虽是一介布衣,但他却不与粗俗之人同流,随后两句"经术貂蝉续狗尾,文章瓦釜作雷鸣"更是进一步写了当时的流俗,那就是王氏经学的泛滥以及文章的衰弊,从而也是对李任道"不与俗物同条生"的衬托。最后两句概括古今寒士保守节操,安贫乐道的风骨,是对李任道的赞咏,也是作者的自我咏叹。

送石长卿太学秋补

此诗作于元符三年(1100),时山谷在戎州。此诗是他送青年学生石长卿入太学进一步学习的作品,其中不仅有对石长卿的赞美,更有对他的殷切希望。石长卿:眉州眉山人。太学秋补:为举士之法。元符二年天下诸州行三舍法,选拔州学中成绩优异者入太学,称为"补",又因时在秋天,故云"秋补"。

长卿家亦但四壁,文君窥之介如石。
胸中已无少年事,骨气乃有老松格。

汉文新览天下图,诏山采玉渊献珠。

再三可陈治安策,第一莫上登封书。

长卿家亦但四壁,文君窥之介如石——长卿:司马相如,字长卿。据《史记》记载,他家十分贫困,家徒四壁。文君:即卓文君,司马相如妻。此处当指石长卿之妻。介如石:耿介如石。这两句是说:汉时的司马相如,家徒四壁,但他的妻子卓文君看到他耿介如石,穷且益坚。此处以司马相如喻石长卿,赞其品格高尚。

胸中已无少年事,骨气乃有老松格——骨气:骨力气格。钟嵘《诗品》赞曹植:"骨气奇高。"这两句是说:你虽年轻,但少年老成,胸中没有丝毫的幼稚之气,而却有着老松的骨力气格。

汉文新览天下图,诏山采玉渊献珠——汉文:即汉文帝。此指宋徽宗。新览天下图:班固《东都赋》:"天子受四海之图籍,膺万国之贡珍。""诏山"句:指广罗人才。这两句是说:汉文帝登基即位之后便下诏广罗人材,为其所用。此处是指宋徽宗即位后的一些新的举措,发掘人材,欲有所为。

再三可陈治安策,第一莫上登封书——治安策:治国安邦的良策。《汉书·贾谊传》:"因陈治安之策,试详择焉。"贾谊曾上《陈政事疏》。上登封书:指歌功颂德,迎合帝王的举动。《汉书·司马相如传》:"长卿未死时,为一卷书,曰:'有使来求书,奏之。'其遗札书言封禅事"。北宋·欧阳修在《归田录》中记载隐士林逋的临终诗句:"茂陵他日求遗稿,犹喜曾无封禅事。"封禅:指帝王祭天地的活动。这两句是说:望你能像汉代贾谊那样多多上奏治国安邦的良策,切莫歌功颂德,迎合帝王的喜好。

此诗连用汉代之事,以古拟今,表达了诗人对石长卿的赞美之情,又于其中寓寄了深深的期盼。首二句先以司马相如比石长卿,虽然家徒四壁,但其耿介如石,穷且益坚。随后二句直接赞扬石长卿老成持重,有老松的骨力气格。"汉文新览天下图,诏山采玉渊献珠"两句暗暗指出新的形势,时值徽宗登基即位,发掘人材,石长卿是被送往太学深造的,是山中宝玉,渊中明珠,故而诗人在末二句中对其寄以希望,望他"再三可陈治安策,第一莫上登封书",希望他能多上治国安邦的良策,切莫歌功颂德,迎合帝王的喜好,此二句中"再三"和"第一"尤可注意,殷殷之情寓于其中。

戏题巫山县用杜子美韵

建中靖国元年（1101），山谷出川东归，此诗即作于出川途中。巫山县：属夔州。用杜子美韵：用杜甫诗韵，杜甫有《巫山县汾州唐使君十八弟宴别兼诸公携酒乐相送率题小诗留于屋壁》诗，山谷此诗即次其韵。

巴俗深留客，吴侬但忆归。直知难共语，不是故相违。
东县闻铜臭，江陵换袷衣。丁宁巫峡雨，慎莫暗朝晖。

巴俗深留客，吴侬但忆归——巴俗：巴地风俗。巴，古代地名，今四川东部。古时有巴国，秦置郡，东汉末刘璋分其地为巴郡、巴东、巴西，简称三巴，巫山县属巴东。吴侬：吴人。此指作者自己。但：只。这两句是说：巴地有好客的风俗，他们多次挽留我，但我自己还是想赶快回去。

直知难共语，不是故相违——难共语：指与巴人语言不通。《论语·述而》："互乡难与言。"违：离去。这两句是说：因为语言不通，所以要走，并不是我故意要与你们分离。

东县闻铜臭，江陵换袷衣——东县：指巫山县邻巴东县。闻铜臭：指用铜钱。巫山县以东进入了使用铜钱的区域，蜀中当时用铁钱，因为宋代由于铜钱不足，为了缓解钱荒，就划定一些区域用铁钱，四川地区在整个宋代都用铁钱。江陵：即江陵府，当时荆湖北路的治所也在江陵。袷衣：夹衣。这两句是说：过了巫山县就进入了使用铜钱的区域，到江陵时也应该换上夹衣了。此两句以新的空间来暗示山谷回归的欣喜。

丁宁巫峡雨，慎莫暗朝晖——丁宁：叮咛。暗朝晖：指云遮天空，光辉被蔽。这两句是说：我要给那巫峡的雨说一声，不要让它遮蔽了早晨的阳光。此处山谷寄意徽宗，希望其除旧布新，致使朝政清明。

这首诗写于徽宗初即位，山谷被召回之时。从整首诗看，诗人的心态是复杂的。首二句"巴俗深留客，吴侬但忆归"，表达出作者急切地想回归的心态，巴人好客，深情挽留，尽管如此也难以抵挡他急切回归之心。三四两句插入了"难共语"的原因，说明自己离去是由于语言不通，当然这只是原因之一，最主要的是作者的归心似箭。"东县闻铜臭,江陵换裌衣"两句,从中可以感受到作者回归的欣喜,"东县"、"江陵"两个新的地方喻示着新的时空,也喻示着徽宗即位后的表面的新气象,而且"换裌衣"从天气上看应是天气渐佳,当然也是新气象的反映。尾联"丁宁巫峡雨,慎莫暗朝晖",忽然一转,则体现了作者疑惑的心态。如清·方回所说:"建中改纪,熙丰之党不乐,想是已见萌芽,必亦有所深指,谓不可以云雨蔽太阳也。"(见《瀛奎律髓》卷四十三)

次韵马荆州

此诗作于建中靖国元年(1101),时山谷五十七岁,寓居荆南(今湖北沙市)。这首诗真实地反映了诗人晚年的生活和思想感情。马荆州:即马瑊,时任荆州知州。马瑊曾赠诗予黄庭坚,黄庭坚次原诗韵作了此诗。

> 六年绝域梦刀头,判得南还万事休。
> 谁谓石渠刘校尉,来依绛帐马荆州。
> 霜髭雪鬓共看镜,荼糁菊英同送秋。
> 它日江梅腊前破,还从天际望归舟。

六年绝域梦刀头,判得南还万事休——六年:黄庭坚遭受贬谪,已经过了六年。绝域:指边远的荒蛮之地。梦刀头:西晋王濬为广汉太守时,曾夜梦三刀悬于梁上,后来又增加了一把刀,部下为他解释梦境,说是三刀为"州"字,又增一把为"益",表示他将迁官益州,后王濬果为益州刺史。因此梦刀头为吉兆。判:同"拚",甘愿。这两句是说:我被贬谪到荒蛮之地已经超过了六年,时时在盼望南归,如果真的能够南还,那我也就再没有其他任何想法了。

谁谓石渠刘校尉,来依绛帐马荆州——石渠:即石渠阁,汉代皇家的藏书之处。刘校尉:指西汉刘向,他曾经在石渠阁讲论五经,又曾经任中垒校尉。绛帐:绛紫色的帐纱。马荆州:指东汉的马融,马融曾任南郡太守,荆州也在其管辖范围之内,而且他常常坐于高堂之上,施绛纱帐以教生徒。此处以石渠刘校尉喻作者自己,因为山谷曾为著作郎;以马融喻马瑊,因二人姓马,且都辖荆州。这两句是说:我日夜思念着能够南归,但没想到却滞留在你的辖地荆州。

霜髭雪鬓共看镜,荼糁菊英同送秋——霜髭雪鬓:指须发已白。杜牧有诗句"前年鬓生雪,今年须带霜",此处化用其句。荼糁:即荼荑与糁饭。这两句是说:对镜而视,你我都已经是须发斑白,但尽管如此,我们在重阳之时还要共同插茱萸,喝菊花酒,送那秋天离去。

它日江梅腊前破,还从天际望归舟——腊:腊日。古时有伏日和腊日,均为节日。杜甫《江梅》:"梅蕊腊前破。"天际望归舟:谢朓有"天际识归舟,云中辨江树"之诗句,此处化用其诗。这两句是说:等待它日腊梅初破之时你荣归故里,我在你的归途之中翘首迎接你的到来。

黄庭坚于绍圣元年(1094)十二月贬官涪州(今四川涪陵),黔州(今四川彭水)安置,后又移戎州(今四川宜宾),至此诗写作之时已届六年,因此首二句"六年绝域梦刀头,判得南还万事休"将他身在边远之地,而无时无刻不梦想着"南归"的心情写了出来。随后二句"谁谓石渠刘校尉,来依绛帐马荆州"句意一转,说没有想到我这个当年的著作郎如今无法南归,客居在你马太守的荆州,句中以刘向自比,以马融比马瑊,十分贴切。"霜髭雪鬓共看镜,茱糁菊英同送秋"写自己和马瑊的交往,二人对镜而视,各自都已是须发苍苍,但二人还准备在重阳之时插茱萸,饮菊花酒,共同送那金秋离去。最后二句"它日江梅腊前破,还从天际望归舟"表达了作者对马荆州的祝愿,祝他在腊梅初破之时荣归故里,作者会在马荆州的归途中迎接他,由事及人,这句诗中也含有山谷自己无法南归的怅惘以及对马瑊荣归故里的羡慕。

次韵中玉水仙花二首

此诗作于建中靖国元年(1101),黄庭坚六年的四川贬谪生活结束,在荆州住了一段时日,与荆州知州马瑊相与往来,于是年冬天写下了这首诗。中玉:马瑊,字中玉,荆州知州。

借水开花自一奇,水沉为骨玉为肌。
暗香已压酴醿倒,只比寒梅无好枝。

借水开花自一奇,水沉为骨玉为肌——借水开花:水仙花属于石蒜科多年生草本植物,以水培法培育,故称"借水开花"。杨万里《水仙花》诗中有"天仙不行地,且借水为名"的句子。奇:奇事。水沉:即沉香,沉水香。玉为肌:水仙晶莹澄澈,好似美玉。杜甫《徐卿二子歌》:"大儿九龄色清澈,秋水为神玉为骨。"这两句是说:水仙花借水而开花,不用长在泥土中,确实是一件奇事;你看那水仙,它骨如沉香肌如玉,晶莹澄澈,美不胜收。

暗香已压酴醾倒,只比寒梅无好枝——暗香:幽香。林逋《山园小梅》:"疏影横斜水清浅,暗香浮动月黄昏。"酴醾:原为一种酒名,后指花名,此种花属蔷薇科,为落叶灌木,初夏时开花,花色似酴醾,故以酒名代称。这两句是说:水仙的幽香已经压倒了酴醾,只是他没有梅花那样横斜的枝条,能够傲立枝头。此二句表明水仙的芳香以及它没有梅花那样傲然挺立的品性,但却有着阴柔之美。

　　　　淤泥解作白莲藕,粪壤能开黄玉花。
　　　　可惜国香天不管,随缘流落小民家。

淤泥解作白莲藕,粪壤能开黄玉花——粪壤:粪土。此处并不是实指粪土,而是指培育水仙花的水肥。黄玉花:水仙的别名。这两句是说:雪白的莲藕长于淤泥之中;水仙花能在含有肥料的水中开放。

可惜国香天不管,随缘流落小民家——国香:国色天香。此首诗涉及一件事:"山谷在荆州时,邻居一女子闲静妍美,绰有态度,年方笄也。山谷殊叹惜之。其家盖闾阎细民。未几嫁同里,而夫亦庸俗贫下,非其偶也。山谷因和荆南太守马瑊中玉《水仙花》诗……盖有感而作。后数年此女生二子,其夫鬻于郡人田氏家,憔悴困顿,无复故态。然犹有馀妍,乃以国香名之。"(见张邦基《墨庄漫录》)这两句是说:这国色天香的水仙花开在荒远的荆州,少人赏识,就像那流落于小民之家的佳人一样,殊为可惜。

黄庭坚咏水仙的诗写得最多,也最好。第一首诗首句即表明水仙花借水开花实是一件奇事,随后一句"水沉为骨玉为肌",用沉香喻其骨,白玉比其肌,给人一种晶莹澄澈的美感。"暗香已压酴醾倒"则写了水仙花的香味,它的香味能够压倒酴醾,其中"压"字给人一种强烈感,表明水仙花香浓烈。最后一句"只比寒梅无好枝"则在与寒梅的对比中体现水仙的阴柔之美。寒梅傲寒枝头,给人的印象是凌寒不惧,坚强无比,但水仙花则不冒风雪。这里不是比较品格的高下,而是在对比中体现水仙的阴柔之美。

第二首诗从写水仙花开于荆州荒远之地无人赏识,到诗人对流落于小民之家的佳人的同情,身世之感寓于其中。首二句"淤泥解作白莲藕,粪壤能开黄玉花"连用两个比喻,说明污浊之处可以生出妍美之物,从而引出"可惜国香天不管",名花开在此地,少人赏识,殊为叹惜。最后一句"随缘流落小民家"则由水仙花写到诗人见到的事,即佳人流落于小民之家,也是十分可惜。由此想到山谷才华横溢却远贬他乡,正如佳人流落细民之家一样,其身世之感便寓于其中。

跋子瞻和陶诗

题解

此诗旧有石刻,题云:"建中靖国元年四月,在荆州承天寺观此诗卷,叹息弥久,做小诗题其后。"苏轼于宋哲宗绍圣元年(1094)被贬到岭南后,闲居多暇,曾把陶渊明的诗全部和了一遍。

　　子瞻谪岭南,时宰欲杀之。饱吃惠州饭,细和渊明诗。
　　彭泽千载人,东坡百世士。出处虽不同,风味乃相似。

新解

子瞻谪岭南,时宰欲杀之——子瞻:苏轼,字子瞻。时宰:指当时的宰相章惇。一"时"字,说明这位宰相不过是一时的宰相,嘲讽之意见于言外。这两句是说:苏轼被贬谪到岭南,执政的宰臣仍不放过,时时伺机欲杀他。此二句表明苏轼遭贬谪后的险恶环境。

饱吃惠州饭,细和渊明诗——惠州:今属广东。渊明:陶渊明。东晋大诗人。这两句是说:苏轼虽身处险恶环境,但他不为此而愁苦,无忧无虑,该吃即吃,该眠即眠,闲暇之时,认认真真地把陶渊明的诗和了一遍。

彭泽千载人,东坡百世士——彭泽:地名,在今江西湖口东。陶渊明曾在此地作县令,因不愿为五斗米折腰而弃官归隐。这里指代陶渊明。千载人:名留千载的人。东坡:苏轼的号。百世人:百代传名的贤士。这两句是说:陶渊明是名留千载的人,东坡先生和陶渊明一样都是百代传名的高人贤士。

出处虽不同,风味乃相似——出:出仕,做官。处:隐居不仕。风味:风格和情调。指思想风格。这两句是说:苏轼的出仕与陶渊明的归隐,在形迹上自是不同,但他们认真率性,不计得失的风格和情调却极为相似。

新评

此诗对苏轼的品格作了高度的评价,赞美他像陶渊明那样胸怀坦荡。首二句勾画出被苏轼贬岭南时的险恶环境。三、四句说苏轼不为个人的遭际而愁苦,他忘情得失，无忧无虑地吃饭；悠闲自适，认认真真地把陶渊明的诗和了一遍。五、六两句互文见义，借渊明人品赞赏东坡，把苏轼与陶渊明相提并论，说他们都是千古不朽、百世传名的高人贤士。七、八句遗貌取神，进一步赞叹两人的品格：虽然陶渊明一生主要是隐居，苏轼一生主要是出仕，两人的仕隐有所不同，但他们都是一样高洁的人，他们的认真率性、不以得失萦怀的风格和情调，是非常相似的。诗将"时宰欲杀之"的被贬之人苏轼与千载传名的陶渊明相提并论，既写出了苏轼对陶渊明的敬慕之情，也写出了自己对陶渊明、对苏轼的敬慕之情，表现了诗人的耿介品质和与苏轼的真诚友谊。

病起荆江亭即事（选三）

建中靖国元年（1101）秋，徽宗即位，权奸章惇下台，山谷被召为吏部员外郎，因患疾不赴，在江陵听候新的任命，写了十首即事诗，对朝廷政局提出看法。此选其三。荆江亭：在江陵（今属湖北）。即事：以当前景物为题材写的诗。

　　　　翰墨场中老伏波，菩提坊里病维摩。
　　　　近人积水无鸥鹭，时有归牛浮鼻过。

翰墨场中老伏波，菩提坊里病维摩——翰墨场：文坛。伏波：东汉名将马援，封伏波将军。他六十二岁时，骑马据鞍顾盼，表示自己还可以为国立功，并亲自率兵出征五溪（今湖南贵州交界处）。山谷这年五十七岁，因刚从川西回来，故举以自况。菩提坊：传说是佛祖成道的地方。病维摩：维摩诘，与释迦牟尼同年，曾以患病为由，向释迦派来的使者宣讲大乘教义。黄庭坚中年以后笃信佛法，当时又患病，故自比维摩。这两句是说：我是文坛上的伏波将军，年虽老而志犹雄；我是佛门中的维摩诘居士，示疾而说大法。

　　近人积水无鸥鹭，时有归牛浮鼻过——近人积水：接近人家居处，积水成池。浮：读平声。唐人陈泳有"隔岸水牛浮鼻渡，傍溪沙鸟点头行"之句。山谷诗系从此点化而出。稍后的孙觌有"老牸浮鼻水中归"，则又是从黄诗点化而成的。这两句是说：因为荆江亭地势低洼，一场雨后，积水成池，且又因它接近人，故而没有鸥鹭栖息，但归牛却知道其水深浅，时常鼻子露出水面，悠然而过。

　　　　成王小心似文武，周召何妨略不同。

不须要出我门下，实用人材即至公。

成王小心似文武，周召何妨略不同——成王：姓姬，名诵。他奠定了西周统治的基础。后世称为"成康（成王之子康王）之治"。这里比喻宋徽宗。文武：周朝的开创者文王（成王的祖父）和武王（成王的父亲）。这里比喻执掌权柄的重臣。周召：西周初年的政治家周公和召公。两人共辅成王，讨平各地叛乱，建立典章制度。他们分陕而治，意见虽有不同，但两不相损。诗中以喻新、旧两党官僚。这两句是说：周成王小心处理国事，效法祖辈与父辈的做法；周公与召公治国意见虽有不同，但两不相损。此二句希望新即位的宋徽宗能够效法成王，小心处理国事，希望执政大臣之间求同存异，以国家利益为重，不要因党派纷争而损害了国家的利益。

不须要出我门下，实用人材即至公——要出我门下：韩愈《柳子厚墓志铭》：子厚"名声大振，一时皆慕与之交，诸公要人争欲令出我门下"。这两句是说：选拔人才，不一定要出于自己的门下，只要能实在地使用他们，就是出自公心了。此二句表明山谷主张调和党争，不要存党派门户之见，应秉公为国，唯才是举。

闭门觅句陈无己，对客挥毫秦少游。
正字不知温饱未？西风吹泪古藤州。

闭门觅句陈无己，对客挥毫秦少游——陈无己：陈师道，字无己，诗人。他有"闭门十日雨，吟作饥鸢声"之句，为山谷所称赏，故称"闭门觅句"。传说他作诗时怕声音骚扰，就关起门来，把孩子和猫狗都赶出去。挥毫：运笔书写或作画。秦少游：秦观，字少游。他擅词能诗。这两句是说：想我的朋友陈无己沉潜诗艺，其闭门苦吟之状，历历在目；还有那文思敏捷，挥洒自如的风流才俊秦少游。

正字不知温饱未？西风吹泪古藤州——正字：元符三年（1100）陈师道除秘书省正字，他家里很贫苦，故说不知温饱否。"西风"句：秦观于元符三年八月卒于北归途中的藤州（今广西藤县）。西风吹泪：凄风中落泪。这两句是说：现如今陈师道虽能活下来，但贫困不堪，不知温饱；那能诗善词的秦观已经病逝于藤州，思想起来，不禁使人泪洒西风。

这三首诗是山谷因病留荆州，病愈之后登荆江亭的即事感怀之作。

第一首诗前二句回顾自己现状,虽然老、病,然意气沉雄,有无限风流自赏之意。后二句生动地写出了荆江亭的景物。"时有"句本唐陈咏诗,前人说:"此本陋句,一经妙手,神采顿异。"认为黄庭坚这句诗是"点铁成金"的范例。陈衍也说这两句是"宋人写景句脍炙人口者","亦不过代数人,人数语"。因为它抓住了当地的景物特征——荆江亭地势低洼,一场雨之后,积水成池,但不久就会退去,且接近居人,所以没有鸥鹭来栖息,但归牛却知道那些积水的地方平时有多深多浅,所以鼻子露出水面,悠然而渡。

　　第二首诗对当时的新旧两党不问是非互相争斗的恶劣风气,痛下针砭。新旧两党互相攻讦,各自罗致人才,对不是自己一派的人,则毫不留情地压抑。山谷大声疾呼,希望两党能捐弃私怨,改变这种不良的局面,以维护国家利益为重。

　　第三首诗仿杜甫《存殁口号》体例,两句念生者,两句怀逝者,反映生死不渝的友情。"闭门觅句"见陈无己作诗态度严肃,惨淡经营;"对客挥毫"见秦少游才思敏捷,援笔立就。因陈无己家道贫寒,所以虽然能够活下来,但却"不知温饱",反映了旧时读书人生计维艰的生存环境和处困而亨的积极态度;能诗善词的秦观已经病逝于藤州,作者一腔热泪,洒向西风,以寄托哀恸之思。此诗苍凉哀楚,曲折跌宕,反映了诗人对朋友的一往情深。

王充道送水仙花五十枝,欣然会心,为之作咏

题解

　　此诗作于建中靖国元年(1101),时山谷从蜀中放还,暂寓荆州。王充道:江陵人。作者在荆州与李端叔帖云:"数日来骤暖,瑞香、水仙、红梅皆开,明窗净室,花气撩人,似少年都下梦也。但多病之馀懒作诗尔。"作者此时寄寓荆州,写了许多咏花之作。当时邻家有一女子,"幽闲姝美,目所未睹"。后来嫁给了里巷平民,因此山谷写了《次韵中玉水仙花》见意。程千帆先生认为"这篇诗可能也与这一情事有关……但诗人却似乎要从沉溺的感情中求得解脱,最后两句便体现了这一点。"

　　　　凌波仙子生尘袜,水上轻盈步微月。
　　　　是谁招此断肠魂,种作寒花寄愁绝。
　　　　含香体素欲倾城,山矾是弟梅是兄。
　　　　坐对真成被花恼,出门一笑大江横。

新解

凌波仙子生尘袜，水上轻盈步微月——凌波仙子：喻指水仙花。凌波，形容女性走路时步履轻盈，仿佛可以行于波面。尘：指微波。曹植《洛神赋》："凌波微步，罗袜生尘。"步微月：在月下漫步。这两句是说：水仙花宛如凌波仙子，穿着罗袜，在月光照耀下的水面轻盈地漫步。

是谁招此断肠魂，种作寒花寄愁绝——这两句是说：是谁招来这断肠的精魂？她变成了素洁的寒花，在水中月下满怀幽思。

含香体素欲倾城，山矾是弟梅是兄——倾城：原指倾覆邦国，后用以比喻美色令人倾倒。语出《汉书·李夫人传》载李延年咏佳人歌。山矾：俗称"七里香"。春末开白花。这两句是说：她那蕴含着幽香的净雅体态，真叫满城人都为之倾倒。她的美艳，可以与山矾和梅花相比。

坐对真成被花恼，出门一笑大江横——被花恼：杜甫《江上独步寻花》："江上被花恼不彻，无处诉人只颠狂。"大江：指长江。这两句是说：坐对水仙，被她所撩拨而心神不宁，出门欣然一笑，忽见大江横在面前。

新评

本诗为山谷的名篇之一。前四句通过环境的渲染，写水仙轻盈的体态、幽怨的情怀。五六句写水仙花倾城之魅力，并以山矾、梅衬托出水仙的幽香高洁。后二句诗境奇转，说坐对水仙，被她恼乱情思，出门欣然一笑，忽见大江横在面前！诗境由幽怨、纤细，一变而为开朗、壮阔。笔力遒劲老健。陈长方《步里客谈》云："古人作诗，辄旁入他意，最为警策。如老杜云：'鸡虫得失无了时，注目寒江倚山阁'是也。黄鲁直作水仙花诗，亦用此体。""旁入他意"，即诗意的大幅度跳跃转换。方东树亦云："山谷之妙，起无端，接无端，大笔如椽，转如龙虎。扫弃一切，独提精要之语，往往承接处中亘万里，不相连属，此小家何由知之？"此诗结二句的诗境大幅度转换，使全诗升华到一个更为高远雄奇的境界。

蚁蝶图

此诗作于崇宁元年（1102），时山谷贬居黔州。此为一首政治讽刺诗。

蝴蝶双飞得意，偶然毙命网罗。
群蚁争收堕翼，策勋归去南柯。

蝴蝶双飞得意，偶然毙命网罗——蝴蝶：喻失势的旧党人物。毙命：结束生命。曹植《七启》："是以雄俊之徒，交党结论，重气轻命，感分遗身。故田光伏剑于北燕，公叔毙命于西秦。"这两句是说：蝴蝶双双飞向天空，然而在得意之际，不知不觉地撞到了蛛网上，送掉了性命。

群蚁争收堕翼，策勋归去南柯——群蚁：喻指坐收渔利的新党小人。堕翼：从蛛网坠下的蝴蝶的残翼。策勋：把功劳记载在书册之中。南柯：唐李公佐《南柯太守传》载，淳于棼梦到槐安国，任南柯太守，荣华富贵已极。后被遣回，醒后见厅中槐树南枝下有蚁穴，即梦中所历。这两句是说：蝴蝶在蛛网上送命之后，群蚁争相收拾从蛛网上坠下的蝴蝶的残翼，策勋记功互相庆贺，然而这一切不过是南柯一梦而已。

这是一首政治讽刺诗。诗中虽然没有一字进行评论，但所描绘的形象已饱含着作者的爱憎之情。前二句以蝴蝶喻失势的旧党人物。以蜘蛛结网，喻当权者的迫害。"蝴蝶双飞得意"之际，不知不觉地撞到蛛网上，送掉了性命，忽生忽死，忽喜忽悲，见政局之反复无常。"群蚁"二句，写尽坐收渔利的新党小人的丑态，将尘世的争斗一笔抹倒，说这一切都不过是南柯一梦而已，表现了诗人对纷争不已、腥风血雨的官场形势的极度厌恶。后来作者再贬宜州，这幅画和题诗被人带到京师，给当权者蔡京看到。蔡京大怒，说庭坚对朝廷心怀不满，准备严惩。恰在这里，庭坚在宜州亡故，此事方休。可见此诗的强大讽刺力量。

雨中登岳阳楼望君山二首

崇宁元年（1102）春，山谷被赦后，从江陵返回江西的故乡，途经湖南岳阳，写了这两首名诗。诗作抒发了虽历经患难但仍不失达观的阔达胸怀。岳阳楼是江南三大楼阁之一，在岳阳西城门楼上。君山在洞庭湖中，由七十二个大小山峰组成。

> 投荒万死鬓毛斑，生出瞿塘滟滪关。
> 未到江南先一笑，岳阳楼上对君山。

投荒万死鬓毛斑，生出瞿塘滟滪关——投荒：流放到荒僻之地。万死：言险难之多。鬓毛斑:鬓发花白。作者在四川过了六年的贬谪生活,至此已五十八岁。瞿塘:瞿塘峡,在四川奉节县东。以雄奇险峻著称。滟滪(yànyù):滟滪滩,在瞿塘峡口的江心,是横亘江中的一座大礁石,历来被视为长江行舟的天险。因妨碍行船,现已被炸掉。这两句是说:我被流放到荒僻之地,历尽千难万险,九死一生,如今已是鬓发花白;却没想到还能活着出了瞿塘峡的滟滪关。

未到江南先一笑,岳阳楼上对君山——江南:此处指作者的故乡。这两句是说:还没有回到江南的家乡就欣然一笑,登上了岳阳楼,看那壮阔的洞庭湖和点缀湖中的美丽的君山。

满川风雨独凭栏,绾结湘娥十二鬟。
可惜不当湖水面,银山堆里看青山。

满川风雨独凭栏,绾结湘娥十二鬟——满川:满湖。绾结:是说将长形的物体盘绕起来打结。湘娥:湘夫人,传说为湘水女神。这两句是说:湖上风不歇、雨不停,我在此时登楼,独自凭栏远眺;看那群山众峰,恰似湘水女神盘结起的十二个发鬟。

可惜不当湖水面,银山堆里看青山——当:正对着,指在湖上面对着湖水。银山:喻白浪。这两句是说:真是可惜,我不能在湖风扑面白浪掀天的波心浪峰上细细观赏那青翠的君山。

第一首诗写遇赦归来的喜悦之情。首句写历尽坎坷,九死一生,次句谓不曾想还活着出了瞿塘峡和滟滪关,表示劫后重生的喜悦。三四句进一步写放逐归来的欣幸心情:还没有到江南的家乡就已欣然一笑,在这岳阳楼上欣赏壮阔景观,等回到了家乡,还不知该是如何的欣慰!此诗意兴洒脱,诗人乐观豪爽之情可以想见。

第二首诗写凭栏远眺洞庭湖时的感受。"满川风雨",隐指作者所处的恶劣的政治形势。即使是在这样一个困苦的环境中,他仍兴致勃勃地凭栏观赏湖山胜景,足见其胸次之高。次句写凭栏时所得印象,说放眼远望,君山众峰的形状好像湘水女神盘结起的十二个发鬟,写出了君山的灵秀之气。三四句推开一步,设想如能在湖风扑面白浪掀天的波心浪峰上,细细观赏君山,当是何等的惬意!"银山堆里看青山",以简洁的笔墨,写出了极为壮丽的景观。诗人忧患馀生,却能以如此开阔之胸襟,写出如此意气风发的诗句,千载之下,令人钦佩不已。

"壶中九华"诗

题解

此诗崇宁元年(1102)山谷作于湖口。诗借奇石失踪之事咏与苏轼生死不渝的友情。

湖口人李正臣蓄异石九峰,东坡先生名曰"壶中九华",并为作诗。后八年,自海外归,湖口石已为好事者所取,乃和前篇,以为笑实,建中靖国元年四月十六日。明年,当崇宁之元年五月二十日,庭坚系舟湖口,李正臣持此诗来,石既不可复见,东坡亦下世矣。感叹不足,因次前韵。

有人夜半持山去,顿觉浮岚暖翠空。
试问安排华屋处,何如零落乱云中。
能回赵璧人安在?已入南柯梦不通。
赖有霜钟难席卷,袖椎来听响玲珑。

诗序意为:湖口人李正臣藏有异石一块,一山九峰,苏东坡给它起了个名字叫"壶中九华",并且还为此写了诗。过了八年之后,苏轼从海外赦还,但湖口异石已为其他人所取,于是就又和了前面的诗,那时是建中靖国元年四月十六日。第二年,也就是崇宁元年五月二十日,我路过湖口,李正臣拿着苏轼的诗来见我,那异石已无法再见,东坡先生也已经去世了。感叹之馀,次东坡先生之韵作诗一首。湖口:属江州,扼彭蠡湖口,故名。九华:山名,在安徽池州市。李白以九峰如莲花,更名为九华山。

有人夜半持山去,顿觉浮岚暖翠空——浮岚:浮动的雾气。这两句是说:不知何人在半夜偷偷把山搬走?我顿时觉得浮动的雾气、晴翠的山色都消失了。此以奇石被人取去喻东坡下世。

试问安排华屋处,何如零落乱云中——华屋:曹植《箜篌引》:"生存华屋处,零落归山丘。"这两句是说:与其把它放在华屋里,还不如让它继续留在云山之中。苏轼曾一度任翰林学士,"安排华屋",志得意满,结果一贬再贬,"零落乱云"。

能回赵璧人安在?已入南柯梦不通——这两句是说:能够完璧归赵的人如今何在?可叹我与东坡的友情,早成南柯一梦,如今连梦也不通了。以连城璧喻奇石(东坡),奇石丢失难以找回,如同东坡下世无法复生。

赖有霜钟难席卷，袖椎来听响玲珑——霜钟：指石钟山。东坡作有《石钟山记》。这两句是说：幸而还有石钟山在，难以席卷而去，还是带着槌子去敲一敲，听听那清脆的响声吧！

此诗以奇石的消失喻东坡的去世。首联写东坡下世后自己孤寂的感受。颔联作一顿挫，说与其把奇石安置在华屋（让东坡在朝廷任职），还不如让它零落乱云（让东坡一直呆在荒远的贬所），语意悲凉沉痛。颈联以赵璧无归喻东坡下世，给人以梦幻无常之感。尾联又作转折，说既然奇石不可见，就姑且到东坡生前喜爱去的石钟山去，以寄托哀思。真情流注，感人肺腑。不见文字，但睹泪痕！

次韵文潜

此诗作于崇宁元年（1102）。黄庭坚在太平州任了九天知州，被贬洪州，他停船鄂州。时张耒因"闻苏轼讣，为举哀行服"而被贬房州别驾，黄州安置。张耒于此年冬到黄州，山谷过江与之相见，便写下了这首唱和诗。文潜：张耒，字文潜。

> 武昌赤壁吊周郎，寒溪西山寻漫浪。
> 忽闻天上故人来，呼舡凌江不待饷。
> 我瞻高明少吐气，君亦欢喜失微恙。
> 年来鬼祟覆三豪，词林根柢颇摇荡。
> 天生大材竟何用？只与千古拜图像！
> 张侯文章殊不病，历险心胆元自壮。
> 汀洲鸿雁未安集，风雪牖户当塞向。
> 有人出手办兹事，政可隐几穷诸妄。
> 经行东坡眠食地，拂拭宝墨生楚怆！
> 水清石见君所知，此是吾家秘密藏。

武昌赤壁吊周郎，寒溪西山寻漫浪——周郎：即三国时东吴大都督周瑜，他曾于赤壁率孙刘联军大破曹操，但黄州赤壁并非破曹之处。寒溪：为西山中溪水的名称。西山：又称樊山，为游览之地。漫浪：指元结。李肇《国史补》记载，唐代元结"或称浪士,……酒徒呼为漫叟。及为官,呼为漫郎。"元结曾避乱于樊山,常与好友游于樊山之间。这两句是说:我曾到武昌赤壁登临怀古,凭吊雄姿英发的周郎;我也曾跋西山涉寒溪去寻找唐代元结的足迹。

忽闻天上故人来,呼舡凌江不待饷——天上故人来:指老朋友从天而降。呼舡:呼叫船只。凌江:渡江。不待饷:片刻也不能耽误。饷:通"晌"。这两句是说:我忽然听说老朋友到来,好似从天而降一般,心中十分高兴,急忙呼叫船只,渡江来与他相见,片刻也不能耽误。

我瞻高明少吐气,君亦欢喜失微恙——高明:指文潜,高尚明智。对人的尊称。少:即稍。吐气:吐出胸中郁积之气。微恙:小病。这两句是说:我见到他的到来,终于可以把那郁积于胸中的闷气稍稍吐出;当然他见到我也十分欢喜,即使有点小病,也因高兴而不觉得有什么了。此二句表明老朋友相见后彼此高兴的情景。

年来鬼祟覆三豪,词林根柢颇摇荡——鬼祟:即由鬼神引起的灾祸。覆:覆灭,这里指致使死亡。三豪:指苏轼、秦观与陈师道。任渊注中认为指苏轼、秦观及范祖禹。词林根柢:指文坛上的顶梁之人。杜甫《八哀诗》:"忆昔李公存,词林有根柢。"这两句是说:近年来鬼神致祸,三位才俊文豪相继离世,文坛因失去此三人而损失巨大,故而显得颇为动荡。

天生大材竟何用?只与千古拜图像——天生大材:杜甫《古柏行》中有"古来材大难为用"之句。李白《将进酒》有"天生我材必有用"之句,此反用其意。与:让。这两句是说:上天降下苏轼等英才于世间,但生前却不能施展抱负,得不到重用,只能于身后让后世之人膜拜其画像了。

张侯文章殊不病,历险心胆元自壮——张侯:指张文潜。元:依然。这两句是说:你身体虽然偶染微恙,但文章却写得没有一点衰飒之气,在经历了朝廷上的艰险之后,心气胆量依然壮烈。

汀洲鸿雁未安集,风雪牖户当塞向——汀洲鸿雁:代指人民。《诗经·小雅·鸿雁》:"鸿雁于飞,集于中泽。之子于垣,百堵皆作。虽则劬劳,其究安宅。"未安集:没有安居。塞向:语出《诗经·豳风·七月》:"寒向墐户。"向,向北的窗户。这两句是说:时至严冬,风雪将至,百姓却未能安居,我们理应为他们绸缪。

有人出手办兹事,政可隐几穷诸妄——出手:动手。《传灯录》:"与和尚共出只手。"隐几:凭几。《庄子》:"隐几而卧。"穷诸妄:清除心中各种妄念。《圆觉经》下:"居一切时,不起妄念。"穷,使穷尽。这两句是说:这些朝廷的政事大概已经有人着手去办理了,你我不须挂念,只须隐几而卧,潜心学道,根绝妄念。

经行东坡眠食地,拂拭宝墨生楚怆——经行:佛家一种修行方式,为修行而在某地往返行走。此处借用佛家语。眠食地:泛指苏轼在黄州时的故居。宝墨:珍贵的墨迹。楚怆:凄楚悲怆。这两句是说:我们漫游于东坡当年在黄州生活过的地方,拂拭他所遗留下的墨迹,不禁心生凄怆。

水清石见君所知,此是吾家秘密藏——水清石见:乐府《艳歌行》:"水清石自见。"秘密藏:为佛教语。《圆觉经》:"大悲世尊,广为菩萨开秘密藏,令诸大众深悟轮回。"这两句是说:水清自然石见,这自然是你知道的,这正是我们的"秘密藏"。

这首诗共二十句,全诗可分为三个部分,前四句为第一部分,紧接十二句为第二部分,馀四句为第三部分。

第一部分前两句,写了自己在武昌的游览,他"赤壁吊周郎","西山寻漫浪",在吊周郎之时,也是对苏轼的追念。随后二句即表明故人到来时的惊喜之情。"忽闻"写出乍闻时的惊喜,"天上故人来"更有一种从天而降的感觉,随后便迫不急待地呼船渡江,与故人相见。寥寥四句,便叙述了自己的行踪以及和朋友相见时的欣喜与急切。

第二部分写了他们相见之后的情形,两人相见,彼此欢喜,互相交谈之中便忆及往日的师友,他们的辞世与新党的迫害密不可分,随后一句"天生大材竟何用?只与千古拜图像",作者的悲愤与沉痛溢于其中。接着诗人因往日的师友联系到张耒,他虽历艰险,但心胆依然壮烈。随后四句从对过去的回顾转入对现实的慨叹,其中有对百姓的关切,也有对朝廷的不满。第三部分为最后四句,通过对苏轼故居的重游,与开首第一句相照应,首尾呼应,构为一体,在对过去的怀念与今日的慨叹之中表明心迹,"水清石见君所知,此是吾家秘密藏",申明自己与文潜的清白无辜。此外,这首诗借用禅语,但却不露痕迹,也是值得注意的。

次韵高子勉十首(选二)

这组诗是山谷与高子勉唱和诗中的一组,作于宋徽宗崇宁元年(1102)。高子勉:名荷,江陵人,自号还还先生。黄庭坚在《与李端叔书》中说:"比得荆州一诗人高荷,极有篆力。使之凌厉中州,恐不减晁、张,恨公不识耳!"这里选组诗中的两首。

岘南羁旅井,灞上猎归亭。日绕分鱼市,风回落雁汀。
笔由诗客把,笛为故人听。但恐苏耽鹤,归时或姓丁。

岘南羁旅井,灞上猎归亭——"岘南"句:汉末的著名文学家王粲,因为看到长安大乱，就到荆州依附刘表，他曾在岘山建了自己的宅子，宅房有井。"灞上"句：据《史记·李将军列传》记载，李广罢官闲居蓝田，有一次出外打猎，回来时天已经晚了，被灞陵尉呵止，不让入城，直至第二天。这两句是说：我像那王粲一样虽是闲居，但却远离家乡，也像那在灞上被呵止的李广，不被重用。此二句写自己的羁旅情绪。

日绕分鱼市，风回落雁汀——汀：汀洲，即水中的陆地。这两句是说：看那太阳照着市场，市场上的人忙忙碌碌在分着从江中打上来的鱼，一阵风过，我注目远望那水中常有大雁停留的汀洲。此二句暗示自己羁旅生活的孤寂。

笔由诗客把，笛为故人听——诗客：指高子勉。故人：指苏轼。"笛为"句：向秀经过好友嵇康故居，因听到有人吹笛，而写了一篇《思旧赋》，用以思念故友嵇康和吕安。这两句是说：我久不作诗，因为你可以相与论诗，故而又重新拿起了笔，写起了诗；因为听到了笛声，使我想起了那已逝的故人。

但恐苏耽鹤，归时或姓丁——苏耽鹤：据《神仙传》记载，苏耽学仙，得道之后，化成一只鹤归来，停在郡城的城楼之上。又据《搜神后记》记载，丁令威学道，成仙之后，化成白鹤栖于城东门上，有一个少年想用弓箭射鹤，鹤飞翔于空中，盘旋而歌，说："有鸟有鸟丁令威，去家千年今始归。城郭如故人民非，何不学仙冢累累！"此处合用苏耽与丁令威两件事。这两句是说：只恐怕那苏耽化鹤归来之后可能姓丁了。以苏耽归来姓丁，暗指苏轼的逝去。

　　君不居郎省，还应上谏坡。才高殊未识，岁晚喜无它。
　　枥马羸难出，邻鸡冻不歌。寒炉馀几火？灰里拨阴何。

君不居郎省，还应上谏坡——郎省：即郎署，尚书郎在尚书省里处理事务，故称郎省。谏坡：即谏官。唐代的人称谏议为大坡，故而称谏坡。这两句是说：你如果不在郎省做官，那也应该出任谏官。此二句赞高子勉有才，非"郎省"、"谏坡"莫属。

才高殊未识，岁晚喜无它——无它(tuō)：没有祸患。这两句是说：你才华很高但却没有遇到识材的人，可喜的是你虽年迈但却没有什么祸患。

枥马羸难出，邻鸡冻不歌——枥：槽枥。羸：瘦弱。难出：难以出去奔跑，喻难以为官。冻：怕冷。不歌：不去打鸣。这两句是说：槽枥之间的马难以出去奔跑是因为它太瘦弱了；那公鸡不去打鸣是因为怕早起太冷。此二句反衬高子勉的高才不遇。

寒炉馀几火？灰里拨阴何——阴、何：指南北朝时期的著名诗人阴铿与何逊。这两句是说：你的生活清贫，冬日炉中没有多少馀灰，但你却坐在炉边，拨着炉灰构思着新的诗篇，那些有如阴铿、何逊所作的不朽诗篇，将在你拨灰的同时产生。

新评

这里从《次韵高子勉十首》当中选出的两首诗歌，分别写了山谷自己的情况，以及对高子勉的推许，诗中多用曲笔，诗虽短小，但结构新巧，用语独到。

第一首是山谷的自述，作者在首二句即用两个典故表明了自己羁旅的孤寂与苦闷。随后二句"日绕分鱼市，风回落雁汀"转入了写景，但所写景物中"鱼市"的忙碌，"落雁汀"的悲风，分明透露出作者自己的孤独。"笔由诗客把"写自己久不作诗，但因为高子勉的缘故，又重新拿笔作诗，下句"笛为故人听"转入对好友苏轼的怀念之中。最后两句合两个故事为一，暗示老友苏轼的逝去，"恐"、"或"两个字十分形象地写出了作者不愿相信此事为真的心理。

第二首诗是对高子勉的推许。高子勉的才能如"不居郎省"，也"应上谏坡"，但事实却是"才高殊未识"。随后两句"枥马羸难出，邻鸡冻不歌"以槽枥之间的马因为瘦弱而不能出去奔跑，公鸡因为怕冷而不打鸣，反映高子勉才高而不遇。最后两句先写了高子勉生活的清贫，但尽管如此，他依旧坐在火即将熄灭的炉前，拨着那炉灰构思着优美的诗篇。全诗构思奇妙，曲笔致意。

武昌松风阁

题解

此诗为山谷晚年的作品，是他的名篇之一。写于崇宁元年（1102）九月途经鄂州时。本诗主体部分描写松风阁的夜景。武昌：指鄂州武昌县（今湖北鄂州市），非今日湖北武汉市的武昌。松风阁：在武昌西山九曲岭上西山寺中，为黄庭坚所命名。

依山筑阁见平川，夜阑箕斗插屋椽，
我来名之意适然。老松魁梧数百年，
斧斤所赦今参天，风鸣娲皇五十弦，
洗耳不须菩萨泉。
嘉二三子甚好贤，力贫买酒醉此筵。
夜雨鸣廊到晓悬，相看不归卧僧毡。
泉枯石燥复潺湲，山川光辉为我妍。
野僧早饥不能馆，晓见寒溪有炊烟。

东坡道人已沉泉,张侯何时到眼前?

钓台惊涛可昼眠,怡亭看篆蛟龙缠。

安得此身脱拘挛,舟载诸友长周旋。

【新解】

依山筑阁见平川,夜阑箕斗插屋椽,我来名之意适然——夜阑:夜将尽的时候。箕斗:即二十八宿中的箕宿与斗宿。这三句是说:此阁依山而建,站在上面向远处看去一马平川,夜阑时分,月已西沉,箕宿和斗宿也已经斜斜地在屋子上方,我来为此阁命名真是感到十分适然愉悦。

老松魁梧数百年,斧斤所赦今参天,风鸣娲皇五十弦,洗耳不须菩萨泉——娲皇:指女娲。五十弦:指瑟。此处指松涛声。洗耳:据载尧让天下给许由,许由以为玷污了他的耳朵,就跑到颍水去洗耳。菩萨泉:在西山寺岩间。这四句是说:阁子周围斧斤赦馀的老松都长得十分的高大魁梧,有数百年之久,高可参天,一阵风吹过,那阵阵松涛就好像女娲的瑟声,涤荡了人们心中的烦躁,洗去了尘俗,若真要清洗耳朵,也根本不必去用菩萨泉。

嘉二三子甚好贤,力贫买酒醉此筵——二三子:诸位,你们几位。这两句是说:真的要称赞你们几位的好客,虽然都很穷困,但仍然买酒,能让我们开怀畅饮,醉倒其间。

夜雨鸣廊到晓悬,相看不归卧僧氈——僧氈:僧舍。这两句是说:夜晚雨水冲打着房廊上的瓦,一片声响,直到早晨,那檐间的滴水依然不断,我们宿于僧舍,相看难眠。

泉枯石燥和潺湲,山川光辉为我妍——潺湲:水流淌的样子。这两句是说:夜雨滋润万物,那山中干涸的泉眼,重新流淌,水声潺潺,山川也顿增光彩,似乎在为我展现风姿。

野僧早饥不能饘,晓见寒溪有炊烟——饘(zhān):指稠一点的粥。《礼记·檀弓》:"饘粥之食。"后人对此的注释是:"厚曰饘,稀曰粥。"因此稠一点的粥叫饘。寒溪:在西山下面,因为它的溪水在夏天的时候也很冷,好像在冒寒气,因此称之为寒溪。这两句是说:僧人们早已经饥饿,但却吃不到稠一点的粥饭,早上起来就见山下寒溪边炊烟袅袅。

东坡道人已沉泉,张侯何时到眼前——东坡道人:指苏轼,号东坡居士。沉泉:指逝世。张侯:指张耒。张耒为苏门弟子,苏轼去世,张为其举哀行服,由知颍州贬为房州别驾,黄州安置。此地与黄州中隔长江。这两句是说:东坡先生已经去世,沉埋九泉之下,张耒不知何时也被贬黄州,近在我的眼前。

钓台惊涛可昼眠,怡亭看篆蛟龙缠——钓台:《水经注·江水三》:"(武昌)北背大江,江上有钓台,(孙)权常极饮其上"。怡亭:欧阳修《集古录跋尾》:"怡亭在武昌江水中小岛上,武昌人谓其地为吴王散花滩。亭,裴鶠造,李阳冰名而篆之,裴虬铭,李莒八分书,刻于岛石。"蛟龙缠:指篆书的盘屈之状。这两句是说:钓台虽在江中,四周惊涛拍岸,但就是在白天也依然可以入眠;漫步怡亭,定会心中畅然,看那篆书字体优美,盘旋曲折。此二句写山谷对自由生活的向往。

安得此身脱拘挛,舟载诸友长周旋——拘挛:束缚。周旋:指朋友之间互相来往。这两句是说:我怎样才能摆脱官场中的束缚,自由自在地与朋友们泛舟江湖长相往来呢?

这首七古是山谷的名作。首三句即点明时间、地点,随后主要描写了松风阁的夜景。首先写的是"松风",那魁梧的老松,曾遭斧斤所赦,如今已是参天。风过之后,松涛阵阵,就好似阵阵瑟声,涤荡人们那烦躁的心。随后写"夜雨",夜雨一直下到拂晓,山中万物均受到滋润,这是实写,同时又是作者自己的写照,"泉枯石燥复潺湲,山川光辉为我妍",在作者的心中、眼中都是一种万物被滋润的感觉与景象。"松风夜雨"这种氛围在寒溪的袅袅炊烟中结束,作者想到了东坡的逝世,张耒的被贬,好友的遭遇自然会联系到自己,"钓台惊涛可昼眠,怡亭看篆蛟龙缠",便写到了对自由生活的向往,但"安得"二字,分明是对前途未卜的疑虑。

这首诗意境宏阔,笔势自然老健,达到了"平淡如山高水深"的境界。

新喻道中寄元明用"觞"字韵

此诗作于崇宁元年(1102),此年四月,山谷到萍乡看望其兄黄大临,十五日离去,此诗就是他至新喻写寄元明的作品。新喻:今江西新余。元明:山谷长兄黄大临,字元明。

中年畏病不举酒,孤负东来数百觞。
唤客煎茶山店远,看人获稻午风凉。
但知家里俱无恙,不用书来细作行。
一百八盘携手上,至今犹梦绕羊肠。

中年畏病不举酒,孤负东来数百觞——孤负:辜负。东来:山谷于崇宁元年正月发荆州,四月至萍乡看望长兄黄大临,大临时任萍乡令。数百觞:指兄弟相聚时的饮酒,数百非确指。这两句是说:我已届中年,因有病在身而不能饮酒,这真有点辜负我此次东行探望兄长你,你我不能举杯畅饮。

唤客煎茶山店远,看人获稻午风凉——这两句是说:我在道中见到那远远的山中小店,召唤客人,为之煎茶;也见到农民们收获稻谷,虽是中午时分,但也心生凉意。此二句写山谷道中见闻及感受。

但知家里俱无恙,不用书来细作行——无恙:没有什么事情,平安,根据《史记》所载,上古的时候,人们草居露宿,而恙则是一种虫子,善于食人心,人们都以之为患,相互见面就互祝"无恙"。"不用"句:杜甫《别常徵君》:"各逐萍流转,来书细作行。"这两句是说:家中一切都平安,没有什么重大事情,来信略作问候即可,不用详细道来。

一百八盘携手上,至今犹梦绕羊肠——一百八盘:指巫山盘旋曲折的山路。绍圣二年山谷被贬黔州,其兄黄大临亲送至贬所,经过巫山,有"一百八盘"之地。山谷《书萍乡县厅壁》:"初元明自陈留出尉氏、许昌,渡汉沔,略江陵,上夔峡,过一百八盘,涉四十八渡,送余安置于摩围山下。"绕羊肠:指行进在崎岖回旋有如羊肠的山路上。这两句是说:想那时你我携手共过一百八盘,那崎岖盘旋有如羊肠的山路至今还时时出现在梦中。

这首诗是山谷与其兄元明的唱和之作,他们之间有多首"觞"字韵的诗,此为其中一首。此诗主要是对往事的追忆。首联即写自己探兄离开,但心中总觉似乎有所愧疚,原来是因为"中年畏病不举酒,孤负东来数百觞"。接着两句写诗人在途中的见闻,是那样的亲切,所见之物无非"山店"、"获稻",但平实的生活却最见真情。颈联是对其兄长的叮咛,因为"家里俱无恙",故而"不用书来细作行",只须略作问候即可,这种叮咛显得很舒心。尾联"一百八盘携手上,至今犹梦绕羊肠",山谷曾被贬黔州,其兄亲自送他到贬所,兄弟携手过一百八盘,艰难险阻犹如噩梦,此联便是对此种虽已过去的生活的展现,可谓心有馀悸。整体来看,此诗以平淡的语言抒写同胞手足之情,有如家常。钱钟书先生说:"这首是黄庭坚的比较朴质轻快的诗,后来曾几等就每每学黄庭坚这一体。"(见《宋诗选注》)

题胡逸老致虚庵

此诗作于崇宁元年(1102),诗借题咏书斋标举理想的人格境界。胡逸老:事迹不详。致虚庵：书斋名。

　　　　藏书万卷可教子，遗金满籝常作灾。
　　　　能与贫人共年谷，必有明月生蚌胎。
　　　　山随宴坐画图出，水作夜窗风雨来。
　　　　观水观山皆得妙，更将何物污灵台。

【注解】

　　藏书万卷可教子，遗金满籝常作灾——"藏书"二句：《汉书·韦元成传》：韦贤与其子韦元成皆位至丞相，邹鲁之地的谚语说："遗子黄金满籝，不如一经。"《老子》："金玉满堂，莫之能守；富贵而骄，自遗其咎。"籝(yíng)：箱笼之类的竹器。这两句是说：家中有万卷藏书，就可用来教子成材；给子孙后代留下大笔的财物，却常常招致灾祸。

　　能与贫人共年谷，必有明月生蚌胎——"能与"句：《后汉书·梁商传》："每有饥馑，辄载粗谷于城门，赈与贫馁，不宣己惠。""必有"句：《三国志·荀彧传》裴松之注中引孔融与韦端书，赞扬其二子有才德："不意双珠，近出老蚌，甚珍贵之。"明月：指珍珠，此处用来比喻子孙有才德。这两句是说：如果家中富足，且有仁义之举，能赈济穷苦之人，必能得到好的子孙，就如同珍珠生于老蚌。

　　山随宴坐画图出，水作夜窗风雨来——宴坐：安坐，佛家一种修行方式。这两句是说：安坐静观山水，山犹如画图一样展现在眼前，那水就像夜晚窗外的雨水随风而来。

　　观水观山皆得妙，更将何物污灵台——"观水"句：《孔子家语·三恕》："孔子观于东流之水。子贡问曰：'君子所见大水必观焉，何也？'孔子曰：'以其不息，且遍与诸生而不为也。夫水似乎德'。"又有"知者乐水，仁者乐山"（见《论语·雍也》）之说。灵台：指心。禅宗六祖慧能有偈曰："菩提本无树，明镜亦非台。本来无一物，何处惹尘埃。"此处即化用其意。这两句是说：观山观水都会从中体会到其妙处，从而达到心灵的净化。

【简析】

　　此首诗开句即以"藏书万卷可教子，遗金满籝常作灾"的警世之语写出，说明家有万卷藏书，就可用其来教子成材；给儿子留下大笔财产，却常常招致灾祸。随后二句"能与贫人共年谷，必有明月生蚌胎"，是说要乐善好施，家中富足，且有仁义之举，能周济穷苦之人，那样必有好报，会有好的子孙。从前四句我们即可看到这是诗人在称赞胡逸老善于教子，为富仁义。后四句是写通过山水的感悟而达到心灵的澄明,这是胡逸老观山观水之后达到的一种境界。因此从整首诗中可以看出,诗人所标举的理想的人格境界是儒、释、道三家思想的融合,既有儒家的仁义,又有道家的虚静,还有佛家清净本心的追求。

鄂州南楼书事(选一)

山谷于崇宁元年(1102)寓居鄂州后即登斯楼,翌年六月再登,写下了四首绝句,此即其一。鄂州:今武汉武昌城。南楼:在武昌蛇山顶。东晋征西将军庾亮镇守武昌(今湖北鄂州)时曾登城南楼览赏风光,后于鄂州复建一南楼纪念庾亮。

　　四顾山光接水光,凭栏十里芰荷香。
　　清风明月无人管,并作南楼一味凉。

四顾山光接水光,凭栏十里芰荷香——芰荷:出水的荷。这两句是说:登临南楼,四顾而望,四周均是山光水色;凭栏远眺,楼外有十里荷塘,幽香随风而至,令人流连忘返。

清风明月无人管,并作南楼一味凉——清风明月:苏轼《前赤壁赋》:"惟江上之清风,与山间之明月,耳得之而为声,目遇之而成色,取之无禁,用之不竭,是造物者之无尽藏也,而吾与子之所共适。"这两句是说:南楼之上,清风无处不在,明月无处不照,好像没有人管一样,这澄明之景,都化作了清凉爽心的感觉。

诗咏南楼景色。首二句刻画出一个优美的环境。南楼邻长江,接东湖,四围水光山色,风景极佳,楼外十里荷塘,盛夏时风送幽香,令人流连忘返。后二句写南楼夜色。南楼地势较高,四临旷野,清风无处不在,明月无处不照,它们似乎"无人管",造物主对南楼分外优厚。这些澄明的景色,都化作了清凉之境,给人以清凉爽心之感。物我两忘,逍遥自适。此诗韵致高华,风神摇曳,类似于盛唐李白、王昌龄的风味,表现了山谷绝句"清空平易"、飘逸流丽的特色。

寄贺方回

此诗作于崇宁二年(1103),时山谷在鄂州。其为怀念友人之作。贺方回:贺铸,字方回,著名诗人。

少游醉卧古藤下,谁与愁眉唱一杯。
解道江南断肠句,至今唯有贺方回。

少游醉卧古藤下,谁与愁眉唱一杯——少游:秦观的字,见前《病起荆江亭即事》注。少游于元符三年死于藤州。据惠洪《冷斋夜话》:"少游既谪归,常于梦中作《好事近》,有云:'醉卧古藤花下,杳不知南北。'果至藤州,方醉起,以玉盂汲泉,笑逝而化。"少游词多伤春之作,每令歌女"弹泪唱新词"。与:为,替。唱一杯:晏殊《浣溪沙》:"一曲新词酒一杯,去年天气旧亭台,夕阳西下几时回?"这两句是说:少游已然长逝,如今有谁能敛愁眉,在樽前更唱一曲呢?

解道江南断肠句,至今唯有贺方回——江南断肠句:贺铸《青玉案》下阕:"碧云冉冉蘅皋暮,彩笔新题断肠句。试问闲愁都几许?一川烟草,满城飞絮,梅子黄时雨。"贺方回因此被人称作"贺梅子"。这两句是说:那令人肠断的歌咏江南风物的诗句,到如今仍惟有贺铸的名句在传唱。

此诗尺幅万里,抒怀人思友之意。首句化用少游词,切合其视死如归的坦荡襟怀。次句言无人能唱其词,为下文作铺垫。第三四句转折,说只有贺方回这样的人才有资格作出与少游相媲美的词来。前二句怀逝者,后二句赞生者,不胜存殁之感。"至今唯有"四字,语淡情深,对旧友的痛悼,对新知的推重,都包括在里面了。

十二月十九日夜中发鄂渚,晓泊汉阳,亲旧携酒追送,聊为短句

徽宗建中靖国二年(1102),山谷在做了九天的太平州知州之后被罢官,九月

搬至鄂州寓居,第二年(1103),因在荆州时所作《承天院塔记》中的只言片语,山谷被诬以"幸灾谤国"的罪名,远贬宜州(治所在今广西宜山),并限即刻起程。十二月十九日夜,诗人乘船赴贬所,写下了这首诗。短句:古代七言诗人们习惯称为长句,五言诗歌称为短句。

接淅报官府,敢违王事程?宵征江夏县,睡起汉阳城。
邻里烦追送,杯盘写浊清。祗应瘴乡老,难答故人情!

接淅报官府,敢违王事程——接淅:来不及将生米煮熟。淅,指淘过的米。《孟子·万章下》:"孔子之去齐,接淅而行。"此处指官命的急迫。王事:王命。程:行程。这两句是说:贬谪的命令急如火烧,连将生米煮熟的时间也没有;王命不敢违,哪敢有片刻的耽误。

宵征江夏县,睡起汉阳城——宵征:连夜出发。《诗经·召南·小星》:"肃肃宵征,夙夜在公。"江夏县:即鄂州的治所武昌。睡起:指天亮之后睡起。汉阳城:即指武昌对岸的汉阳。这两句是说:我连夜便从江夏县出发,等到天亮睡起的时候,已经到了对岸的汉阳城了。此二句写舟行急速。

邻里烦追送,杯盘写浊清——浊清:为偏义词,指清。这两句是说:我行程匆忙,邻里朋友事先都不知道,他们仓促之间一直追到汉阳为我送行,那一杯杯饯行的充满清香的好酒,其中包含了多少深厚情谊啊! 此二句写朋友、邻里赶来饯行的情景。

祗应瘴乡老,难答故人情——祗应:服侍。宋·吴自牧《梦粱录》卷十六:"有一等下贱妓女,不呼自来,筵前祗应,临时以些少钱会赠之,名'打酒座',亦名'札客'。"此处指与远谪之地的人相伴。瘴乡:即瘴疠之地,古时南方的荒远之地,树林茂密,林中有湿气,人们称为瘴气,故称那些地方为瘴乡。山谷的贬所宜州当时为瘴疠之地。这两句是说:从此我便要在那瘴疠之地,与当地的人们相伴,所遗憾的是老朋友们的深情厚谊永远都无法报答了。

山谷被贬宜州,连夜起程,但亲朋旧友赶到汉阳为其送行,他内心十分感动,因此写下了这首诗,其语言平易,感情真挚。

首二句"接淅报官府,敢违王事程"交代了离开的原因,而且把贬谪命令的急促生动地写了出来,连把生米煮熟的时间也没有。随后二句"宵征江夏县,睡起汉阳城"通过两个时间,两个地点的转换,为我们说明了舟行的急切,诗人连夜从江夏县出发，天亮之后一觉醒来已经到了汉阳城了。第三联写邻里、亲朋前来相送，因为事先不知道他离去，这一"追"字便将众人赶来送行的情景描绘得十分形象，"杯盘写浊清"，那一杯杯饯行酒当中包含着无限的深情。尾联是作者自己的感慨，"祇应瘴乡老，难答故人情"，作者想到自己以后要与贬谪之地的人们为伴，很难见到这些邻里亲朋，故友们的深情厚谊以后难以报答了，作者的遗憾之情含于其中。

书摩崖碑后

【题解】

崇宁三年（1104）春，山谷以"幸灾谤国"的罪名，被除名羁管宜州。途经永州，观《中兴碑》，作此诗。摩崖碑：在山崖石壁上磨平石面刻上的碑文，这里指《大唐中兴颂》碑。唐元结作，颜真卿书写，记安史之乱后，唐肃宗收拾残局，使唐室"中兴"之事。此碑字体雄奇豪放，笔法苍劲有力，是颜真卿的名作，有很高的书法价值。

  春风吹船著浯溪，扶藜上读中兴碑。
  平生半世看墨本，摩挲石刻鬓成丝。
  明皇不作包桑计，颠倒四海由禄儿。
  九庙不守乘舆西，万官已作鸟择栖。
  抚军监国太子事，何乃趣取大物为？
  事有至难天幸尔，上皇局蹐还京师。
  内间张后色可否，外间李父颐指挥。
  南内凄凉几苟活，高将军去事尤危。
  臣结舂陵二三策，臣甫杜鹃再拜诗。
  安知忠臣痛至骨，世上但赏琼琚词。
  同来野僧六七辈，亦有文士相追随。
  断崖苔藓对立久，冻雨为洗前朝悲。

  春风吹船著浯溪，扶藜上读中兴碑——浯（wú）溪：在湖南祁阳县城西南，湘江西岸。扶藜：拄着藜杖。这两句是说：我乘小船在春风吹拂中到达浯溪之畔，拄着藜杖上岸去赏读《大唐中兴碑》上的文字。

  平生半世看墨本，摩挲石刻鬓成丝——墨本：从原碑上磨拓下来的帖子。摩挲：抚摸。这两句是说：我一生中经常研读从碑石上磨拓下来的帖子，抚摸着《大唐中兴碑》，想想我现在已经是鬓发苍苍。

明皇不作包桑计，颠倒四海由禄儿——明皇：唐玄宗李隆宗回京后，初住南内兴庆宫，李辅国怕他复辟，把他迁到西内软禁起来。高将军：高力士，玄宗宠信的宦官，曾任骠骑大将军，随玄宗回长安后，被李辅国诬陷，流放到巫州（今四川巫山）。这两句是说：玄宗在宫内，凄凉地苟且偷生；到高力士被流放以后，事势就更加危急了。

臣结舂陵二三策，臣甫杜鹃再拜诗——臣结：指元结。舂陵：今湖南宁远。元结于代宗广德元年（763）任道州刺史。舂陵在道州境内。元结在道州时曾写过《道州谢上表》、《再谢上表》等"二三策"，叙述他在任所见到的农民的惨状，并提出解决之道。臣甫：指杜甫。杜鹃再拜诗：杜甫曾作《杜鹃行》："君不见昔日蜀天子，化为杜鹃似老鸦。""虽同君臣有旧体，骨肉满眼身羁孤。"《杜鹃诗》："我见常再拜，言是古帝魂。"两诗均系寓言体，对唐玄宗失位表示哀伤。这两句是说：观看《中兴碑》不禁使人想起元结在道州时所上的表策，想起杜甫那哀伤的杜鹃诗。

安知忠臣痛至骨，世上但赏琼琚词——琼琚：美玉，喻元结、杜甫文辞之美。这两句是说：谁了解忠臣们的入骨悲痛？世人光是去欣赏他们优美的文辞。

同来野僧六七辈，亦有文士相追随——野僧：指同游的和尚伯新、道尊等。文士：指同游的进士陶豫、李格等。这两句是说：与我一同来欣赏《中兴碑》的同游的僧人有六七人，当然也有许多文士相随而来。

断崖苍藓对立久，冻雨为洗前朝悲——冻(dōng)雨：暴雨。前朝悲：微露做诗本意。前朝覆辙，正可谓后朝之鉴。这两句是说：我们在布满苍藓的断崖之间对着《中兴碑》伫立许久，希望暴雨可以洗却前朝的悲情。

诗人读《中兴碑》，评论玄宗、肃宗两朝政事，对皇帝的愚蠢、昏聩作出深刻的批判。崇宁年间，朝廷重用蔡京等奸人，民怨沸腾，国事日非，山谷对政局感到不安和焦虑，又不能直接说出来，所以借古讽今，劝诫宋王朝统治者不要重蹈唐玄宗的覆辙。此诗风格苍老遒健，在艺术上已臻"豪华落尽见真纯"的极境。题《浯溪碑》涉及对唐代玄宗、肃宗千秋功罪的评论，写大题目，有大议论，所以此诗也是一篇史论，酷似司马迁的笔法。故宋曾季狸《艇斋诗话》谓："山谷浯溪诗，有史法，古今诗人不至此也。"胡仔《苕溪渔隐丛话》亦云："杰句伟论，殆为绝唱，后来难复措辞矣。"全诗一韵到底，既一气直下，又有抑扬顿挫之致，声调激昂，议论纵横恣肆，是山谷惨淡经营之作，为山谷晚年的重要作品。

清 明

此诗为贬居宜州时作,当在崇宁年间。清明节民间有扫墓的风俗。

　　佳节清明桃李笑,野田荒垅自生愁。
　　雷惊天地龙蛇蛰,雨足郊原草木柔。
　　人乞祭馀骄妾妇,士甘焚死不封侯。
　　贤愚千载知谁是,满眼蓬蒿共一丘。

　　佳节清明桃李笑,野田荒垅自生愁——桃李笑:桃李争艳。这两句是说:清明时节,春和景明,桃李争艳;然而因为扫墓,身处野田之中,荒垅之上,使人又生起生死之愁。

　　雷惊天地龙蛇蛰,雨足郊原草木柔——龙蛇:指蛰伏的各种虫类。这两句是说:雷惊天地,万物复苏;春雨充沛,草木轻柔。写春气勃发给万物带来了勃勃生意。

　　人乞祭馀骄妾妇,士甘焚死不封侯——"人乞"句:有人向守墓人讨了上坟剩馀的祭品,却恬不知耻地回家向妻妾夸耀自己是在达官贵人那里吃饭,受了优待。典出《孟子》。这里借以讽刺当时的权奸蔡京、赵挺之之流。"士甘"句:春秋时介子推追随晋公子重耳在外度过了十几年的流亡生活,重耳回国当上君主成为晋文公之后,介子推不愿接受封侯的赏赐逃到绵山。晋文公为了让他出来,放火烧山,介子推拒绝出山,被烧死在绵山。晋文公为了纪念介子推,下令国中这一天不能生火,只能吃准备好的食物,相传这就是寒食节的由来。这里用介子推喻指受到新党迫害而不改其操守的人,如苏轼、秦观、陈师道等人。陈师道是赵挺之的连襟,但对赵挺之一向鄙薄,坚决不愿接受他的帮助,终于自甘饥寒而死。这两句是说:有的人乞讨剩馀的祭品借以回家向妻妾夸耀,而有的人宁愿被焚而死也不愿接受封侯的赏赐。

　　贤愚千载知谁是,满眼蓬蒿共一丘——这两句是说:无论贤愚,都不免归向布满蓬蒿的荒冢,到底谁是谁非?

　　此诗从清明扫墓联想到人的生死问题,对人生的价值作了严肃冷峻的反思。首联写清明春景融和,但这个节日又易使人引起生死之悲。一笑一愁,互为对衬。颔联承"桃李笑",写明媚春景,一反前人清明诗的悲凄之气,确如方东树所言:"山谷之妙,在乎迥不与人,时时出奇。"颈联爱憎分明,通过有关清明节的两个历史典故,抒发了对汲汲钻营无耻之尤者的极度鄙夷之情和对坚持操守不为富贵所动的高节之士的由衷钦敬。尾联表面上是万事成尘的感慨,实则语含愤激,表现了作者对黑暗政局的愤慨之情和坚持耿介操守的傲兀意态。此诗傲骨铮铮,"人乞祭馀骄妾妇,士甘焚死不封侯"二句,以其鲜明的形象和强烈的爱憎,成为世所传诵的佳句。

题阳关图二首

这是为李公麟《阳关图》题的诗。阳关图:北宋画家李公麟作。李公麟:字伯时,号龙眠居士。这幅画是他送友人赴西北边塞而作,当时苏轼等人皆有题诗。

断肠声里无形影,画出无声亦断肠。
想得阳关更西路,北风低草见牛羊。

断肠声里无形影,画出无声亦断肠——断肠:形容极度的伤心。断肠声即指伤感的《阳关曲》。李商隐《赠歌妓》:"断肠声里唱阳关。"这两句是说:王维的《阳关曲》让人听起来非常伤感,但它是有声无形的;李伯时的《阳关图》画出了《阳关曲》所传达的悲怨之情,是有形的《阳关曲》。苏轼题李公麟《阳关图》:"龙眠独识殷勤处,画出阳关意外声。"

想得阳关更西路,北风低草见牛羊——阳关更西路:指极远的地方。"北风"句:北齐斛律金《敕勒歌》:"天苍苍,野茫茫,风吹草低见牛羊。"这两句是说:试想阳关以西的极远之地,那定是风吹草低,牛羊尽现。

人事好乖当语离,龙眠貌出断肠诗。
渭城柳色关何事?自是离人作许悲。

人事好乖当语离,龙眠貌出断肠诗——人事好乖:陶渊明《答庞参军诗序》:"人事好乖,便当语离。"乖:不顺利。龙眠:即李公麟,字伯时,号龙眠居士。貌出:画出。断肠诗:即王维的名诗《送元二使安西》。这两句是说:人间之事多有不顺利处,而这些不顺心之中,又以离别为最;李公麟的《阳关图》便画出了王维《送元二使安西》那首断肠诗的诗意。

渭城柳色关何事?自是离人作许悲——这两句是说:李公麟《阳关图》中的渭城的无知之柳何以亦关人间别情?原来是离人们自己将如许悲意加于柳上,使那原本无知的柳树也有了别情。

这是为李公麟《阳关图》题的诗。第一首诗的首二句说伯时的画,比有"断肠声"而"无形影"的《阳关曲》更能感人。后二句通过想象,进一步拓展画境,借阳关外天地苍茫的景色,来渲染"西出阳关无故人"的离情别绪。诗中虽然没有重现画面内容,但已将备尽离别悲泣之态的画意表现得淋漓尽致。

第二首诗主要是探究离情来自何处。原来"人事好乖当语离",人间之事多有不顺心之处,但最为不顺的便是那离别。随后一句"龙眠貌出断肠诗"便说李公麟的《阳关图》画出了王维《送元二使安西》的诗意。诗人进而推究那图中之柳因何而关情?原来并不是柳本来有情,而是离人自己将悲情加于物上,使得那柳树也有了情,从而进一步深化了龙眠《阳关图》的画意。

郭明甫作西斋于颍尾,请予赋诗二首

此诗是山谷应郭明甫之请作诗赋西斋。郭明甫:汝阳(今河南汝南)人,曾任推官,掌勘管刑狱的工作,性喜读书作文,常与来往的文士交游。西斋:书斋名。颍尾:颍水下游入淮之处,在今安徽颍上东南。

食贫自以官为业,闻说西斋意凛然。
万卷藏书宜子弟,十年种木长风烟。
未尝终日不思颍,想见先生多好贤。
安得雍容一樽酒?女郎台下水如天。

食贫自以官为业,闻说西斋意凛然——凛然:此为敬慕意。这两句是说:我自己家境清贫,只能把做官作为谋生的职业;听说朋友您新建西斋隐居读书,不由得使我心生敬意。

万卷藏书宜子弟,十年种木长风烟——这两句是说:西斋里藏书万卷,最宜于子弟们学习;十年种树,在风烟中生长成材。《管子》:"十年之计,莫如树木;百年之计,莫如树人。"此处"十年种树"语义双关,既是写实景,亦是对郭明甫的希望。

未尝终日不思颍,想见先生多好贤——这两句是说:我日日想念颍州的朋友您;想您是那样的礼贤好士。

安得雍容一樽酒?女郎台下水如天——女郎台:在颍州(今安徽阜阳),相传是春秋时鲁昭侯为迎接他的胡族夫人而筑的,故名。这两句是说:不知何时能与朋友您相会于西斋,把酒欢聚;何日可与您泛舟女郎台下,欣赏西斋清丽的景致。

　　　　东京望重两并州,遂有汾阳整缀旒。
　　　　翁伯入关倾意气,林宗异世想风流。
　　　　君家旧事皆青史,今日高材未白头。
　　　　莫倚西斋好风月,长随三径古人游!

东京望重两并州,遂有汾阳整缀旒——东京:指洛阳。两并州:指东汉的郭丹和郭伋,两人都是当时有声望的人,且都做过并州牧。汾阳:指郭子仪,他曾率军平定安史之乱,有中兴名将之称,封汾阳郡王。旒:指天子王冠上的旒。这两句是说:想那并州的两任州牧郭丹和郭伋,他们都是东京闻名的人物;还有那平定安史之乱、再造唐室的汾阳王郭子仪,他的功勋无疑是把天子冠冕上断了的旒又连缀起来。

翁伯入关倾意气,林宗异世想风流——翁伯:指西汉时的豪侠郭解,字翁伯,有豪气,他入关时,关中豪杰听到后争相与之交欢。林宗:即郭泰,字林宗,为东汉时的儒林领袖。他死后,蔡邕为之作了一篇极富感情的碑文。这两句是说:想那西汉豪侠郭解,他入关之时,关中豪杰与之意气相投,争相交欢;还有那东汉的郭林宗,誉满儒林,逝世之后他的风采依然留于世间。

君家旧事皆青史,今日高材未白头——君:你,即郭明甫。旧事:以前的事。高材:指郭明甫。这两句是说:以上的人事都是你们郭家以前出现的,且件件载于史册,现如今你有很高的才能而且年富力强。

莫倚西斋好风月,长随三径古人游——三径:陶渊明《归去来兮辞并序》:"三径就荒"。《文选》李善注引《三辅决录》说:"汉蒋诩隐居时,于房子前的竹子中开了三条小路,只与求仲、羊仲两人来往,后人就以三径作为隐士的居所之称。这两句是说:请你千万莫要贪图那西斋的风月美景,作一个隐居之人,而应该向先人们学习,济世立功。

第一首诗起二句扣题,说自己家境清贫,只能把做官作为谋生的职业,听说朋友新建了西斋隐居读书,不由得生起敬重之心。三四句写新作西斋风景优雅,藏书丰富,可以怡性,可以育人。五六两句写自己对颍州朋友的思念,赞美郭明甫礼贤好士。七八句结合自己,想象西斋清丽的景致、和雍的情事,以表明自己对西斋相聚的渴盼。程千帆先生说:"这篇诗赋西斋,但诗人却并没有到过西斋,所以全篇从想象落笔,化实为虚。'闻说'、'想见'、'安得'都非泛下。"此诗流畅清新,特别是颔联,律对精切,风致尤佳,为世所传颂。

第二首诗写对友人的勉励,希望他出来济世立功。整首诗前四句一直举了五位历史上郭姓名人的故事,是以郭姓人物的事迹勉励郭明甫,希望他向郭姓先人学习。随后两句称赞郭明甫年富力强,才华极高,故而在最后两句中希望他不要贪图西斋的风月美景,而应该像郭姓先人那样济世立功。这首诗引典较多,体现了宋代诗人以才学为诗的特点。

题落星寺岚漪轩

此诗作于何年难以确考,但此诗风格清新瘦硬,后世评家言及山谷诗风多举此为代表。落星寺:在江西南康(今星子县)。传说天上偶然陨落一颗巨星,触地即化作一座小岛,成为星子县境内的落星石。落星寺因此得名。岚漪轩:作者自注:"寺僧择隆作宴坐小轩,为落星之胜处。"

> 落星开士深结屋,龙阁老翁来赋诗。
> 小雨藏山客坐久,长江接天帆到迟。
> 宴寝清香与世隔,画图绝妙无人知。
> 蜂房各自开户牖,处处煮茶藤一枝。

落星开士深结屋,龙阁老翁来赋诗——开士:泛指僧人。龙阁:龙图阁的简称。龙阁老翁:指作者的母舅李常,时任龙图阁直学士。这两句是说:落星寺的僧人在寺院深处建了小屋,我舅舅龙图阁直学士李公曾到此赋诗。

小雨藏山客坐久,长江接天帆到迟——藏:掩藏。钱钟书评此句说:"胜处在雨之能藏,而不在山之可藏。"(见《谈艺录补订》)这两句是说:小雨藏山,访客留足,久久不曾离去;遥看长江,水天相接,帆船缓缓飘来。

宴寝清香与世隔,画图绝妙无人知——宴寝:闲居寝息。韦应物《郡斋雨中与诸文士宴集》:"宴寝凝清香。"画图:自注:"僧隆画甚富,而寒山、拾得画最妙。"寒山、拾得,唐代的诗僧。此句脱胎于韩愈《山石》:"僧言古壁佛画好,以火来照所见稀。"这两句是说:在落星寺闲居寝息,有与世隔绝的感觉;在寺中能见到鲜为人知、绝妙高超的图画。

蜂房各自开户牖,处处煮茶藤一枝——蜂房:落星寺是依山建筑的,从外面望去,房舍排比鳞次如蜂巢。户牖:窗户。藤一枝:指藤杖。《彦周诗话》载晦堂心禅师诗:"生涯三事衲,故旧一枝藤。乞食随缘过,逢山任意登。"亦或认为是通过烧枯藤煮茶。这两句是说:从外面远眺落星寺,房舍排比鳞次有如蜂巢,各自开着窗户;时而可见拄着藤杖的僧人在煮水品茗。

首二句醒题,"深结屋"已有深山藏古寺的画意。"龙阁老翁来赋诗"点出岚漪轩风景清幽,引动了龙图阁直学士的诗兴。颔联写景,小雨藏山,云雾迷漫,景致美妙,客人流连坐赏,不忍离去;落星湾开阔,远处天水相接,船帆自远处缓缓地飘来。颈联说在这里闲居和休息,有与世隔绝的感觉;在寺里能见到鲜为人知的图画,令人神清意远。尾联写从外面眺望落星岚漪轩的印象,通过烧枯藤煮茶反映僧居生活的枯寂,韵致高华。泉洌茗香,只有枯藤文火,才可得真味。元代方回《瀛奎律髓》评此诗:"意境奇恣,此种是山谷独辟。"方东树云:"此摹杜公《终明府水楼》,音节气味逼肖,而别出一段风趣。""中间两联,笔势往复展拓,顿挫起落。"本诗是山谷的名作,字锻句炼,末两句精心结撰,尤为江西诗评家所津津乐道。

◎ 词

沁园春

【题解】

山谷词中有些词用俚语写艳情,此词便为其中之一。宋代陈善《扪虱新话》卷三:"黄鲁直初作艳歌小词,道人法秀谓其以笔墨海淫,于我法中,当堕泥犁之狱。"故此篇词作当为山谷年轻时的作品。沁园春:词牌名。

　　把我身心,为伊烦恼,算天便知。恨一回相见,百方做计,未能偎倚,早觅东西。镜里拈花,水中捉月,觑着无由得近伊。添憔悴,镇花销翠减,玉瘦香肌。　　奴儿又有行期,你去即无妨我共谁?向眼前常见,心犹未足;怎生禁得,真个分离!地角天涯,我随君去,掘井为盟无改移。君须是,做些儿相度,莫待临时。

【新解】

　　把我身心,为伊烦恼,算天便知——这三句是说:我的身,我的心因为思念你而烦恼不已,这个就连上天也是知道的,它可为明鉴。此几句诉身心烦恼。

　　恨一回相见,百方做计,未能偎倚,早觅东西——做计:筹划,计划。《晋书·刘聪传》:"猗曰:'吾为卿做计,卿能用不?'"这四句是说:恨只恨我们只相见了一回,无论如何计划再次相见,却各自东西,终究不能相偎依。

　　镜里拈花,水中捉月,觑着无由得近伊——镜里、水中:喻空虚幻想,无法实现。《大智度论》卷六:"解了诸法,如幻,如焰,如水中月,如镜中像。"宋释道原《景德传灯录》卷三十《永嘉真觉禅师证道歌》:"镜里看形见不难,水中捉月争拈得?"这三句话是说:你犹如那镜中之花,水中之月,虽看得见,似在咫尺,却又如远在天涯,无由亲近。此三句承上句,说明因何而烦恼。

　　添憔悴,镇花销翠减,玉瘦香肌——镇:常,久。唐·褚亮《咏花烛》:"莫言春稍晚,自有镇开花。"这三句是说:身心憔悴渐添,犹如那久开之花色泽渐淡,常青之叶,翠色渐减,玉颜渐渐失色,香肌逐渐消瘦。此几句表明烦恼更深。

　　奴儿又有行期,你去即无妨我共谁——这两句是说:你的行期又一次逐渐临近,你远行倒也无妨,但剩下我又该和谁在一起呢?

　　向眼前常见,心犹未足;怎生禁得,真个分离——向:向来,以往。怎生禁得:

怎样耐得。宋代词人柳永《临江仙》："还经岁，问怎生禁得，如许无聊。"这四句是说：以往你我能经常相见，犹相看不厌，意犹未足；怎么能耐得住真正的分离呢？

地角天涯，我随君去，掘井为盟无改移——掘井为盟：说明其情志坚定不移。《孟子·尽心上》："有为者，辟若掘井。"这三句是说：无论是行至地角天涯，我都要随你而去，在你身边，我的决心如掘井为盟，永无改变。

君须是，做些儿相度，莫待临时——相度：考虑，思量，了解。《宋史·徽宗纪》："崇宁二年，遣官相度湖南北僚地，取其材植入贡，在京营造。"这三句是说：郎君你最好是早早地做些考虑，莫要等到眼前再临时决定。

此首词为山谷年轻时的作品。整首作品以一个年轻女子的口吻写出。上片首三句先说自己身心烦恼，上天可知，紧接着的七句向读者表明了其因何而烦恼，就是因为"一回相见"、"未能偎倚""觑着无由得近伊"，那思念之人似在咫尺，却又如远在天涯，怎能不生烦恼呢？随后三句是说思念越深，烦恼越甚，以致身心憔悴渐添，玉颜失色，香肌消瘦。下片前六句是写所思念之人的行期又一次逐渐临近，"眼前常见，心犹未足；怎生禁得，真个分离"，非常直白地道出了自己心中所想，一种难舍难分的场景，现于眼前。随后三句"地角天涯，我随君去，掘井为盟无改移"，表明她愿与思念之人常相左右，不禁使人想起了乐府名篇《上邪》。最后三句是叮咛之语，望他能够早早地做些考虑，莫要等到眼前再临时决定。全首词以非常直白的语言，道出了年轻女子的心声，表现出了作者率真的性情。

水调歌头

此词作于何年已难以考证。黄庭坚在坎坷的人生旅途中，世外桃源必是其向往之处。本首词作中词人设想自己置身一个桃花源般的世界中，用幻想手法，描写神游"桃花源"的情景。水调歌头：词牌名。

瑶草一何碧，春入武陵溪。溪上桃花无数，枝上有黄鹂。我欲穿花寻路，直入白云深处，浩气展虹霓。只恐花深里，红露湿人衣。　　坐玉石，倚玉枕，拂金徽。谪仙何处，无人伴我白螺杯。我为灵芝仙草，不为朱唇丹脸，长啸亦何为！醉舞下山去，明月逐人归。

瑶草一何碧，春入武陵溪——瑶草：仙草。一何：何其。武陵溪：用陶渊明《桃花源记》事，谓武陵渔人误入桃花源。那个地方与世隔绝，犹如仙境，故武陵溪在此处指人间仙境。这两句是说：我在春色正浓之时进入武陵桃源仙境，那株株仙草是何等碧绿。

溪上桃花无数，枝上有黄鹂——这两句是说：看那武陵溪上桃树漫布，花开无数，而那树枝上又有黄鹂鸣叫声声，春意盎然。

我欲穿花寻路，直入白云深处，浩气展虹霓——虹霓：即彩虹。这三句是说：我想穿过那无数的桃花，寻找进入桃花源的道路，一直到那白云深处，豪迈之气和天空里的彩虹相接，使我胸怀开阔，舒畅自如。

只恐花深里，红露湿人衣——红露：花上的露水。唐·王维《山中》："山路元无雨，空翠湿人衣。"此即化用其意。这两句是说：只是怕桃花无数，进入得太深，花上的露水会打湿我的衣服。

坐玉石，倚玉枕，拂金徽——金徽：即琴徽，用来定琴音高下的东西，此处借以指琴。这三句是说：我坐在玉石上，依靠着玉枕，拂弄着瑶琴。

谪仙何处，无人伴我白螺杯——谪仙：世称李白为谪仙。这里指嗜酒傲世的诗人。白螺杯：用白螺做成的酒杯。这两句是说：也不知那被贬下凡的诗仙身处何地，我一人独捧白螺杯，无人与我共饮。

我为灵芝仙草，不为朱唇丹脸，长啸亦何为——朱唇丹脸：比喻媚俗的样子。长啸：长叹。这三句是说：我是山中不同凡俗的灵芝仙草，不屑于涂脂抹粉做一个随俗媚世的小人，那又何必因计较得失而长吁短叹呢！

醉舞下山去，明月逐人归——明月逐人归：李白《下终南山过斛斯山人宿置酒》："暮从碧山下，山月随人归。"这两句是说：我因贪杯醉酒，乘醉下山，和我相随的只有那一轮孤月。

词用幻想的手法，描写神游"桃花源"的情景，反映了作者孤芳自赏、不肯媚世求荣的性格。上片逐层写神仙世界的美丽景象，"只恐花深里，红露湿人衣"，犹如苏轼中秋词"又恐琼楼玉宇，高处不胜寒"，曲折地表达了词人出世和入世的矛盾。下片一连用玉石、玉枕、金徽来表现其金玉般高洁的品行，并以谪仙不在来抒写知音难得的孤寂。"我为灵芝仙草，不为朱唇丹脸"，明确表示自己的去取："耻贵世上艳，所贵心之珍"(李白《拟古》)，自己所追求的是超凡脱俗之境，而不屑于涂脂抹粉做一个随俗媚世的小人，既然如此，又何必为得不到功名长吁短叹呢！

结二句从仙境回到人世,以孤月相随的映带手法,流露了自己独处无友的落寞。以景结情,含蓄不尽。

诉衷情

这首词为一首咏春景的小令,为读者展现了一幅江南秀丽的春景图,令人无限向往。诉衷情:词牌名。

小桃灼灼柳鬖鬖,春色满江南。雨晴风暖烟淡,天气正醺酣。
山泼黛,水挼蓝,翠相挽。歌楼酒旆,故故招人,权典青衫。

小桃灼灼柳鬖鬖,春色满江南——灼灼:鲜明光亮的样子。《诗经·周南·桃夭》:"桃之夭夭,灼灼其华。"鬖鬖(sān):纷披下垂的样子,此处指柳丝下垂。唐·韦庄《古离别》诗:"晴烟漠漠柳鬖鬖,无那离情酒半酣。更把玉鞭云外指,断肠春色在江南。"此处即化用其意。这两句是说:朵朵桃花鲜红,丝丝柳线低垂,美丽的江南春色一片。

雨晴风暖烟淡,天气正醺酣——醺酣:指春日天气宜人,令人陶醉其中。这两句是说:雨后新晴,暖风拂过,将烟雾渐吹渐远,淡无踪迹,那阳春的天气醉了人们的心田。

山泼黛,水挼蓝,翠相挽——泼黛:山色苍翠有如泼到画面上的黛色。黛,石青色的颜料。唐·顾况《华山西冈游赠隐玄叟》:"群峰郁初霁,泼黛若鬅沐。"挼(ruó)蓝:形容水好似揉搓蓝草而生的汁水。挼,揉搓。唐·白居易《池上》:"直似挼蓝新汁色,与君南宅染罗裙。"这三句是说:山色苍翠,好似黛青泼成一般,水色湛蓝,仿佛揉进了蓼蓝,那山的青翠与水的湛蓝互相挽连。

歌楼酒旆,故故招人,权典青衫——酒旆(pèi):酒旗。故故:故意,有意。权:暂且,权且。典:典当,抵押。青衫:唐代制度,文官八品、九品穿青袍。杜甫《曲江三首》其二:"朝回日日典春衣,每日江头尽醉归。"此处用其意。这三句是说:歌楼上的酒旗迎风招展,好似在故意召唤客人,惹得我为了喝酒先去当掉了衣衫。

这首小词以轻快的笔调写出了江南春天的秀丽风光,是一首很精彩的描写春景的小令。

首二句抓取春天最具代表性的特征,那就是朵朵桃花鲜红,丝丝柳线低垂,使人一下子便有了春的概念。第三、四句转写天气,雨后新晴,风吹烟雾渐行渐远,暖风拂面,甚是醉人,这样的天气便使人陶醉其中。江南山水永远是那么使人向往,白居易"春来江水绿如蓝"曾使多少人神往,山谷此词下片首三句"山泼黛,水挼蓝,翠相挽"一气而下,黛、蓝、翠,色彩浓重,构成了一幅郁郁葱葱的图画。最后三句及人,"故故招人"将人想喝酒的心态描写得十分生动,在人的眼中,那酒旗似乎在故意勾引他,因此即使无钱也要当掉衣服,喝上几杯,从而也写出了词人的性格。从整体上看,此词具有鲜明的层次感,第一层写桃柳,第二层写天气,第三层写山水,第四层及人,脉络十分清晰,写得清新明快,富于生活乐趣。

望江东

此词抒写热恋中的感情,极为细腻,其意随词句层层转折,颇具民歌风味,却俚而不俗,既有民歌的率真淳朴,又有文人词的含蓄优雅。望江东:词牌名。

江水西头隔烟树,望不见江东路。思量只有梦来去,更不怕江阑住。　　灯前写了书无数,算没个人传与。直饶寻得雁分付,又还是秋将暮。

江水西头隔烟树,望不见江东路——唐·岑参《春梦》:"洞房昨夜春风起,故人尚隔湘江水。枕上片时春梦中,行尽江南数千里。"此处化用其意。江东路:指爱人所在的地方。这两句是说:我住在江水的西头,由于相隔遥远,望不见江东的爱人。

思量只有梦来去,更不怕江阑住——思量:考虑。阑:拦,阻拦,隔开。这两句是说:江水能拦住人的身,却拦不住人的心,你我可以在梦中与对方相会。

灯前写了书无数,算没个人传与——书:信。算:算计。传与:传递。这两句是说:我晚上在灯前写了许多给你的书信,以慰我相思之苦,但计算来计算去却没有一个人可以帮我传递给你。

直饶寻得雁分付,又还是秋将暮——直饶:即使,就算是。分付:交付。这两句是说:即使能找到鸿雁传个信儿,可是已经到了秋末,时间也太晚了。

【新评】

首二句写山长水远,不见伊人的怅惘。接着词意一转,说虽然身无彩凤双飞翼,却心有灵犀一点通,梦中可以与她相见。过片再一转,说梦中即使能够与伊相见,却因为思恋之极而不能成眠,做不成梦,所以披衣起来,在灯下写就情书,以慰相思之情。结二句再一转,说情书写好后,本可请鸿雁传送,可是已到了秋末,一只雁儿也找不着! 只留下不尽的怅惘。这首词把热恋中的感情写得婉曲细腻,词意层层转折,音律可颂,饶有民歌风味。

水调歌头

【题解】

此词作于何年已难确考,因黄庭坚平生未曾到过边塞,但此词内容又与边塞有关,当为应时之作。全词气格雄豪,又有强烈的政治性,在山谷词中是比较独特的一首。

落日塞垣路,风劲戛貂裘。翩翩数骑闲猎,深入黑山头。极目平沙千里,惟见雕弓白羽,铁面骏骅骝。隐隐望青冢,特地起闲愁。 汉天子,方鼎盛,四百州。玉颜皓齿,深锁三十六宫秋。堂有经纶贤相,边有纵横谋将,不减翠蛾羞。戎虏和乐也,圣主永无忧。

落日塞垣路,风劲戛貂裘——塞垣:指边塞之地。戛(jiá):敲击,刮碰。这两句是说:边境地区山远路阔,一轮红红的落日下垂,劲风吹过,刮动了骑士身上的戎装。

翩翩数骑闲猎,深入黑山头——翩翩:行动轻疾迅速。闲猎:进行军事操练。黑山:此处指边地的山峦。《木兰辞》:"旦辞黄河去,暮宿黑山头。"指位于内蒙古的杀虎山。此处是借用典故。这两句是说:看那远处,骑士骑着骏马疾驰,一直深入到山中。

极目平沙千里,惟见雕弓白羽,铁面骏骅骝——雕弓:弓身上雕饰文彩。白羽:箭杆上装有白色羽毛。二词连用是对弓箭手的美称。铁面:战马佩戴的铁制面具。骅骝:赤色骏马。《荀子·性恶》中说骅骝是古代的良马。这三句是说:极目远望,平沙千里,能看见的是那战士的雕弓白羽在晃动,那铁面骅骝在疾驰。

隐隐望青冢,特地起闲愁——青冢:汉代王昭君的墓。边境地区多白草,而昭君墓上的草独青,故而称为青冢。唐·杜甫《咏怀古迹五首》之三:"一去紫台连朔漠,独留青冢向黄昏。"这两句是说:顺眼望去,但见青冢隐隐,似在有无之中,我的心中蓦地泛起了忧愁。

　　汉天子,方鼎盛,四百州——汉天子:借指北宋皇帝,唐宋诗歌中多以汉天子指代唐宋的帝王。四百州:指北宋所统治的区域。宋·汪元量《湖州歌》之六:"夕阳一片寒鸦外,目断东西四百州。"这三句是说:试看那当朝天子,坐拥四百军州,年富力强,国运鼎盛。此实为讽刺之意。

　　玉颜皓齿,深锁三十六宫秋——玉颜皓齿:指后宫佳丽。楚国宋玉《神女赋》:"貌丰盈以庄姝兮,苞温润之玉颜。"三十六宫:谓宫殿之多。汉·班固《西都赋》:"离宫别馆,三十六所。"这两句是说:那众多佳丽遍布后宫,秋月当空,梧桐疏影,她们在寂寞中等待着帝王的临幸。此两句写皇帝拥有大量后宫佳丽,供其享用。

　　堂有经纶贤相,边有纵横谋将,不减翠蛾羞——经纶:理出丝绪叫经,把丝编成绳子叫纶,二者合称经纶。引申为治理国家。纵横:原指战国时合纵和连横两种策略,此处意为经营、谋划。翠蛾:女子的眉毛,此处指王昭君。这三句是说:朝廷上有善于治国的贤相,边境上有经营善谋的良将,但却不能减除昭君"出塞和亲"的耻辱。

　　戎虏和乐也,圣主永无忧——戎虏:古代对我国西部和北部少数民族的称谓,按方位分别有东夷、南蛮、西戎、北狄。这两句是说:昭君的和亲换来了国家的安定,圣朝皇帝就可以无忧无虑了。此两句矛头直指皇帝,极尽讽刺之意。

【新评】

　　此词作年难以确考,山谷终生未到过边塞,故此词当为应时之作。上片前七句给我们展现了一幅边地骑士驰骋射猎的场面。"落日"、"劲风"给人一种肃杀感,然后画面上疾驰过来一队骑士,一直向远处的山中奔去,极目远望,平沙千里,唯有那骑士们的雕弓白羽映入眼中,紧接一句"铁面骏骅骝"让人感到一种铁骑飞奔,英姿飒爽的场面。到此作者眼光放远,那隐隐青冢在望,顿起忧愁。下片写作者忧愁的内容。一共用了七句,运用讽刺的手法,写了皇帝坐拥四百军州,后宫佳丽无数,朝廷上有治国之能臣,边疆之地有善谋之武将,但继而一句"不减翠蛾羞"将皇帝的神威,臣属将领的贤能统统扫掉,因为国家的安定竟要靠一弱小女子和亲而换得,那么皇帝和臣属的无能也就体现出来了,末二句高唱"戎虏和乐也,圣主永无忧",实则极尽讽刺挖苦之意。此词当为一首豪放词,但并非一味豪放,而是在豪放之中蕴含沉郁。

鹧鸪天

座中有眉山隐客史应之和前韵,即席答之

山谷于绍圣三年谪涪州别驾,黔州安置,后移戎州安置。史应之,山谷初至戎州贬所新结识的朋友。此词为元符三年(1100)重阳节后所作。同调同韵三首,此为第一首,自和前首韵。鹧鸪天:词牌名。

黄菊枝头生晓寒,人生莫放酒杯干。风前横笛斜吹雨,醉时簪花倒著冠。身健在,且加餐,舞裙歌板尽清欢。黄花白发相牵挽,付与时人冷眼看。

黄菊枝头生晓寒,人生莫放酒杯干——这两句是说:已是深秋时分,天气已然略生寒意,枝头黄菊行将落地;人生在世,定要痛饮美酒,莫要辜负良辰。此二句由爱惜菊花引入到作者的自我怜惜。

风前横笛斜吹雨,醉时簪花倒著冠——"醉时"句:《世说新语》中记载,晋时孟嘉为桓温参军,重阳节那天桓温率领属僚游龙山,风吹落了孟嘉的帽子而孟嘉浑然不觉,此事后被传为风流雅事。这两句是说:我在风雨中吹笛,而不觉身处风雨之中;我在喝醉酒的时候头上簪花,倒戴着帽子,也不怕因此而被别人取笑。此二句写出了山谷的傲气。

身健在,且加餐,舞裙歌板尽清欢——身健在:唐·杜甫《九日蓝田崔氏庄》:"明年此会知谁健?醉把茱萸仔细看。"此处化用其意。且加餐:《古诗十九首》:"努力加餐饭。"这三句是说:我现在身体尚健,应放下心中之事,吃时当吃,眠时当眠,檀板歌舞之乐去尽情享受。

黄花白发相牵挽,付与时人冷眼看——付与:让,给与。这两句是说:只管在花白的头发上簪上黄菊花以自娱自乐,任凭他世人对自己冷眼相看。此二句写出了山谷达观的心态。

山谷初贬戎州时,作枯木寮、死灰庵,喻其心如枯木死灰,以泄抑郁之情。此词也是表现山谷的不平之气。首二句由秋深黄菊将落的惜花心绪写起。惜花即是自惜,所以径劝朋友不要忘了痛饮美酒,辜负良辰。"风前"二句,写醉中天地宽的情态,显露目中无人的傲气。下片换头是以自娱自乐的形式对现实迫害进行调侃

与反击。结二句以黄菊、白发相映衬,表明自己黄花晚节香、冷眼任时人。通篇流露出对世俗之人的极度蔑视与侮弄,反映了山谷历尽磨难志节愈坚的可贵品性。

醉蓬莱

【题解】

此词为山谷于绍圣二年(1095)赴黔州途中所作。词中通过悲与乐的多次对比,突出作者在赴贬所途中的复杂心情。醉蓬莱:词牌名。

　　对朝云叆叇,暮雨霏微,乱峰相倚。巫峡高唐,锁楚宫朱翠。画戟移春,靓妆迎马,向一川都会。万里投荒,一身吊影,成何欢意!　　尽道黔南,去天尺五,望极神州,万重烟水。尊酒公堂,有中朝佳士。荔颊红深,麝脐香满,醉舞裀歌袂。杜宇声声,催人到晓,不如归是。

对朝云叆叇,暮雨霏微,乱峰相倚——朝云:战国·宋玉《高唐赋》中巫山神女对楚王说:"旦为朝云,暮为行雨。朝朝暮暮,阳台之下。"叆叇(àidài):云彩很浓而覆日。晋·潘尼《逸民》:"朝云叆叇,行露未晞。"这三句是说:看那天空中云彩覆日,细雨霏霏,烟雨凄迷,高入云霄的山峰层层相倚。

巫峡高唐,锁楚宫朱翠——巫峡:为长江三峡之一,西起巫山,东至巴东。高唐:战国时楚国的台观。楚宫:楚国的离宫。朱翠:此处指美女。这两句是说:想那绵延的巫峡,像高唐观一样的楚国宫观处于其间,不知有多少佳丽身处其中,终身未出。

画戟移春,靓妆迎马,向一川都会——画戟:彩饰之戟,指出迎官员的仪仗。靓妆:盛装,美丽的装饰。这三句是说:当地官员听说我路过此地,都身着盛装,前摆仪仗,一齐过来欢迎我的到来,其热情有如春风拂面。

万里投荒,一身吊影,成何欢意——投荒:被流放、贬谪到边远荒蛮之地。吊影:形影相吊,孤独无依。晋·李密《陈情表》:"茕茕孑立,形影相吊。"这三句是说:虽然当地官员士子热情地欢迎我,但我是被贬谪到边远的荒蛮之地的逐臣,形影相吊,孤独无依,又怎么能够欢喜起来呢?

尽道黔南,去天尺五,望极神州,万重烟水——黔南:即黔州,山谷贬所的所在地。去天尺五:言地势极高。《辛氏三秦记》中有汉民谚:"城南韦杜,去天尺五。"

神州：指中原之地。作者为逐臣，被贬蛮荒，望神州即表示回望中原，返回京城。这四句是说：人们都说黔州地势极高，离天只有尺五，在那里回望中原，只见山重重，水重重，烟水迷离不知处。

尊酒公堂，有中朝佳士。荔颊红深，麝脐香满，醉舞裀歌袂——尊：即樽。中朝：即朝中。麝脐：麝香。舞裀：舞衣。袂，夹衣。这五句是说：置酒公堂之上，觥筹交错，其中不乏朝中的风流名士，我置身其中，看到的是白里透红的面颊，闻到的是氤氲馥郁的香气，听到的是令人陶醉的歌声，还有那随乐而起的优美舞蹈。

杜宇声声，催人到晓，不如归是——杜宇：即杜鹃，传为古蜀帝杜宇精魂所化。不如归是：杜鹃鸣声悲苦，其声若"不如归去"。这三句是说：宴罢而归，夜深人静，杜宇"不如归去"的啼声一直叫到天明。

这首词写于山谷赴黔州贬所的途中，作为逐臣的心情是十分悲愤的，但他在那里受到了地方官员的热情接待，故而此词是在悲与乐的多次对比中展开的。

上片首三句，先写出了烟雨凄迷，乱峰相依的景象，再以历史神话相接，给人一种凄迷悠远的境界，这样正与作者贬谪荒远之地的惆怅相互协调，这是悲。紧接"画戟"三句，是说地方官员士子的热情迎接，这种盛况又是一种乐。面对此种快乐的场景，作者却有了形影相吊，孤独无依的悲凉之感，这又从乐转悲。下片首四句承上片之悲，设想在贬所之地回望中原的怅惘，但紧接着"尊酒"五句是一大转折，写出了地方官员设宴款待他的热情场面，从而由前面的悲转入乐，但是场面的欢乐并不能使诗人快乐，那杜宇声声，分明是一种深深的乡愁。清·王夫之说："以乐景写哀，以哀景写乐，一倍增其哀乐。"这首词正是此说的具体应用。

蓦山溪

赠衡阳妓陈湘

此词为山谷一首赠别之作，所赠者就是衡阳的歌妓陈湘，她是山谷所钟情的一位女子。衡阳：在今湖南。妓：歌妓。蓦山溪：词牌名。

鸳鸯翡翠，小小思珍偶。眉黛敛秋波，尽湖南、山明水秀。娉娉袅袅，恰似十三馀。春未透，花枝瘦，正是愁时候。　　寻花载酒，肯落谁人后？只恐远归来，绿成阴、青梅如豆。心期得处，每自不由人。长亭柳,君知否,千里犹回首。

鸳鸯翡翠,小小思珍偶——鸳鸯翡翠:皆偶禽。雄为鸳,雌为鸯;雄赤为翡,雌青为翠。这两句是说:鸳鸯翡翠,虽是小小的禽鸟,也知道去相互珍爱,互相怜惜。

眉黛敛秋波,尽湖南、山明水秀——黛:黛青色,常用以画眉。这三句是说:你的黛眉之下敛聚一汪秋水,那眉如远山之明,眼若秋水之秀,无人能比。

娉娉袅袅,恰似十三馀——娉娉袅袅:形容女子身段柔软娇美。十三馀:言其年华韶秀。唐·杜牧《赠别》:"娉娉袅袅十三馀,豆蔻梢头二月初。"这两句是说:你的身段柔软娇美,恰似十几岁的少女,韶华似锦。

春未透,花枝瘦,正是愁时候——春未透:喻陈湘对男女风情还不太了解。花枝瘦:喻陈湘腰肢苗条。愁时候:写陈湘多愁善感。这三句是说:陈湘正是情窦初开的时候,体态轻柔,腰肢苗条,但对男女风情还不太了解。

寻花载酒,肯落谁人后——寻花:约会陈湘。这两句是说:想当时,乘船载酒与你约会,又怎肯落后于他人。

只恐远归来,绿成阴、青梅如豆——绿成阴、青梅如豆:唐·杜牧曾爱上一位少女,后来过了若干年准备娶她时,她已另嫁别人,儿女绕膝,杜牧不胜惆怅,作《叹花诗》:"自是寻春去太迟,不须惆怅怨芳时。狂风吹尽深红色,绿叶成阴子满枝。"这三句是说:只是怕我远游从他乡归来之后,你已另属他人,恰似那杨梅树已绿叶成阴,子实满枝了。

心期得处,每自不由人——心期:内心深处的期望。这两句是说:我内心深处的期望却每每与我所得不尽相同,不能尽如我愿。

长亭柳,君知否,千里犹回首——这三句是说:你我在十里长亭相别,亭边杨柳依依,牵拂柳线,你知道吗?我不管走多远都会想念你。此三句写出了临别的感伤之情。

这是一首赠别词,赠别的对象是山谷情有所钟的一位女子。上片写她妙年怀春。她眉如远山,眼似秋水,体态轻柔,韶华似锦,正是情窦初开的时候。下片抒别离之感。先写与陈湘相见恨晚的感受,接着悬想别后归来时名花易主的悲哀,再写临别伤怀的情绪。构思宛曲,出人意表。既写得风情万种,又艳而不冶,媚而不妖,是同类题材中的佳作。

定风波

次高左藏使君韵

绍圣二年（1095），山谷贬涪州别驾，黔州（今四川彭水）安置。此词在绍圣四年作于黔州贬所。高左藏使君：指高羽。左藏，左藏库使，官阶名。使君，汉代对太守的称呼，此指黔州知守。据山谷《致泸州帅王补之》，高羽于绍圣四年代曹谱为黔州守。

万里黔中一漏天，屋居终日似乘船。及到重阳天也霁，催醉，鬼门关外蜀江前。　　莫笑老翁犹气岸，君看，几人黄菊上华颠？戏马台南追两谢，驰射，风流犹拍古人肩。

万里黔中一漏天，屋居终日似乘船——漏天：对多雨地区的一种称呼。四川多雨，此处以漏天称黔州。这两句是说：万里之外的黔州，连阴久雨，像天漏了一样，虽终日住在房里，也似置身船中。这两句表明贬谪环境之险恶。

及到重阳天也霁，催醉，鬼门关外蜀江前——鬼门关：即石门关，在四川奉节东，两山相夹如门户，"天下之至险也"（宋·陆游《入蜀记》）。蜀江：指四川境内流经彭水县的乌江。这三句是说：等到了重阳佳节，云开日出，我乘兴醉酒于鬼门关外蜀江之前。此几句一转，"及到"与"也"相呼应，透出作者欣喜之情。"鬼门关外"一句回应开头，反衬作者之豪迈。

莫笑老翁犹气岸，君看，几人黄菊上华颠——气岸：气概傲岸。唐·李白《流夜郎赠辛判官》："气岸遥凌豪士前，风流肯落他人后。"华颠：白头。古时重阳有簪菊的风俗。唐·杜牧《九日齐山登高》："尘世难逢开口笑，菊花须插满头归。"这三句是说：不要取笑我气概傲岸，君试看，白头老翁插戴黄菊者能有几人？

戏马台南追两谢，驰射，风流犹拍古人肩——戏马台：在今江苏铜山县南，为项羽所筑。晋·刘裕北征之彭城，会群僚于此，赋诗为乐。当时名诗人谢瞻、谢灵运各赋诗一首。两谢：指谢瞻和谢灵运。拍古人肩：追踪古人。晋·郭璞《游仙诗》："左挹浮丘袖，右拍洪崖肩。"这三句是说：若论咏诗做赋，我可追步晋时的谢瞻和谢灵运；若论骑马射箭，我仍可与古时的风流豪杰比肩。

作者写这首词时，虽然历经磨难，却老当益壮，穷且益坚。上片首二句写黔中气候,表明贬谪环境之险恶。诗人被贬到万里之外,秋霖连绵,住在房里也有乘船时浪高船覆的忧惧之心。"及到重阳"三句,词境一转,从阴晦沉重一变而为云开日出,心胸为之开张。重阳醉酒,且在"鬼门关外蜀江前"醉酒,已经流露出不以得失为念的傲兀之气,为下文作张本。下片"莫笑"句承上点明自己的傲岸之气,再以菊花簪白头的细节写出不服衰老之气。结三句更以文才武艺,追步古人,写出自己的英风豪气,无限风流自赏。

西江月

此词作于元符二年(1099),时山谷在戎州贬所,全词以幽默的口吻述说了由戒酒不饮到开怀畅饮的一个心理变化过程。西江月:词牌名。

老夫既戒酒不饮,遇宴集,独醒其旁。坐客欲得小词,援笔为赋。

断送一生惟有,破除万事无过。远山横黛蘸秋波,不饮旁人笑我。　　花病等闲瘦弱,春愁没处遮拦。杯行到手莫留残,不道月斜人散。

小序意为:老夫戒酒,一次遇有宴会,我独自坐在旁边不饮。客人当中有人想要我一首小词,我提笔写了下面一首。

断送一生惟有,破除万事无过——唐·韩愈《遣兴》:"断送一生唯有酒,寻思百计不如闲。"又《赠郑兵曹》:"杯行到君莫停手,破除万事无过酒。"这两句是说:酒既可以断送人的一生,酒也可以使事情迎刃而解。此二句揭示了酒的正反两方面的作用。

远山横黛蘸秋波,不饮旁人笑我——远山横黛:指眉毛。《西京杂记》:"卓文君姣好,眉毛如远山。"伶玄《赵飞燕外传》中说赵飞燕之妹合德为薄眉,号远山黛。黛,石青色颜料,女子常用以画眉。秋波:指眼波。这两句是说:那斟酒的女子眉似远山,眼波清澈,我如果不喝的话别人也会笑我。

花病等闲瘦弱,春愁没处遮拦——等闲:无端。遮拦:为排遣之意。这两句是说:花儿若无病,怎么会无端地变得瘦弱,那积郁的春愁也没有地方排遣。

杯行到手莫留残,不道月斜人散——杯行到手莫留残:北周·庾信《舞媚娘》:"少年惟有欢乐,饮酒那得留残?"又唐·韩愈《赠郑兵曹》:"杯行到君莫停手,破除万事无过酒"。不道：不奈或不堪。宋·王安石《伤春怨》："与君相逢处，不道春光暮。"这两句是说：举杯饮酒，哪能有所剩馀，定要开怀痛饮，最无奈的就是我依然兴致不减，但月轮西斜，众人都已散尽。

此首词以诙谐幽默的口吻述说了自己由戒酒不饮到开怀畅饮的心理变化过程。开头两句"断送一生惟有，破除万事无过"各省掉一个"酒"字，即"断送一生惟有酒，破除万事无过酒"，分别揭示了酒可坏事亦可以成事的两方面的作用。紧接两句"远山横黛蘸秋波，不饮旁人笑我"给我们传达了在酒宴上倒酒的歌女的眉似远山，眼若秋水，倒酒不饮，因而见笑于人。下片开头两句似很突然，"花病等闲瘦弱，春愁没处遮拦"，那积郁的春愁无处可以排遣，既是这样，何不借酒消愁呢？故而说"杯行到手莫留残，不道月斜人散"，一定要喝，而且要一醉方休。此词以寻常之语感叹世事，使人能够感受到作者内心郁结的愁苦，虽明白如话，但颇具意味。

千秋岁

此词作于崇宁三年(1104)，时山谷贬往宜州，途径衡阳时，追怀友人秦观，故作此词。千秋岁：词牌名。

少游得谪，尝梦中作词云："醉卧古藤阴下，了不知南北。"竟以元符庚辰死于藤州光华亭上。崇宁甲申，庭坚窜宜州，道过衡阳，览其遗墨，始追和其《千秋岁》词。

苑边花外，记得同朝退。飞骑轧，鸣珂碎。齐歌云绕扇，赵舞风回带。严鼓断，杯盘狼藉犹相对。　　洒泪谁能会？醉卧藤阴盖。人已去，词空在。兔园高宴悄，虎观英游改。重感慨，波涛万顷珠沉海。

小序意为：秦观被贬，曾在梦中作词，其中有一句写道："醉卧古藤阴下，了不知南北。"果然他于元符三年在藤州光华亭上去逝。崇宁三年，我被贬宜州，路过衡阳，看到了他的遗作，因此追和了他的《千秋岁》词。

苑边花外，记得同朝退——苑：园林。此应指汴京城西的琼林苑及对面的金明池,为皇帝赐宴新科进士之处。故址在河南开封城西。同朝退:一同上朝退朝。哲宗元祐年间,山谷任《神宗实录》检讨官,时秦观为秘书省正字兼国史院编修官。这两句是说:记得我与你一同在京城琼林苑游宴,诗酒唱和,流连胜景,一同上朝退朝,任职馆阁。

飞骑轧,鸣珂碎。齐歌云绕扇,赵舞风回带——飞骑:飞驰的车马。鸣珂:马笼头上的玉饰在车马行进时发出的响声。齐歌:齐国人善歌,故以齐歌指动听的歌曲。赵舞:赵国的女子善舞,所以用赵舞指美妙的舞蹈。这四句是说:飞驰的车马驶过,那马头上的玉饰发出响亮的撞击声,你我一同听歌观舞,那歌声使云儿绕扇而听不肯向前,那舞蹈美妙,衣带随风飘飘。

严鼓断,杯盘狼藉犹相对——严鼓:指急促的鼓声,又指更鼓。断:停止不敲,即天已快亮。狼藉:散乱不整的样子。这两句是说:你我举杯宴饮直到天亮,虽然杯盘散乱不整,但我们依然兴致不减,相对而饮,相对而语。

洒泪谁能会?醉卧藤阴盖——这两句是说:想到此处,想到少游已真得离去,永远不得复见,我不禁潸然泪下,但有谁能领会其中的痛楚呢?

人已去,词空在。兔园高宴悄,虎观英游改——兔园:为汉·梁孝王所筑,梁王好文学,常与文学名士游宴其中。兔园高宴,即指黄、秦等人元祐年间的金明池雅集。虎观:即汉代的白虎观。东汉章帝在建初四年会群儒于此,讲论五经。此指宋朝宫中的馆阁。英游:英才名士之间的交游。这四句是说:少游永逝,空留其词作在世。当初你我诸人的雅集游宴已然声悄,馆阁同僚亦纷纷罢斥,局面早改。

重感慨,波涛万顷珠沉海——珠沉海:喻秦观逝世。唐·孟郊有句云:"珠沉百泉暗。"这两句是说:想到秦观逝世,犹如明珠永沉海底,我心中犹如波涛翻滚,感慨万千。

此词是一首悼念朋友的词作。时山谷被贬宜州,途经衡阳,于孔毅父处见到秦观的遗作《千秋岁》,这时秦观已经亡故五年,山谷追和此词,借以悼念故人。

上片为回忆与秦观同在京城时的欢乐,他们游宴琼林苑,一同上朝退朝,诗酒唱和。"飞骑"、"鸣珂"顿时给人一种奔驰的快意,继之而来的是"齐歌"、"赵舞",俩人一同听歌观舞,把酒畅谈,直至天亮,依然兴致不减。

词的下片转入悼念,与上片的游宴唱和形成对比,下片是悲。故人已逝,空留其词在世,昔日的游宴唱和已然声悄,对朋友的痛惜之情充溢其中。最后两句尤为沉痛,"波涛万顷珠沉海",使他感慨百端。

此词感情深沉,上下两片通过乐与悲的强烈对比,抒发自己对亡友的沉痛悼念,同时也蕴含自己的身世之感和切身之痛。

定风波

此词作于绍圣四年(1097),时山谷在黔州。这首词从对人生的思考写到对情感的追求,表述了超越名利而归趣于情的精神诉求。定风波:词牌名。

把酒花前欲问溪,问溪何事晚声悲?名利往来人尽老,谁道,溪声今古有休时。 且共玉人斟玉醑,休诉,笙歌一曲黛眉低。情似长溪长不断,君看,水声东去月轮西。

把酒花前欲问溪,问溪何事晚声悲——这两句是说:我把酒花前,端着酒杯,想问一问那溪水,你因何事在傍晚时分而放悲声?

名利往来人尽老,谁道,溪声今古有休时——名利往来:《史记·货殖列传》:"天下熙熙,皆为利来;天下攘攘,皆为利往。"这三句是说:天下之人,为了功名利禄,四处奔波,一直到老,可是又有谁敢说这溪声从古到今有过歇息呢?

且共玉人斟玉醑,休诉,笙歌一曲黛眉低——玉人:指貌美如玉的女子。唐·杜牧《寄扬州韩绰判官》:"二十四桥明月夜,玉人何处教吹箫。"玉醑(xǔ):美酒。休诉:指不要推辞饮酒。唐·韦庄《菩萨蛮》:"须愁春漏短,莫诉金杯满。"黛眉:指用黛青色画的眉毛,此处指女子之眉。这三句是说:暂且和貌美如玉的女子浅斟低唱,不要推辞,且听那笙歌一曲,看那歌女唱罢低眉。

情似长溪长不断,君看,水声东去月轮西——"水声"句:唐·许浑《登洛阳故城》:"水声东去市朝变。"此处化用其意。这三句是说:那绵邈的深情恰似长溪之水,连绵不断,你看,水声东去,月轮西斜,留给人的是悠长的情思。

此词作于黔州,从写对人生的思考转到对情感的追求。上片以溪流比喻为了名利而四处奔走的人,"名利往来人尽老,谁道,溪声今古有休时",溪声今古不变,似在言说不尽的感慨。名利终是身外之物,既然这样,人生当求于何处呢?下片词人一转,"且共玉人斟玉醑""笙歌一曲黛眉低",转向了浅斟低唱,转向了对情的追求,"情似长溪长不断,君看,水声东去月轮西",给人一种悠长的情思。

菩萨蛮

【题解】

此词作年不详。词以隐逸为主题,运用前人诗句为词,移花接木,妙慧天成。菩萨蛮:词牌名。

王荆公新筑草堂于半山,引八功德水作小港,其上垒石作桥,为集句云:"数间茅屋闲临水,窄衫短帽垂杨里。花是去年红,吹开一夜风。梢梢新月偃,午醉醒来晚。何物最关情,黄鹂三两声。"戏效荆公作。

半烟半雨溪桥畔,渔翁醉着无人唤。疏懒意何长,春风花草香。　　江山如有待,此意陶潜解。问我去何之,君行到自知。

【新解】

小序意为:荆公王安石在半山新建了草堂,引八功德水作了个小小的靠船的港口,又在上面用石头砌了座桥,采古人诗句为己用,写了首小词:"数间茅屋闲临水,窄衫短帽垂杨里。花是去年红,吹开一夜风。　　梢梢新月偃,午醉醒来晚。何物最关情,黄鹂三两声。"因此我也效法王安石作了下面一首。

半烟半雨溪桥畔,渔翁醉着无人唤——"半烟"句:唐·郑谷《柳》:"半烟半雨溪桥畔,映杏映桃山路中。""渔翁"句:唐·韩偓《醉着》:"渔翁醉着无人唤,过午醒来雪满船。"这两句是说:溪上一片氤氲迷濛,究竟是烟是雨,难以分辨,溪边桥畔,有一个渔翁酒醉酣眠,四周悄无声息,没有人来惊醒他。

疏懒意何长,春风花草香——"疏懒"句:唐·杜甫《西郊》诗:"无人觉来往,疏懒意何长。""春风"句:唐·杜甫《绝句二首》:"迟日江山丽,春风花草香。"这两句是说:因为无人唤醒他,渔翁的睡意依然绵长,而他的周围则春光明媚,微风拂过,花草幽香暗至。

江山如有待,此意陶潜解——"江山"句:唐·杜甫《后游》:"江山如有待,花柳自无私。""此意"句:唐·杜甫《可惜》:"此意陶潜解,吾生后汝期。"这两句是说:那秀丽的江山在等待着我的归来,此中意味陶渊明是深知的。

问我去何之,君行到自知——这两句是说:你要问我归至何处,我无法告诉你;但你如果同我一起去体验一番,你定会明白我将要去向何方。

此词叙述了归隐之意，山谷借前人诗句为词，依靠自己深厚的学问功底，集句成词，但丝毫无生硬之感，妙慧天成，意境也胜于原诗。上片首二句为我们描绘了一幅闲适的溪桥野渔图，那溪上氤氲迷濛，半烟半雨，恍若仙境。溪边桥畔，渔翁醉酒酣眠，四周一片安静。接下来二句，运用了杜甫诗中句子，将读者引入杜甫的诗境，使我们感受到春风拂面，日头渐高，花香弥漫的景象，从而将读者引入了一个春意盎然的世界。下片"江山如有待，此意陶潜解"二句转换了角度，作者实际向往大自然的美好，但却将自己的想法移植到自然江山之上，运用拟人化的写法，深化了对自然的向往，随后以陶渊明的隐逸之事挑明此词作的主题。此词的最后二句"问我去何之，君行到自知"是表明自己决心归隐。作者欲归何处，别人问起，笑而不答，不过若随之而去，则定会明白其踪迹。此二句结束得非常工稳，不禁有杳然而去之感。

虞美人

宜州见梅作

此词作于崇宁三年(1104)冬，写作者在宜州贬所见梅时的感受。宜州：今广西宜山县。虞美人：词牌名。

天涯也有江南信，梅破知春近。夜阑风细得香迟，不道晓来开遍向南枝。　玉台弄粉花应妒，飘到眉心住。平生个里愿杯深，去国十年老尽少年心。

天涯也有江南信，梅破知春近——江南信：指梅花的开放传来了江南春天的信息。《荆州记》载陆凯从江南给长安的朋友寄来梅花一枝，并附诗："折花逢驿使，寄与陇头人。江南无所有，聊寄一枝春。"此处化用其事。梅破：形容梅花含苞而放之状。这两句是说：虽然身在天涯千里之外，梅花的开放也传来了江南春天的信息，春天已经悄然临近。

夜阑风细得香迟，不道晓来开遍向南枝——不道：不料。开遍向南枝：由于向着太阳，比较温暖，南枝上的花儿先开。这两句是说：夜深时分，梅花开放，暗香浮动，随着轻柔的风儿传向四处；不料在第二天早上，南枝上的花儿竟开遍了。

玉台弄粉花应妒,飘到眉心住——玉台:梳妆台。弄粉:梳妆打扮。飘到眉心住:古代妇女有梅花妆。据《太平御览》载:宋武帝女寿阳公主春日卧于含章殿下,梅花落到公主额上,拂拭不去,皇后见了,观赏良久。三天后,才能洗掉。宫女们纷纷仿效,便成为梅花妆。这两句是说:美人在梳妆台前梳妆打扮,因为她很美丽,连花儿也心生妒意,片片飘到她的眉心。

平生个里愿杯深,去国十年老尽少年心——个里:个中,此中。去国:离开朝廷,离开京城。黄庭坚到达宜州是徽宗崇宁三年(1104),距初次受贬的绍圣元年(1094)相距恰为十年时间。这两句是说:少年时遇到良辰美景,总是开怀畅饮,兴尽而归,但经过十年的贬谪之后,再也没有这种兴致了。

此词写在贬所见梅时的悲喜交集之感。在宜州这"天涯"远地,居然也能见到梅花开放,令人欣喜不已。夜深时分梅花始开,微风传送暗香,不知不觉间,第二天早上,居然南面枝头的梅花已经开遍了!"也"、"不道"、"开遍"流露了词人的惊喜之情。过片联想起有关梅花的一个美丽的传说,在迁谪中仍能保持少年情怀。结二句作一转折,说少时对梅,总想痛饮美酒,十年的贬谪生活,已使自己不复有少年的兴致了。勃郁之情拗折而出,有力地表现了对政治迫害的不满。

木兰花令

当涂解印后一日,郡中置酒,呈郭功甫

山谷于崇宁元年六月赴知太平州任,九日到任,十七日即罢官。这首词便记录了其晚年这一遭遇,在感叹之馀寻觅解脱。木兰花令:词牌名。当涂:太平州治所在地,在今安徽当涂县。郭功甫:郭祥正,字功甫,有诗名。

凌歊台上青青麦,姑熟堂前馀翰墨。暂分一印管江山,稍为诸公分皂白。　　江山依旧云空碧,昨日主人今日客。谁分宾主强惺惺,问取矶头新妇石。

凌歊台上青青麦,姑熟堂前馀翰墨——凌歊(xiāo)台:在当涂县城北黄山之巅,宋武帝刘裕曾建离宫于此。青青麦:《庄子·外物》引逸诗:"青青之麦,生于陵陂。"姑熟堂:在安徽当涂。《舆地纪胜》卷十八:"姑熟堂在当涂之清和门外,下临

姑溪。"这两句是说：看那宋武帝的凌歊高台如今已是麦苗青青，姑熟堂前昔日名士已逝，唯有翰墨文章流传至今。

暂分一印管江山，稍为诸公分皂白——暂分一印：暂时执掌官印。管江山：管理州务。分皂白：即分辨是非。《宋书·王徽传》："弟僧谦卒，徽以书告僧谦灵曰：'冲和淹通，内有皂白，举动尺寸，吾每咨之。'"这两句是说：我只是暂时执掌官印，管理州务，愿我为官一任，稍能为当地民众分辨是非。此处"暂"和"稍"二字淡化了为官的意义。

江山依旧云空碧，昨日主人今日客——这两句是说：江山依旧是往日的江山，白云依旧漂浮于碧空当中，然而昨天还是主人的我，今天则已成为客人。此二句抒发了江山依旧，人事已非的感慨。

谁分宾主强惺惺，问取矶头新妇石——惺惺：清醒，明明白白，禅宗语言。新妇石：即望夫石，在当涂县西北。《舆地纪胜》卷十八："新妇石在当涂县。昔人往楚，累岁不还，其妻登此山望夫，乃化为石。"这两句是说：宴席之上不须将谁宾谁主分得明明白白，人事有代谢，那望夫山上的望夫石长久于此，你可以去问问她。此二句表明主客变化不定，无需作彼此之分。

此词是山谷于崇宁六年赴知太平州任，为官九日后即遭罢免之后的作品，这首词便记录了这一事件。上片起首二句"凌歊台上青青麦，姑熟堂前馀翰墨"，从当地名胜写起，看那宋武帝的凌歊台如今已是麦苗青青，姑苏堂前唯有昔日名士的翰墨文章留传至今，这不禁使人想起后来姜夔《扬州慢》中"过春风十里，尽荠麦青青"的句子，颇具沧桑感。馀二句以"暂"和"稍"两字各自引起，从而淡化了为官的意义，体现了作者超脱的态度。下片前二句记录了自己九日遭罢的事情，"昨日主人今日客"，是那样的突然，从而也揭示了政治生涯的无常。后二句"谁分宾主强惺惺，问取矶头新妇石"表明主客变化不定，无需强作彼此之分，立于江边的望妇石，"望来已是几千载"，一切都如过眼云烟。

清平乐

此词的作年已经失考，但此词是山谷词中的名篇，传诵至今。清平乐：词牌名。

春归何处？寂寞无行路。若有人知春去处，唤取归来同住。

春无踪迹谁知?除非问取黄鹂。百啭无人能解,因风飞过蔷薇。

春归何处?寂寞无行路——无行路:春天没有留下回去的行踪。这两句是说:春天究竟归于何处?你看它没有留下任何回去的行踪。

若有人知春去处,唤取归来同住——宋·李之仪《卜算子》:"才始送春归,又送君归去。若到江南赶上春,千万和春住!"宋·胡仔认为是点化了山谷此词。这两句是说:若有人知道春归何处,当把春天唤回来,与之同住。

春无踪迹谁知?除非问取黄鹂——问取黄鹂:向黄鹂打听。问取,问。这两句是说:春天一去无踪迹,有谁知道它到什么地方了呢?除非向黄鹂打听,它在春夏之间活动,该知道春天的去处。

百啭无人能解,因风飞过蔷薇——百啭:鸟鸣动听。宋·王安石《独卧十三首》之二:"百啭黄鹂看不见,海棠无数出墙头。"这两句是说:黄鹂鸟的啼叫虽十分宛转,但又有谁能听得懂呢?也就在此时,黄鹂鸟也飞走了,只剩下那蔷薇花在风中摆动,一片春尽的光景。

这是黄庭坚词中的名篇,至今传诵不已。这首词意思层层转折:上片写春归踪迹不可寻,作者幻想如果有人知道春归何处,当唤春归来同住。下片从幻想中惊醒过来,说春归无迹没有人知,这是一层转折。"除非问取黄鹂",说黄鹂也许知道春的踪影,这是第二层转折。"百啭无人能解",是第三层转折,黄鹂即使知道,人也听不懂它的鸣声,又有什么用呢?"因风飞过蔷薇",看到蔷薇花开,黄鹂飞走是第四层转折,盛夏已至,春天是再也不可能回来了!层层转折,把希望——失望——希望——失望的情感波动表现得入木三分。正是这种对美好事物炽热的执著、对美好事物幻灭的彻骨悲哀,人同此心,心同此理,故而从古至今,激起了无数读者的强烈共鸣。

念奴娇

根据宋·陆游《老学庵笔记》,此词作于宜州。据《山谷年谱》卷二十七引山谷题名,元符元年重九日,山谷与僧道、举子、子侄数人游无等院,登永安门,与词中、小引中的意思相近。但此词是否作于此年,待考。念奴娇:词牌名。

八月十七日,同诸生步自永安城楼,过张宽夫园待月。偶有名酒,因以金荷酌众客。客有孙彦立,善吹笛。援笔作乐府长短句,文不加点。

断虹霁雨,净秋空,山染修眉新绿。桂影扶疏,谁便道,今夕清辉不足。万里青天,姮娥何处,驾此一轮玉。寒光零乱,为谁偏照醽醁。　年少从我追游,晚凉幽径,绕张园森木。共倒金荷,家万里,难得尊前相属。老子平生,江南江北,最爱临风笛。孙郎微笑,坐来声喷霜竹。

小序意为:八月十七日,我和诸位后生步行从永安城楼到张宽夫的园子当中赏月。席上有名酒,于是用精美的莲花杯盛给众位客人。客人当中有一位叫孙彦立,善于吹笛子。我援笔写了首长短句,还来不及圈点断句。永安:即白帝城,在今四川奉节县西。张宽夫:名溥。孙彦立:未详。金荷:金制的莲花杯。古典诗词中用金玉等字,往往是形容其华贵精美,不一定是用金玉材质制成。文不加点:形容写得很快,一挥而就,来不及圈点断句。

断虹霁雨,净秋空,山染修眉新绿——断虹:天际彩虹有一部分为云所掩,不能全部显现,所以叫断虹。霁雨:雨止放晴。修眉:长眉。古人以山形容妇女的眉毛,称为远山黛,此处反其意,以眉喻山。这三句是说:雨止住,天放晴,天际间出现了断虹一道,秋天的天空因为刚下过雨而分外澄清,雨后山峰染成新鲜的绿色,像美人的眉峰一样。

桂影扶疏,谁便道,今夕清辉不足——桂影:传说中月宫里桂树的影子。扶疏:形容桂树枝叶的繁茂。这三句是说:月宫中桂树的枝叶繁茂,树叶婆娑,谁能说由于今天是八月十七日,月已经不是最圆的了,故而其光辉不如十五月圆之夜的呢?

万里青天,姮娥何处,驾此一轮玉——姮娥:即嫦娥。一轮玉:形容明月团团,如一玉轮。这三句是说:万里青天,嫦娥驾着一轮皓月在天宇漫游。

寒光零乱,为谁偏照醽醁——醽醁(línglù):美酒名。这两句是说:青辉万里,寒光四照,月儿似乎对人分外有情,把它的清辉洒向我们的酒杯里。

年少从我追游,晚凉幽径,绕张园森木——年少:少年,指作者的外甥们。张园:张宽夫的园子。森木:茂盛的树木。这三句是说:这些少年后生们随我同游,夜晚凉意习习,那幽静的小径绕着张宽夫的园子里面茂盛的树木,通向深处。

共倒金荷,家万里,难得尊前相属——金荷:酒杯的美称。尊前相属:举起酒杯对饮。尊:即"樽"。属(zhǔ):斟酒,酌酒,引申为劝酒。这三句是说:我离家万里,很是难得与你们举起酒杯对饮,这次一定要开怀畅饮,一醉方休。

老子平生,江南江北,最爱临风笛——老子:老夫。《世说新语》载庾亮在武昌时,于气佳景清之夜,登南楼赏月,说:"老子于此处兴复不浅。"笛:宋·陆游《老学庵笔记》卷二谓:"泸、戎间谓笛为'独',故鲁直得借用。"山谷是依戎州方音押韵的,有些本子改作"曲"字,以求完全合于本韵,不妥。这三句是说:老夫平生虽然颠沛流离,时在江北时在江南,却不以此而介意,最喜欢那些高亢激越的旋律。

孙郎微笑,坐来声喷霜竹——孙郎:指孙彦立。坐来:登时,一时。喷:喷发。霜竹:寒笛。笛子是竹管做成的,故云。这两句是说:看那孙郎面带微笑,顿时便吹出了美妙的笛曲。

此词起三句描写开阔壮美的景观,衬托出快意的情怀。接下去写赏月。虽然已经不再是月亮最圆的十五之夜,可意兴飞动的词人全不介怀,仍然感觉到月亮清辉照人。在兴高采烈的词人眼里,嫦娥也不复是孤寂的形象,而是驾着一轮皓月在天宇漫游。月亮似乎对人分外有情,把它的清光洒向酒杯里。移情于物,化静为动。下片写月下游园、开怀畅饮、听笛之乐。"老子平生"数句,豪气逼人,意蕴深长,意指自己一生,虽然颠沛流离,却处之泰然,生平最爱的就是那高亢激越的旋律! 就是那傲岸不驯的气节! 山谷在荒远的西南地区过了五年迁谪生活,仍是意气豪雄,反映了他"不以迁谪介意"(《宋史》本传)的胸襟,难怪他自称此词"或以为可继东坡赤壁之歌"了。

谒金门
示知命弟

此首词作于绍圣三年(1096),时山谷在黔州。祝振玉、马兴荣《山谷词》以为当作于元符二年(1099)山谷在戎州贬所时。知命:黄庭坚的弟弟黄叔达。此词写了兄弟间的患难相依之情。

山又水,行尽吴头楚尾。兄弟灯前家万里,相看如梦寐。
君似成蹊桃李,入我草堂松桂。莫厌岁寒无气味,余生今已矣。

山又水,行尽吴头楚尾——吴头楚尾:《方舆胜览》:"豫章之地为吴头楚尾。"

豫章即今江西，春秋时为吴国之西界，楚国之东界，故称之为吴头楚尾。这两句是说：你跋山涉水，历尽艰难，行尽万里，经历了吴头楚尾到达这里。

兄弟灯前家万里，相看如梦寐——"相看"句：唐·杜甫《羌村三首》："夜阑更秉烛，相对如梦寐。"这两句是说：你我兄弟能在离家万里之外相聚，我于灯前相看，似在梦中一般。此二句表达了兄弟患难中相聚的惊喜之情。

君似成蹊桃李，入我草堂松桂——成蹊桃李：见《史记·李将军列传》："桃李不言，下自成蹊。"原为赞扬李广之句，此处用以赞其弟。草堂松桂：南齐·孔稚圭《北山移文》有"锺山之英，草堂之灵"句及"窃吹草堂，滥巾北岳。诱我松桂，欺我云壑"之句，原用来讽刺周颙，此处无讽刺意。草堂指山谷所居之开元寺。松桂喻环境荒寂。这两句是说：你就像那桃李，虽则无言，但有芬芳，秀著于中而形于外，不辞路途遥远，来到这荒寂之处看望我。

莫厌岁寒无气味，余生今已矣——岁寒：《论语·子罕》："子曰：'岁寒然后知松柏之后凋也。'"已矣：完了。《论语·子罕》："子曰：'凤鸟不至，河不出图，吾已矣夫。'"这两句是说：不要厌弃我这里荒寒遥远毫无生机，我年已至此，你我一起的时间又有多长呢？

据任渊《山谷诗集注·目录》附《年谱》，黄庭坚于绍圣元年十二月谪涪州别驾，黔州安置。绍圣二年四月到达黔州，寓开元寺。庭坚赴贬所，未能携家来，其家时寓芜湖。同年秋，其弟知命自芜湖登舟，携一妾、一子及庭坚之子相及其生母溯江而上，于绍圣三年五月六日到黔州。此后数年中，知命一直在贬所陪伴其兄，兄弟间友爱甚笃。

此词首二句说其弟不远万里，行尽吴头楚尾之地来到此处，接着二句写兄弟相聚灯前的惊喜之情，灯前相看，如在梦中。下片首二句运用了两个典故，以"成蹊桃李"称赞其弟，以"草堂松桂"喻己之处所僻远荒寂。最后二句是说自己远谪之地毫无生机，随之又生出"余生今已矣"的感叹，望弟弟不要厌弃，因为兄弟一起的时间可能不长了。全词写得质朴浑厚，放笔直抒，笔法遒劲。

南乡子

重阳日，宜州城楼宴集，即席作

此词是山谷的绝命词，作于崇宁四年（1105）的重阳节，此后不久，黄庭坚即告别人世。据王晊《道山清话》载："山谷之在宜州，其年乙酉，即崇宁四年也。重九日,登郡城之楼,听边人相语:'今岁当鏖战取封侯。'因作小词云。依栏高歌,若不能堪者。是月三十日,果不起。"南乡子:词牌名。

　　诸将说封侯,短笛长歌独倚楼。万事尽随风雨去,休休,戏马台南金络头。　　催酒莫迟留,酒味今秋似去秋。花向老人头上笑,羞羞,白发簪花不解愁。

　　诸将说封侯,短笛长歌独倚楼——独倚楼:唐·赵嘏《长安秋望》:"残星几点雁横寒,长笛一声人倚楼。"此处化用其意境。这两句是说:众将都在兴致勃勃地谈论封侯之事,我独自一人,一枝短笛,在楼上吹笛和歌。此二句是把众人的热衷于功名富贵和自己的超然独处相对比。

　　万事尽随风雨去,休休,戏马台南金络头——戏马台:见《定风波·万里黔中一漏天》新解。这三句是说:一切都将被风雨冲刷得干干净净,算了吧,即使是当年戏马台欢宴重阳的盛会也同样成为历史的陈迹。

　　催酒莫迟留,酒味今秋似去秋——"酒味"句:《道山清话》作"酒似今秋胜去秋",以修辞及情趣言,似更胜一层。这两句是说:尽管连连举杯,开怀畅饮,莫要迟疑。在这秋光浓郁、酒醇花香之时,何不一醉方休。

　　花向老人头上笑,羞羞,白发簪花不解愁——"花向"三句:《道山清话》末句作"人不羞花花自羞",脱胎于宋·苏轼《吉祥寺牡丹》诗:"人老簪花不自羞,花应羞上老人头。"苏轼、黄庭坚二人均反用杜诗"苦遭白发不相放,羞见黄花无数新"句意。这三句是说:我在满头白发之上插着艳艳黄菊,黄菊笑我年纪不小还有如此兴致,那是无法完全消解你的忧愁呀。但我觉得没什么不好意思。此三句以拟人手法写菊花对词人的调侃,从中可见山谷的达观幽默。

　　这是山谷的绝命词。首二句描画出两个截然不同的场面:众人都在兴致勃勃地谈论求取功名富贵,山谷却独自吹笛和歌,靠在楼上放眼远眺。一是热闹场中的熙熙攘攘,一是了悟境中的淡泊闲适。冷眼观热世,高情远致,悠然神远。"万事"三句,笔力扛鼎,将古今成败得失,一概抹倒,寄慨遥深。下片换头,从对历史的反思中超脱出来,自作宽慰之词:秋光浓郁,菊酒甘美,何不乘兴图他一醉!结二句,词人兴致更上层楼,在星星白发上簪着艳艳黄菊。黄菊笑他如此年纪还要簪花自娱,自己却并不觉得有什么不好意思。人花互相调侃,乐观爽朗,情韵不尽,深得东坡神髓。

◎文

上苏子瞻书

题解

本文作于元丰元年(1078),时山谷任北京国子监教授,苏轼知徐州。苏子瞻:苏轼,字子瞻,号东坡居士。苏轼时知徐州,山谷在北京任国子监教授。书:即书信。这封信作于二月,山谷并随信附上《古风二首上苏子瞻》诗,是苏、黄二人在互相闻名后的初次通信。

庭坚齿少且贱[1],又不肖[2],无一可以事君子[3],故尝望见眉宇于众人之中[4],而终不得备使令于前后[5]。伏惟阁下学问文章[6],度越前辈;大雅岂弟[7],博约后来[8];立朝以直言见排报[9],补郡辄上最课[10],可谓声实于中,内外称职[11]。凡此数者,在人为难兼[12],而阁下所蕴[13],海涵地负[14],此特所见于一州一国者耳。惟阁下之渊源如此,而晚学之士不愿亲炙光烈[15],以增益其所不能[16],则非人之情也[17]。借使有之,彼非用心于富贵荣辱[18],顾日暮计功[19],道不同不相为谋[20];则愚陋是已[21],无好学之志,"訑訑予既已知之"者耳[22]。

庭坚天幸[23],早岁闻于父兄师友[24],已立乎二累之外[25];独未尝得望履幕下[26],以齿少且贱,又不肖耳。知学以来,又为禄仕所縻[27],闻阁下之风,乐承教而未得者也[28]。今日窃食于魏[29],会阁下开幕府在彭门[30],传音相闻,阁下又不以未尝及门过誉斗筲[31],使有黄钟大吕之重[32]。盖心亲则千里晤对[33],情异则连屋不相往来[34],是理之必然者也,故敢坐通书于下执事[35]。夫以少事长[36],士交于大夫,不肖承贤[37],礼故有数,似不当如此[38]。恭惟古之贤者,有以国士期人[39],略去势位[40],许通书者,故窃取焉。非阁下之岂弟[41],单素处显[42],何特不可,直不敢也[43],仰冀知察[44]。故又作《古风》诗二章,赋诸从者。《诗》云:"我思古人,实获我心[45]。"心之所期[46],可为知者道[47],难为俗人言[48],不得于今人[49],故求之古人中耳。与我并世[50],而能获我心,思见之心[51],宜如何哉!《诗》云:"既见君之,我心写矣[52]。"今则未见而写心矣!春候暄冷失宜[53],不审何如?伏祈为道自重。

〔1〕庭坚:庭坚为黄庭坚自称其名。　齿少:即年龄相对于苏轼来说比较小。　贱:即地位卑贱。
〔2〕不肖:原意指儿子不像先辈,常用来指儿子不成器。后引申为不贤。《商君书·修权》:"公私分明,则小人不疾贤,而不肖者不妒功。"
〔3〕事:原为从事,做。后引申为奉事,为某人某事服务。《左传·昭公二十五年》:"寡人不佞,不能事父兄。"
〔4〕尝:曾经。　眉宇:指眉额,代指容貌,此处指苏轼。
〔5〕备使令于前后:意为鞍前马后效力。
〔6〕伏惟:伏着想。下对上陈述自己的想法时用的敬词。唐·魏徵《十渐不克终疏》:"伏惟陛下年甫弱冠。"　阁下:你,一种尊称。此处指苏轼。
〔7〕大雅:指才德高尚的雅士。　岂弟:即恺悌,指安乐和易的样子。
〔8〕博约:《论语·子罕》:"夫子循循然善诱人,博我以文,约我以礼。"博,即以文献典籍使其知识更加丰富。约,即以礼仪制度来约束其行为。　后来:即后学之士,晚辈。
〔9〕以直方见排抵:为直言而被排挤,排斥。见,被。报(hèn),排斥。
〔10〕补郡:即出任地方州郡官。　辄:就的意思。　最课:宋代的体制,官员任满一年,由上级的官府考核其优劣,为一考,考核优秀的叫最。课,考绩。
〔11〕声实:指外在的名声与内在的实质。　内外:此处于朝廷之中与出任州郡地方官。
〔12〕难兼:难以兼得,难以兼而有之。
〔13〕蕴:指苏轼的内涵,涵养。
〔14〕海涵地负:指其才德像大海一样兼收并蓄,涵纳百川,像大地一样负载万物。
〔15〕亲炙:亲受其熏陶,教诲。　光烈:指光华与浓烈的香气,此处指苏轼的学问人品如同光华与浓烈的香气。
〔16〕增益其所不能:《孟子·告子下》:"所以动心忍性,增益其所不能。"增益,即增加,增强。
〔17〕则非人之情也:则不是人之常情。
〔18〕用心于:把心思用在某处。
〔19〕顾:只是。　日暮计功:天黑以后只是独自计算一日的功利得失。此句说那些汲汲于功名利禄的人。
〔20〕道不同不相为谋:此语见于《论语·卫灵公》。这句是说此类人与苏轼不同,故而他不愿意受那些人的教诲。
〔21〕愚陋:愚蠢浅陋。
〔22〕泄泄(yì):傲慢自满的样子。《孟子·告子下》:"夫苟不好善,则人将曰:'泄泄,予既已知之矣。'泄泄之声音颜色拒人于千里之外。"
〔23〕天幸:非常幸运。
〔24〕闻于父兄师友:受教闻道于父兄师友。山谷幼时家贫,父早丧,曾从其舅游学于淮南。
〔25〕二累:指上文中的日暮计功和无好学之志的两种态度,这两种态度均对人的成长没有好处,故而称为"累"。
〔26〕望履幕下:指亲自拜访苏轼,受其教诲。
〔27〕禄仕:指俸禄高低,仕途高下。　縻:牵制,束缚。《孙子兵法》:"不知军之不可进而谓之进,不知军

之不可以退而谓之退,是谓縻军。"

〔28〕承教:承蒙教诲。

〔29〕窃食:即做小官,此是山谷的谦词。　魏:即北京。山谷于熙宁五年除北京国子监教授,魏即指北京大名府,因其所处之地为汉时的魏郡,故山谷称之为魏以代指北京大名府。

〔30〕会:正逢,适逢。　幕府:原指将帅在外以帐幕为府署,后也指衙署。　彭门:指徐州。时苏轼知徐州。相传尧时封彭祖于此,秦置有彭城县。

〔31〕及门:亲自到老师门下受教。　过誉:苏轼《答黄鲁直书》:"轼始见足下诗文于孙莘老之坐上,耸然异之,以为非今世之人也。莘老言:'此人,人知之者尚少,子可为称扬其名。'轼笑曰:'此人如精金美玉,不即人而人即之,将逃名而不可得,何以我称扬!'"　斗筲:这里指才能知识浅陋,是山谷的谦词。

〔32〕黄钟大吕:十二乐律中开头的两个音,声调洪亮。这里用以说明苏轼的赞誉使他的声名益重,为世人所知。

〔33〕心亲:指两人的心性相近。

〔34〕情异:性情心志相异。　连屋:连屋而居,指距离非常近。

〔35〕坐:贸然。　通书:写信互通信息。　下执事:在下当差者。用作敬称,以表示不敢直指其人。

〔36〕以少事长:年轻人奉事年长的人。事,为某人服务。

〔37〕不肖承贤:才识短浅的人承受贤人的教诲。

〔38〕礼故有数:本应遵循一定的礼节。　不当如此:而不应该像这样贸然打扰。

〔39〕国士:指一国杰出的人材。　期人:期望人,要求人。

〔40〕略去:不加考虑。　势位:即权势大小与地位高下。

〔41〕非阁下之岂弟:若不是你和顺乐易。　岂弟:见注〔7〕。

〔42〕单素处显:指山谷自己处于孤单寒素的境地,但能够独立特行。《庄子·天地》:"不以王天下为己处显。"

〔43〕直不敢也:只是不敢这样。指自己贸然写信打扰,请苏轼谅解。

〔44〕仰:敬词。山谷自谦地位低下,对苏轼只能仰视。　冀:希望,希冀。　知察:知道了解。

〔45〕"我思"二句:出自《诗经·邶风·绿衣》,其意思是说我思念故人,她实在合我的心意。此处指苏轼合于自己的心意,故而投书门下。

〔46〕心之所期:心中所期望的。

〔47〕可为知者道:可以给了解自己心意的人去说。

〔48〕难为俗人言:却难以给不了解自己心意的俗人去说。此句与上文"可为知者道"出于司马迁《报任少卿书》。

〔49〕"不得"二句:即孟子所说的尚友古人的意思。《孟子·万章下》:"以友天下之善士为未足,又尚论古之人。……是以论其世也,是尚友也。"

〔50〕并世:指同时代。

〔51〕思见之心:想要见到你的心意。

〔52〕"既见"二句:《诗经·小雅·蓼萧》:"既见君子,我心写矣。"意思是我已经见到了君子,抒发我心中的衷情。写,抒发,倾吐,为宣泄的引申义。

〔53〕"春候"句:指春天气候冷暖变化无常。

黄庭坚的这封《上苏子瞻书》,十分诚恳地表达了他对苏轼的仰慕之情以及愿意拜在苏门之下的渴望之情,言语恳切,极富感染力。可与诗歌部分所选的《古诗二首上苏子瞻》对读。

东郭居士南园记

题解

此篇文章作于山谷任太和令时。文章虽以"园记"为题目,实则标举一种以儒家思想为底蕴,又融入佛、道思想的超越自身忧患而臻于道境的人生哲学,是通过对自然的审美而达到内在的超越。作者以东郭居士为例,阐述了此种道境的获得过程。东郭居士:文章在结尾时称东郭居士为新昌蔡曾子飞。新昌属于江南西路的筠州。

以道观分于巘岩之上[1],则独居而乐[2];以身观国于蓬荜之间[3],则独思而忧[4]。士之处污行以辞禄[5],而友朋见绝[6];自聋盲以避世[7],而妻子不知[8],况其远者乎[9]!

东郭居士尝学于东西南北[10],所以游居,半世公卿,而东郭终不偶[11]。驾而折轴[12],不能无闷[13];往而道塞[14],不能无愠[15]。退而伏于田里[16],与野老并锄,灌园乘屋[17],不以有涯之生而逐无埵之欲,久见蘧然独觉[18],释然自笑[19]。问学之泽[20],虽不加于民,而孝友移于子弟;文章之报[21],虽不华于身,而辉光发于草木,于是白首肆志而无弹冠之心[22],所居类市隐也[23]。总其地曰"南园"[24],于竹中作堂曰"青玉",岁寒木落而视其色,风行雪堕而听其声,其感人也深矣。据群山之会[25],作亭曰"翠光",逼而视之[26],土石磊砢[27],缭以松楠[28];远而望之,揽空成色[29],下与黼黻文章同观[30]。其曰翠微者[31],草木金石之气邪?其曰山光者,日月风露之景邪?不足以给人之欲,而山林之士甘心焉[32],不知其所以然而然也。因高筑阁曰"冠霞"[33],鲍明远诗所谓"冠霞登彩阁,解玉饮椒庭"者也[34]。蝉蜕于市朝之涴浊[35],翳心亨之叶[36],而干没之辈不能窥是臞儒之仙意也[37]。其宴居之斋曰"乐静"[38],盖取兵家《阴符》之书曰:"至乐性馀,至静则廉[39]。"《阴符》则吾未之学也,然以予说之,行险者躁而常忧[40],居易者静而常乐[41],则东郭之所养可知矣。其经行之亭曰"浩然"[42]。委而去之,其亡者,莎鸡之羽[43];逐而取之,其折者,大鹏之翼[44]。通而万物皆授职[45],穷而万物不能撄[46],岂在彼哉[47]!由是观之,东郭似闻道者也。

东郭闻若言也[48]，曰："我安能及道！抑君子所谓'困于心，衡于虑，而后作'者也[49]。我为子家婿，轩冕不及门[50]，子之始氏怼我不才者数矣[51]。殆其能同乐于丘园[52]，今十年矣！可尽记子之言，我将劖之南园之石[53]。它日御以如皋[54]，虽不获雉[55]，尚其一笑哉[56]！"予笑曰："士之穷乃至于是夫！"于是乎书东郭之乡族名字，曰新昌蔡曾子飞[57]，作记者豫章黄庭坚[58]。

注释

〔1〕道：天道，大道。　分：名分。　崒岩：即指隐士所居的山林。这是说从天道的角度来看万物的名分。

〔2〕独居：即隐居。此句承上句说明隐居山林自有其乐。

〔3〕身：自身。　国：即国家之事。　蓬荜：原为一种草的名称，后多用于指用草编的门户，用以借指居所的简陋。

〔4〕独思而忧：即心有忧思。以上这两句是说身居草野之间，由自身的角度念及国家之事，则心有忧思。

〔5〕污行：卑下的行列。

〔6〕友朋见绝：即亲朋好友不相交往。

〔7〕自聋盲：指眼不明耳不聪，此处指不问世事。

〔8〕妻子：指妻子与儿女。

〔9〕远者：指关系比亲朋更为疏远一些的人。

〔10〕尝：曾经。学于东西南北：指四处求学。

〔11〕不偶：命运不好，即命数为奇。古代人认为命数为奇则不顺达，而命数为偶则意味好运。汉代的名将李广曾被汉武帝认为数奇（见《汉书·李广传》）。王维《老将行》："卫青不败由天幸，李广无功缘数奇。"

〔12〕驾而折轴：据《汉书》记载，汉废太子临江王刘荣离江陵赴京，而其车"轴折车废"，人们认为这是不祥的兆头。此处用以指东郭居士遭遇挫折。

〔13〕不能无闷：《易·乾》："龙德而隐者，不易乎世，不成乎名，遁世无闷。"此处反用其意。

〔14〕道塞：前进的道路被阻塞。此处指仕进之途被阻塞。

〔15〕愠：一般指心里怨恨，暗暗生气。《论语·学而》："人不知而不愠，不亦君子乎！"

〔16〕伏：原意为趴，隐藏，此处指退而隐居于山林之中。

〔17〕灌园乘屋：指浇灌菜园，自己盖房子。

〔18〕蓬然：惊喜的样子。　独觉：独自醒悟。

〔19〕释然：去掉心头的郁积，畅快的样子。

〔20〕问学之泽：四处求学的惠泽。

〔21〕文章之报：文章所带来的酬劳，所带来的名声。

〔22〕肆志：放纵情志。《庄子》："故不为轩冕肆志。"　弹冠：指出仕做官，语出《汉书·王吉传》。

〔23〕市隐：虽在闹市中居住，但不受闹市浮华喧嚷的影响，如同隐居一般，故称之为市隐。晋·王康琚《反招隐诗》："小隐隐陵薮，大隐朝市。"《晋书·邓粲传》："夫隐之为道，朝亦可隐，市亦可隐。"此外还

有另一种说法,即"小隐隐于野,中隐隐于市,大隐隐于朝"。

〔24〕总其地曰"南园":把他所居之处所有的地方合起来起了个名字叫"南园"。总,总括,汇集。

〔25〕据:盘踞,占据。 群山之会:指群山相与会合之处。会,会合,聚会。

〔26〕逼而视之:靠近看。逼,靠近,接近的意思。

〔27〕磊砢:众多石头叠叠相累积的样子。

〔28〕缭以松楠:松树和楠树在周围环绕。缭,环绕。

〔29〕揽空成色:揽取秀丽的景色。

〔30〕黼黻文章:原本指礼服上的花纹图案,此处指景色有如黼黻般绚烂。

〔31〕翠微:指山色的青翠而微显朦胧之状。

〔32〕给:供给,满足。 欲:欲求,欲望。 山林之士:指隐士。隐士多隐于山林泉石间,故以山林之士称之。 甘心:称心。这两句是说山水景物不能满足人的欲求,但隐士对此却感到称心如意。

〔33〕因高筑阁:依靠着地势较高,在此建造了一个阁子。

〔34〕鲍明远:南朝宋诗人鲍照,字明远。诗句出自其《代升天行》诗,写解官游仙。 冠霞:即指游仙。解玉:指去掉官职。 椒庭:指天宫。

〔35〕"蝉蜕"句:指从污浊的尘世之中超脱出来。《史记·屈原贾生列传》:"蝉蜕于浊秽,以浮游尘埃之外。"溷,即"混"。

〔36〕翳:遮蔽。 心亨:指内心的通达。

〔37〕干没之辈:指那些投机取巧,追逐名利的人。 臞儒之仙:此处指东郭居士。臞,即癯,清瘦的意思。

〔38〕宴居:即安居。宴,安逸、安闲的意思。

〔39〕《阴符》:即《阴符经》,据说为黄帝所撰,内容多为道家修炼之术,并杂糅兵家语,妄托诸贤训注,有太公、范蠡、鬼谷子、张良、诸葛亮、李筌等六家注释。

〔40〕行险:冒险。 躁而常忧:焦躁而常生忧虑之心。

〔41〕居易:立身行事平易。此句与上句均化用自《礼记·中庸》"故君子居易以俟命,小人行险以徼幸"的句子。

〔42〕经行:佛教的一种修行方法,修行者以散步而参悟佛法。 浩然:有归隐之意,又有刚正博大的意思。《孟子·公孙丑下》:"予然后浩然有归志。"即有归隐之意,但《孟子·公孙丑上》"我善养吾浩然之气"则指刚正博大之气。

〔43〕委而去之:指委弃世俗。 莎鸡:俗称纺织娘,其翅极薄。这三句是说委弃世俗,所失者微不足道,就如莎鸡的羽翼。

〔44〕逐而取之:指追逐名利。这三句是说追逐名利,所遭受到的挫折,有如大鹏的翅膀。

〔45〕通:指命运通达。 授:提供,进献。这句是说如果命运通达,则万物各尽其职分,为他提供帮助。

〔46〕穷:指处境的困顿无路。 撄:扰乱,纠缠。这句是说假如处境困顿无路,则万物也不能扰乱他的心绪。

〔47〕岂在彼哉:难道在于外物吗? 彼,指外物。这是说主动权不在物,而在于得道者的定力,能够不被物所役使。

〔48〕若言:这样的话。

〔49〕"困于"三句:见《孟子·告子下》,是说只有心意困苦,思虑阻塞,才能有所作为。衡,即阻塞的意思。

〔50〕轩冕:指官爵禄位。古代官员乘轩戴冕,故以此指官爵禄位。

〔51〕怼：怨恨。　不才：没有才能，没有出息。　数：多次，经常的意思。

〔52〕殆：通"迨"，及，等到的意思。

〔53〕锲之南园之石：把它镌刻在南园的石上。

〔54〕御：驾车。　如皋：到水边之地。皋，水边的地方。曹操《步出夏门行》："云行雨步，超越九江之皋。"《左传·昭公二十八年》："昔贾大夫恶，娶妻而美，三年不言不笑，御以如皋，射雉获之，其妻始笑而言。"

〔55〕获雉：即注〔54〕《左传》中贾大夫事。　雉：一种鸟，也叫野鸡。

〔56〕尚：希望之词。

〔57〕新昌：属江南西路筠州。

〔58〕豫章：汉代的郡名，唐时改为洪州。黄庭坚是宋洪州分宁（今江西修水）人，故山谷以豫章称洪州。

本文最大的特点是层次井然，富于理趣。"达则兼济天下，穷则独善其身"是中国古代知识分子普遍的人生态度。而"独善其身"的最佳选择，即是归隐林泉，以朝云暮雨洗涤心灵。文中所记之东郭居士，则将"乐于丘园"上升到一种哲学境界，引人深思。

黄几复墓志铭

此文写于作者好友黄几复卒后。黄几复：黄介，字几复，为山谷好友，卒于元祐三年（1088）。文章先略加介绍黄几复，随后选取黄几复少年之时即有意于六经，能够析理入微。他勤学深思，学有所成。文章随后即选取其入仕为官后言"童政之祸"的事情，表现其洞析事理的才能。

吾友几复讳介[1]。南昌黄氏有田西山下已数世[2]，不知其所从来[3]。父昼以天文经纬[4]，言人事畸耦如神[5]。几复与其兄甲皆授学[6]，其父试以迎日[7]，求五纬法[8]，曰："先得者传焉。"甲以二日，几复十日。其父曰："甲可世家[9]，介可为儒。"而二子皆以卒业[10]。

几复年甚少则有意于六经[11]，析理入微[12]，能坐困老师宿学。方士大夫未知读庄老时，几复数为余言："庄周虽名老氏训传[13]，要为非得庄周，后世亦难趋入；其斩伐俗学[14]，以尊黄帝、尧、舜、孔子，自扬雄不足以知之[15]。"予尝问名消摇游[16]，几复曰："消暑如阳动而冰消[17]，虽耗也而不竭其本。摇者如舟行而水摇，虽动也而不伤其内。游于世若是[18]，唯体道者能之[19]。常恨魏晋已来误随向郭[20]，陷庄周为齐物[21]。尺鹖与海鹏[22]，之二虫又何知，乃能消摇游乎[23]？"其后十年，王氏父子以经术师表一世[24]，士非庄老不言。予戏几复曰："微言可以市矣。"几复曰："吾安能希价于咸阳，而与稷下争辩哉[25]！"

熙宁九年，乃得同学究出身[26]，调程乡尉[27]，论民事与令不同而直，移长乐尉[28]，举广州教授[29]。岭南人士承几复讲辞章句，闻所未闻，稍有知名者。改楚州团练推官[30]，知四会县[31]。新兴民岑探自言有神下之[32]，越俗襖鬼[33]，相传数郡，推宗焉[34]。新州捕得探兄弟妻子系治，探欺野人言："吾能三呼陷新州城。"不逞子及老弱从者以百数[35]，至城下，言不效，皆溃去[36]。而新州声张，以为豪贼挟众攻城。经略使遣将童政捕斩[37]，而官军所遇薪水行商皆杀之[38]；亦檄几复护枪手策应[39]。几复察童政部曲多不法[40]，即自言："经略司不隶将，下得以土丁捕贼[41]。"且言："童政所效首级，莫非王民，斫已瘗之棺[42]，刳方娠之妇，一童政之祸，百岑探不足云。"其后皆如几复所言。用荐者，改宣德郎知永新县[43]。几复仕于岭南盖十年。故中朝士大夫多不识知。其至京师也，言均减二广丁米事[44]，颇便民，诸公将稍用之，而几复死矣！盖元祐三年四月乙巳。

娶胡氏，四子。一男曰概。三女：长嫁梅州司理参军王镇[45]，次许嫁番禺王逵[46]，季尚小。几复孝友忠信，可与同安共危，喜言天下奇士，胸次隗磊[47]，不以细故轻重人[48]。尝与诗人袁陟游[49]，亦工为五言，似韦苏州[50]。其客死，逵调其棺敛[51]，又护其丧归葬，请铭焉，逵闻义士也[52]，尚能保佑其悼嫠[53]。铭曰：

呜呼几复！信道以后时，见微而不戮[54]。启予手足，予归不辱[55]，西山之封，其倩所筑[56]。太史司马，实多外孙，女归有子[57]，其似斯文。

〔1〕讳：封建社会中称死去的帝王或尊长的名字时，用讳以示敬意，即不直乎其名，这种称法也用于亡故的友人之间。《三国志·魏书·武帝纪》："太祖武皇帝，沛国谯人也，姓曹，讳操。"

〔2〕西山：又叫南昌山。根据《舆地纪胜》记载，西山"在新建西，大江之外，高二千丈，周三百里，压豫章数县之地。"

〔3〕不知其所从来：不知道黄几复祖辈从何处迁来。

〔4〕天文：天象。　经：即经星，也就是恒星。　纬：即纬星，也就是行星。《史记·天官书》："水、火、金、木、镇星，此五星者，天之五佐，为纬。"

〔5〕畸耦：即奇偶，奇指命运不顺，偶指命运顺达。

175

〔6〕授学：跟随父亲学习。授即受，接受教育。

〔7〕迎日：即推测，推算。《史记·五帝本纪》："获百鼎，迎日推策。"

〔8〕五纬：即五大行星，即注释〔4〕中所说的水、火、金、水、镇五颗星。

〔9〕世家：即继承家学。《汉书·贾谊传》："贾嘉最好学，世其家。"

〔10〕卒业：完成学业。卒，终、完、结束的意思。

〔11〕六经：即《诗》、《书》、《礼》、《易》、《乐》、《春秋》六部儒家经典。其中《乐》已亡佚。

〔12〕析理入微：指分析事理可以到十分细微的地步。

〔13〕"庄周"句：《庄子》被认为是阐发《老子》思想的。《史记·老子韩非列传》："然其要本归于老子之言。"

〔14〕斩伐：即砍伐，引申为讨伐，此处即用讨伐之意。

〔15〕"自扬雄"句：扬雄的思想以儒家为本，兼取道家的思想，此处即着眼于扬雄思想的这种特色。

〔16〕消摇游：即逍遥游。《逍遥游》是《庄子》开宗明义的第一章，是其哲学的最高境界。

〔17〕阳动而冰消：阳气动则冰消。

〔18〕若是：就是这样的。

〔19〕体道：领悟大道，得道。

〔20〕向郭：即魏晋时向秀与郭象注的《庄子》，他们认为万物只要自适其性则可以达到逍遥。向郭，即向秀和郭象。

〔21〕齐物：《庄子》中有《齐物论》，其中心思想是肯定人与物的特殊内容及其价值，作者从"道未始有封"出发，论证任何事物本无确定不变的是非标准，表达齐是非、齐彼此、齐物我、齐寿夭的内容。庄子反对认识的片面性，但最后却偏于相对主义。

〔22〕尺鹦：一种生活在洼泽里的小雀。　海鹏：即大鹏。《逍遥游》中写鲲化为鹏，扶摇直上，将飞往南冥，被尺鹦取笑。

〔23〕乃能消摇游乎：它们能达到逍遥游的境界吗？

〔24〕"王氏父子"句：熙宁八年，诏颁王安石《三经新义》于学官，成为录取士子的标准。《三经新义》是对《周礼》、《尚书》、《诗经》重新阐释，其中《周礼新义》为王安石所撰，其馀为王安石之子王雱及吕惠卿等撰写。王氏父子即指王安石及王雱。

〔25〕希价咸阳：《史记·吕不韦传》中记载吕不韦集门客著《吕氏春秋》，并公布于咸阳的城门一带，"悬千金其上，延诸侯游士宾客，有能增损一字者，予千金"。稷下：即稷下学宫，其学士皆能言善辩，因齐国的临淄有稷门，学宫设于此，故称稷下学宫。

〔26〕同学究出身：宋代取士的录取等第，有及第、出身、同出身等类，学究为诸科之一，次于进士科，主要是测试应试者对某一经书的义疏、训注等方面的能力。

〔27〕调程乡尉：调任程乡县的县尉。程乡，属广南东路的梅州，为梅州的州治，即今之广东梅州市。

〔28〕移长乐尉：调到长乐县任县尉。长乐，属循州，在梅州西南。

〔29〕教授：为学官名，宋庆历四年时设于州学，主要负责训导考核学生。

〔30〕改楚州团练推官：改任楚州团练推官。楚州，属淮南东路，治所在今江苏淮安。团练推官，属于寄禄官，仅示品级高低。

〔31〕四会：属于广南东路的端州。

〔32〕新兴：为新州的治所，在端州南部。

〔33〕禳鬼：即祈求鬼神降福消灾。古时南方荆楚吴越等地尚鬼神巫术，《淮南子·人间训》中说："荆人鬼，越人禨。"

〔34〕推宗:推举岑探为首领。
〔35〕不逞子:为非作歹的人。逞,放任,放肆。
〔36〕不效:没有效验。　皆溃去:众人都四散而去。溃,散乱瓦解。
〔37〕经略使:为官名,总一路兵权与民政,由各路帅府的知州或知府兼任,但此官并不常置。
〔38〕薪水行商:打柴汲水的人以及行旅客商等。
〔39〕檄:用文书通告。　策应:配合行动。
〔40〕童政部曲:童政的部队及下属。
〔41〕经略司:为经略使的官署。　土丁:为乡兵的一种,农闲时练习武艺,维持治安。
〔42〕斫:砍、削。　瘗:埋祭品或尸体、随葬物等。《汉书·武帝纪》:"祠常山,瘗玄玉。"
〔43〕用荐者:因此受到了推荐。　宣德郎:为寄禄官名。　永新县:属江南西路之吉州。
〔44〕丁米:即丁身钱。除四川以外,南方各路均每年按身丁征收钱米,此种制度虽间有罢除,但直至南宋仍极为普遍。北宋规定男子二十为丁,六十为老,六十以后则不收丁米。
〔45〕司理参军:每州掌狱讼审诉之事的官员。
〔46〕番禺:广南东路以及广州的治所,即今广州。
〔47〕隗磊:胸怀坦荡。
〔48〕细故:即琐细之事。　轻重:轻视与重视。按照文章的意思,此处为偏意复词,指轻视人。
〔49〕蚤:通"早"。　袁陟:字世弼,号遁翁,南昌人。庆历六年进士,知当涂县,官止太常博士。
〔50〕韦苏州:即韦应物。《苕溪渔隐丛话》中引《王直方诗话》说:"世弼能为诗,慕韦应物,而遒丽奇壮过之。"这句话是说黄几复与袁陟的诗风都似韦应物。
〔51〕调:操办。
〔52〕闻义:《论语·述而》:"闻义不能徙,不善不能改,是吾忧也。"闻义,即闻义而有所行动的人。
〔53〕惸嫠:指孤苦的人。惸,没有兄弟的人。嫠,没有丈夫的人,即寡妇。
〔54〕见微而不戮:指不枉杀无辜。
〔55〕启:视。　归:指死亡。　不辱:得以善终。
〔56〕封:即坟墓上的封土。此指坟墓。　倩:女婿。
〔57〕归:即出嫁。《诗经·邶风·燕燕》:"之子于归,远送于野。"

文章所选取的材料能够表现黄几复的性格人品以及学问操守,具有代表性。文章虽为墓志铭,但在叙述之中饱含了对亡友的深情。

小山集序

此篇文章是山谷为晏幾道的词集作的序。山谷在序中并不仅仅评介其作品,而是首先写晏幾道的人品,由其人品写到其作品。他虽为贵公子,但耿介独立,赤诚真率,实为性情中人,其作品也是富有真性情的作品。作者并与自己相比,显示晏幾道作品的格调之高,并从不同受众的反映深化其作品的价值。

晏叔原[1]，临淄公之莫子也[2]。磊隗权奇[3]，疏于顾忌，文章翰墨，自立规摹[4]，常欲轩轾人[5]，而不受世之轻重[6]。诸公虽爱之，而又以小谨望之[7]，遂陆沉于下位[8]。平生潜心六艺[9]，玩思百家[10]，持论甚高，未尝以沽世[11]。余尝怪而问焉，曰："我槃跚勃窣[12]，犹获罪于诸公，愤而吐之，是唾人面也[13]。"乃独嬉弄于乐府之馀[14]，而寓以诗人句法，清壮顿挫，能动摇人心，士大夫传之，以为有临淄之风尔[15]，罕能味其言也[16]。余尝论："叔原固人英也[17]，其痴亦自绝人。"爱叔原者，皆愠而问其目[18]。曰："仕宦连蹇[19]，而不能一傍贵人之门，是一痴也；论文自有体[20]，不肯一作新进士语[21]，此又一痴也；费资千百万，家人寒饥，而面有孺子之色[22]，此又一痴也；人百负之而不恨，己信人，终不疑其欺己，此又一痴也。"乃共以为然。虽若此，至其乐府[23]，可谓狭邪之大雅[24]，豪士之鼓吹[25]，其合者，《高唐》、《洛神》之流[26]；其下者，岂减桃叶、团扇哉[27]？余少时间作乐府[28]，以使酒玩世[29]。道人法秀独罪余以笔墨劝淫[30]，于我法中，当下犁舌之狱[31]。特未见叔原之作耶！虽然，彼富贵得意，室有倩盼慧女[32]，而主人好文，必当市购千金，家求善本，曰"独不得与叔原同时"耶！若乃妙年美士，近知酒色之娱；苦节臞儒，晚悟裙裾之乐[33]，鼓之舞之，使宴安鸩毒而不悔，是则叔原之罪也哉[34]！

[1] 晏叔原：晏幾道，字叔原，号小山，为晏殊的第七子。
[2] 临淄公：即晏幾道的父亲晏殊，封临淄公。 莫：通"暮"，指排行小，晏幾道排行第七，故称暮。
[3] 磊隗：即磊块，即指磊落。 权奇：指奇特不凡。
[4] 规摹：即通常所说的规模。此处指文章的体制与格调。
[5] 轩轾：指轻重高低。轩，指大夫以上乘坐的车子，又指车子的前高后低。轾，指车子前低后高。此处指批评、褒贬人。
[6] 不受世之轻重：不受世人、世俗的指责、批评。 轻重：指批评、指责。
[7] 小谨：注意细微末节。 望：期望他。《管子·形势解》："是故其所谨者小，则其所立亦小。其所谨者大，则其所立亦大。故曰：小谨者不大立。"
[8] 陆沉：比喻埋没人才，语出《庄子·则阳》。
[9] 潜心：即专心致志地研读。 六艺：即六经，即儒家的《诗》、《书》、《礼》、《易》、《乐》、《春秋》。
[10] 玩思：细心地研究、体会其中的道理。 百家：即诸子百家。韩愈《进学解》："先生口不绝吟于六艺之文，手不停披于百家之编。"此处六艺与百家对举。
[11] 持论：即提出自己的看法、想法。 沽世：即被人所用，以之求取功名。
[12] 槃跚：即蹒跚，走路不稳，摇摆的样子。 勃窣：走路一跛一跛的样子。

〔13〕愤而吐之：即将胸中的积愤怨恨吐出。　唾人面：就像给别人的脸上吐口水，指触犯别人。
〔14〕乐府之馀：指词。唐·元稹《乐府古题序》："备曲度者，总得谓之歌曲词调。斯皆由乐府以定词，非选调以配乐也。"
〔15〕临淄之风：即指晏几道的词有其父亲晏殊的遗风。晏氏父子均长于小令。
〔16〕"罕能"句：即很少有人能够体会其词之中蕴含的深意。味，即体味，体会。其言，指晏几道所写的词。
〔17〕人英：即人中英才。英，即英华，英才。
〔18〕愠：生气，愠怒。　目：条目，此指原因。
〔19〕仕宦连蹇：指仕途不顺，充满了坎坷。　连蹇：指命运艰难坎坷，不顺畅。蹇，困苦，不顺利。
〔20〕自有体：自有体制法度。体，指规矩法度。
〔21〕新进士：指新登科第的人。此指当时奉承新法、新学的投机的士人。
〔22〕孺子：即幼儿。
〔23〕乐府：指词。因为词最早是合乐歌唱的，是由古代乐府演变而来的，因此以乐府代指词。
〔24〕狭邪：也作狭斜。即狭路曲巷，后指娼妓的居处。此处指其风流不羁的生活。　大雅：《诗经》的一部分，《诗经》由"风"、"雅"、"颂"三部分组成。大雅用来指纯正的诗歌。此句说明晏几道的词虽风流艳丽但最终归于雅正。
〔25〕豪士：豪杰之士。　鼓吹：原为乐歌的名称，由打击乐与吹奏乐组成，声情豪迈雄壮。鼓指打击乐，吹指吹奏乐。
〔26〕合者：指符合标准的作品。　《高唐》：指宋玉所作的《高唐赋》。　《洛神》：指曹植所作的《洛神赋》。《高唐赋》和《洛神赋》均写人神之恋。
〔27〕桃叶：即《桃叶歌》，晋·王献之所作，相传是送其妾桃叶渡江而作。　团扇：指汉代班婕妤所作的《怨歌行》，其诗中以团扇比喻自己。《桃叶歌》与《怨歌行》两首诗都是情歌。
〔28〕少时：年轻之时。　间：间或，有时。
〔29〕使酒：凭借酒劲而任性放纵自己。
〔30〕"道人"句：惠洪《禅林僧宝传》卷二十六载法秀禅师对山谷的告诫之语："汝以艳语动天下人淫心，不止马腹，正恐生泥犁中耳！"
〔31〕我法：即佛法。法秀为禅师，故称我法。当然山谷也笃信佛法，为佛门居士，故也可以称我法。　犁舌：即泥犁，为梵语的音译，指地狱的意思。
〔32〕倩盼：指美丽动人的女子。《诗经·卫风·硕人》："巧笑倩兮，美目盼兮。"
〔33〕苦节：指节制欲望。也指艰苦卓绝，砥砺名节。　臞儒：指容貌清瘦的老者。　晚悟裙裾之乐：指晚年也体悟妇人之乐。裙裾，借指妇人。
〔34〕鼓之舞之：指贪图歌舞享乐。　晏安鸩毒而不悔：指安逸的生活如同饮了鸩毒但不后悔。鸩，指用鸩鸟的羽毛浸泡过的酒，鸩鸟的羽毛有毒，故酒也就有了毒。　是则叔原之罪也哉：这难道是叔原的罪过吗？

【新评】

在北宋词坛，晏殊、晏几道父子齐名，合称"二晏"。据晏几道自序，其词原名《乐府补亡》，以补古乐府之亡。由此可知晏几道对自己作品的定位。《小山词》中所收二百馀首，多记男女闺情，情调过于感伤，以婉丽见胜。黄庭坚所写的这篇序言笔法多变,叙中寓议,韵味深厚曲折,小山其人其词呼之欲出。

与洪甥驹父

此两篇文章作年已不十分确定,对于第一篇,有人认为作于崇宁二年(1103)山谷在鄂州时。第二篇认为作于绍圣四年(1097)山谷在黔州或戎州时。这两篇文章是写给外甥洪驹父的信,信中主要教导外甥如何作文读书。山谷在文章中提出了著名的以故为新、"点铁成金"的说法,成为后世学习的一套诗歌技法。他告诫外甥要多读书,目的是要涉猎广泛,从中学习前人法度。此处将两篇文章合于一起,便于读者学习。洪甥驹父:洪驹父,名刍,字驹父,为黄庭坚外甥。他与其兄洪朋,其弟洪炎、洪羽号称"四洪",为洪州南昌人。洪驹父工于诗,绍圣进士。

所寄《释权》一篇[1],词笔纵横[2],极见日新之效[3],更须治经[4],深其渊源[5],乃可到古人耳[6]。《青琐祭文》,语意甚工,但用字时有未安处[7]。自作语最难,老杜作诗[8],退之作文[9],无一字无来处[10],盖后人读书少,故谓韩杜自作此语耳。古之能为文章者,真能陶冶万物[11],虽取故人之陈言入于翰墨,如灵丹一粒,点铁成金也[12]。文章最为儒者末事[13],既然学之,又不可不知其曲折[14],幸熟思之。至于推之使高如泰山之崇崛[15],如垂天之云[16];作之使雄壮如沧江八月之涛[17],海运吞舟之鱼[18],又不可守绳墨令俭陋也[19]。

驹父外甥教授[20]:别来三岁[21],未尝不思念。闲居绝不与人事相接,故不能作书[22],虽晋城亦未曾作书也[23]。专人来,得手书,审在官不废讲学,眠食安胜,诸稚子长茂[24],慰喜无量。

寄诗语意老重,数过读[25],不能去寻,继以叹息,少加意读书,古人不难到也。诸文亦皆好,但少古人绳墨耳[26],可更熟读司马子长、韩退之文章[27]。凡作一文,皆须有宗有趣[28],终始关键,有开有合[29],如四渎虽纳百川[30],或汇而为广泽,汪洋千里,要自发源注海耳。老夫绍圣以前,不知作文章斧斤[31],取旧所作读之,皆可笑。绍圣以后始知作文章[32],但以老病情懒,不能下笔也。外甥勉之,为我雪耻。《骂犬文》虽雄奇,然不作可也。东坡文章妙天下,其短处在好骂,慎勿袭其轨也[33]。

甚恨不得相见，极论诗与文章之善病。临书不能万一，千万强学自爱，少饮酒为佳。见师川所寄诗卷有新句〔34〕，甚慰人意。比来颇得治经观史书否？治经欲钩其深，观史欲驰会其事理，二者皆须精熟，涉猎而已，无他功也。士朝而肄业〔35〕，昼而服习〔36〕，夕而计过〔37〕，无憾而后即安。此古人读书法也。潘君必数相见〔38〕，比得其书，甚想见其人。

〔1〕《释权》：当为洪驹父寄给黄庭坚的文章。
〔2〕纵横：原本地理上东西为横，南北为纵，此处则指文笔张弛开合。
〔3〕日新：每天都有好的变化。《礼记·大学》："汤之盘铭曰：'苟日新，日日新，又日新。'"
〔4〕治经：研习儒家经典。
〔5〕深其渊源：使其渊源加深。深是形容词用作动词。
〔6〕乃可到古人：才可以达到古代文章大家的要求。
〔7〕未安处：即不妥当的地方。
〔8〕老杜：即杜甫。唐代著名诗人，杜甫之外，姓杜的著名诗人尚有杜牧，为了区别，称杜甫为老杜，杜牧为小杜。
〔9〕退之：韩愈，字退之，为唐代古文运动的倡导者，是唐宋古文八大家之一，其文各体兼长，遒劲有力，条理畅达，语言精炼。
〔10〕无一字无来处：即每一个字都有来处。讲究字词语来历出处，山谷之前已有。韦绚《刘宾客嘉话》载刘禹锡的话说："为诗用僻字，须有来处。"
〔11〕陶冶万物：指化育万物。此处指古代文章大家能够将其所学的众多知识加以锻炼、消化，而使之变成自己的东西。《淮南子·俶真》："包裹天地，陶冶万物。"
〔12〕点铁成金：为禅家语。《五灯会元》卷七《龙华灵照禅师》："还丹一粒，点铁成金。至理一言，转凡成圣。"
〔13〕文章最为儒者末事：此种思想古已有之，如《论语·学而》："子曰：'行有馀力，则以学文。'"《左传·襄公二十四年》："太上有立德，其次有立功，其次有立言。"可见，作文立说经常是被置于最末，是"儒者末事"。
〔14〕曲折：指写文章时行文的技巧法度。黄庭坚《书枯木道士赋后》："闲居当熟读《左传》、《国语》、《楚辞》、庄周、韩非，欲下笔略体古人致意曲折处，久久乃能自铸伟词。"
〔15〕崇崛：指顶峰。崛，高起，突出。汉·王符《潜夫论·慎微》："凡山陵之高，非削成而崛起也。"
〔16〕垂天之云：《庄子·逍遥游》："鹏之背，不知其几千里也，怒而飞，其翼若垂天之云。"这里是说把文章推得很高，像垂在天空中的云彩。
〔17〕涛：指海潮，江潮。江潮在八月的时候最为雄壮。
〔18〕海运：海的运动。《庄子·逍遥游》："是鸟也，海运将徙于南冥——南冥者，天池也。"宋·林希逸注《庄子》中的这句话说："海运者，海动也。今海濒之俚歌犹有'六月海动'之语。" 吞舟之鱼：指鱼非常大。《庄子·庚桑楚》："小子来！夫函车之兽，介而离山，则不免于网罟之患；吞舟之鱼，砀而失水，则蝼蚁能苦之。"
〔19〕绳墨：即法度。《文心雕龙·镕裁》："譬绳墨之审分，斧斤之斲削矣。" 俭陋：内容贫乏浅薄。
〔20〕教授：宋代的学官名。宋代在各州学设教授，洪驹父曾任晋州州学教授。

〔21〕三岁：三年时间。

〔22〕作书：写信。书，即信。

〔23〕晋城：为泽州的治所，泽州与晋州为邻州。

〔24〕稚子：小孩子。稚，幼，幼小。晋·陶潜《归去来辞》："稚子候门。" 长茂：长大。茂，原意为草木繁盛，长得很美好。此处指孩子们健康成长。

〔25〕数过读：数次阅读它。

〔26〕绳墨：规矩法度。黄庭坚喜教人学习古人的文章法度规矩。他在《跋书柳子厚诗》中说："王观复作诗有古人态度，虽气格已超俗，但未能从容中玉佩之音，左准绳，右规矩尔。意者读书未破万卷，观古人之文章未能尽得其规摹及所总览笼络，但知玩其山龙黼黻戢成章耶？"

〔27〕司马子长：即司马迁（前145—前86?）。著有《史记》。

〔28〕有宗有趣：指文章要有主题，有归趣。宗，宗旨。趣，即归趣。

〔29〕终始关键，有开有合：均指文章的布局结构。

〔30〕四渎：四条独流入海的大河。《尔雅·释水》："江、河、淮、济为四渎。四渎者，发源注海者也。" 川：水道，河流。百川，形容河流很多。《周礼·考工记·匠人》："两山之间，必有川焉。"

〔31〕斧斤：斧子，伐木的工具。《荀子·劝学》："林木茂而斧斤至焉。"斧斤可以用来砍、削树木旁枝，使树木长得端正，合于法度，此处即指对文章修改变化，使之合于规矩。

〔32〕绍圣以后始知作文章：《苕溪渔隐丛话》中说："山谷自黔州以后句法尤高，笔势放纵，实天下之奇作。"

〔33〕"东坡"三句：此三句说苏轼文章的不足之处在于"好骂"，让外甥不要承袭此种做法。《后山诗话》说："苏诗始学刘禹锡，故多怨刺，不可不慎也。" 轨：法则，法度。《汉书·叙传》："东平失轨。"（东平，指东平王。）

〔34〕师川：徐俯，字师川，为徐禧之子，是黄庭坚的外甥。

〔35〕肄：练习，学习。《三国志·魏书·武帝纪》："作玄武池以肄舟师。"何晏《景福殿赋》："讲肄之场。"

〔36〕服：从事，做。《尚书·盘庚上》："若农服田力穑。"

〔37〕计：计算。诸葛亮《出师表》："可计日而待也。"

〔38〕潘君：潘镦，字子真。

唐诗是中国诗坛不可企及的高峰；唐代古文运动则承前启后，居功甚伟。宋人深感于此，于是不得不另辟蹊径，免入前人窠臼。黄庭坚写给外甥的这两封信，就从一个侧面反映了宋人的这一心态。

黔南道中行记

绍圣元年，山谷因被诬《神宗实录》不实，被定以"类多附会奸言，诋熙宁以来政事"的罪名，贬为涪州别驾，黔州安置。此为赴黔州的途中过峡州时作，故名道中行记。绍圣二年正月，山谷在长兄黄大临的陪同下远赴贬谪之地，三月抵达峡州,他们泊舟下牢关,游览三游洞、黄牛庙。此文正是山谷对此事的记载,从中可以看出山谷虽遭到贬谪,但他却有超乎常人的达观心胸。

绍圣二年三月辛亥[1]次下牢关[2],同伯氏元明、巫山尉辛纮尧夫傍崖寻三游洞[3]。绕山行竹间二百许步,得僧舍,号大悲院[4],才有小屋五六间,僧贫甚,不能为客煎茶。过大悲,遵微行[5],高下二里许,至三游间,一径栈阁绕山腹[6],下视深溪悚人[7],一径穿山腹黮暗[8],出洞乃明。洞中略可容百人,有石乳,久乃一滴,中有空处,深二丈馀,可玄[9],尝有道人宴居[10],不耐久而去。

厥壬子[11],尧夫舟先发,不相待。日中乃至虾蟆碚[12],从舟中望之,颐颔口吻[13],甚类虾蟆也[14]。予从元明寻泉源,入洞中,石气清寒,流泉激激[15],泉中出石腰骨,若虬龙纠结之状[16]。洞中有崩石,平阔可容数人宴坐也,水流循虾蟆背垂鼻口间,乃入江耳。泉味亦不极甘,但冷熨人齿[17],亦其源深来远故耶。

壬子之夕宿黄牛峡[18],明日癸丑,舟人以豚酒享黄牛神[19],两舟人饮福皆醉[20]。长年三老请少驻[21],乃得同元明、尧夫曳杖清樾间[22],观欧阳文忠公诗及苏子瞻记丁元珍梦中事[23],观双耳石马。道出神祠背[24],得石泉甚壮,急命仆夫运石去沙,泉且清而归。陆羽《茶经》记黄牛峡茶可饮[25],因令舟人求之,有媪卖新茶一笼[26],与草叶无异,山中无好事者故耳[27]。

癸丑夕宿鹿角滩下[28],乱石如囷廪[29],无复寸土。步乱石间,见尧夫坐石据琴[30],儿大方侍侧[31],萧然在事物之外[32]。元明呼酒酌尧夫,随磐石为几案床座[33]。夜阑乃见北斗在天中[34],尧夫为《履霜》、《烈女》之曲[35]。已而风激涛波,滩声汹汹[36],大方抱琴而归。

初,余在峡州,问士大夫夷陵茶,皆云觕涩不可饮[37];试问小吏,云唯僧茶味善,试令求之,得十饼[38],价甚平也。携至黄牛峡,置风炉清樾间[39],身候汤,手挏得味[40],既以享黄牛神[41],且酌元明、尧夫云:"不减江南茶味也。"乃知夷陵士大夫但以貌取之耳,可因人告傅子正也[42]。

[1]绍圣二年:公元1095年。
[2]次:临时驻扎和住宿。又指临时住宿之处。《左传·僖公四年》:"师退,次于召陵。" 下牢关:在峡州州

治夷陵之西,陆游《入蜀记》卷六:"过下牢关,夹江千峰成嶂。"

〔3〕元明:黄庭坚长兄黄大临,字元明。 三游洞:陆游《入蜀记》卷六记载其"洞大如三间屋,有一穴通人过,然阴黑峻险尤可畏。缭山腹,伛偻自岩下,至洞前,差可行,然下临溪潭,石壁十馀丈,水声恐人。又二穴,后有壁,可居,钟乳岁久,垂地若柱,正当穴门,上有刻云:'黄大临、弟庭坚,同辛纮、子大方,绍圣二年三月辛亥来游。'"

〔4〕号大悲院:名字叫大悲院。号,称为。

〔5〕遵微行:沿着小路走。《诗经·豳风·七月》:"遵彼微行。"遵,循,沿着。屈原《九章·哀郢》:"遵江夏以流亡。"

〔6〕栈阁:即栈道。依山凿孔,在孔中置木条或石条,然后在木条或石条的突出部分铺木板而成的道路。

〔7〕悚:惊惧,恐惧。潘岳《射雉赋》:"情骇而神悚。"

〔8〕黮(dǎn)暗:黑暗,昏暗。黮,黑的意思。

〔9〕玄:通"悬"。这里指可以悬垂而进入穴中。

〔10〕道人:指僧人。 宴居:即宴坐修道,宴坐是佛教徒的一种修行方法,也就是平常所说的坐禅。

〔11〕厥壬子:辛亥日的第二天,古代以天干地支计算日月,天干与地支相配,如甲子、乙丑等,辛亥后便是壬子。

〔12〕虾蟆碚:《方舆胜览·峡州》中记载:"虾蟆碚在夷陵县之南,凡出蜀者必酌水以瀹茗,陆羽第其品为第四。"

〔13〕颔领口吻:陆游《入蜀记》卷六记载:"虾蟆在山麓临江,头鼻吻颔绝类,而背脊皮色处尤逼真,造物之巧,有如此者。自背上深入,得一洞穴,石色绿润,泉泠泠有声,自洞出,垂虾蟆口鼻间,成水帘入江。"

〔14〕甚类:十分像。甚,很。类,相像。

〔15〕激激:指泉水流动时腾涌飞溅。《兵法·势篇》:"激水之疾,至于漂石者,势也。"

〔16〕虬龙:古代传说中的一种龙。屈原《天问》:"焉有虬龙,负熊以游?"虬龙纠结,指像虬龙那样盘曲缠绕。

〔17〕冷熨人齿:泉水寒冷,使人牙齿感到冰冷。熨,原指用熨斗把衣服等烫平,此处指那种寒冷的感觉很突然,就像高温的熨斗近人身体时那种突然的感觉一样。

〔18〕黄牛峡:《水经注》卷三十四:"江水又东迳黄牛山,下有滩名黄牛滩,南岸重岭叠起,最外高崖间有石如人负刀牵牛,人黑牛黄。"黄牛峡在宜昌以西。

〔19〕以豚酒享黄牛神:指用小猪以及酒来祭黄牛神。豚,小猪,猪。《韩非子·外储说左下》:"郑县人卖豚。"享,指用食物供奉鬼神。《尚书·盘庚上》:"兹予大享于先王。"

〔20〕饮福:即饮用用以供神的酒,人们以为这些酒已经被神灵享用,沾有了神灵的福气。庾信《周宗庙歌·皇夏饮福酒》中有"饮福移樽"的句子。

〔21〕长年三老:指船工们。长年,为船上撑篙的人。三老,则为船后掌舵的人。杜甫《夔州歌》:"长年三老长歌里。" 少驻:稍微停留一会儿。驻,原为车马停行不前,引申为暂时停留。《孔雀东南飞》:"行人驻足听。"

〔22〕曳杖清樾:是说拖着手杖走在树荫中。樾,树阴。

〔23〕"观欧阳"句:指欧阳修的《黄牛峡祠》诗以及苏轼的《书欧阳公黄牛庙诗后》。其文中说:"轼尝闻之于公:'予昔以西京留守推官为馆阁校勘,时同年丁宝臣元珍适来京师,梦与予同舟泝江,入一庙中,拜谒堂下,予班元珍下,元珍固辞,予不可。方拜时,神像为起,鞠躬堂下,且使人邀予上,耳语久之。元珍私念神亦如世俗,待馆阁乃尔异礼耶?既出门,见一马双耳。觉而语予,固莫识也。不数日,元珍除峡州判官,已

而余亦贬夷陵令,日与元珍处,不复记前梦矣。一日与元珍泝峡谒黄牛庙,入门惘然,皆梦中所见。予为县令,固班元珍下,而门外镌石为马,缺一耳。相视大惊,乃留诗庙中,有石马系祠间之句,盖私识其事也。'"

〔24〕道出神祠背:从黄牛庙的背后出来。

〔25〕陆羽:唐代人,著有《茶经》,世人称为"茶圣"。

〔26〕媪:对老年妇女的敬称。《战国策·赵策四》:"老臣以媪为长安君计短也。"媪后来也为妇女的通称。

〔27〕好事者:指热衷于品茶的人。

〔28〕鹿角滩:为峡州西北的一个滩的名称。

〔29〕囷廪:指粮仓。囷,指圆形的谷包。廪,指米仓。

〔30〕坐石据琴:坐在石头上按着琴。据,按着。《庄子·盗跖》:"据轼低头,不能出气。"《庄子·渔父》:"左手据膝。"

〔31〕儿大方侍侧:他的儿子大方在一旁侍立。

〔32〕萧然在事物之外:指辛尧夫的样子萧散闲逸,好似超然于世事之外。

〔33〕磐石:巨大的石头。《韩非子·显学》:"磐石千里,不可谓富。"

〔34〕夜阑:夜将尽时。阑,残尽的意思。《史记·高祖本纪》:"酒阑,吕公因目固留高祖。"陆游《十一月四日风雨大作》:"夜阑卧听风吹雨,铁马冰河入梦来。"

〔35〕《履霜》、《烈女》:两者皆为古代琴曲的名称。

〔36〕汹汹:形容喧闹或纷乱的样子。胡铨《戊午上高宗封事书》:"谤议汹汹,陛下不闻。"

〔37〕觕(cū)涩:指味道粗涩。觕,通"粗"。

〔38〕十饼:即十块茶饼。宋代常将茶做成饼状。

〔39〕风炉:即煮茶所用的炉具。陆羽《茶经》中说:"风炉以铜铸之,如古鼎形,凡四窗,以备通飙漏烬之所。"

〔40〕捫:用手揉搓。

〔41〕"既以"句:因此就以它来供奉黄牛神。

〔42〕傅子正:生平不详。

  黄庭坚此文所记,是贬谪途中的所历所见。面对坎坷,他能以豁达的心态泰然处之,并用优美的文字将沿途的景物记录下来。使我们在领略山谷宽广心胸的同时,也能神游于峡州。

◎ 附　录

黄庭坚年谱简编

宋仁宗庆历五年（1045），一岁

六月十二日生于分宁县高城乡双井村，家中经济颇为贫困。

时年范仲淹五十七岁，欧阳修三十九岁，苏洵三十七岁，王安石二十五岁。苏轼十岁，苏辙七岁，苏氏兄弟母亲程氏亲授兄弟二人以书。

七月，石介卒，年四十一。

仁宗庆历六年（1046），二岁

山谷妹生于本年。

九月十五日，范仲淹撰《岳阳楼记》。

晁端礼生。

尹洙卒。

仁宗庆历七年（1047），三岁

苏洵落第，遂悉焚旧稿，绝意功名，而自托于学术。

仁宗庆历八年（1048），四岁

文彦博拜相。

欧阳修转起居舍人，徙扬州。

仁宗皇祐元年（1049），五岁

诵习《五经》。

正月十三日，欧阳修移知颍州。

秦观生。

仁宗皇祐二年（1050），六岁

晏殊迁户部尚书，知永兴军。

司马康生。

仁宗皇祐三年（1051），七岁

作《牧童诗》。

王安石任舒州通判。

仁宗皇祐四年（1052），八岁

作《送人赴举》诗。

范仲淹卒于徐州，年六十四。

贺铸生。

仁宗皇祐五年(1053),九岁
　　陈师道生。
　　晁补之生。

仁宗至和元年(1054),十岁
　　欧阳修迁翰林学士,兼史馆修撰,修《新唐书》。
　　张耒生。

仁宗至和二年(1055),十一岁
　　弟仲能生。
　　正月,晏殊卒,年六十五。
　　苏轼二十岁,游成都,拜谒张方平,张方平以国士之礼待之。

仁宗嘉祐元年(1056),十二岁
　　三苏离蜀入京,上书翰林学士欧阳修,文名轰动京师。

仁宗嘉祐二年(1057),十三岁
　　欧阳修知贡举,程颢、张载、朱光廷、苏轼、苏辙、曾巩、吕大防皆及第。三苏因程夫人丧,返蜀。
　　七月,孙复卒。

仁宗嘉祐三年(1058),十四岁
　　其父黄庶逝世。
　　六月,文彦博罢相出判河南府。
　　欧阳修加龙图阁学士,权知开封府。

仁宗嘉祐四年(1059),十五岁
　　从舅父李常游学淮南。
　　十月,三苏再度赴京,三人集途中所作为《南行集》。
　　王令卒。

仁宗嘉祐五年(1060),十六岁
　　梅尧臣卒,年五十九。
　　王安石为三司度支判官,上万言书,言治财之道。
　　作《溪上吟》诗,《画堂春·东风吹柳日初长》词。

仁宗嘉祐六年(1061),十七岁
　　孙觉以女许之。
　　六月,王安石知制诰。
　　八月,仁宗策试贤良方正能直言极谏,苏轼入第三等,苏辙入第四等。十月,苏轼签判凤翔府。

宋祁卒。
作《跛奚移文》等。

仁宗嘉祐七年(1062)，十八岁
在淮南，结识俞清老。
苏轼于凤翔作《喜雨亭记》。
欧阳修《集古录》编成。

仁宗嘉祐八年(1063)，十九岁
是岁以乡贡进士入京师。
三月，宋仁宗崩。
四月，太子即位，是为英宗。

英宗治平元年(1064)，二十岁
至京师赴礼部试，未第，留京师。
苏轼凤翔任满还京。

英宗治平二年(1065)，二十一岁
自京师南归。
二月，苏轼试秘阁，入三等。得直史馆。

英宗治平三年(1066)，二十二岁
再赴乡举，荣膺首选。
苏洵卒，苏轼兄弟护丧归蜀。
作《南屏山》、《戏赠诸友》、《用几复韵题伯氏思堂》等诗。

英宗治平四年(1067)，二十三岁
赴试礼部，登进士第，调汝州叶县尉。
与孙觉女结婚。
正月，英宗崩，太子即位，是为神宗。
作《新息渡淮》、《光山道中》、《寄傅君倚同年》、《赠元发弟》、《贺圣朝·脱霜披茜初登第》等。

神宗熙宁元年(1068)，二十四岁
赴任汝州叶县尉，九月到任。
孙觉因反对新法，两次降职，出判越州。
河北地震。
作《次韵赏梅》、《清明》、《虎号南山》、《徐孺子祠堂》、《次韵戏答彦和》、《思亲汝州作》等。

神宗熙宁二年(1069)，二十五岁
孙夫人殁于叶县。作《哀逝》、《悼往》等诗

因河北地震、洪水等灾害,难民涌入叶县,山谷参加赈灾工作,作《流民叹》等诗。

二月,王安石参知政事,创置三司条例,议行新法。

十月,富弼罢相。

苏轼还朝,因与王安石持异议,改权开封府推官。

另外还作有《次韵裴仲谋同年》、《漫书呈仲谋》、《春近四绝句》等。

神宗熙宁三年(1070),二十六岁

山谷之妹卒。

三月,孙觉落职,知广德军。

四月,李常、孙觉、吕公著等因反对新法被贬。

七月,欧阳修知蔡州,九月至任。

十二月,王安石拜相。

作有《漫尉》、《睡起二首》、《将归叶先寄明复季常》、《次韵寄滑州舅氏》等。

神宗熙宁四年(1071),二十七岁

在叶县。

三月,韩绛罢相知邓州。

六月,富弼罢相判汝州。苏轼通判杭州。欧阳修以观文殿学士、太子少师致仕。

十一月,孙觉自广德军移守吴兴。

作有《春雪呈张仲谋》、《睡起》、《夏日梦伯兄寄江南》、《答王晦之见寄》、《答龙门潘秀才见寄》、《戏咏江南土风》、《弈棋二首呈任公渐》、《听崇德君鼓琴》、《过平舆怀李子先时在并州》等。

神宗熙宁五年(1072),二十八岁

苏轼在孙觉处初次见到黄庭坚诗,"绝叹以为世久无此作矣!"

参加招考学官考试,名列优等,除北京国子监教授。因其文章才华为文彦博赏识,为文留任,前后共计八年。

闰七月,欧阳修卒,年六十六。

十二月,苏轼至湖州,访孙觉,作《墨妙堂记》。

作有《以金沙酴醾送公寿》、《道中寄公寿》、《论语断篇》等。

神宗熙宁六年(1073),二十九岁

时在北京任国子监教授。

正月,晁补之初次谒见苏轼于新城。

周敦颐卒,年五十七。

作有《秋思》等。

神宗熙宁七年（1074），三十岁

与谢师厚之女结婚。

四月，文彦博判大名府。王安石罢相，出知江宁府。

九月，苏轼知密州，路过扬州，孙觉荐秦观于苏轼。

作有《六月闵雨》等。

神宗熙宁八年（1075），三十一岁

在北京任国子监教授。

二月，王安石复相。

六月，王安石《三经新义》诏颁于学官。

十一月，苏轼在密州，作《超然台记》。

作有《奉答子高见赠十韵》、《次韵谢子高读渊明传》、《秋怀二首》、《西禅听戴道士弹琴》等。

神宗熙宁九年（1076），三十二岁

在北京任国子监教授。

八月十五日，苏轼作《水调歌头·明月几时有》于密州。

十月，王安石还归江宁。

作有《二月丁卯喜雨吴体为北门留守文潞公作》、《题文潞公黄河议后》等。

神宗熙宁十年（1077），三十三岁

在北京任国子监教授。

女儿黄睦生。

友人王肱卒，为其作《王力道墓志铭》。

曾巩建徐孺子祠堂于洪州，作《徐孺子祠堂记》。

作有《次韵正仲三丈自衡山返命舍驿过外舅师厚赠答》等。

神宗元丰元年（1078），三十四岁

在北京任国子监教授。

二月，寄书苏轼，并随书寄《古诗二首上苏子瞻》诗，苏黄二人在互相闻名后初次互通消息。

苏轼在徐州任上。四月，秦观携李常书来谒苏轼。

此时期诗作有《过方城寻七叔祖旧题》、《对酒歌答谢公静》、《和师厚接花》、《和师厚郊居示里中诸君》、《戏赠彦深》、《江南》等。

神宗元丰二年（1079），三十五岁

在北京任国子监教授。学官任满。

二月，苏轼改知湖州。

七月，苏轼"乌台诗案"发生。

十一月，苏轼文字狱结案，于十二月责授黄州团练副使本州安置。

与苏轼互通书信，在十二月因受苏轼"乌台诗案"牵连，被罚铜二十斤。

作有《次韵盖郎中率郭郎中休官二首》、《次韵答张沙河》、《再次韵呈明略并寄无咎》、《乞猫》、《和陈君仪读太真传五首》、《次韵答柳通叟求田问舍之诗》、《菩萨蛮·半烟半雨溪桥畔》等。

神宗元丰三年(1080)，三十六岁

罢北京国子监教授，赴京师，改官知吉州太和县。

继室谢夫人逝世。

秋，携家室三十馀口赴吉州太和县任，经南京、盱眙入淮河，过楚州，经高邮时特访秦观，欢聚二日。十月至真州，有书信寄秦观。途经芜湖，溯江而上，泊舟皖溪口，游舒州三祖山，因恋其环境优美而不忍离去，自号山谷道人。十二月过南康军，并游庐山。

九月，王安石改封荆国公。

曾巩移知沧州，经京师，神宗召见，除史馆修撰，管勾编修院。

作有《汴岸置酒赠黄十七》、《次韵伯氏长芦寺下》、《次韵答李端叔》、《池口风雨留三日》、《次韵公择舅》、《以右军书数种赠丘十四》、《宿旧彭泽怀陶令》、《题落星寺四首》等。

神宗元丰四年(1081)，三十七岁

春天，到达太和县。

在太和任上，曾考试举人于南安军。

与苏辙定交，时苏辙谪监筠州盐酒税。有《秋思寄子由》等诗寄往筠州。

与周敦颐二子周寿、周焘相交往。

二月，苏轼在黄州，马正卿因其贫困，为请故营地数十亩。苏轼躬耕其中，取名东坡。

七月，诏曾巩充史馆修撰，专典史事。

陈师道始游京师。

此时期的作品有《丰城》、《赣上食莲有感》、《答余洪范》、《次韵和答孔毅父》等。

神宗元丰五年(1082)，三十八岁

在太和县任。

正月，富弼、文彦博、司马光等为"洛阳耆英会"。

三月至八月，为销售官盐深入山区，所到之处有刀坑、劳坑、大蒙笼等地。

七月至十月，苏轼两次游览赤壁，作前后《赤壁赋》。

山谷此时作有《答余洪范二首》、《上大蒙笼》、《劳坑入前城》、《登快阁》、《漫兴》、《送徐隐父宰余干二首》等。

神宗元丰六年(1083),三十九岁

任太和县令。

四月,曾巩卒。

闰六月,富弼卒。

八月,与王巩相遇于江滨,二人饮酒相庆,山谷作《王定国文集序》。

十月,参寥子访苏轼于黄州,同游武昌西山。苏轼此时作《记承天寺夜游》。

十二月,解官太和令,移监德州德平镇,顺道返乡。

此一时期山谷作有《食笋十韵》、《观王主簿家酴醿》、《戏和答禽语》、《奉答李和甫代简二绝句》、《答永新宗令寄石耳》、《夜发分宁寄杜涧叟》等。

神宗元丰七年(1084),四十岁

移监德州德平镇,年初,路过金陵,访王安石于钟山。春,过扬州见俞清老。途中路过颍昌,与陈师道相遇,陈拜入山谷门下。六七月间,到达德州。时赵挺之通判德州,推行市易法,山谷力阻之。

正月,苏轼移汝州团练副使,本州安置;六月游石钟山,作《石钟山记》;七月拜访王安石于金陵,唱和甚多。

此一时期,山谷作有《扬州戏题》、《题王仲弓兄弟巽亭》、《送王郎》、《题宛陵张待举曲肱亭》、《放言十首》、《送伯氏入都》等。

神宗元丰八年(1085),四十一岁

一至五月在德平,其间张耒寄书与山谷。四月奉诏为校书郎。五月,会食于赵挺之官舍,观古书帖,并题书于古乐府《木兰诗》后。九月到京师,其弟叔达亦来京,与陈师道、邢居实过李公麟处。

三月,宋神宗崩。太子煦继位,是为哲宗。

五月,苏轼复朝奉郎,知登州。九月,迁礼部郎中。十二月,拜起居舍人。

五月,蔡确进左相,韩镇拜右相。

陈师道客东都,秦观来晤。

此一时期山谷作有《次韵清虚同访李园》、《寄黄几复》、《和答莘老见赠》、《次韵子由绩溪病起被召寄王定国》、《送舅氏野夫之宣城二首》、《访赵君举》等。

哲宗元祐元年(1086),四十二岁

任秘书省校书郎,与苏轼相见于年初。

正月,苏轼和李公麟为柳仲远作《松石图》。苏轼兄弟均作诗,邀山谷同赋。

闰二月,司马光为尚书左仆射、门下侍郎。

三月,由司马光推荐,山谷与范祖禹、司马康同校《资治通鉴》。

四月,王安石卒。吕公著拜右相,诏起文彦博平章军国重事。

六月,诏山谷与孔平仲、毕仲游、晁补之、张耒等九人参加学士院考试,以充

馆阁,苏轼主考。

七月,苏轼、韩川游览京西南郊之西太一宫,见王安石所作题壁诗二首,遂和诗数首。司马光卒于九月。

苏轼于九月十二日任翰林学士,苏辙为起居郎。

十月,吕公著提举修《神宗实录》,山谷任神宗实录院检讨官。

十一月,苏轼与翰林学士承旨邓圣求话旧事作《武昌西山》诗,山谷与苏辙、张耒等三十馀人和之。

十二月,张耒、晁补之为正字。

山谷此一时期作有《送范德孺知庆州》、《次韵王荆公题西太一宫壁二首》、《有怀半山老人再次韵二首》、《和答钱穆父咏猩猩毛笔》、《送谢公定作竟陵主簿》、《次韵子瞻武昌西山》等。

哲宗元祐二年(1087),四十三岁

正月,山谷除著作佐郎。洛、蜀、朔党争起。

二月,其友邢居实卒于随州。山谷作《南征赋》以示纪念。

四月,陈师道特授亳州司户参军,充徐州教授。

五月,赵挺之等为监察御史。

七月,张商英提点河东路刑狱,山谷与苏轼、张耒等人为之饯行。

十二月,赵挺之弹劾苏轼,并兼及山谷。

此一时期山谷作有《双井茶送子瞻》、《戏呈孔毅父》、《子瞻诗句妙一世乃云效庭坚体盖退之戏效孟郊樊宗师之比以文滑稽耳恐后生不解故次韵道之子瞻〈送杨孟容诗〉云"我家峨眉阴,与子同一邦"即此韵》、《陈留市隐》、《咏李伯时摹韩幹三马次苏子由韵简伯时兼寄李德素》、《次韵子瞻题郭熙画秋山》、《题郑防画夹五首》、《题阳关图二首》、《次韵柳通叟寄王文通》等。

哲宗元祐三年(1088),四十四岁

在秘书省兼史局。正月至三月,苏轼等知贡举,山谷为参详。

三月,韩绛卒。

同月,山谷与苏轼等往诣李公麟,山谷作《观伯时画马》。

同月,孔文仲卒。

四月,以吕公著为司空,同平章军国重事。

五月,诏新除著作郎黄庭坚依旧著作佐郎。

十月,李常充任龙图阁直学士。

本年,秦观、张耒、晁补之与山谷同任馆阁,相互唱和,人称"苏门四学士"。

此年山谷作有《观伯时画马》、《题伯时画严子陵钓滩》、《老杜浣花溪图引》、《次韵子瞻以红带寄王宣义》、《听宋宗儒摘阮歌》、《题子瞻枯木》、《题竹石牧牛》、

《岁寒知松柏二首》、《忆邢惇夫》等。

哲宗元祐四年(1089),四十五岁

仍任职秘书省兼史局。

二月,吕大防提举修《神宗实录》。

三月,苏轼除龙图阁学士,出知杭州,山谷作《送少章从翰林苏公馀杭》。

五月,李常罢新除兵部尚书,出知邓州。

七月,山谷除集贤校理。

十二月,《神宗实录》基本定稿。

此年山谷作有《寺斋睡起二首》、《与元明过洪福寺戏题》、《六月十七日昼寝》、《北窗》、《题李十八知常轩》等。

哲宗元祐五年(1090),四十六岁

任职秘书省兼书局。

二月,舅父李常、岳父孙觉相继逝世,山谷作《祭外舅孙莘老文》。

四月,苏轼开西湖,八月湖成。

五月,苏辙升任龙图阁直学士、御史中丞;十二月,苏辙加龙图阁学士。

六月,张耒为著作佐郎;十二月,张耒加集贤校理。

此年山谷作有《寄忠玉提刑》、《跋梅圣俞赠欧阳晦夫诗》等。

哲宗元祐六年(1091),四十七岁

仍任职秘书省兼书局。

正月,苏轼任吏部尚书。

二月,刘挚为右相。同月,苏辙为中大夫,守尚书右丞;苏轼为翰林学士承旨。

三月,山谷与赵彦若、范祖禹等进呈《神宗实录》,山谷因修史有功诏为起居舍人,因韩川有言,仍旧为著作佐郎。

六月,山谷母亲李氏病逝。秋日,护母丧归分宁。九月到达扬州。十二月与弟叔达至李常墓哭祭。

八月,苏轼出知颍州。

十一月,张耒由集贤校理迁为国史院检讨官,旋即迁著作郎。

此年山谷作有《辞免转官状》、《题舅氏李公择墓柱》、《母安康郡太君祭亡妇女陈氏十娘文》、《萧济父墓志铭》等。

哲宗元祐七年(1092),四十八岁

正月,护母亲之丧抵家。在家居丧期间,叔父黄廉逝于京师。外甥徐俯来书问讯。

三月,程颐为直秘阁,判西京国子监。

七月，诏范祖禹、赵彦若、张耒等修《神宗正史》。苏轼于同月除兵部尚书，十一月改为端明殿学士、礼部尚书，兼翰林侍读学士。

此年山谷作有《叔父给事行状》、《书赠余莘老》。

哲宗元祐八年（1093），四十九岁

在分宁居丧。二月，葬母于双井之台平祖域，于墓旁筑"永思堂"以永思慈母养育之恩。

三月，苏颂罢相。

六月，秦观为秘书省正字。同月，苏轼罢礼部尚书，出知定州。

六月二十八日，老友陈季常有书至，山谷作《答陈季常书》。

七月，范纯仁为尚书右仆射兼中书侍郎。

同时，山谷除秘书丞，提点明道宫，兼国史编修官。

九月，具奏辞免编修之命。

此年山谷作有《次韵章禹直开元寺观画壁兼简李德素》、《叔父给事挽词十首》、《窗日》、《题黄龙清禅师晦堂赞》。

哲宗元祐九年、绍圣元年（1094），五十岁

居家乡分宁待命。

二月，章惇复官。

三月，苏辙罢门下侍郎，谪守汝州。

山谷除知宣州、鄂州。四月由分宁出发赴宣城。

四月，苏轼知英州。同月，改元绍圣，范纯仁罢相知颍昌府，章惇为左仆射。

五月，山谷到达洪州。

六月，山谷被任命管勾亳州明道宫，并责令于开封府境内居住。时章惇为相，蔡卞为国史编修官，对《神宗实录》的撰写十分不满，开始打击报复。

七月，与苏轼相遇于彭蠡湖，相会三日，后终生未曾相见。

八月，到达彭泽，作《家戒》。

十月，由长兄大临陪同前往开封府；十一月到达陈留，寓居净土院。

十二月，山谷被贬涪州别驾，黔州安置。同月，范祖禹被贬官永州安置；赵彦若澧州安置。

此年山谷作有《次韵元日》、《题大云仓达观台二首》、《杂诗》、《家戒》、《净土院深明阁颂》、《题蔡致君家庙堂碑》等。

哲宗绍圣二年（1095），五十一岁

正月，仍有宰臣奏称《神宗实录》不实，又被追夺一官。其兄大临亲送山谷赴贬所。二月至江陵，寓居承天寺，随后翻山越岭，经巫峡，过鬼门关，经施州、云安军等地，于四月到达黔州，寓居开元寺，其兄不忍离去，相伴近两月，至六月始离黔州。

陈师道以馀党罢职,换江州彭泽令,陈未赴任。

此时苏轼在惠州。

此年山谷作有《竹枝词二首并跋》、《竹枝词二首》、《和答元明黔南赠别》、《谢黔州安置表》等。

哲宗绍圣三年(1096),**五十二岁**

在黔州贬所。

五月,其弟叔达携带自己和山谷家眷来黔州。

八月中秋,与黔州太守曹谱等人饮宴赏月。

是年苏轼在惠州,有《和陶诗》。

陈师道寄食于曹州。

此年山谷作有《题苏若兰回文织锦图》、《送曹黔南口号》、《王圣涂二亭歌》、《水龙吟·早秋明月新圆》等。

哲宗绍圣四年(1097),**五十三岁**

在黔州贬所。

正月,苏轼跋山谷草书。

二月,旧党中人吕大防、苏辙、刘挚、梁焘、范纯仁等再遭贬谪。张耒监黄州酒税。

闰二月,苏轼责授琼州别驾,移昌化军安置。

五月,文彦博卒。

山谷自贬谪以来,生计艰难。亲自种地、买菜,自称黔中老农。

十一月,程颐送涪州编管。

十二月,表兄张向提举夔州路常平,因黔州属夔州路管辖,张向启奏朝廷迁山谷以避嫌,于是责授涪州别驾黔州安置黄庭坚,移戎州安置。

是年与秦观、洪刍等均有书信往来。

此年山谷作有《谪居黔南十首》、《书临写兰亭后》、《答宋子茂》、《与宜春朱和叔书》、《答洪驹父书》、《书博弈论后》、《定风波·万里黔中一漏天》等。

哲宗绍圣五年、元符元年(1098),**五十四岁**

由黔州移戎州;三月到涪陵,游北岩寺;六月抵达戎州,寓居南寺无等院,名其居为"槁木寮"、"死灰庵"。

六月,改元元符。

八月,自永安城楼入张宽夫园待月。

十月,范祖禹卒。

时苏轼在儋州,陈师道在徐州。

山谷此年作有《赠黔南贾使君》、《放目亭并序》、《与东川提举书》、《书王知载朐山杂咏后》、《念奴娇·断虹霁雨》等。

哲宗元符二年(1099),五十五岁

是年山谷在戎州。

四月,为史庆崇书刘禹锡《浪淘沙》、《竹枝歌》、《杨柳枝》词各九首。

五月,王献可罢职。

九月,其弟叔达至成都,元符三年二月还戎州。

山谷在戎州,亲朋书信甚多,戎州黄斌老与山谷常有唱和,苏轼侄婿王庠与山谷相交甚密,山谷有《与王周彦长书》。

是年陈师道在徐州,有《与黄鲁直书》。

此年山谷作有《次韵黄斌老所画横竹》、《又答斌老病愈遣闷二首》、《筇竹》、《寄题荣州祖元大师此君轩》、《西江月·断送一生唯有》、《鹧鸪天·黄菊枝头生晓寒》、《谒金门·山又水》、《诉衷情·一波才动万波随》等。

哲宗元符三年(1100),五十六岁

是年山谷在戎州。

正月,宋哲宗卒,其弟赵佶继位,是为徽宗。神宗皇后向氏掌握政权,司马光、苏轼等三十三人名誉相继恢复。

三月,叔达归江南,卒于荆州。

五月,山谷复宣德郎,监鄂州在城盐税。

同月,戎州太守刘广之率宾客僚属宴饮于锁江亭,山谷参与其事,并作《次韵李任道晚饮锁江亭》、《再次韵兼简履中南玉三首》等诗。

七月,山谷至青神探望姑母张氏。

同月,陈师道除棣州州学教授;九月,陈师道除秘书省正字。

八月,秦观卒于藤州。

九月,章惇罢相知越州。

十月,山谷被委任为奉议郎,签书宁国军节度判官。

十一月,自青神返戎州,游峨嵋山。

十二月,离戎州顺江东下,过江安,江安守石谅挽留过年,并为其子黄相娶石谅之女。

此年山谷作有《赠知命弟离戎州》、《次韵李任道晚饮锁江亭》、《再次韵兼简履中南玉三首》、《送石长卿太学秋补》、《王厚颂二首》、《与王观复书》、《跋郭熙画山水》、《祭知命弟文》、《踏莎行·临水夭桃》等。

徽宗建中靖国元年(1101),五十七岁

正月,山谷在江安。同月,范纯仁卒。

同月，山谷离江安继续东下，僧祖元自荣州追来饯别，山谷作诗赠之。三十日至合江县，与令尹白宗愈泛安乐溪，上刘真人山。

二月，到达汉东，观唐人所作《北齐校书图》，随后到达万州，太守高仲本留山谷暂住，共游香山寺、西山南浦、三游洞。

三月，至峡州，得知改复奉议郎权知舒州的任命。抵达巫峡，访神女祠，经巫山县，作《戏题巫山县用杜子美韵》，随后过鬼门关。

四月，至江陵，泊沙市，接到除吏部员外郎的任命札子，上《辞免恩命状》，请求为官于太平州或无为军，并候命荆州。于此月作《跛子瞻和陶诗》、《承天塔记》。

六月，诏重修《神宗实录》。

七月，苏轼卒。

是年抵达荆州后，与侍御史黄昭认宗。冬，有《答王子飞书》，对陈师道推崇备至，以为陈氏"得老杜句法，今之诗人不能当也"。

十二月，接苏辙书信并有报书，对苏轼之逝世深表痛惜。

同月，陈师道卒。

此年山谷作有《戏题巫山县用杜子美韵》、《跛子瞻和陶诗》、《戏答王观复酴醿》、《次韵马荆州》、《戏呈田子平》、《病起荆江亭即事十首》、《次韵中玉水仙花二首》、《王充道送水仙花五十枝欣然会心为之作咏》、《题子瞻画竹石》、《与王庠周彦书》、《寄苏子由书》等。

徽宗崇宁元年(1102)，五十八岁

正月，由荆州出发，经岳州、鄂州等地前往分宁。

二月，上岳阳楼，作《雨中登岳阳楼望君山》等诗，随后至通城，入黄龙山，谒灵源惟清禅师，并为惟清删改自己早期作品集《南昌集》。随后从分宁往萍乡看望其兄黄大临。三月，寓万载广慧道场。四月到萍乡，兄弟二人相聚半月。

五月，经筠州，到江州，游庐山。随后过湖口，李正臣持苏轼《壶中九华诗》来见，山谷作《追和东坡壶中九华》诗。是月，系舟大云仓达观台下。

六月，领太平州事，九日而罢。在当涂曾与郭祥正等宴饮。贺铸往访山谷，其后贺作《雁后归》词以记其事。

七月，蔡京除右仆射。

同月，山谷复系舟达观台下。

八月，复至江州，两登江州百花亭，书《怀荆楚诗》，寺僧以石刻之。随后有诏管勾洪州玉隆观。

九月，至鄂州，居住其间，张耒责授房州别驾黄州安置，黄州距鄂州仅一江之隔，山谷自鄂州往见张耒，作有《武昌松风阁》、《次韵文潜》等诗。山谷在鄂州，受

到当地太守与士子尊重。

同月，首次设立元祐党籍碑，其中有山谷之名。

此一时期山谷作有《次韵高子勉十首》、《雨中登岳阳楼望君山二首》、《自巴陵略平江临湘入通城无日不雨至黄龙谒清禅师继而晚晴邂逅禅客戴道纯款语作长句呈道纯》、《蚁蝶图》、《题胡逸老致虚庵》、《新喻道中寄元明用觞字韵》、《武昌松风阁》、《次韵文潜》、《木兰花令·凌歊台上青青麦》等。

徽宗崇宁二年(1103)，五十九岁

此年山谷在鄂州，其间与范纯粹往来唱和颇多。

正月，蔡京除右光禄大夫尚书左仆射。

四月，诏毁刊行《唐鉴》并三苏、秦观、黄庭坚等文集。

九月，第二次设立元祐党籍碑，共九十八人，碑石遍及各地监司长吏厅。山谷与苏轼、司马光等人均在其中。

十一月，作《萍乡县宝积禅寺记》，月末宜州谪命至。

十二月初，连夜从鄂渚出发，次日清晨到达汉阳，众多亲友赶到汉阳为其饯行。

岁末到长沙，于舟中度过除夕。在长沙与秦观之子秦湛、婿范温相遇，时秦、范二人正护送秦观之丧北归，山谷作《晚泊长沙示秦处度范元实用寄明略和父韵五首》、《次韵元实病目》等诗。

此年山谷作有《病来十日不举酒二首》、《鄂州南楼书事四首》、《寄贺方回》、《次韵德孺五丈感兴二首》、《四休居士诗三首》、《过洞庭青草湖》、《晚泊长沙示秦处度范元实用寄明略和父韵五首》、《次韵元实病目》、《追和东坡先生题李亮功归来图》、《洪州分宁县青龙山兴化禅院记》、《萍乡县宝积禅寺记》等。

徽宗崇宁三年(1104)，六十岁

本年山谷前往贬所。

正月，过衡山，与花光山僧人仲仁相善，为作《天保松铭》，其后又写诗赠之。在衡州作《西江月》词寄惠洪，追和秦观《千秋岁》词，并为营妓陈湘赋《阮郎归》、《蓦山溪》等。正月，诏毁三苏集及苏门学士黄庭坚、张耒、晁补之、秦观等集。

三月，泊浯溪，观摩崖碑，作《书摩崖碑后》等诗，三月十四日到达永州，因恐其家人不能承受宜州之潮湿气候，故将其家属寓于此地，只身前往贬所。

四月，从全州出发，五月到宜州。初至宜州，宜州余若著父子为山谷经理馆舍，山谷为之书《范滂传》。

六月，图熙宁元年功臣王安石等于显谟阁，重定党人，刻石庙堂，此为第三次设立元祐党籍碑。

十一月，迁居城南，名其所居庐舍为"喧寂斋"。

十二月，伯兄大临自永州赶来探望。

此年山谷作有《长沙留别》、《题花光画山水》、《赠惠洪》、《书摩崖碑后》、《浯溪图》、《太平寺慈氏阁》、《寄黄龙清老三首》、《天保松铭》、《蓦山溪·鸳鸯翡翠》、《千秋岁·苑边花外》、《虞美人·天涯也有江南信》等。

徽宗崇宁四年（1105），六十一岁

本年在宜州。

正月，山谷搬入新居，不久即得到儿子黄相报家中平安的书信。并与元明游南山，入集真洞，观钟乳奇观。

二月，伯兄大临离别，山谷等为其饯行于十八里津，作《宜阳别元明用"觞"字韵》、《元明留到》等诗。

二月二十六日，得伯兄大临书。

三月，赵挺之为尚书右仆射兼中书侍郎。

同月，范寥自成都来，山谷誉之"好学之士也"。

五月，与范寥同迁往南楼。

六月，游龙隐洞，与范寥论"点铁成金"，批驳套用前人语句以为自作的不良诗风。

九月，宜州城楼宴集，即席作《南乡子·诸将说封侯》词。

同月三十日，卒于宜州，终年六十一岁。

此年山谷作有《宜阳别元明用"觞"字韵》、《元明留别》、《和范信中寓居崇宁遇雨二首》、《游龙水城南帖》、《南乡子·诸将说封侯》等。

附注：本《年谱》主要采集郑永晓先生所著《黄庭坚年谱新编》（社会科学文献出版社1997年版）中山谷的主要行迹，并参照《黄庭坚诗集注》（任渊、史容、史季温注，刘尚荣校点，中华书局2003年版）目录中黄庭坚的简要事迹以及龙榆生先生《黄山谷年谱简编》等，目的只为方便读者参考，实不敢掠美，在此谨致由衷的感谢。

黄庭坚著作主要版本

1. 山谷内集注二十卷外集注十七卷别集注二卷　宋　任渊、史容、史季温注　四部备要本

2. 山谷全书　正集三十二卷外集二十四卷别集十九卷附伐檀集二卷　清乾隆写刊本

3. 山谷内集三十卷外集十四卷别集二十卷　四库全书·集部别集类

4. 山谷内集诗注二十卷外集诗注十七卷别集诗注二卷　宋　任渊、史容、史

季温注　清宣统二年陈三立复宋本

　　5. 宋黄文节公诗　正集十一卷别集一卷外集十一卷　清集思堂刻本

　　6. 山谷黄先生大全诗注　南宋刊本　存内集二十卷

　　7. 重刻黄文节山谷先生别集二十卷附年谱十五卷　明万历四十二年李友梅刊本

　　8. 山谷外集诗注十七卷　宋　史容注　清乾隆五十三年树经堂刻本

　　9. 宋黄山谷全集　清同治七年刊本

　　10. 黄山谷诗集内集二十卷外集十七卷别集二卷附年谱　民国二十五年世界书局版

　　11. 黄山谷诗　曾涤生选　民国二十五年中华书局版

　　12. 黄太史精华录　宋　任渊选　民国十八年商务印书馆影印本

　　13. 豫章黄先生词　龙榆生校点　中华书局一九五七年版

　　14. 黄山谷尺牍十卷　清咸丰十年石渠阁重刻本

　　15. 山谷简尺二卷　四库全书·集部别集类·山谷内集附

　　16. 山谷内集诗注二十卷外集诗注十七卷别集诗注二卷外集外补四卷别集补一卷　宋　任渊、史容、史季温注　清谢启昆补辑　丛书集成初编本

　　17. 山谷外集诗注　宋　史容注　四部丛刊续编影元刊本

　　18. 豫章先生外集　明　余载仁递修本

　　19. 山谷集　文渊阁四库全书影印本

　　20. 豫章黄先生文集　四部丛刊初编影印宋乾道刊本

　　21. 重刻黄文节山谷先生文集三十卷　明万历年间王凤翔光启堂刻本

　　22. 山谷老人刀笔　明弘治刻本

　　23. 宋黄太史公集选　明　崔邦亮选　张同德校　明万历二十七年刊本

　　24. 黄文节公尺牍　苏黄尺牍本

　　25. 豫章先生遗文　宋　黄𨰻编　清乾隆四十五年汪氏刻本

　　26. 宜州乙酉家乘　知不足斋丛书本

　　27. 豫章先生文粹　文渊阁四库全书影印本

　　28. 宋黄文节公文集　清乾隆三十年刻本

　　29. 山谷集补钞　民国四年涵芬楼排印本宋诗钞补

　　30. 黄庭坚全集　刘琳、李勇先、王蓉贵校点　四川大学出版社2001年版

　　31. 黄庭坚诗集注　宋　任渊、史容、史季温注　刘尚荣校点　中华书局2003年版

黄庭坚研究重要著述

著作部分

1.《黄庭坚和江西诗派卷》 傅璇琮编撰，中华书局1978年版
2.《江西诗派研究》 莫砺锋著 齐鲁书社1986年版
3.《黄庭坚研究论文集》 江西省文学艺术研究所选编 江西人民出版社1989年版
4.《江西诗派领袖黄庭坚》 胡敦伦著，江西人民出版社1986年版
5.《黄庭坚选集》 黄宝华选注 上海古籍出版社1991年版
6.《苏轼黄庭坚诗词精选》 霍松林、吴言生选注 山西古籍出版社1995年版
7.《豫章黄先生词》 龙榆生校点 中华书局1957年版
8.《黄庭坚年谱新编》 郑永晓著 社会科学文献出版社1997年版
9.《黄庭坚诗选》 潘伯鹰选注 古典文学出版社1957年版
10.《黄庭坚诗选》 陈永正选注 香港三联书店1980年版
11.《黄庭坚诗选注》 陈永正选注 上海古籍出版社1985年版

论文部分

1.《黄庭坚的诗学方法》 罗根泽 《中苏文化》 1946年1月17卷1期
2.《黄庭坚的政治态度及其论诗主张》 朱东润 《中华文史论丛》 1963年第3期
3.《黄庭坚的诗论》 刘大杰 《文学评论》 1964年第1期
4.《黄山谷诗补注》 钱钟书 《周叔迦先生六十生日纪念论文集》 1967年
5.《山谷诗思想内容新探》 匡扶 《甘肃师范大学学报》(哲社版) 1980年第4期
6.《宋人理趣与山谷诗中的伦理精神》 汪中 《中央研究院国际汉学会议论文集》 1981年
7.《黄山谷的文艺思想和诗歌艺术》 刘乃昌、杨庆存 《齐鲁学刊》 1981年第6期
8.《黄庭坚在广西——兼论黄庭坚的政治态度》 彭会资 《学术论坛》 1981年第3期
9.《黄庭坚评论浅议》 邱俊鹏 《古典文学论丛》 1982年

10.《黄庭坚词浅析》 杨海明 《江西社会科学》 1982年第4期

11.《论黄庭坚儒佛道合一的思想特色》 黄宝华 《复旦大学学报》 1983年第1期

12.《试论黄庭坚革新诗风的主张》 黄宝华 《徐州师院学报》 1983年第1期

13.《苏轼黄庭坚诗歌理论之比较》 周裕锴 《文学评论》 1983年第4期

14.《黄庭坚"脱胎换骨"辨》 莫砺锋 《中国社会科学》 1983年第5期

15.《独树一帜的北宋诗人黄庭坚》 陶文鹏 《文史知识》 1984年第1期

16.《试论黄庭坚词》 周裕锴 《学术月刊》 1984年11月号

17.《江湖夜雨十年灯——黄庭坚的〈寄黄几复〉》 霍松林 《文史知识》 1984年

18.《灵楷说词——论黄庭坚、史达祖词》 缪钺 《四川大学学报》(哲社版) 1984年第3期

19.《论黄庭坚诗》 白敦仁 《成都大学学报(社科版)》 1986年第1期

20.《黄庭坚与禅宗》 钱志熙 《文学遗产》 1986年第1期

21.《论黄庭坚的诗论及其创作》 薛祥生 《山东师大学报》(社科版) 1986年第2期

22.《黄庭坚词风管窥》 蔡厚示 《文学评论》 1986年第5期

23.《黄庭坚词在求变中的得与失》 邱俊鹏 《文学遗产》 1987年第3期

24.《黄庭坚诗艺发微》 费秉勋 《文学遗产》 1987年第3期

25.《黄庭坚诗分期初论》 钱志熙 《温州师范学院学报》(哲社版) 1989年第4期

26.《"随俗"与"反俗"——论黄庭坚词的创作及特征》 杨庆存 《齐鲁学刊》 1990年第5期

27.《论黄庭坚的兴寄观及黄诗的兴寄精神》 钱志熙 《文学遗产》 1993年第5期

28.《怎样读黄庭坚的诗》 莫砺锋 《古典文学知识》 1994年第4期

29.《黄庭坚的诗与禅》 孙昌武 《社会科学战线》 1995年第2期

30.《论黄庭坚诗歌创作的三个阶段》 莫砺锋 《文学遗产》 1995年第3期

31.《素食与黄庭坚交游考述》 杨庆存 《齐鲁学刊》 1995年第4期

32.《论黄庭坚的道家思想及道家思想对其诗风的影响》 白政民 《西北大学学报》 1996年

33.《黄诗与陶诗》 梅俊道 《山东大学学报》(哲社版) 1996年第2期

34.《秦观黄庭坚的异同与历史地位》 房日晰 《西北大学学报》(哲社版) 1997 年第 4 期

35.《论黄庭坚诗歌的审美艺术兼与唐诗比较》 黄云姬 《福建论坛》(文史哲版) 1998 年第 4 期

36.《黄庭坚与"以文为诗"》 郭鹏 《中国文化研究》 1999 年第 1 期

37.《极风雅之变,尽比兴之体——评黄庭坚的诗歌理论与创作》 张承凤 《社会科学研究》 1999 年第 4 期

38.《论黄庭坚词》 黄宝华 《上海师范大学学报——哲社、教育、社会科学》 1999 年第 4 期

39.《论山谷词》 张文利 《西北大学学报》(哲社版) 1999 年第 4 期

40.《黄庭坚的诗学理论》 钱志熙 《文史知识》 1999 年第 10 期

41.《黄庭坚诗歌的人情美》 梅俊道 《江西社会科学》 2000 年第 4 期

42.《论黄庭坚情词》 朱惠国 《江西社会科学》 2001 年第 2 期

43.《黄庭坚散文特征论》 金振华 《苏州大学学报》(哲学社会科学版) 2001 年第 4 期

44.《黄庭坚的"心法"——江西诗派"活法"美学溯源》 束景南 《浙江大学学报》(人文社会科学版) 2003 年第 6 期

45.《黄庭坚诗学观中的理学因素》 陈忻 《重庆社会科学》 2005 年第 2 期

46.《论黄庭坚诗歌中的自我形象》 梅俊道 《九江学院学报》(社科版) 2005 年第 2 期

47.《黄庭坚"以剧喻诗"辨析》 吴晟 《文学遗产》 2005 年第 3 期

48.《黄庭坚诗及诗论之再认识》 张辉 《鄂州大学学报》 2006 年第 2 期

49.《论黄庭坚七言绝句的承与变》 周子翼 《学术论坛》 2006 年第 3 期

50.《论黄庭坚学陶诗》 郑永晓 《文学遗产》 2006 年第 4 期

《黄庭坚集》名言警句

△藤萝得意干云日,箫鼓何心进酒樽?(《徐孺子祠堂》)(第 004 页)

△古人冷淡今人笑,湖水年年到旧痕。(《徐孺子祠堂》)(第 004 页)

△舞阳去叶才百里,贱子与公俱少年。白发齐生如有种,青山好去坐无钱。(《次韵裴仲谋同年》)(第 006 页)

△心随汝水春波动,兴与并门夜月高。世上岂无千里马?人中难得九方皋。(《过平舆怀李子先时在并州》)(第 010 页)

△心似蛛丝游碧落,身如蜩甲化枯枝。(《弈棋二首呈任公渐》)(第011页)
△蛛网屋煤昏故物,此生惟有梦来时。(《和陈君仪读太真传五首》)(第023页)
△故人相见自青眼,新贵即今多黑头。(《次韵盖郎中率郭郎中休官二首》)(第024页)
△随人作计终后人,自成一家始逼真。(《以右军书数种赠丘十四》)(第032页)
△莲生淤泥中,不与泥同调。(《赣上食莲有感》)(第034页)
△春风春雨花经眼,江北江南水拍天。(《次元明韵寄子由》)(第039页)
△脊令各有思归恨,日月相催雪满颠。(《次元明韵寄子由》)(第039页)
△落木千山天远大,澄江一道月分明。(《登快阁》)(第041页)
△我自只如常日醉,满川风月替人愁。(《夜发分宁寄杜涧叟》)(第049页)
△桃李春风一杯酒,江湖夜雨十年灯。持家但有四立壁,治病不蕲三折肱。(《寄黄
　　几复》)(第056页)
△风急啼乌未了,雨来战蚁方酣。真是真非安在,人间北看成南。(《次韵王荆公题
　　西太一宫壁二首》)(第059页)
△管城子无食肉相,孔方兄有绝交书。(《戏呈孔毅父》)(第070页)
△养性霜刀在,阅人清镜空。(《陈留市隐并序》)(第073页)
△欲唤扁舟归去,故人言是丹青。(《题郑防画夹五首(选一)》)(第074页)
△未生白发犹堪酒,垂上青云却佐州!(《次韵王定国扬州见寄》)(第078页)
△人间风日不到处,天上玉堂森宝书。(《双井茶送子瞻》)(第079页)
△心犹未死杯中物,春不能朱镜里颜。(《次韵柳通叟寄王文通》)(第083页)
△玉堂卧对郭熙画,发兴已在青林间。(《次韵子瞻题郭熙画秋山》)(第084页)
△胸中元自有丘壑,故作老木蟠风霜。(《题子瞻枯木》)(第087页)
△小黠大痴螳捕蝉,有馀不足夔怜蚿。(《寺斋睡起二首》)(第100页)
△人言九事八为律,倘有江船吾欲东。(《寺斋睡起二首》)(第100页)
△急雪脊令相并影,惊风鸿雁不成行。(《和答元明黔南赠别》)(第101页)
△苦竹绕莲塘,自悦鱼鸟性。(《又答斌老病愈遣闷二首》)(第103页)
△饱吃惠州饭,细和渊明诗。(《跋子瞻和陶诗》)(第115页)
△近人积水无鸥鹭,时有归牛浮鼻过。(《病起荆江亭即事(选三)》)(第116页)
△正字不知温饱未?西风吹泪古藤州。(《病起荆江亭即事(选三)》)(第117页)
△凌波仙子生尘袜,水上轻盈步微月。(《王充道送水仙花五十枝,欣然会心,为之
　　作咏》)(第118页)
△蝴蝶双飞得意,偶然毕命网罗。群蚁争收堕翼,策勋归去南柯。(《蚁蝶图》)
　　(第119页)
△投荒万死鬓毛斑,生出瞿塘滟滪关。未到江南先一笑,岳阳楼上对君山。(《雨中
　　登岳阳楼望君山二首》)(第120页)

△可惜不当湖水面,银山堆里看青山。(《雨中登岳阳楼望君山二首》)(第121页)
△天生大材竟何用?只与千古拜图像!(《次韵文潜》)(第123页)
△经行东坡眠食地,拂拭宝墨生楚怆!(《次韵文潜》)(第123页)
△但恐苏耽鹤,归时或姓丁。(《次韵高子勉十首(选四)》)(第125页)
△枥马羸难出,邻鸡冻不歌。寒炉馀几火?灰里拨阴何。(《次韵高子勉十首(选二)》)(第126页)
△依山筑阁见平川,夜阑箕斗插屋椽。(《武昌松风阁》)(第127页)
△一百八盘携手上,至今犹梦绕羊肠。(《新喻道中寄元明用觞字韵》)(第129页)
△藏书万卷可教子,遗金满籯常作灾。能与贫人共年穀,必有明月生蚌胎。(《题胡逸老致虚庵》)(第131页)
△清风明月无人管,并作南楼一味凉。(《鄂州南楼书事》(选一))(第132页)
△解道江南断肠句,至今唯有贺方回。(《寄贺方回》)(第133页)
△臣结春陵二三策,臣甫杜鹃再拜诗。安知忠臣痛至骨,世上但赏琼琚词。(《书摩崖碑后》)(第135页)
△断肠声里无形影,画出无声亦断肠。(《题阳关图二首》)(第138页)
△食贫自以官为业,闻说西斋意凛然。万卷藏书宜子弟,十年种木长风烟。(《郭明甫作西斋于颍尾,请予赋诗二首》)(第139页)
△蜂房各自开户牖,处处煮茶藤一枝。(《题落星寺岚漪轩》)(第141页)
△我欲穿花寻路,直入白云深处,浩气展虹霓。只恐花深里,红露湿人衣。(《水调歌头》)(第144页)
△黄花白发相牵挽,付与时人冷眼看。(《鹧鸪天》)(第150页)
△万里投荒,一身吊影,成何欢意!(《醉蓬莱》)(第151页)
△春未透,花枝瘦,正是愁时候。(《蓦山溪》)(第152页)
△重感慨,波涛万顷珠沉海。(《千秋岁》)(第156页)
△春归何处?寂寞无行路。若有人知春去处,唤取归来同住。(《清平乐》)(第162页)
△春无踪迹谁知?除非问取黄鹂。百啭无人能解,因风飞过蔷薇。(《清平乐》)(第163页)
△断虹霁雨,净秋空,山染修眉新绿。(《念奴娇》)(第164页)
△老子平生,江南江北,最爱临风笛。(《念奴娇》)(第164页)
△兄弟灯前家万里,相看如梦寐。(《谒金门》)(第165页)

图书在版编目（CIP）数据

黄庭坚集／（宋）黄庭坚著；吴言生，杨锋兵解评．
—2 版．—太原：三晋出版社，2008.9（2012.3 重印）
（中国家庭基本藏书·名家选集卷）
ISBN 978-7-5457-0001-5

Ⅰ.黄… Ⅱ.①黄…②吴…③杨… Ⅲ.①古典诗歌—作品集—中国—北宋②宋词—选集③古典散文—作品集—中国—北宋　Ⅳ.I 214.412

中国版本图书馆 CIP 数据核字（2008）第 157734 号

黄庭坚集

著　　　者：（宋）黄庭坚	解评者：吴言生　杨锋兵
责任编辑：朱　屹	审订者：郭平凡
封面设计：敬人工作室	版式设计：敬人工作室
责任校对：朱　屹	责任印制：李佳音

出版发行　山西出版传媒集团·三晋出版社（原山西古籍出版社）
地　　址　太原市建设南路 21 号
电　　话　（0351）4956036（咨询）　　　4922268（邮购）
传　　真　（0351）4922102
网　　址　http://sjs.sxpmg.com
邮　　编　030012
E - mail：sj@sxpmg.com

印刷装订　山西出版传媒集团·山西新华印业有限公司
（本书如有破损、缺页、装订错误，请与承印厂联系调换　0351-4120948）

开　本：787mm×960mm　　1/16
字　数：240 千字
印　张：14.5
版　次：2008 年 10 月第 2 版
印　次：2012 年 3 月第 2 次印刷
书　号：ISBN 978-7-5457-0001-5
定　价：20.00 元

版权所有，翻印必究。本书图文未经书面授权，不得以任何方式转载或公开发表。